〔美〕提姆·希金斯 —— 著 孙灿 —— 译

极限高压 **特斯拉**，埃隆·马斯克
与世纪之赌

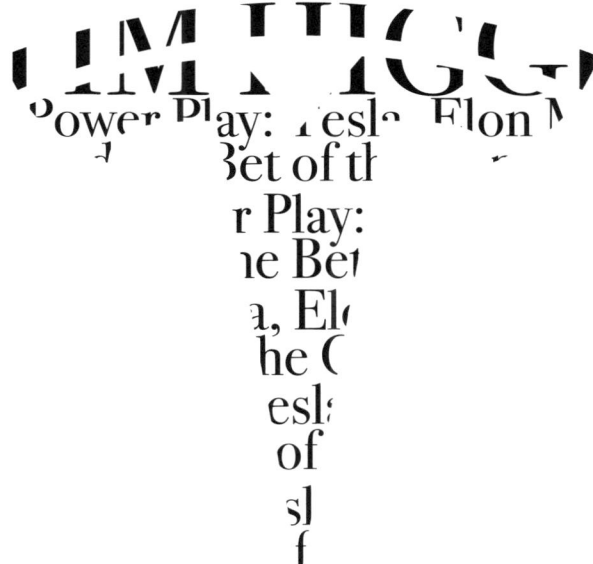

TIM HIGGINS

上海译文出版社

献给我的父母

目 录

序言　开篇 …… 1

第一部　一辆很贵的车 …… 001
　　第一章　这一次会有不同 …… 003
　　第二章　EV1 之魂 …… 013
　　第三章　玩火 …… 028
　　第四章　不是秘密的秘密计划 …… 041
　　第五章　特斯拉先生 …… 051
　　第六章　黑衣人 …… 065
　　第七章　白鲸 …… 078
　　第八章　吃玻璃的人 …… 101

第二部　最好的车 …… 115
　　第九章　特种部队 …… 117
　　第十章　旧爱反目，新友结盟 …… 128
　　第十一章　路演 …… 137
　　第十二章　拷贝苹果 …… 150
　　第十三章　每股 50 美元 …… 162
　　第十四章　超极限模式 …… 179
　　第十五章　1 美元 …… 191

第十六章　巨人归来 …… 203
　　第十七章　攻入得克萨斯腹地 …… 212

第三部　一辆人人买得起的车 …… 219
　　第十八章　超级工厂 …… 221
　　第十九章　走向全球 …… 233
　　第二十章　车库里的野蛮人 …… 244
　　第二十一章　生产之痛 …… 257
　　第二十二章　擦肩而过的S-E-X …… 273
　　第二十三章　改写进程 …… 287
　　第二十四章　埃隆的炼狱 …… 305
　　第二十五章　蓄意破坏 …… 325
　　第二十六章　推特飓风 …… 331
　　第二十七章　交付狂潮 …… 349
　　第二十八章　滚滚红潮 …… 368

后记 …… 382

作者的话 …… 396
致谢 …… 398
说明 …… 400

序言 开篇

2016年3月一个微风习习的夜晚,埃隆·马斯克(Elon Musk)当着一大群支持者的面,登上了特斯拉设计工作室的舞台。身着黑色立领外套的他,打扮得就像是詹姆斯·邦德片中的反派角色。十年来的梦想就要成真了,这位著名企业家即将实现自己为之奋斗多年的目标:迎来Model 3电动汽车的盛大亮相。

这个设计工作室靠近洛杉矶机场,与马斯克的私人火箭公司SpaceX(美国太空探索技术公司)同在一个建筑群内,是特斯拉创新灵魂的故乡。正是在这个神奇的地方,汽车设计师弗朗茨·冯·霍尔茨豪森(Franz von Holzhausen,他也是重塑大众甲壳虫和复兴马自达的功臣)率领团队,将马斯克的构想变成了现实。长期以来,竞争对手一直把电动汽车视为新奇的实验性产品,因此青睐呆头呆脑的科技控外观。而霍尔茨豪森他们则刻意回避了这种外观,立志要联手打造酷炫的颠覆性电动汽车。

数百名顾客参与了本次活动。马斯克的派对可不容错过。无论是关于特斯拉还是SpaceX,他的活动都吸引着包括硅谷企业家、好莱坞名人、忠诚顾客和汽车爱好者在内的各色人等。在此之前,特斯拉一直是一个小众奢侈品牌,最初是加州环保人士的幻想,后来又变成了富人心血来潮的玩物,财大气粗者的必备单品(他们的车库里已经停满了宝马、奔驰之类象征着身份的汽油车）。

　　Model 3 的承诺起售价为 3.5 万美元，预示着它希望能带来一些改变。它体现了马斯克普及纯电动汽车的野心，也是一场以紧凑型四门轿车形式进行的赌博：赌特斯拉可以创造出足够的销量与现金，与汽车行业的百年巨头一较高下。对手包括福特、丰田、大众、奔驰、宝马，当然，还有通用汽车。特斯拉能否成为一家真正的汽车公司，将由 Model 3 决定。

　　当晚站在舞台上的马斯克，仅比 108 年前推出 T 型车（Model T）时的亨利·福特小了一岁。伴随着科技电音的轰鸣和粉丝的尖叫，他即将改写历史，迎接一个新时代的到来。

　　他的使命是改变世界，甚至是拯救世界（并在此过程中致富）。正是这项使命引来了一众高管，帮他实现自己的愿景。那些来自汽车行业、科技和风险投资领域（包括马斯克的亲信——他的弟弟金巴尔）的得力干将，此刻也在人群里，沉浸在兴奋之中。

　　舞台上，马斯克展示着二氧化碳污染上升的图表，对地球因此受到的创伤表示了痛心。"这对世界的未来至关重要。"他对欢呼的人群说道。

　　一则精心制作的视频，让人们得以首次窥见 Model 3 的真容。这部车无论内外，看起来都像是照向未来的灯塔。圆滑而时髦的车身曲线下，包裹着市面上从未见过的内饰。常见的汽车仪表不见了，取而代之的是驾驶舱正中一块平板电脑样式的大屏幕。汽车沿着加州海岸蜿蜒的公路飞驰而过，人群再次欢呼起来。一位观众尖叫着："你做到了！"

　　舞台上的马斯克，显得一切尽在掌握。他告诉观众，特斯拉已经收到了超过 11.5 万辆车的定金，每辆 1000 美元——为公司注入了 1.15 亿美元的现金。几周之内，特斯拉的预订就将超过 50 万辆。这是个惊人的数字，比丰田畅销家用车型凯美瑞同年在美国的销量多出了32%。而且，这可都是预订——人们甘愿提前两年排起长队，等待一款尚未生产出来的车子。

根据特斯拉团队策划的方案，他们将缓步开始制造这款汽车。目标是在2017年底造出几千辆，并在2018年逐周提升产量，最终达到年中周产5000辆。

每周5000辆、每年26万辆的产量，是一个被广泛接受的基准，也是一个决定性的数字，决定着特斯拉的工厂能否存活下去，跻身大型汽车制造商之列。如果埃隆·马斯克和特斯拉实现了这个产量，他们就能成为汽车产业的新生力量。

但即便如此，马斯克也并不满足。他已经夸下海口，将在2020年让公司在硅谷附近唯一的装配厂达到年产50万辆，是美国大多数汽车工厂产量的两倍。

如果这话不是出自埃隆·马斯克之口，那听起来也未免太疯狂了。

汽车制造商从开始设计一款新车到把它交付给顾客，通常需要5到7年时间。其过程漫长而复杂，要借助几代人的经验才能得以完善。新车在进入经销商的展厅之前，要先在沙漠、极地与山区进行测试。成千上万的供应商为这一努力做出了贡献，以惊人的精度制造出车辆零部件。而这些零部件最终会在工厂的"闪电战"中，以精确到秒的速度被组装起来。尽管马斯克在走下舞台那天满怀着初创企业的进取心，也有着不可否认的雄心、远见和蜂拥而至的订单，但他并不能摆脱一个无情的财务逻辑。这个逻辑，是通用、福特和宝马等公司花了一个多世纪才渐渐明白的，那就是：制造汽车的过程是残酷的，也是昂贵的。

而且，埃隆·马斯克的公司账目就是一场灾难。特斯拉平均每个季度要烧钱5亿美元，而手头只有14亿美元的自由现金。这就意味着，如果情况不发生重大的变化，特斯拉将会在2016年底资金枯竭。

但这都是信心游戏的一部分。他向来知道，要想成为世界上最有价值的汽车制造商，就必须去玩这场游戏。信念创造愿景，愿景创造市场，市场带来现金，而现金带来汽车。他只需要以不可思议的规模和足够快的速度来做到这一点，比竞争者、债主、顾客和做空的投资者（如果特斯拉的股票暴跌，这些卖空者就能赚得盆满钵满）领先一个车身即可。

他很清楚，这是一场危险的比赛。

而倘若他时运不济，这就会变成一场终极的"胆小鬼博弈"。

2018年6月，在马斯克的Model 3盛大亮相两年多一点之后，我去拜访了他，地点在大山洞似的特斯拉组装工厂深处，距离硅谷半小时车程。马斯克看起来很疲惫。他身着黑色的特斯拉T恤和牛仔裤，待在工厂车间的一个小隔间里，佝偻着将近1米9的身子，看着一部苹果手机。他的推特（Twitter）账号上充斥着卖空者的冷嘲热讽，世界上一些最具影响力的投资者都打赌他会失败，觉得他朝不保夕。他的电子邮箱里有一名刚被解雇的员工发来的新邮件，指责CEO偷工减料，不顾他人安危。

在他身后屹立着的，是车身制造车间。这是迄今为止对马斯克愿景最好的呈现，仿佛一只机械猛兽，一头吃进原材料零部件，一头吐出汽车。在这间两层楼高的车间里，有一千多只固定在地板上和从天花板上垂下来的机械臂，对汽车骨架进行着夹击式锻造。机械臂俯冲而至，将金属片焊接到车架上时，火花四溅。空气中充满了刺鼻的气味。金属铿锵作响，仿若震耳欲聋的节拍器。

离开车身车间之后,车辆会被送往油漆车间,喷上珍珠白、午夜银和特斯拉标志性的赛车红;接着再被送往总装线,装上重达一千磅的电池,以及汽车需要的各种配件,包括座椅、仪表板、显示屏。

但工厂目前出现了问题,因此马斯克最近一直独自睡在车间里。组装线故障不断。他说,自己过于依赖用机器人造车。来自几百名供应商的一万个零部件造成了无穷无尽的复杂循环。无论他走到哪里,都会发现有什么事情不对劲。

他为自己的仪容不整表达了歉意。一头棕发有一阵子没梳过了,身上的T恤也三天没换了。再过几天,他就47岁了。他在提升 Model 3 产量方面落后于计划一年,而这款紧凑车型,将决定特斯拉的成败。

马斯克坐在一张空空的桌子后面。身边的椅子上,是陪他睡了几个小时的枕头。一盒沙拉吃剩一半。保镖站得离他不远。公司在破产的边缘摇摆。

尽管如此,他的情绪还是好得惊人。他向我保证,一切都会解决的。

几周之后,他给我打来了电话,情绪显然低落了许多。全世界都在与他作对。"我才不想演这个该死的角色,"他说,"我这么做,是因为我他妈相信自己有这个使命,要推动可持续能源的发展。"

如果你觉得埃隆·马斯克已经跌到了谷底,那么你错了。

在马斯克的斗争与特斯拉历史的核心中,有一个关键问题:一家初创公司能否征服全球经济中规模最大、根基最牢固的行业之一?汽车改变了世界。除了为个人提供自主性与流动性之外,它还帮助孵化和联结了一整批的现代文明，产生了一种属于它自己的经济。底特律创造了中产阶级，为它辐射到的社区带来了财富与稳定。汽车也成为了美国最大的产业之一，每年为这个国家创造近 2 万亿美元的收入，为 5％的美国人提供了就业机会。

通用、福特、丰田和宝马已经成长为全球标志性企业，每年设计、生产和销售着数千万部车辆。购买这些汽车不止代表购买了一款用品，它们也表达着独立和地位，是美国梦的象征，也越来越成为全球梦的象征。

但随着这些梦想传遍世界，一个问题也接踵而来：正是这些汽车的制造和使用，造成了规模空前的拥堵、污染和气候变化。

就在这时，马斯克登场了。这位 20 多岁白手起家的千万富翁，梦想着用他刚到手的财富来改变世界。他对电动汽车的信念是如此坚定，以至于他把全副身家都押在了它的成功上，为它陷入破产的边缘，也一路毁掉了三段婚姻——有两段是和同一个女人。

你可以在 MySpace 当红的时候创建一个社交网络，或是利用一个在线平台处理积压的汽车与公寓，叫板出租车联盟与酒店行业。但相比之下，挑战世界上几个最大的公司，在它们的地盘上跟它们较量，则完全是另外一回事了。何况拿来较量的东西，是那些公司花了一个多世纪，才好不容易学会制造的。

这门生意的利润通常十分微薄。一辆汽车的营业利润一般只有 2800 美元左右。但要取得这个利润，你需要达到很大的规模，也要有能力让工厂保持每周 5000 辆汽车的产量。而且，你还必须十二分地确定，会有人把这些车全部**买走**。

生产或销售中的任何故障，都可能迅速演变为一场灾难。只要工厂没有开工，或是汽车没有被运往经销商手中，又或是顾客没有把它们开回家，都会导致成本日益攀升。从顾客到经销商再到制造商手中的现金流是汽车产业的命脉，它可以为公司开发下一款车型提供资金，而这种开发可能需要大量的投资和沉没成本。

2016和2017年，通用汽车在新产品开发上的费用总计达到了139亿美元。而且，在一个利润每年都波动巨大的行业里（通用汽车2016年盈余90亿美元，2017年亏损39亿美元），有一点或许并不会令人感到意外，那就是，最大的汽车制造商离开现金储备是无法生存的：2017年，通用汽车的现金持有量为200亿美元，福特为265亿美元，丰田和大众在2017财年的银行账户余额均为430亿美元。

进入汽车行业有这么多艰难险阻，以至于最后一个出现且幸存至今的美国主流新车企还是克莱斯勒，创建于1925年。并且，就像马斯克在宣扬自己的惊天大冒险时喜欢提醒人们的那样，尚未经历过破产的美国汽车公司只有两家：福特和特斯拉。

所以，应该只有妄想症患者才会参与这种竞争。有人觉得，埃隆·马斯克就是这种人。但他面对挑战却并没有退缩，反而决心要带领公司，向硅谷崇高愿景与底特律残酷现实相遇的地方前进。他有一个伟大的想法，要借助特斯拉，让电动汽车真正地发挥作用，从性能、款式、科技上超越那些"油老虎"，为顾客省下每年数十亿美元的汽油费用，并最终拯救世界。

但这个承诺有时会掩盖马斯克和特斯拉无情的商业野心和当务之急。很多人都会误解或小看特斯拉的终极目标，觉得这种车就是个玩具。购买者要么是附近闲钱太多的环保家庭，要么是喜欢彰显身份、自诩先进的对冲基金经理。又或者，这就是一种为中年危机者打造的新型法拉利，赫然停在火车站你的车子边上。

特斯拉属于小众市场？这家公司显然不这么想。这也就是为什么特斯拉的命运将取决于 Model 3，一款大众型电动汽车。正如一位华尔街银行家多年前喟叹的那样："它要么成为保时捷或玛莎拉蒂那样的小众制造商，每年生产 5 万辆高端汽车，要么探明如何生产售价 3 万美元的汽车，进入转变为大型工业企业的拐点。"

这个拐点，就是 Model 3。

马斯克为打造 Model 3 所付出的不懈努力，以及他为此采取的令人质疑的策略，让竞争对手和行业观察者同样坐立不安。和大多数汽车公司的高管不同，马斯克的决策哲学源自他的加州生态系统。在那里，与其花费时间完善假设，不如飞快地做一个能迅速撤销的错误选择。对初创公司来说，时间就是金钱，对一家几乎从成立第一天起就每天烧掉数百万美元的新兴汽车公司来说，尤为如此。

马斯克对势头的力量笃信不疑——一个胜利，会带来另一个胜利。他连续开发和售出的几款车型粉碎了人们之前对于电动车的偏见，他无疑已经取得了一连串的胜利。

他在特斯拉早期豪华车型上取得的成功，让竞争对手们纷纷行动起来。一项研究显示，2018 年，世界上几家最大的车企都争先恐后地用自己的电动汽车追赶特斯拉。它们投资了超过 1000 亿美元，准备在 2022 年底之前生产并推出 75 种纯电动车及插电式混合动力车。根据分析师当时的预测，到 2025 年会有近 500 种新型电动汽车上市，占全球新车销量的 1/5。

但马斯克已经确立了绝对的品牌优势。他几乎一手打造了当代电动汽车的时代精神。他体现了这种精神。对许多人来说，他就是这种精神本身。

而马斯克的愿景，也激发着投资者的热情。这种热情在2018年推动着特斯拉市值一路走高，超过了其他任何一家美国车企——尽管当时它还从未实现过年度盈利，汽车销量也很少。不断上涨的股价表明，投资者打赌特斯拉有潜力引领电动车革命。特斯拉获得了数十亿美元的资金，为它的发展提供了动力，并让它得以生存。

投资者对特斯拉的估值更像是针对一家科技公司，而非典型的汽车制造企业——后者每个季度的表现都会被严加评判，人们对它们未来的预期也很低。这对2018年的马斯克来说是个好消息。如果投资者按照他们对通用汽车的估值方式来对特斯拉估值，那么特斯拉只值60亿美元，而不是600亿。如果通用汽车能像特斯拉那样被估值，那么它会值3400亿美元，而不是430亿。

尽管特斯拉被人们赋予了很多光环，但它还是必须遵守和其他汽车制造商一样的财务逻辑。每种新产品都代表着一项艰难的挑战，可能会遭遇致命的磕绊。事实上，对特斯拉来说更是如此，因为它的产品线极其有限。随着特斯拉规模的扩大，风险也越来越大，因为赌注已经从几百万美元增加到了数十亿美元。

而且，就在马斯克的愿景、热情与决心推动着特斯拉发展的同时，他的自大、偏执与狭隘却有可能毁掉这一切。

粉丝和批评者都对他欲罢不能。他的面孔已经在杂志封面上出现了十年。他是小罗伯特·唐尼在《钢铁侠》电影中塑造托尼·斯塔克的灵感来源。他在推特上很活跃，会与他不认同的政府监管者唇枪舌剑，也会攻击打赌他会失败的卖空者，或是跟粉丝开从日本动漫到嗑药的各种玩笑。但渐渐地，人们看到了他的另一面。疲惫、紧张、担忧、绝望、缺乏安全感。一句话：脆弱。

马斯克试图颠覆汽车行业的灼灼野心，能让他做到曾经被人们视为不可能的事情吗？而他又是否会毁于自己的狂妄自大？

在硅谷近年涌现出的争议人物中，马斯克会让你禁不住猜想：他究竟是逆袭败犬、反派英雄、江湖骗子，还是集三者于一身？

第一部 一辆很贵的车

第一章
这一次会有不同

关于电动汽车的想法,让 J. B. 斯特劳贝尔(Jeffrey Brian Straubel)在 2003 年的一个夏夜久久难以入眠。那天晚上,他位于洛杉矶的小出租屋里挤满了斯坦福大学太阳能汽车队的成员。这些成员刚刚结束一场比赛,从芝加哥归来。那是一场两年一度的比赛,是一项正在蓬勃发展的运动的一部分,其目的在于激发青年工程师开发燃油车替代品的兴趣。斯特劳贝尔主动提出要接待这支来自他母校的队伍。长途奔波之后,此刻很多人已经在他的地板上睡着了。

在就读于斯坦福大学工程学院的 6 年间,斯特劳贝尔专注于自己的项目,因此从未亲自加入过这支队伍。但他和客人们的兴趣是一致的:他也对用电力驱动汽车的想法非常着迷——这种兴趣从他在威斯康星州的孩提时代就形成了。毕业之后,他往返于洛杉矶和硅谷之间,努力想找到自己的位置。他看起来并不像是那种一心要改变世界的疯狂科学家,反而有一种沉静的气质,长得也挺帅,就像一般的中西部大学生。但在内心深处,他却被一种渴望苦苦折磨着。他想要的,并不只是和朋友在谷歌这样的新兴企业谋得一职,或是加入波音、通用之类官僚气的公司。他想创造出某种可以改变一切的东西,无论这种东西是用在汽车还是飞机上。他想追逐梦想。

斯坦福大学的队伍和它的竞争对手们一样，设计了一款靠电池板收集的太阳能来驱动的汽车。小型电池可以把一部分能量存储起来，供夜间或太阳被云层遮住时使用。但因为这是一场太阳能竞赛，所以组织者对如何使用电池做出了限制。

斯特劳贝尔认为，这种限制其实是被误导了。近年来，随着个人电子产品的兴起，电池技术已经得到了显著的改进。他想跳出比赛组织者武断的规则来进行思考。更好的电池意味着汽车可以行驶更长的时间，而无需太过依赖难伺候的太阳能电池板和变幻莫测的天气。为什么不能把关注点放在电池的电量上呢？不要去管能量来源如何。也没必要非盯着太阳不放。

他一直在研究一种很有前景的新型锂离子电池。这种电池在十年前由索尼的便携式摄像机率先普及，后来又运用到了笔记本电脑和其他消费电子产品上。与当时市场上大多数可充电电池相比，锂离子电池的重量更轻，储存的电量也更多。斯特劳贝尔很清楚老式电池的问题。那些砖头一样的铅酸电池很笨重，储存的电量也很少。也许车子刚开出20英里，就要找地方充电了。但随着锂离子电池的兴起，他看到了更多的可能性。

而且，他并不是一个人在战斗：那晚和他一起熬夜的人中，有一位斯坦福大学队的年轻成员，名叫吉恩·贝尔蒂切夫斯基（Gene Berdichevsky），和他一样对电池充满兴趣。在沟通的过程中，斯特劳贝尔的想法让贝尔蒂切夫斯基激动起来。两人交换着点子，聊了好几个小时。如果他们把几千块小型锂离子电池连在一起，产生足以驱动一辆汽车的能量，是不是就完全无须收集太阳能了？他们算出了让车子单次充电从旧金山开到华盛顿所需的电池数量，并画出了符合空气动力学的鱼雷状车身设计图。他们估计，如果装上半吨重的电池，再找个体重较轻的司机，这辆电动汽车的续航能力就可以达到 2500 英里。想象一下这辆车的吸睛程度——只有这种车，才会让全世界都对电动汽车产生兴趣。两人的对话让斯特劳贝尔十分兴奋，他建议团队将研究方向从太阳能汽车转为长续航电动汽车。他们可以去找斯坦福校友筹集资金。

太阳从后院冉冉升起，两人已经高兴得有些忘乎所以了，索性摆弄起了斯特劳贝尔留着做实验用的锂离子电池。他们给手指长的电池充满电，然后录下了斯特劳贝尔用锤子击打它们的场景。撞击触发的化学反应点着了一团火，电池管像火箭一样发射了出去。前途看起来一片光明。

"这事儿得做，"斯特劳贝尔对贝尔蒂切夫斯基说，"我们一定要做。"

杰弗里·布莱恩·斯特劳贝尔的童年是在威斯康星州度过的。一到夏天，他就去垃圾场里到处找机械设备拆着玩。他的父母充分满足了他的好奇心，允许他把地下室改造成了家庭实验室。他造了一台电动高尔夫球车，拿电池做试验，还迷上了化学。高中时的一天傍晚，他试图分解双氧水来制造氧气，但忘记烧瓶中还剩了一点丙酮，结果生成了爆炸性混合物。爆炸的火球震动了整座房子，玻璃被炸得四散飞溅。他的衣服着火了，烟雾警报器尖叫起来。斯特劳贝尔的母亲冲进地下室，发现儿子满脸鲜血，最后缝了 40 针。直到今天，尽管斯特劳贝尔看起来很老实，就是个典型的中西部年轻人，但左脸上的那道伤疤却为他平添了几分神秘的色彩。

斯特劳贝尔对化学的危险有了新的认识。在这种认识的引领下，他于 1994 年入读了斯坦福大学。在校期间，他始终对能量如何工作兴趣盎然，对如何把高高在上的科学和工程的实际运用结合起来充满了热情。他尤其着迷于能量的存储和可再生能源发电，以及电子电力学和微控制器。具有讽刺意味的是，他放弃了一门车辆动力学课程，因为他觉得汽车悬挂相关的细节和轮胎运动动力学很没意思。

斯特劳贝尔不怎么喜欢汽车，但他非常喜欢电池。他的工程师头脑让他发现了用汽油驱动汽车的低效。汽油并不是取之不尽的，而且燃烧汽油获取能源会将有害的二氧化碳排放到空气中。对他来说，设计电动汽车本质上并不是在创造一种新的汽车，而是在应对工程问题的一个蹩脚的解决方案。原先的解决方案就好比你觉得冷，然后突然看见屋里有张桌子，就烧了它取暖。这的确会产生热量，但会弄得满屋子都是烟，桌子也没了。一定还有更好的办法。

大三暑假期间，一位教授帮他在洛杉矶一家名叫罗森汽车（Rosen Motors）的初创企业找了个实习工作。这家公司成立于1993年，由传奇的航空航天工程师哈罗德·罗森和他的兄弟本·罗森创建。本是一名风险投资人，也是康柏电脑公司的董事长。他们构想了一种几乎零污染的汽车，并且已经开始着手开发一种混合电动系统。他们想把燃气涡轮发电机与飞轮结合在一起——这种飞轮是一种旋转装置，转得越快，产生的能量就越多，可以在发动机让车子动起来之后，产生让车辆继续行驶所需的电力。

斯特劳贝尔就这样迈入了汽车行业。哈罗德·罗森和他相处得不错，将他揽入了自己的羽翼之下。很快，斯特劳贝尔便开始研究飞轮的磁轴承，并协助测试设备相关的工作。暑假一眨眼就过去了，斯特劳贝尔意识到，他需要回到斯坦福去读大四，了解更多汽车电子方面的知识。

回到学校之后，他继续为罗森汽车远程工作，直到他接到一个令人沮丧的电话：公司要关门了。这让斯特劳贝尔早早地明白了一个道理：从零开始创办一家汽车公司是充满了挑战的。罗森公司烧掉了将近2500万美元。作为一种概念验证，他们把自己的系统装在了一辆土星双门轿跑上（还拆掉了一辆奔驰）。他们承诺可以生产出一款0到60英里/时加速仅需6秒的汽车，希望最终能与某个汽车制造商达成合作，实施他们的技术。

但尽管有媒体光环加持，他们还是看不到前进的方向。汽车行业长年流传着这样的笑话：要想从汽车生意里赚点小钱，得先从别的地方赚笔大钱。本的财富，就有一部分来自对康柏公司成功的投资。在公司"讣告"中，他还是对他们的努力尝试表达了乐观："在一个重要产业中，你并不会有多少机会去改变它，也不会有多少机会去做一些对社会有益的事情，去净化空气、减少石油的使用，"他说，"但我们曾经得到过这样一个可以改变世界的机会。"

回到斯坦福之后，斯特劳贝尔和6个朋友在校外合租了一套房子。他受到了那年暑假经历的启发，但又怀疑罗森汽车关于飞轮的想法太难实施，于是他在车库里将一辆二手保时捷944改装成了完全由电池驱动的汽车。这算是他早年间取得的成功：一辆七拼八凑的车子，依靠铅酸电池驱动，居然快得像闪电，能烧胎，也能在1/4英里加速赛里取得耀眼的表现。斯特劳贝尔并不在意操控性或悬挂系统，而是把关注点放在了汽车电子器件和电池管理系统上。关键在于，要搞清楚如何"榨取"足够的电力，而不会损坏马达或烧毁电池。他开始和其他志同道合的硅谷工程师打交道，并在这些人的介绍下去参加了电动汽车比赛。就像100年前亨利·福特每个周末都去赛道上展现自己的才能一样，斯特劳贝尔和他的朋友们也开始参加直线竞速赛。他发现，这些比赛的诀窍就是确保电池不会过热并熔化。

就在斯特劳贝尔继续改进自己的电动汽车时，他结识了一位名叫艾伦·科考尼（Alan Cocconi）的工程师。此人曾给通用汽车做过承包商，参与了失败的 EV1 电动车项目。1996 年，在距离洛杉矶市中心 30 英里的圣迪马斯，科考尼的车间正致力于研究如何为电动车这个概念营造兴奋感。他们利用了一辆当时家用汽车爱好者喜欢的组装套件车，为它加上了低矮的双座跑车玻璃纤维车架。但他们并没有安装汽油发动机，而是用装在车门里的铅酸电池为车子提供动力。结果，他们得到了一辆从 0 加速到 60 英里/时仅需 4.1 秒的极速飞车，完全可以媲美超跑。这款车充一次电可以跑 70 英里，虽然远远比不上满油的普通汽车，但却是一个充满希望的开始。更令人佩服的是，它已经可以在直线竞速赛中击败法拉利、兰博基尼和科尔维特了。科考尼将这辆明黄色的汽车命名为 tzero——一种标志着起点的数学符号（当运行时间等于 0 时）。

但到了 2002 年底，科考尼的车间经历了一段艰难时期。车企客户对于用汽车电动化来打动政府监管部门的兴趣有所降低，因为这些部门已经把关注点从电动汽车转向了其他零排放技术。而且，制造 tzero 既费钱又耗时。不过，科考尼并没有被吓倒。他一直在研究如何用锂离子电池制造遥控飞机，于是现在便也开始考虑怎么把 tzero 的铅酸电池换掉。

这个想法引起了斯特劳贝尔的注意。他从毕业后就很喜欢待在这个车间里，总是洛杉矶、硅谷两头跑。他向科考尼提出了可以横穿美国的电动车的想法，而这个想法，正是他和斯坦福太阳能车队在 2003 年夏天那个不眠之夜讨论过的。他估计，需要把 1 万块电池连在一起才能造出这样的车，所以一辆展示车的制造成本会在 10 万美元。 AC Propulsion[①] 的团队欣赏斯特劳贝尔的热

[①] AC Propulsion：总部位于加州圣迪马斯的美国公司，1992 年由艾伦·科考尼等人成立，主要从事电动汽车动力系统核心技术的开发。

情，决心实现他的想法——只要斯特劳贝尔能找来资金。其实，科考尼很想聘用斯特劳贝尔，但公司生意太差，付不起他的薪水。

而斯特劳贝尔也并不确定自己是否已经准备好找一份真正的工作，安顿下来。他和前老板哈罗德·罗森依然过从甚密。当时的罗森已经年过古稀，却还想再实现一个疯狂的想法：制造一台混合动力高空飞机，用于创建无线网络连接。斯特劳贝尔觉得，锂离子电池或许也正是罗森所需要的解决方案。

就在罗森和斯特劳贝尔为他们的航天新冒险寻找投资人时，斯特劳贝尔想起了自己听说过的一个人。此人在帕洛阿尔托，名叫埃隆·马斯克。据说，他是当地机场飞行俱乐部的成员，人似乎有些古怪。每当他推迟归还飞机、打乱了其他成员的飞行计划时，就会送一大束鲜花到前台。最近马斯克上了新闻，因为他参与创建的一家名叫 PayPal（贝宝）的公司，被 eBay（易贝）以 15 亿美元收购了。而且，他还用这笔新赚来的钱创办了一家火箭公司。他看起来像是那种会被难以实现的伟大想法所吸引的人，也许正是他们需要的投资人。

那年 10 月，斯特劳贝尔在斯坦福大学听一个关于创业学的系列讲座，演讲者正是时年 32 岁的马斯克。"如果你喜欢太空，你就会喜欢这个讲座。"马斯克的开场白如是说。在讲述如何创建一家制造火箭的公司（名为美国太空探索技术公司，又称 SpaceX）之前，他先回顾了自己的人生开创史。这个故事，带有霍雷肖·阿尔杰[①]小说的特质。他在南非长大，17 岁独自一人移居加拿

[①] 霍雷肖·阿尔杰（Horatio Alger, Jr., 1832—1899）：美国作家，以少年小说闻名，多描述贫穷的少年凭借正直、努力、少许运气及坚持不懈最终取得成功的故事。

大，随后前往美国，在宾夕法尼亚大学完成了本科学业。毕业后不久，他便和自己最好的朋友任宇翔（Robin Ren）驾车穿越美国，前往斯坦福大学学习。他本想钻研能源物理，深信自己可以在电池技术方面取得重大进展。但两天后，他就放弃了自己的研究——赶在20世纪90年代末互联网淘金热之前。

眼前的马斯克一袭黑衣，衬衫扣子没系，就像在某个欧洲的夜总会里。斯特劳贝尔听着他将自己的发家史一一道来。他说，当时沙丘路①上的风险投资者里，几乎没有人像他这样，对互联网具有远见。他发现赚钱最快的方法，就是帮现有的媒体公司把内容转化到万维网上。为此，他和弟弟金巴尔创办了Zip2公司，并用一种开创性的网络程序引起了人们的注意。该程序可以给出两个地点之间每个转弯该怎么走的地图指示，而这一想法后来也得到了普及应用。包括骑士莱德报业（Knight Ridder）、赫斯特集团（Hearst）、纽约时报在内的许多报业公司都被这个功能所吸引，因为它们正想创建城市目录式的网站。两个年轻人迅速将公司售出，换成了现金（"这是一种我强烈推荐的货币。"马斯克曾一本正经地开玩笑说）。2200万美元到手之后，"暴发户"马斯克又有了一个目标：再开一家公司。他的下一个赌局定在1999年初，这一次，他准备用一个安全的在线支付系统来取代ATM机。公司最后被命名为：PayPal。而这次创业也为马斯克带来了真正的财富，用以资助他更为宏大的野心。

长期以来，他一直被一个问题所困扰：为什么太空计划停滞不前？"20世纪60年代，我们基本上是从零开始发展，经历了所有技术从无到有的过程，从无法让人类进入太空，到把人类送上

---

① 位于硅谷北部，聚集了十几家大型风险投资机构。

了月球。但我们在70至90年代之间走了弯路,以至于我们现在甚至无法把人类送入近地轨道。"马斯克说。这与其他技术的发展水平并不匹配,比如微芯片和手机——它们只会随着时间呈指数级发展,变得越来越好,越来越便宜。太空技术为什么没落了?

马斯克的话引起了斯特劳贝尔的共鸣,他也一直在思索着汽车行业里同样的问题。讲座结束后,斯特劳贝尔冲上前去,用他与罗森的交情作为由头,与马斯克攀谈起来。罗森是航空航天界家喻户晓的人物,现代通信卫星技术就是在他的帮助下开发的。于是,马斯克邀请斯特劳贝尔和罗森去参观洛杉矶附近的SpaceX火箭工厂。

SpaceX办公室的前身,是埃尔塞贡多的一间仓库。斯特劳贝尔注意到,罗森在参观时似乎显得无动于衷。他不断指出马斯克火箭计划中的种种缺陷。据说这枚火箭的成本,只有当时在造的其他火箭的一小部分。"这个计划会失败的。"罗森对马斯克说,听得斯特劳贝尔一阵郁闷。而马斯克也不甘示弱,批判了罗森用飞机创建无线网络的想法:"这个主意是愚蠢的。"等到他们坐下来吃午饭的时候,斯特劳贝尔已经确信,这次拜访就是一场彻头彻尾的灾难。

为了让谈话继续下去,斯特劳贝尔把话题引向了他自己心爱的项目:一辆可以穿越美国大陆的电动汽车。他向马斯克描述了自己正在与AC Propulsion展开合作,探索锂离子电池的使用,而这可能就是他所需要的突破点。斯特劳贝尔总是一有机会就和别人谈论这个话题,多数人都觉得他在异想天开,但马斯克没有。斯特劳贝尔看得出,他被打动了。他流露出欣然接受这个想法的表情,抬眼望着天空,像是在处理信息,并点头表示同意。马斯克懂了。

斯特劳贝尔离开的时候，觉得自己遇见了知音。这次午餐之后，他跟进了一封邮件，建议马斯克，如有兴趣看看锂电电动车的样品，可以跟 AC Propulsion 联系。马斯克没有迟疑，立刻回信说，他愿意为斯特劳贝尔的长续航展示车捐献 1 万美元，并承诺会电话联系 AC Propulsion。"这玩意儿太酷了，我觉得，我们总算看到电动汽车可行性的曙光了。"马斯克写道。

斯特劳贝尔并不知道，他很快就要为赢得马斯克的关注而展开竞争了。

第二章
EV1 之魂

最先想到"特斯拉汽车"(Tesla Motors)这个点子的,并非马斯克或斯特劳贝尔,而是马丁·艾伯哈德(Martin Eberhard)——一个被中年生活吊打的男人。在新千禧年到来之际,他先是卖掉了自己刚刚起步的公司,紧接着又和结婚14年的妻子分手。他赚的钱大部分都归了妻子,但他保留了他们在硅谷山上的房子。房子是他的建筑师兄弟帮忙建造的,天气好的时候,可以从那里看见太平洋。他找了份新工作,在一个帮助初创企业起步的科技孵化公司上班。开车去公司的路很长,要弯弯曲曲穿过一大片红树林。这就给了艾伯哈德很多时间,去思考自己人生和职业的下一步该怎么走。已经43岁的艾伯哈德并不确定自己想一头扎进哪个行业,但他知道自己还想再开一家公司,一家很重要的公司。又或者,去读法学院也不错?

为这些问题举棋不定的艾伯哈德,开始梦想拥有一些更看得见摸得着的东西,尽管很老套:他想买一辆跑车,又快又酷的那种。

艾伯哈德的须发已经有些花白了,因此看起来很像《亲情纽带》① 中的老爸一角。每天中午吃饭的时候,他都会和老友马

---

① *Family Ties*,1980年代情景喜剧。

克·塔彭宁（Marc Tarpenning）探讨自己该买什么车。两人于5年前（1997年）曾合伙创办了一家名为"新媒体"（NuvoMedia Inc.）的公司，目标很大胆：要摧毁图书出版行业。他们俩都喜欢读书，也经常出差，并渐渐开始对带书搭乘长途飞机心生厌倦。于是，他们萌生了一个想法：为什么不能把书籍电子化呢？

就这样，火箭电子书（Rocket eBook）诞生了，这也是亚马逊Kindle电子阅读器及其他同类产品的前身。2000年，在互联网泡沫破灭之前，他们把企业以1.87亿美元的价格卖给了一家公司。相比数字革命，这家公司对他们的专利更感兴趣。由于他们之前严重依赖思科公司和巴诺书店之类的外部投资者，因此两人的股权所剩无几，也就意味着他们不会像PayPal被收购时的马斯克那样，变成超级富豪。而且艾伯哈德实际到手的财产，最终大部分也会归他即将离婚的妻子所有。

艾伯哈德看着这些跑车，对塔彭宁抱怨起了燃油的效率。2001款的手动变速保时捷911开起来是很爽，但太费油。它在城市道路上的每加仑里程只有15英里，在高速上略好，可以达到23英里。法拉利和兰博基尼一般只有11英里。较为主流的2001款宝马3系，城市和高速加起来平均在20英里左右。

全球变暖在2002年还没有开始占据文化讨论的核心地位，但艾伯哈德已经看到了支持这一观点的研究，并倾向于相信科学的理性论证。"觉得我们可以继续往空气里排放二氧化碳，而不会产生什么后果——这种想法是愚蠢的。"他说。而且他始终认为，美国在中东的问题其实是从这个国家对石油的依赖衍生出来的。对此，塔彭宁也有同感。

当了半辈子工程师的艾伯哈德，开始以假设的方式研究电动车和汽油车谁的效率高。他制作了详细的电子表格，计算了油井到车轮的效率（将一辆汽车的能源消耗总量与其产生的温室气体排放量相比较）。他开始相信，电动汽车才是正确的选择。唯一的问题是，他找不到能满足自己需求的电动车，尤其是找不到像保时捷那样火辣的。

像艾伯哈德这样的人不止一个。在加州，有一小部分人的呼声越来越高，这些人强烈要求有更好的电动车可以选择。他在初创企业孵化公司的同事史蒂芬·卡斯纳（Stephen Casner）也是其中一员。卡斯纳租了一辆EV1（通用汽车进入尚处萌芽阶段的电动车市场的尝试性产品），从此便陷入了电动汽车爱好者的新兴亚文化中。他每年都会参加电动汽车协会的公众集会，并在集会上看见了一辆被改装成电动车的保时捷，改装者是一名刚从斯坦福大学毕业的学生（不是别人，正是J. B. 斯特劳贝尔）。那辆车创下了萨克拉门托直线竞速赛的速度纪录，因此饱受赞誉。

坐进EV1准备试驾的艾伯哈德，仔细端详着这辆车。当然，它看起来并不像是一辆跑车，而更像是怪模怪样的双门宇宙飞船。出于空气动力学的流线型需要，EV1车身低矮，呈泪滴形。后轮一部分被车身面板遮盖，从侧面看就像半阖的眼睛。在这些设计元素的帮助下，这款车的风阻比其他量产车减少了25%，也就意味着它更加节能，需要的电池更少。

对电动车制造商来说，重量与效率是一场永恒的较量。EV1的电池组重达半吨，这个重量相当可观，因为当时的轿车平均重量只有1.5吨多一点。电池组被安在车辆正中间，像是在两个座椅中间竖起了一堵矮墙，更加增添了这辆小车的幽闭恐惧气氛。在电池组上方和艾伯哈德右手处的变速杆周围有几十个按钮，看起来更像是科学计算器，而不是典型的跑车。

尽管如此，艾伯哈德还是对这部车子的加速性能惊叹不已。

轻点油门，车子就飞快地冲了出去。GM声称这款车的0到60英里/时加速仅需9秒不到。而且没有了汽油发动机的轰鸣，这车开起来十分安静，只有马达轻柔的转动声。

但这并不是艾伯哈德想要的热辣跑车。而且不管怎样，EV1最终都只是昙花一现。通用认定这个项目是一笔赔钱买卖，因此召回了所有的汽车，关闭了生产线。但卡斯纳在和艾伯哈德聊天的时候提到自己有一个邻居，叫汤姆·盖奇，为EV1项目初始团队的一位工程师工作。他们的公司在洛杉矶，叫AC Propulsion。公司车间负责人艾伦·科考尼造出了一辆电动车，名为tzero。

艾伯哈德读到过这辆车的相关报道。于是他很快动身，飞往洛杉矶一探究竟。

艾伯哈德抵达AC Propulsion时，得知tzero三部成车中的两部已经被科考尼和盖奇售出，每部售价8万美元。这款车子是明黄色的，前端呈斜坡状，有些卡通，车身是低矮的长方形。28块铅酸电池被堆放在车身面板内部本该是车门的位置，因此艾伯哈德只能像《杜克兄弟》(Dukes of Hazzard)①一样，爬进爬出狭小的驾驶舱。但他发现，这部车子在精致感与舒适度上的缺失，完全被它的加速能力所弥补了。没有离合器。没有变速杆。纯粹的肾上腺素飙升。

尽管如此，tzero还是有着和EV1一样的问题：依然要依赖昂贵的大型电池，但续航里程却很短。艾伯哈德回忆说，他在和该公司负责人沟通时提到过使用锂离子电池的想法，因为他的电子书用的就是这种电池，所以他很熟悉。据他描述，他在分享自

---

① 《杜克兄弟》：2005年7月27日在美国上映的喜剧动作电影，讲述了杜克表兄弟为了保住叔叔的农场而与投机商人斗智斗勇的故事。

己的想法时，整个房间渐渐安静下来，变得让人有点不舒服，仿佛他戳到了某个痛处。科考尼匆匆结束了他们的会面。

等艾伯哈德再次到访的时候，科考尼给他看了一个东西。原来，两人竟然不谋而合。这位遥控飞机爱好者也注意到，用锂离子电池替代玩具飞机中常见的镍氢电池是有好处的：它们更便宜，性能也更好。科考尼开始用一小笔经费进行测试，他预感到可以将一堆笔记本电池（一开始是 60 块）串在一起，做成一个电池组，产生更多的电量。他开始谈论要怎样才能将 tzero 改为用锂离子电池驱动。

如果科考尼可以用 6800 块廉价的笔记本电池取代 tzero 的铅酸电池，理论上他们可以得到一辆重量更轻的车子，续航里程更长，性能也更好。唯一的问题是，AC Propulsion 在资金方面捉襟见肘。在加州监管部门不再强制推行电动车的情况下，它最大的客户之一大众汽车取消了合同（之前他们一直在合作，将大众汽车改装为电动汽车，增加大众在加州的销量，并规避和汽车尾气排放相关的罚款）。当时车间的前景一片黯淡，正在以裁员来设法挽救公司。

艾伯哈德想买一辆 tzero，也已经准备好付款了。他答应出价 10 万美元买这辆车，并额外给他们 15 万美元维持运转，把 tzero 改装为锂离子电池车。也许在他的帮助下，车间可以变成一家真正的汽车公司，艾伯哈德想。为了解决一个普普通通的现实问题——拖着沉重的书到处走的问题——他和塔彭宁创办了他们之前的公司。也许现在，他可以解决这个新问题，开创一家新公司，将他的中年危机一扫而空。

关于电动汽车的想法和汽车本身一样由来已久。19 世纪中叶，发明家们就开始尝试用电池驱动车辆了。亨利·福特的妻子早在 20 世纪初就拥有了一辆电动汽车。这项技术对当时的女性特别有吸引力，因为她们不喜欢手摇柄、噪声和老式汽油车的味道。她丈夫在大众型汽油车 T 型车上取得的成功，基本上终结了汽油与电力之争。福特汽车公司以不断增长的中产阶级负担得起的成本大规模生产这款汽车，从而创造了汽车制造行业和基于化石燃料的加油站网络。一辆电动汽车的成本也许是普通轿车的三倍还多，而续航里程只有 50 英里，这可不是什么有吸引力的商业命题。

直到 20 世纪 90 年代，纯电动车才似乎有了东山再起之势。通用汽车公司在 1990 年的洛杉矶车展上引入了一款概念车，震惊了整个行业，随后迅速将这一想法投入生产，于 1995 年推出了 EV1。

EV1 的问题，本质上是一个数学问题。电动车制造商面临的挑战中有一项就是，任何纯电动车的电池成本都会使车辆的标价上涨数万美元。大型车企里那些精打细算的人绝对不会喜欢这种事情——要知道，他们往往会为了省下几美元，甚至几美分而放弃一些功能。让汽车成本上涨几千美元这种想法一般是行不通的，尤其是在电动汽车为消费者制造了这么多障碍的情况下。其中最严重的障碍，就是为车辆充电。经过近一个世纪的发展，加油站已经遍布全国的各个城镇，到处都可以加油。但电动车却没有这样的便利。

而且，工程师们是按照少装电池、降低成本的方案来制造 EV1 的，因此缩短了续航里程，相当于造成了一个无解之题。

再者说，即使锂离子电池可以解决续航里程的问题，艾伯哈德也要面对一个现实：尽管使用的是不那么昂贵的电池，但和没有类似费用的同等汽油车比起来，还是会增加成本。在研究这个问题的时候，他得出了一个结论：包括通用在内的众多汽车公司之所以会失败，就是因为它们都在强调电动汽车是为普通消费者准备的。这些公司尝试着扩大规模，希望借此降低电池成本，结果只能得到一款满是妥协的产品——对高端买家来说不够刺激，在中低端市场竞争中又太过无力。

凭借着自己在消费电子行业的经验，艾伯哈德意识到，这些汽车制造商采取的方法是错误的。最新的技术总是先溢价出售，然后才会降价，以适应普通买家的需求。先满足愿意为潮酷事物多掏腰包的尝鲜一族，再考虑大众跟风。电动汽车又何尝不应该如此呢？

他从丰田普锐斯的销售中获得了启发。普锐斯是一款混合动力汽车，利用车载电池存储制动系统和汽油发动机产生的能量，减少整体油耗。它本质上就是一辆带有昂贵绿色动力传动系统的低端卡罗拉。这种车的购买者，很大程度上和丰田豪华品牌雷克萨斯的购买者一样，集中在一小撮群体中。那些想要秀自己环保感的电影明星，会开着普锐斯出现在好莱坞。艾伯哈德开车经过帕洛阿尔托的时髦街道时，拍下了两边房屋的照片：普锐斯轿车与宝马、保时捷一起，并排停在车道上。他敢说，那些人就是他的潜在客户。他们担心开车对环保造成的影响，但依然对车辆的性能充满渴望。

如果开发一款高价的电动跑车，艾伯哈德将不用面对太多降低电池成本的压力。他从自己的个人经验中得知，跑车买家可能会是一批宽容的人，愿意忽略一些东西——甚至是可靠性——只要车子的性能出色，品牌也被认为够酷。

艾伯哈德对于潜在市场的兴奋感与日俱增，他说服塔彭宁，和他一起创办了一家公司。他给公司起名为"特斯拉汽车",以纪念设计了交流电系统、造福全世界家庭的尼古拉·特斯拉(Nikola Tesla)。2003年7月1日,在距离特斯拉147岁生日还有9天的时候,他们在特拉华州为公司进行了注册。随后他们开始思考,身处汽车行业,究竟需要知道些什么。

不可否认的是,他们知道得并不多,但他们却认为这是一种优点。汽车产业正在经历结构变革,就连通用这样的行业巨擘也在努力适应消费者变化的品味,并试图解决遗留债务、高劳动力成本和市场份额萎缩等方面的问题。好几代汽车制造商倡导的都是纵向一体化运营:由内部零件供应商将制造汽车所需的零部件供应给业务的组装端。但为了削减成本,这些零件供应商被剥离出来,变成了遍布全球的第三方。艾伯哈德敢肯定,从理论上来说,小小的特斯拉也可以买到和大公司一样的零件,来制造他的跑车。

而且为什么一定要自己**造**车呢?他们两个在为新媒体公司制造电子阅读器的时候,也并没有自己动手组装配件,而是像大多数消费电子产品公司一样,把工作外包给第三方。但他们发现,几乎没有汽车公司提供这种服务。不过,还是有一家公司引起了他们的注意:英国跑车制造商——路特斯。

路特斯最近刚刚发布了新版本的伊莉丝(Elise)跑车。那么特斯拉何不买上几辆伊莉丝,让路特斯公司把设计调整到看起来比较独特的程度,再把内燃机换成科考尼的电动马达呢?不就造出他们自己的高端电动跑车了吗?

其他人也想过要设计电动汽车,却都无法用这种车子来获得利润。艾伯哈德思考的是,要如何彻底改变汽车制造行业,将自己在硅谷创业的经验教训引入这个百年产业。特斯拉应该成为一个轻资产公司，专注于品牌和客户体验。他认为眼下正是时机。

到 2003 年 9 月， AC Propulsion 已经按照艾伯哈德的要求，完成了车辆改造。改造的结果在他看来意义非凡。新款 tzero 装载了锂离子电池，大幅减轻了 500 磅的重量。 0—60 英里/时的加速时间缩短到了令人弹眼落睛的 3.6 秒，变成了世界上最快的车子之一。改装还增加了车辆的续航里程，单次充电可以行驶 300 英里，和老款 tzero 的 80 英里相比，是一个重大的提升。

艾伯哈德请自己的邻居、业余赛车手伊恩·赖特（Ian Wright）试驾了这辆车。它和赖特之前开过的所有车子都不一样。如果想让一辆汽油车超快速起步，需要先进的车辆和技术高超的驾驶员。提升发动机转速、松开离合的时机都必须刚好。离合松得太早，车子会熄火，因为没有足够的扭矩让车辆前进。松得太晚，轮胎又会冒烟。必须要算准时机，在引擎提供了足够动力的一刹那，让轮胎转起来。自动变速箱可以帮到驾驶员，但它们却要依赖汽油驱动的系统。

但 tzero 就不同了。艾伯哈德和赖特发现，等到汽油车完成这些起步步骤的时候，电动车已经在比赛中领先整整一个车身的距离了。而且车辆速度上去以后，加速感也不会减弱。"感觉就像挂一挡的赛车，但可以挂着一挡一直加速，加到时速 100 英里。"赖特后来写道。他很快就放弃了自己创业的想法，转而加入了艾伯哈德和塔彭宁。

尽管这一切都愈发坚定了艾伯哈德制造跑车的想法，但在盖奇和科考尼看来， tzero 却提供了另一种可能性。他们想用这种新的电池技术来制造一款大众型电动汽车。锂离子电池为车辆提供的续航里程，可以让这种用于玩乐的技术变成日常通勤工具。

双方已经联手取得了巨大进展，但很显然：他们必须分道扬镳。盖奇和艾伯哈德达成了共识：如果不能一起开公司，至少可以一起做生意。艾伯哈德可以买下盖奇的马达和电子器件，去生产他想要开发的跑车。但这不会是一项独家交易：AC Propulsion可以自由运营。

然而，双方都面临着同样的挑战：无论想法看起来有多好，两个团队的银行账户上都没有足够的钱去生产汽车。他们需要筹集数百万美元的起步资金。于是，他们达成了一个君子协定：不去找同一个投资者。

很快，埃隆·马斯克就成为了 AC Propulsion 的潜在投资者之一——部分归功于 J. B. 斯特劳贝尔的推荐。并且，在盖奇向谷歌（当时这个网络搜索引擎才刚刚推出了几年）创始人谢尔盖·布林和拉里·佩奇展示 tzero 时，马斯克的名字也被提起。两位创始人被车子的演示打动了，但他们不愿意投资——当时距离谷歌上市还有几个月的时间。于是，布林推荐了马斯克。"埃隆有钱。"他说。

"你对制造汽车知道些什么？"朱迪·埃斯特林（Judy Estrin）专心听完艾伯哈德的介绍之后，提出了这个问题。她是数据包设计公司（Packet Design）的创始人之一。艾伯哈德在辞职去特斯拉追梦之前，就在这家孵化型企业工作。她素来钦佩艾伯哈德的创业头脑与冒险精神，也并不怀疑他"现在是电动车好时机"的理论。但办车企是很难成功的——这还是委婉的说法。

在艾伯哈德和他的搭档们去寻找资金时，也遇到了类似的阻力。劳里·约勒（Laurie Yoler）是他的朋友，也是他在数据包设计公司的同事。约勒在投资界人脉很广，为艾伯哈德他们在硅谷安排了很多与投资人见面的机会。初创企业通常依靠种子资金起步——也许是创始人自掏腰包，也许是亲友们七拼八凑，用以显示公司获得了强有力的早期支持——然后才能越来越多地获得大笔融资。在每一轮融资中，创始人都要在其他人买入的时候放弃公司的部分股权，现有的投资者要么追加投资，要么被稀释股权。与此同时，那些掌管着数百万美元基金的风险投资者也会刻意去投资这类初创企业，然后套现——做法是让更大的公司收购初创企业，或是在基金生命周期（通常 8 至 12 年）中的某个时候进行首次公开募股（IPO）。

早年间，像脸书（Facebook）这样以软件为基础的初创企业，人们对它的评判标准不是利润，而是不断扩张的用户群。马克·扎克伯格在哈佛宿舍里创建了这个社交网络之后，过了 5 年才开始盈利，又过了好多年才首次公开募股。亚马逊在创立近十年后才实现年度盈利，与此同时还在将资金运用于扩大用户群，并建立起举世无双的物流和数字基础设施系统。而这些都还是成功的案例。即便如此，它们也一直在流失现金，直到柳暗花明。

汽车公司并不是大多数投资者习惯去考虑的东西。首先，在这几代人的时间里，从来没有出现过成功的新车企。而且，投资者只要简单地算一算，便会很快意识到这是一种资本高度密集型产业，意味着他们不太有机会获得大额回报。即使是成为一家汽车公司的供应商，就像 AC Propulsion 渴望的那样，也还是有令人担心的地方——也许要过上十几年，它的零件才会出现在量产车上，而这已经远远超过了普通风投的投资周期。但就在 2004 年 3 月底一个周二的下午，艾伯哈德打开电子邮箱，发现有一封来自盖奇的短信，马斯克也被抄送在内，盖奇推荐他俩认识一下。"他会有兴趣听听你们特斯拉汽车公司做的事情。"盖奇写道。

艾伯哈德看着邮件，立刻回想起多年前在斯坦福校园里听过马斯克的一场演讲,是关于他对太空旅行和访问火星的构想的。很明显,他不会对远大梦想反感。

但邮件中没有提到的是: AC Propulsion未能说服马斯克,让他相信他们有着完善的商业计划。马斯克告诉盖奇,他觉得要想让电动汽车酷起来,就得先从高端做起,再逐步下放到主流。这无意中和艾伯哈德的观点不谋而合。把英国车企来宝(Noble)的跑车改装一下怎么样?他考虑要进口一辆不装引擎的来宝,肯定很拉风。但这并不是盖奇和科考尼想走的道路。

既然英雄所见略同,小小的特斯拉团队便很快和马斯克安排了一次会面。塔彭宁因为家中有事缺席,只剩下艾伯哈德和赖特带着精心打磨了好几个月的商业计划书飞赴洛杉矶。他们已经算过了:这部被他们命名为"Roadster"的跑车,每辆生产成本要4.9万美元。成本中最大的一块(将近40%)来自电池,但他们希望可以在产量增加后拿到折扣。电池供应商一定会为这家公司的前景兴奋不已,因为他们的产品依赖的不是数码相机或手机那样的单块电池,而是成千上万块电池。车辆装配成本大约在2.3万美元,包括从第三方(比如路特斯汽车)处购买底盘,以及常规车辆需要的零部件。随后,他们会以6.4万美元的价格把它卖给少数获批的汽车经销商,再由经销商以7.9999万美元的价格卖给客户。这样算来,特斯拉每辆车可以获得1.5万美元的毛利润,每年只要卖出300辆,或是占到美国高端跑车市场的1%,就可以达到收支平衡。

他们预计,总共需要筹集2500万美元,才能帮助公司顺利度过初创期,实现收支平衡。他们觉得这个愿望可以在2006年实现,到时公司就会开始盈利。他们计划先筹集700万美元,用于招聘工程师,并支付手工制造原型样车的费用。接着在那一年结束前再筹集800万美元，用于车辆最终阶段的开发和更多原型样车的制造。九个月后，再筹集500万美元，来支付工厂的工装费用，并开始建立库存。2006年3月，在获得第一笔投资的两年后，最后筹集500万美元，用于启动批量生产。

他们的计划很简单：造一辆全世界最好的跑车，用7.9999万美元的价格卖出去。4年之内交付565辆，赚取利润，改变世界。还能再简单点儿吗？多容易的算术啊。但在那个时候，他们并没有意识到，自己用的数字有问题。

马斯克非常兴奋，但也表现出了怀疑："你们得让我相信，你们知道自己在说些什么。"他们开会的地点在埃尔塞贡多SpaceX办公区的一间玻璃会议室里，屋里装饰着飞机模型，旁边就是马斯克的小格子间。他问他们，到底需要多少钱："为什么不会是那个数字的2倍、5倍甚至10倍呢？"

两人对此并没有一个很好的答案，只能告诉马斯克，他们在洛杉矶车展上对车企高管们死缠烂打之后，已经和路特斯公司取得了联系，并且有资料说，伊莉丝的开发成本还不到2500万美元。马斯克听了并不信服。他告诉他们，最大的风险在于，他们可能需要比自己预期多得多的钱（很有先见之明，最后果然如此）。但他还是对这个想法很感兴趣。

他们又讨论了关于Roadster后续车型的计划。艾伯哈德提议，一种方案是造一辆这款车的超级版，配备双速变速箱和更为精美的内饰，可以媲美竞争对手售价6位数的车型。另一种方案是稍微降一点档次，推出一款四座双门轿车，用来吸引奥迪A6的购买者。或者SUV也不错？公司一旦实现了量产，零部件价格就下来了，制造成本也会降低，届时可以再推出价格更低的后续车型。艾伯哈德为特斯拉所做的构想，就像一幅引领电动车行业的路线图。就像古老的藏宝图一样，有的部分也许是模糊的，建立在想象的基础上，有可能对，也有可能错。然而，从核心来看，前进的道路还是十分清晰的。可以把 Roadster 作为一个开端。

两个半小时之后，马斯克表示他愿意加入，但还想和缺席这次会议的塔彭宁谈谈。他也有一些条件要提，而且一定要当董事长。并且，他们需要在 10 天内达成协议，因为他的妻子贾丝廷很快就要做剖腹产手术，诞下他们的双胞胎儿子。

艾伯哈德和赖特兴冲冲地离开了会议室。"咱们公司有钱啦！"艾伯哈德对自己的商业新搭档说。

马斯克要做最后的尽职调查，而特斯拉也一样。他们的风投联络人约勒四处打听关于马斯克的情况，并给艾伯哈德带回了这样的消息：马斯克出了名地难搞和固执。当时人们还不太知道，马斯克在 PayPal 当 CEO 的日子是怎么结束的。原来，他是被对他管理风格不满的董事会踢下台的——趁他度蜜月的时候。公司很快就被卖给了 eBay，他赚得盆满钵满，但也觉得对自己创造的东西失去了控制。那个时刻，对马斯克造成了巨大的影响。他永远不会忘记失去一家公司的感觉，或是为此打的财务战。

约勒很担心。艾伯哈德也是一个难搞又固执的人——这是创业者的共同特征，因为他们必须相信自己的勇气，哪怕所有人都在告诉他们，他们的想法太冒险、不明智、未经证实。"你必须和他谈谈。"艾伯哈德对她说。她和马斯克通了一个电话，很快就消除了疑虑。"他的确说服我了，"她说，"他告诉我：'我就是想带着一大笔钱来当个董事会成员和投资者，仅此而已。'"

于是，他们迅速达成了协议。在 650 万美元的初始投资中，马斯克占了 635 万，艾伯哈德贡献了 7.5 万，剩下的来自其他小型投资者。艾伯哈德成为了 CEO，塔彭宁任总裁，赖特是首席运营官。约勒加入了董事会,同时加入的还有艾伯哈德的老友与导师谢家鹏(Bernard Tse)。在新董事长支票入账的那天晚上,除了马斯克之外的所有人齐聚一堂,来到艾伯哈德在门洛帕克租来的小办公室里,开了一瓶香槟,为公司起步干杯。他们有了一家真正属于自己的企业,前景广阔,开门大吉。

第三章
玩火

在 J.B. 斯特劳贝尔位于门洛帕克的三卧室出租屋外，放着一堆二手电动马达。每个都单独装在一个大木箱里，共有几十个，和对面邻居家雪白的栅栏、精修的草坪形成了鲜明的对比。这些年来，斯特劳贝尔一直在收集废弃的马达。这些马达，都来自通用汽车失败的电动车产品：EV1。

一开始，他的收藏是出于好奇。当通用汽车最终在 2003 年取消了 EV1 项目时，这家位于底特律的汽车制造商召回了所有车辆，运到垃圾场准备销毁，引起了消费者的集体恐慌和抗议。在此之前，斯特劳贝尔在想，会不会有任何备用的 EV1 零件幸存下来。或许土星汽车经销店会有？因为它们受通用汽车之托，负责 EV1 的售后服务。这些零件也许可以用在他的汽油车电动化改装上，就像那辆保时捷一样。他的预感是正确的——他在当地一家土星汽车售后服务中心后面找到了一台报废的马达。斯特劳贝尔被自己的好运气吓了一跳，准备鼓足勇气，和汽车经销商展开一场艰苦的谈判，毕竟这件宝贝太珍贵了。但经销商却用难以置信的目光看着他：这就是个垃圾！拿走。

很快，斯特劳贝尔就在地图上找到了美国西部所有为 EV1 做过售后服务的土星汽车经销商，开始挨个给它们打电话。等到电话打完，他已经收集了将近100台马达。他拆了一些，研究其中的奥秘，又卖了一些给其他的电动车爱好者，并打算把剩下的用在他的电动汽车项目上——比如他刚刚推荐给马斯克的那一个。也多亏了这个项目，否则他们和马斯克的那顿饭就白吃了。

2003年初，斯特劳贝尔带着马斯克投资的1万美元搬回了硅谷，开始研发一款单次充电就能横穿美国的电动车原型样车。他租房选的地点靠近斯坦福太阳能车队的车库，希望能吸引一些渴望和他一起工作的学生。安顿下来之后，他把收集到的马达一字排开，把车库打造成了车间，开始试验如何把锂离子电池连接在一起，做出可以为他的车子提供能量的电池组。他那时还不知道，马斯克刚刚投资了一家电动汽车公司，投资金额高达几百万美元。而这家公司技术的基础，和他正在完善的这一种极其相似。

因此，他在2004年接到马丁·艾伯哈德的电话时，感到非常惊讶。艾伯哈德声称，自己最近成立了一家名为特斯拉汽车的电动车公司，不知斯特劳贝尔有没有兴趣来工作。这让斯特劳贝尔很难相信。他认识电动车圈子的每一个人，但从没听说过艾伯哈德这么个名字。更让他惊讶的是，特斯拉所在的办公楼离他家只有1英里。带着满心错愕，斯特劳贝尔骑上了自行车，前去一探究竟。

到了那里，他见到了艾伯哈德、塔彭宁和赖特。他们需要帮手来实现电动汽车的梦想，因此正在招兵买马。而他们需要的帮助，更是不计其数。他们自认都是些车迷：艾伯哈德多年前在伊利诺伊大学的宿舍里修复过1966年款福特野马汽车的零部件，而赖特是个业余赛车手。但在汽车制造方面，他们经验有限。

特斯拉最初的挑战在于要造出一辆所谓的"骡车"，也就是他们认为之后可以用于生产的原型样车：具体来说，就是把路特斯汽车的车架和 AC Propulsion 的电动马达结合起来，再用相连的几千块笔记本电池提供动力。 AC Propulsion 的 tzero 已经证明，锂离子电池是可以工作的。现在他们手头的资金，可以让他们有大约一年的时间来造骡车。如果成功了，他们就有东西可以展示给投资者看了，也就有希望筹集到下一轮资金，开始开发真正的车辆，供路特斯汽车生产。如果一切按计划进行，车辆可以在 2006 年投产，距现在还有不到两年。

时年 28 岁的斯特劳贝尔，是 AC Propulsion 的人推荐给特斯拉的。第一次和艾伯哈德见面聊天的时候，斯特劳贝尔便意识到，他们两人不知不觉间一直在追求同一个梦想。有很多人是他们俩都认识的。两人也都跟 AC Propulsion 的科考尼和盖奇有过交集，并且都和埃隆·马斯克达成过协议。

斯特劳贝尔晕头转向地结束了这次会面。所有这一切都发生在他眼皮底下，涉及到的人他都认识，但他却对此一无所知？他给马斯克打了个电话："这听起来太扯了。"他连珠炮似的向马斯克发问：这公司正规吗？你真的要加入吗？决心要投资吗？会长期坚持下去吗？

马斯克向他保证，这是真的。"我对此非常兴奋，"他说，"这件事我们必须要做……你要么加入他们，要么加入 SpaceX。"

斯特劳贝尔选择了特斯拉，被聘为工程师。

除去斯特劳贝尔之外，艾伯哈德主要通过朋友和新媒体公司的前同事为特斯拉招聘员工，因此为这家汽车公司增添了消费电子产品的理念。在找到合适的人选之前，公司总裁塔彭宁一直在负责软件开发，还兼当 CFO。赖特监督工程设计。艾伯哈德的邻居罗伯·费伯（Rob Ferber）负责电池开发。

团队成立之后，斯特劳贝尔接到的第一个任务就是亲手将一张支票从特斯拉送到 AC Propulsion，履行一部分技术授权协议。抵达圣迪马斯之后，斯特劳贝尔住进了车间旁边每晚 40 美元的汽车旅馆。在他对 AC Propulsion 电动马达及其他系统实施逆向工程期间，那里就是他的栖身之地。他觉得，从很多方面来说，自己的梦想已经成真了。他可以和 AC Propulsion 的朋友们并肩工作，还能因此获得报酬。艾伯哈德和赖特已经前往英国，准备敲定与路特斯公司的协议。而这家汽车制造商也已经把第一辆伊莉丝运到了圣迪马斯，斯特劳贝尔和 AC Propulsion 团队立刻埋头苦干了起来。他们首先拆除了汽油发动机，为电动马达和电池腾出空间。但很快，斯特劳贝尔就发现了特斯拉遇到的第一个障碍。

堆在他门洛帕克屋后的那些 EV1 马达，诠释了来自大型汽车制造企业的精准与统一。而 AC Propulsion 的马达则是另外一种东西——在他看来，每一台都是一件珠宝，精雕细琢，独一无二。但这就成了问题。艾伯哈德计划每年要卖出好几百辆 Roadster。斯特劳贝尔不能拿珠宝回去见团队。他需要的，是机器上的齿轮。

兵来将挡，水来土掩。就目前而言，特斯拉所要考虑的并不是大规模生产，而是利用有限的时间和资金造出一台骡车。无论能不能保持一致性，斯特劳贝尔都得先让动力系统工作起来。理论上来说，造骡车应该很容易，毕竟 AC Propulsion 已经把 tzero 的电池组做出来了。但 AC Propulsion 并没有急特斯拉所急，反而对于把丰田赛恩（Scion）改造为电动车更感兴趣，或是专注于其他吸引了他们注意力的项目。 AC Propulsion 没有优先考虑特斯拉的 Roadster 项目，或许也并不奇怪，因为从某种程度上来说，这是他们的竞争对手。

艾伯哈德的运气也好不到哪里去。路特斯公司的一个来电，让他和赖特痛苦地醒悟过来,之后便垂头丧气地从英国回来了。原来,艾伯哈德计划的关键,是将伊莉丝简单地改头换面,变身成 Roadster。然而他们万万没有想到,改设计是如此昂贵与费时,就连一扇车门也不例外,每件事的代价都非常高昂。而且路特斯公司想要的报酬,远远高过艾伯哈德商业计划中的预想。会议结束的时候,他们意识到,筹款计划要提前了。

否则,据赖特保守估计——"就歇菜了。"

这个小团队的气氛开始变得紧张。2004 年秋天,他们决定将伊莉丝的车身从洛杉矶运往北边的硅谷。艾伯哈德在那里找到了一处新的办公地点(前身是管道仓库),有地方可以开设车间。在斯特劳贝尔的推荐下,他们聘请了戴夫·莱昂斯(Dave Lyons)。莱昂斯曾就职于知名设计公司艾迪欧(IDEO),可以为团队增加一些工程方面的力量。

电池组的工程量比预期的要大。于是,斯特劳贝尔索性把自己展示车的电池组改造了一下,装在了骡车上。他对电子器件和马达的研究已经非常深入了,因此开始承担更多电池相关的工作。他会向斯坦福的朋友们寻求帮助,而他们也很愿意被他领导。他家的车库变成了特斯拉分部:工作室里配备了特斯拉需要的工具,客厅也变成了办公室。斯坦福太阳能车队的成员吉恩·贝尔蒂切夫斯基,就是早年和斯特劳贝尔一起为电动车兴奋的那一位,退学加入了特斯拉(前提是向父母承诺会回去完成学业)。每天休息的时候,他都会去斯特劳贝尔的厨房吃麦片。而与此同时,斯特劳贝尔则在后院的泳池边手工黏合电池。

人际关系的问题也初显端倪。团队中有些人觉得,斯特劳贝尔招来的斯坦福校友越来越多,帮派势力显而易见,对赖特构成了威胁。两人在技术问题上也存在分歧,比如冷却电池该用空气还是液体冷却剂。赖特甚至去问这位年轻的工程师，是不是企图取代自己的位置。面对这种问题，斯特劳贝尔茫然不知所措。对他来说，能来特斯拉工作，简直就像美梦成真。他可没有时间去搞办公室政治。

赖特不只是和斯特劳贝尔一个人有冲突。当他们开始工程工作时，赖特作为赛车手的经历，让每个人都倍感压力。团队里有些成员开始觉得，他恨不得他们都能像车队技师一样无所不精。比如，他会命令他们计算车辆的重心，这简直让他们无从应对，只能转向互联网寻求帮助。工程团队才刚刚成立几个月，就已经有人离开了。

工间休息的时候，斯特劳贝尔和塔彭宁会聊起心中的困惑，不知道两个都很有性格的人，能在一起共事多久。他们这么说是因为，艾伯哈德和赖特显然多有不合。艾伯哈德骨子里是一名工程师，喜欢钻研细节，但赖特会觉得，艾伯哈德只管当好自己的CEO就够了。他还会质疑艾伯哈德的眼光，觉得纯电动超跑可能根本不会有市场。

快到年底的时候，斯特劳贝尔接到了马斯克的一个电话。他想知道公司情况如何，尤其是艾伯哈德和赖特干得好不好。毫无心机的斯特劳贝尔告诉他，赖特做得不是很好，和工程师相处得不太融洽。艾伯哈德似乎还不错，和他共事还挺开心的。

第二天，斯特劳贝尔得知了一个消息：赖特出局了。这时，他才明白马斯克来电的真正用意。他后来了解到，赖特曾秘密飞往洛杉矶，建议马斯克炒掉艾伯哈德，让赖特当CEO。公司才成立不到一年，就已经搞起了内讧——而在今后的若干年里，这种争斗都会是这家企业的文化特色。在斯特劳贝尔他们看来，赖特的出局表明，为了搞清楚自己投资的企业真实情况如何，马斯克并不介意向工程师级别的员工打探情报。

但赖特走的那天,团队都长舒了一口气。年底,他们去艾伯哈德家里庆祝了节日。他已经和来自艾迪欧的朋友合作,为量产车的最终外观想出了一些主题。他在派对上向大家展示了这些主题,并由团队投票,选出了他们最喜欢的外观。他们没有选择普锐斯那种高科技感十足的设计,反而选中了一款看起来更像马自达米亚达(Miata)的车,只不过车头灯更有棱角一些。

不过,离车辆量产还有一段时间。他们的当务之急是:搞定那辆骡车。

艾伯哈德从 LG 化学(LG Chem,隶属韩国科技巨头 LG 集团)那里争取到了大约 7000 块电池,用来制作电池组。满满一栈板电池芯运抵门洛帕克,每块都有独立的塑料包装。特斯拉办公室助理克莱特·布里奇曼(Colette Bridgman)订了一摞披萨给大家当午餐,随后全办公室的人聚在一起,用 X-Acto 刻刀把电池从外壳中剥离出来。整个过程要特别小心,因为一旦刺破电池芯,就有可能着火。

第二年春天,他们集体的努力得到了回报。骡车基本完工了。他们已经成功地将伊莉丝的引擎换成了电动马达和电池组。

到了骡车试驾的那天,一开始,斯特劳贝尔还有些提不起劲儿。因为车子看起来还是一辆伊莉丝——他们已经盯着看了好几个月,早就腻了。而且,开电动车对他来说也不是什么新鲜事了。但由于特斯拉的前景取决于这辆车的表现,因此这个时刻显然还是十分重要的。全公司的人都聚集在由管道仓库改建的特斯拉工作室外,等着目睹车子第一次开起来。

斯特劳贝尔坐进这辆低矮的跑车,把窗户摇了下来,好跟工程师们交谈。该出发了,他轻点油门,车子往前一冲,沿着仓库林立的街道疾驶而去。它的高速与安静，让围观的人群目瞪口呆。艾伯哈德看着这辆车，眼中涌上了泪水："特斯拉第一次证明，它可以做到。"而轮到他自己试驾的时候，他甚至不愿意松开方向盘。团队工作落后于原计划好几个月，现金也所剩无多。但这辆里程碑式的骡车，可以让投资者解开腰包。相比于兴高采烈，他们更觉得如释重负。

看到这个进展，马斯克很开心。艾伯哈德几个月前从英国回来时，带回了令人沮丧的消息：他们所需的资金比计划的要多。马斯克对此很不高兴，但并不觉得吃惊。他一开始就告诉过他们，他觉得2500万美元的预算对于造一辆新车来说太少了（他的心理预期是，这支团队只有10%的胜算）。但团队在骡车上取得的进展让他深受鼓舞。他答应他们，第二轮1300万美元融资中的大部分由他来出。这轮融资还为公司带来了一些新面孔，包括安东尼奥·格拉西亚斯（Antonio Gracias），他位于芝加哥的投资公司成为了除马斯克之外最大的投资方。

而斯特劳贝尔的努力也得到了认可。他被晋升为首席技术官。

他们的下一步挑战是开发真正的Roadster，也就是会在路特斯公司投产的版本。但就在团队庆祝融资成功时，出现了一个问题。这个问题，可能会将特斯拉扼杀在摇篮里。

问题的起因，是一封来自LG化学的信。信中用恐慌的口吻向特斯拉提出了一个可怕的要求：归还电池。

就在特斯拉证明它可以自行加工锂离子电池组时，电池产业也正在努力应对电池芯处理不当带来的危险。相关事故不断增长，在整个电池行业引起了巨大的震动。几个月前，AC

Propulsion 就经历了一起这样的事故，并从中吸取了惨痛的教训。在由洛杉矶运往巴黎的途中，AC Propulsion 的一批电池发生了火灾。起火时，它们正在被装上一架于孟菲斯中途加油的联邦快递飞机。这起事故引发了美国国家运输安全委员会的调查，并导致了人们对未来如何运输电池的担忧。出于对锂离子电池过热并起火的担心，苹果公司等个人电子用品公司正在召回含有这类电池的设备。苹果公司于 2004 及 2005 年召回了 15 万台以上的笔记本电脑——里面的电池都是由 LG 化学生产的。

当 LG 化学意识到自己已经把大量的电池卖给了一家硅谷初创企业，而这家企业还打算把它们全都安在一台设备上时（一辆车，而且已经造出来了），其法务部门便发出了一封信，要求收回这些电池芯。这家电池制造商并不想和一起可能会起火的实验扯上关系。

艾伯哈德没有理会这个要求。他别无选择。他以前觉得特斯拉可以找到现成的电池供应商，但事实证明，这远比他预期的要难。失去这些电池，可能也就不会有机会拿到更多的电池了。

关于锂离子电池的话题炒得沸沸扬扬，这让斯特劳贝尔回想起一件往事：之前在洛杉矶家中，为了庆祝关于电动车的想法，他和贝尔蒂切夫斯基曾经引燃过电池芯——只要锤子一砸，就能上演一出好戏。当然，这种撞击带来的危险，是汽车时刻都要面对的。但还有一种威胁，更加隐蔽。他开始思考，既然汽车电池组是由紧密安装在一起的电池簇构成的，那要是其中一个电池芯过热了，会发生什么？

2005 年的一个夏日，他和贝尔蒂切夫斯基决定找出答案。下班之后，他们去了停车场，带着一包电池芯——那是一个粘在一起的电池簇。他们把电热丝绕在其中一个电池芯上，以便对它进行远程加热。随后，他们退到安全距离之外，打开了加热器。这个电池芯的温度迅速上升到了 266 华氏度（130 摄氏度）以上，燃起了炫目的火焰，温度蹿升至 1472 华氏度（800 摄氏度），随后发生爆炸，将残存的电池外壳像火箭一般发射到了空中。接着，电池组中另外一个电池芯也起火冲上了天。很快，所有电池芯都烧了起来：砰、砰、砰。

斯特劳贝尔意识到了这场不太专业的"烟花秀"意味着什么。如果这种事情真的发生，特斯拉就完了。第二天，他们向艾伯哈德公开了自己的试验，给他看了烧焦的路面，上面布满了前一天晚上留下的小坑。艾伯哈德叮嘱他们要更加小心，但他不能否认还需要更多的测试。他将团队召集到自己硅谷山上的郊区别墅里，又做了一些试验。这一次，他们挖了一个深坑，把一整包电池芯放了进去，上面用树脂玻璃盖住。他们对其中一个电池芯加热，结果再次引燃了所有电池，导致了一连串的爆炸。斯特劳贝尔是对的，这可不是什么好事。他们需要从外界寻求帮助，彻底弄清楚他们面对的是什么问题——团队需要电池专家。

几天之后，他们请来了几位电池顾问。起初，这些人的说法会让人觉得，这个问题还是可控的：是的，就算是最好的电池制造商，也可能会随机生产出一个有缺陷的电池芯，导致短路并起火。但这种可能性非常小。"这种情况真的十分罕见，"其中一位顾问说，"我的意思是，发生几率在百万分之一到千万分之一之间。"

但特斯拉打算为每部车子安装的电池芯都在 7000 个左右。坐在斯特劳贝尔身边的贝尔蒂切夫斯基掏出计算器，算出了某部车子单个电池芯意外起火的可能性。"伙计们，大概每 150 到 1500 辆之间就会有一辆。"他说。

这就意味着，他们会生产出有电池缺陷的车子。而一个电池起火，就会导致连锁反应。更可怕的是，他们的车子还有可能在顶级富豪的车库里爆炸，烧毁豪宅，引爆当地电视新闻。房间里的气氛发生了变化。问题变得更加紧迫了：有什么方法可以避免电池芯缺陷？

没有。总是会有随机的电池芯变得过热，引发热失控——基本上就是过热引发爆炸。

开完会回去工作的时候，斯特劳贝尔和团队感到心灰意冷。特斯拉的风险已经到了最高点。他们要解决一个难题，一个可能会耗尽有限的资源、使 Roadster 的开发偏离正常轨道的难题。而且更糟的是，如果他们制定了看似有效的解决方案，但特斯拉的车子却依然会在未来起火，那么公司也将毁于一旦。这不仅会让特斯拉遭遇失败，也会使他们的电动车梦想倒退整整一代。他们这样做不仅会导致人员伤亡，也会杀死正在发展中的电动车。

想成为真正的汽车制造商，特斯拉就必须面对一项通用、福特等公司应对了上百年的挑战：确保上路的车辆是安全的。他们可以把解决热失控问题作为真正的突破口，让特斯拉未来从汽车行业中脱颖而出。使用锂离子电池似乎是一个明智的想法，不少爱动脑筋的人都已经想到了这个主意。但最大的创新在于，要搞清楚如何在不把汽车变成定时炸弹的情况下使用这些电池。

他们停下了 Roadster 项目的所有工作，并成立了一个特别委员会，来寻求解决办法。团队架起了白板，在上面列出他们已知的和需要学习的东西，并开始每天进行测试。他们会把电池组里的电池芯按照不同的间隔距离进行排列，看能否找到一个理想的距离，防止连锁反应发生。他们也会尝试不同的方法让电池保持冷却，比如让空气从上方流过，或是让管装液体冷却剂从旁掠过。他们还会把电池组拿到当地消防队员用来训练的平台上，点燃其中一个电池芯，试着了解爆炸究竟如何发生。

他们从艾迪欧公司招来的莱昂斯在前往一次测试的途中，充分体会到了这种危险。当时，他正开着自己的奥迪A4走在路上，突然闻到后座飘来一股烟味——那里放着一组测试电池。这意味着有某个电池芯正在升温，已经逼近热失控了。他立刻停车，一把拖出电池扔到地上，这才避免了车辆起火——真是太险了。

最终，斯特劳贝尔开始缩小寻找解决方案的范围。如果无法阻止电池芯升温，那或许可以控制它，让它不要达到引发连锁反应的程度。通过反复试错，团队意识到，如果他们使每个相邻的电池芯间隔几毫米，在它们中间盘上一管液体，并把一种像布朗尼蛋糕面糊的矿物质混合物倒入该电池组中，就可以制造出一个防止出现过热的系统。如果内部某个有缺陷的电池芯开始变得过热，它的能量会消散在相邻的电池芯上，就不会有任何一个单独的电池芯达到可燃程度了。

就在几个月前他们努力建车间的地方，一项全新的事业正在展开，这让斯特劳贝尔无比激动。现在他只需要搞清楚，如何才能说服电池供应商信任他们。他听艾伯哈德说，那些知名制造商对他们的生意并不感兴趣。正如一位供应商高管对艾伯哈德说的那样：你们没钱，可我们有钱。你们的车子要是爆炸了，被起诉的很可能会是我们。

那个供应商是对的，而且这么想的不止他一个人。艾伯哈德最初觉得，供应商会很乐意给他们供货。但实际上，没什么人对他们感兴趣。即使一辆车子要安装数千块电池，但和其他电池买家相比，特斯拉的采购量还是太小了。他们存活下来支付账单的可能性太低，而失败的可能性又太高。

特斯拉只有一张牌可以打——那就是它的 Roadster。如果这部车可以吸引眼球，供应商或许会相信，特斯拉是来真的。他们必须让全世界看到，电动汽车并不是幻想。

第四章
不是秘密的秘密计划

马斯克在加拿大女王大学念书的时候，注意到了一个女生。女生名叫贾丝廷·威尔逊（Justine Wilson），当时正走在回自己宿舍的路上。马斯克很想约她出去，便过去套近乎，还编了个故事，说两人在派对上见过。他想请她去吃冰淇淋，她接受了邀请，却放了他鸽子，去学生中心学西班牙语去了。几小时后，正埋首书间的贾丝廷听到了一声礼貌的轻咳。她抬头一看，马斯克正举着两个开始融化的冰淇淋，站在自己面前。

"他是那种不愿意被拒绝的男人。"她后来写道。

最后，他转到宾夕法尼亚大学完成了本科学业。但两人一直保持着联系，最终成了情侣。她跟着他去了硅谷；在那里，入读斯坦福大学两天就退学的他很快获得了成功。他用卖Zip2的钱买了一间1800平方英尺的公寓，和一辆100万美元的迈凯伦F1跑车。对于一个不久前还睡在办公室地板上、洗澡要去基督教青年会（YMCA）的年轻人来说，这是一种难得的放纵。1999年拿到车子的那一天，马斯克欣喜若狂。这个时刻被美国有线电视新闻网（CNN）捕捉下来，做了一则关于硅谷正在创造巨大财富的报道。在摄制组的镜头中，开始脱发的马斯克不太自然地和记者交谈着。他谈到了自己的梦想，包括有朝一日出现在《滚石》杂志的封面上。

他把大部分新赚来的钱都投进了一家叫作 X.com 的公司。2000 年，这家公司准备与竞争对手康菲尼迪（Confinity Inc.）合并，成立一家最终被命名为 PayPal 的企业。1 月，被这桩交易搞得心力交瘁的马斯克来到了圣马丁岛上。第二天，他就要在这里和威尔逊结婚了。婚礼还有许多最终细节没有敲定，而且两个人在岛上转了好几个小时，也找不到可以见证婚前协议签署的公证人。在婚宴上相拥起舞的时候，马斯克对新娘耳语道："你我之间，我才是主宰者。"

由于要打理新合并的公司，马斯克将蜜月推迟到了当年的 9 月。但两人刚到澳大利亚，就传来了 PayPal 董事会要罢免他 CEO 职位的消息。他立刻返回了加州。几个月后，这对夫妇又尝试度了一次蜜月。这一次，马斯克在南非感染了疟疾，险些送命。此后，他便开始重新看待自己生命的意义。

马斯克带着自己的新婚妻子去了洛杉矶——远离硅谷，重新开始。而关于 SpaceX 的想法，也就是在那里扎下了根。他坚信自己会造出可重复使用的火箭，将太空旅行的成本降至当时行业所需的零头。投身于航空界的马斯克，成了一个"怪咖富翁"，愿意把钱押在非同寻常的豪赌上。而这些豪赌，通常都是硅谷有名的沙丘路上那些风投避之不及的。

除了 SpaceX 和特斯拉，马斯克后来还鼓励他的表兄弟林登·赖夫（Lyndon Rive）和彼得·赖夫（Peter Rive）创办了一家销售太阳能电池板的公司。这个想法，可以与他对特斯拉未来发展的构想完美融合在一起。在他想象的世界里，顾客可以用这些太阳能电池板为他们的特斯拉电动车充电——这个组合，将会带来一个真正的零排放系统。

艾伯哈德、斯特劳贝尔和整个团队在2006年初取得的成功，也助长了他对特斯拉的野心。骡车完成之后，他们已经转向下一个里程碑的开发，准备造出Roadster的工程原型样车。这部车在公司内部被称为EP1，是一部他们希望最终可以用于投产的作品。如果说量产车是最终方案，那么EP1就是提前拟定的草案。它有一个重要的作用：不仅可以拿来说服早期投资者和供应商，还可以拿来说服顾客。

马斯克已经开始讨论Roadster的后续车型了。艾伯哈德在两年前最初的商业计划中，曾简要规划过公司的未来。但那份计划设想得虽好，却对事实估计不足。其中多处假设很快就被证明是错误的，尤其是成本估算。计划认为，特斯拉只需筹集2500万美元，就能在2006年推出Roadster，之后便有望盈利。到了2006年初，公司已经筹集了2000万美元，可还是远远不够。新的投产目标定在了2007年。他们超出了预算，却落后于计划。

董事会成员劳里·约勒鼓励马斯克去寻找外部投资，不要总盯着自己的钱包，还有他的富人朋友圈。一个富有的怪咖想出钱做一个给自己挣面子的项目，这自然无可厚非。但如果沙丘路上的一些大人物也加入进来，不仅会给公司带来资金，也会让公司显得更加正规——这一点非常重要，尤其是招聘员工和争取供应商时。

投资者想知道公司之后还会推出什么。如果想得到自己盼望的那种资金，特斯拉就不能只做Roadster这一锤子买卖。在最初的商业计划中，特斯拉预计可以在2007年获得2700万美元的收入。一家预计收入如此之少的汽车公司，对投资者是缺乏吸引力的：他们已经投了几千万美元，但这种回报率只会让他们觉得，自己的冒险并不值得。特斯拉需要重新制订商业计划，提供更大的增长预期——比如，每年的销售额达到10亿美元。

因此，马斯克集中精力，制定了一项战略，并随后将其公布于众。战略的名字叫"特斯拉汽车秘密总体计划"（The Secret Tesla Motors Master Plan），其简单程度，几乎令人捧腹：

第一步：制造一款昂贵的跑车，起售价约为8.9万美元，用来吸引大家的注意；

第二步：制造一款豪华轿车，可以与德国品牌的豪华车型展开竞争，售价在4.5万美元，约为第一款跑车的一半。

第三步：制造一款第三代车型，价格更为实惠，吸引普通百姓。

根据公司更新后的商业计划，Roadster预计会在2008年带来1.41亿美元的收入。而推出轿车之后，公司总收入最终会在2011年增长至接近10亿美元。这个计划简单得就像是在餐巾纸背面随手写出来的，但却为这家汽车制造商描绘出了未来十年的发展蓝图。

马斯克不仅想改变汽车产业销售的汽车类型，他还想改变汽车销售的方式。他认为改变购车体验的时机已经成熟了，并且希望特斯拉可以主导这种体验。而艾伯哈德在这方面的研究，为马斯克的想法提供了支持。几个月前，艾伯哈德去找了比尔·斯迈思（Bill Smythe），两个人面对面坐下来谈过。斯迈思和汽车打了一辈子交道，是一名成功的奔驰特许经销商。当特斯拉开始探索复杂的经销商模式时，有人提出，可以找斯迈思寻经问宝。于是，艾伯哈德找到了这位资深的硅谷汽车经销商，想了解更多汽车行业零售方面的情况。

艾伯哈德一开始的商业计划，是借助富人区的高端特许经销商来销售 Roadster——地点可以选在硅谷、比弗利山，可能还有纽约市，甚至迈阿密。他们想利用进口汽车专卖店进行销售，因为这些店有销售宾利和路特斯之类豪车的经验，员工里也有技艺娴熟的机修人员，习惯于修理高端车辆。他们预计，专卖店会把 Roadster 的标价提高到 7.9999 万美元，比特斯拉向门店收取的价格高 1.5 万美元。经销商从中获得的利润将高于一般的毛利率，从而有足够的动力与这家新兴企业合作。

长期以来，美国的汽车制造商一直通过第三方门店网络销售新车。这些门店根据特许经营协议运营——合约中极为详细地规定了双方应当如何开展业务。这是一个代代相传的系统，发端自亨利·福特时代和大规模生产到来之际，一直沿用至今。这个系统很大程度上是有利于制造商的，因为他们只要把车子运到经销商那里，就可以将其登记为售出了。而将车子销售给顾客的财务压力，则完全由经销商承担。

这个系统诞生于这样一个理念：工厂生产最大化的时候是最赚钱的，因为它可以从中获得规模效益。但福特汽车没有资金或组织在美国的所有城市开店。因此，福特帝国的建立，依靠的不仅是经济型轿车 T 型车，还有全国众多小企业主的支持——这些人希望能通过销售那个时代的 iPhone 来发家致富。起初，特许经销商店随着这种新兴产业的爆发而蓬勃发展，但在大萧条时期却陷入了困境。福特不能让工厂停工，这会使他的现金流枯竭。因此，他不仅竭力向经销商进行填鸭式推销，还大肆扩张了经销商网络，似乎想把门店开遍全国的大街小巷。

福特牢牢控制着经销商。100 年后的今天，当星巴克发现自己门店开得太多，超过了顾客需求时，这家咖啡制造企业可以选择关闭门店，自行承受由此带来的财务冲击。但汽车特许经销商都是个体户，因此在经济低迷时期往往求助无门。如果他们撤回订单，制造商可以选择在年底不再续签合同，导致门店所有者付出了高额投资，却无力回本。二战后，福特和通用展开了一场销售竞赛。它们追求的销量越来越高，只能强行把车子推销给经销商，再由经销商强行把车子推销给顾客。为了避免这些销售出现亏损，经销商会提供大额的折扣，然后再从其他地方找补——要么在顾客以旧换新的时候压低价格，要么提高分期付款的费用。而这些做法，搞不好会让顾客大倒胃口。

在觉得自己被虐待了好几代人之后，经销商开始联合起来，出现在全国各地的州议会大厦，为自己寻求保护。在一个小镇上，雪佛兰或福特的特许经销商可能是当地最成功的商人之一，为许多人提供了就业机会，也会为频繁播出的广告买单，并为慈善机构和体育联盟捐钱。有时，这些经销商也是他们各自所在州立法机关的成员。因此，全国各地开始出台各种法律和法规——有些是为了限制制造商开设门店的地点，而有些则是为了确保制造商无法直接把车卖给顾客。

这种矛盾在世纪之交暂时得到了缓和。的确，双方都需要彼此。但就像所有历经百年的系统一样，这个系统也是复杂、神秘而又僵化的。双方的关系从本质上来看是对立的。许多经销商都把自己看作是白手起家的独立经营者，觉得他们应该可以按照自己的心意来运营门店。但汽车制造商不这么看，总是想强加控制，好像自己才是门店的所有者。比如，通用就想让雪佛兰的顾客对这个品牌的体验始终统一——这也是该企业花费了数十亿美元，通过产品和营销打造的形象。

而对这一切最感到不能理解的是顾客。因为对大多数顾客而言，购车体验比看牙医也强不了多少。

艾伯哈德坐在斯迈思对面，听这位资深汽车经销商解释，为什么应该和特许经销商合作。他说，这些特许经销商可以充当顾客眼中特斯拉品牌的代言人。斯迈思是通过销售奔驰之类的汽车发财的，所以他当然会有偏见。但他也警告艾伯哈德，有些经销商的确很滑头。

那么，艾伯哈德问，有没有经销商是你信任的呢？

斯迈思沉默了，看着桌子："一个也没有。"

艾伯哈德把此次会面的结果汇报给了董事会，从而影响了董事会的决定，认定直销汽车才是正确的做法。特斯拉将再一次进入未知的领域。造电动车还好说——反正人们已经以各种形式尝试了几十年。但直接把车卖给顾客，简直是闻所未闻。

马斯克对改变购车体验的重视程度，从他把西蒙·罗斯曼（Simon Rothman）引入公司董事会这件事上就可以初见端倪。罗斯曼毕业于哈佛，曾经在麦肯锡担任咨询顾问。他之所以能在硅谷快速发展的在线零售领域声名鹊起，是因为他帮 eBay 创建了一个电子汽车市场。这是一个买卖二手车的网站，每月可以产生 10 亿次的网页浏览量，每年销售额在 140 亿美元，约占公司整体商品销售额的三分之一。他的加入，可以为董事会带来新的汽车销售理念，不同于汽车界大多数人的观点。

特斯拉需要实体店来销售 Roadster 吗？还是开个网店就够了？马斯克和董事会其他成员展开了辩论。马斯克力主只进行在线销售，但艾伯哈德他们担心，电动车买家一开始会需要一些手把手的指导，帮助他们掌握这门新技术。他们需要一支销售团队教顾客充电，并告诉顾客，这种车操作起来和他们开惯的那些车子有什么不同。门店也会让一个新品牌显得正规一些，可以让买家放心，觉得出了问题，能找得到人帮他们。

他们的律师说，根据一条细则，特斯拉或许可以在加州进行直销：因为这家汽车制造商从未开设过任何特许专卖店，所以直销不会削减其特许经销商的销售额。这一点至少可以成为他们据理力争的理由。现在，他们只需要弄清楚其他 49 个州的规定就可以了。

完成 Roadster 项目、开发后续高端轿车（最终命名为 Model S）、开设一系列公司所有的门店——如果把这一切所需资金全部加起来，就连马斯克的巨额财富也无力支撑。因此，他和团队开始在硅谷寻找投资人。

凯鹏华盈（Kleiner Perkins）是沙丘路上名号最响的公司，曾为谷歌和亚马逊做过早期投资。斯特劳贝尔在加入特斯拉之前曾做过咨询工作维持生活，因此和这家公司有过联系。在他的安排下，KP 的管理合伙人、甲骨文公司以前的二把手雷·莱恩（Ray Lane）来和艾伯哈德见了一面。两人一见如故。莱恩被艾伯哈德的智慧和谈话中流露的敏捷才思所打动，在会议结束之后，依然和艾伯哈德保持沟通。最终，莱恩决定组建一个团队，对特斯拉进行尽职调查。投资汽车公司的想法，对莱恩的基金来说是陌生的。他知道，汽车公司所需要的资金会远远超过他们惯于投资的那些项目，并且许多年后才会看到回报。但是，他还是对于自己的所见所闻感到兴奋。在甲骨文工作的时候，莱恩就曾经花了许多时间，去结识众多底特律汽车行业的高管，包括福特前 CEO 雅克·纳赛尔（Jacques Nasser），和担任过福特林肯水星部总裁的布莱恩·凯利（Brian Kelley）。他请他们帮忙，对特斯拉进行评估。

尽职调查本质上就是要找出一家公司的漏洞，但据一名参与者说，艾伯哈德似乎对这个过程中的某些部分很反感。"马丁出现了敌对情绪，开始反击……事情变得一团糟。"纳赛尔警告说，借用路特斯公司的平台进行生产，可能会出现问题。在被问到特斯拉避开特许经销商的想法时，他表示，自己在福特就犯过和特许经销商对抗的错误，并声称这是他最大的失误之一。

但莱恩说，谈判进展得还是很顺利的——直到最后一刻，马斯克介入公司估值。马斯克告诉他们，自己收到了来自KP的对手、风投公司优点资本（VantagePoint）的报价，对特斯拉的估值是7000万美元。而莱恩对特斯拉的估值仅有5000万美元。①

关于是否进一步提出正式的投资要约，莱恩的几位合伙人并没有达成一致意见。据他回忆，一半人都表示了反对。他们觉得，艾伯哈德可能不适合当CEO。"他看起来就像个疯狂的科学家。"有人对他说。还有些人不喜欢与特斯拉开会时艾伯哈德的直率：他们提出，经验丰富的底特律车企高管也许会对特斯拉有所帮助，但艾伯哈德立刻驳斥了这种看法。

不过，这些反对的声音并没有打消KP负责人约翰·杜尔（John Doerr）的兴奋之情。而且，最终合伙人还是把决定权留给了莱恩——如果他想的话，可以进行投资。那天晚上，他考虑再三，辗转难眠。第二天一早，他打电话给马斯克和艾伯哈德，告诉他们：他不准备再继续了。

"我真的很激动，很想做这件事情，"莱恩回忆说，"但我觉得，如果公司不是很想做这个项目，那我也不想投资了。"

---

① 马斯克后来表示，他对KP董事长约翰·杜尔说，如果加入特斯拉董事会的不是莱恩，而是杜尔，那么他愿意接受较低的估值。但杜尔选择尊重同事的意见。——原注

于是马斯克转向了他们的另一个要约：优点资本。特斯拉吸引他们的原因很简单：电动汽车并不需要什么离谱的新技术。电池技术已久经考验，人们对汽车的需求也很好理解。创新之处只不过在于，要换个方式来运用这些元素。他们和马斯克一起，主导了这轮 4000 万美元的融资。优点资本因此获得了特斯拉董事会中的一个席位——而这件事，酿成了马斯克日后的悔恨。

第五章
特斯拉先生

"埃隆是完美的投资者。"和马斯克处于"蜜月期"的艾伯哈德对同事说。而一开始,马斯克似乎也对艾伯哈德颇为欣赏,赞许有加。"这个世界上产品做得好的人少之又少,而我认为,你就是其中一个。"在两人合力攻坚的一个夜晚,马斯克在一则短笺中对艾伯哈德写道。也许他们的成功各有大小,但两人的职业道路十分相似。他们都创立过向媒体界叫板的企业——马斯克想干掉电话簿,而艾伯哈德想取代出版社。他们也都会考虑顾客的需求和工程解决方案,相信电动车才是未来。两人都潇洒、风趣——且对工作要求严格。他们也都有固执的一面,无法容忍别人犯蠢。

员工们并不经常见到马斯克,他只是偶尔来开董事会。但他对他们工程工作的细节很感兴趣,也经常在深夜的电子邮件中和艾伯哈德分享看法。他主张 Roadster 的车身不要用便宜的玻璃纤维来做,而要用碳纤维——一种重量更轻的材料,常用于超跑。"哥们儿,你哪怕只是买了 SpaceX 那种很弱的烤箱,每年至少也可以做出 500 辆车的车身面板!"马斯克写信告诉艾伯哈德,"我们买那台烤箱只花了差不多 5 万美元。真空泵、储藏冷柜和其他乱七八糟的设备加起来又花了 5 万。你不要听别人说这种东西很难做,他们都是在胡扯。就连你家里的烤箱也能做出高品质的复合材料。你做过几次就知道,无非是些胶水和碳纤维丝而已,没什么神奇的。"

正是这种天马行空的想法,让刚刚踏入汽车行业的两个人倍感兴奋。也正是这种决定,会让 Roadster 显得与众不同。但这一切,也注定了他们的合作关系终将失败。他们会去彼此家中吃饭,庆祝人生中的重要时刻,或是相互鼓励,走出低谷期。马斯克大部分时间待在洛杉矶的 SpaceX,努力想要造出一枚不会在发射时爆炸的火箭。而艾伯哈德的生活重心,则都在位于硅谷以北 350 英里以外的特斯拉。

艾伯哈德并不是传统意义上的汽车从业人士,但人们大多会惊叹于他的工程技术。他有一种不可思议的能力,能一下子切中问题的要害,并找出解决办法。但有时,如果他和同事意见不合,可能会显得过于唐突。一次会议上,有人建议在新办公室安装太阳能电池板,因为当时他们已经搬到了圣卡洛斯附近。艾伯哈德突然厉声道:"干吗?有病啊!"但这种冲突往往会被他的热情和老掉牙的笑话化解。"要是尼古拉·特斯拉还活着,他今天会怎么说?"艾伯哈德会问,"是不是会说:我干吗要待在这个棺材里?"

和许多创业者一样,艾伯哈德的自我价值感也和特斯拉难舍难分。他喜欢周末把朋友拖到公司车库里来,炫耀自己的宝贝:首部 Roadster 工程原型样车。车子在 2006 年初已经成型,接近完工,可以让客人们先睹为快。史蒂芬·卡斯纳也是这些客人中的一位。他是艾伯哈德在数据包设计公司的前同事,也正是他向艾伯哈德推荐了 AC Propulsion。特斯拉团队加班加点地工作,在这个过程中,大家的关系也变得越发紧密。办公室助理布里奇曼某个周一来上班的时候,发现天花板上都是玩具枪的子弹。原来,是斯特劳贝尔他们那帮斯坦福的家伙长周末来加班,放松的时候彼此追打着玩。

艾伯哈德依靠布里奇曼这个纽带,把公司的工程师们团结在一起。她每周都会组织员工们聚一聚,分享一下彼此的个人生活。艾伯哈德甚至会和布里奇曼商量,该如何准备人生中的第二场婚礼。因为,他就要迎娶多年来一直鼓励自己追寻特斯拉梦想的女友了。婚礼在硅谷山上艾伯哈德心爱的家中举办,斯特劳贝尔受邀参加,在草坪上见证了这个时刻。马斯克也获得了邀请,却未能出席。

特斯拉准备让 Roadster 于 2006 年夏天首次公开亮相,但缺乏经验终究还是带来了问题。出问题的地方,是车辆的变速箱——这既是人们关注的焦点,又象征着公司面临的考验。

汽车的变速箱可以将马达产生的能量转化为驱动力,带动车轴,从而使车轮转动。一年前的骡车采用的是单速变速箱,用一辆本田车的零件拼凑而成。但由路特斯汽车前任工程师组成的特斯拉英国团队则受命从头设计了一款双速变速箱。这是一个充满争议的选择。 Roadster 未来取得成功的一个关键点就在于,它的起步加速和最高速度都会很快。团队知道,这种车子不需要像传统汽车那么多的齿轮。汽油车的变速箱里有许多齿轮,大约有半打,用来输送加速和保持速度所需的能量——较低的挡位产生的扭矩可以为加速提供动力,而较高的挡位可以让车辆继续以更快的速度行驶,即使引擎转得并没有车轮那么快。与汽油发动机不同的是,电动马达本质上可以产生近乎瞬间爆发的扭矩,不需要通过多挡变速来达到最高速度。

但英国团队认为,如果没有双速变速箱,这个系统可能会遇到挑战,难以实现 4.1 秒内的 0—60 英里/时加速和极快的最高速度。他们已经在电脑上演示了自己所建议的设计方案,模拟了一、二挡之间的平顺变速。

变速器样机于 2006 年 5 月运抵圣卡洛斯。他们刚把它从大木箱里拿出来,戴夫·莱昂斯——这位被聘请来为加州团队增加资历的艾迪欧前任工程师——就意识到了问题。

"怎么没有执行器?"他问。只有变速箱,却没有把它连到车轴上的零件。

他们给英国方面打了电话,分歧立刻爆发。很显然,双方都认为对方在开发执行器。面对项目的截止日期,他们不得不先想出一个权宜之计:先按计划在夏天的发布会上展示车子,回头再来想办法,解决变速箱的问题。

就在特斯拉准备首次发布 Roadster 时,马斯克跟艾伯哈德确认了这款车的建议售价。他说自己告诉朋友们,车子起售价在 8.5 万美元。但艾伯哈德劝马斯克,先别把话说死。寻找电池供应商的问题和变速箱的不确定性,让他们之前 8 万美元的估价显得有些低。他建议说得模糊一点,比如:标价大概在 8.5 万到 12 万美元之间。

"我担心 8.5 万这个价格不行。"艾伯哈德对马斯克强调了自己的看法。

在过去三年中,特斯拉一直处于"隐身模式"。这是硅谷初创企业的必经阶段,因为创始人先要努力站稳脚跟——筹集启动资金,避免过度曝光,不要放大公司成立初期难免会犯的错误。而这些公司走出"隐身模式"的方法大同小异,就是要把曝光最大化,不管最终目标是筹集更多的资金,还是赢得顾客。对特斯拉来说,他们的目标很简单:就是要预售 Roadster。厚厚的订货簿可以让零件供应商看到，特斯拉是一桩实实在在的买卖。

这么做并非没有风险。Roadster不是一款软件。在它真正准备好之前，特斯拉还有很多重要的步骤要实现。即使艾伯哈德和马斯克想借着推出Roadster迅速获得资金周转，但一般来说，新车发布应该遵循这样一个路线：

推出原型样车，展示车辆外观；
完成实际车辆背后的工程工作，使其符合道路行驶的要求；
实现车辆量产；
将这款车推向全球，期待意兴阑珊的车评者和挑三拣四的消费者对它做出正面评价。这些消费者或许已经付了定金，但还没有把车子买下来。
推出下一款车时，重复以上过程。

这套舞蹈动作是如此复杂，任何地方都有可能让他们栽跟头。而且，尽管发布会的重要性无可否认，但公司有人惊讶地发现，艾伯哈德之所以如此紧张，是因为他想确保马斯克对发布会满意。

马斯克想用举行派对的方式来发布Roadster。从布局，到食物——任何细节似乎都逃不过马斯克私人助理的眼睛。宾客名单？那一定是马斯克亲自拟定的。活动计划在圣莫尼卡机场举行，他们会在那里租一个机库，让宾客乘坐已经完工的一红一黑两辆Roadster样车，绕着派对地点兜圈。他们还会请宾客带上支票簿：只需付10万美元定金，就可以加入2007年的提车名单。他们的目标是，在活动举办后的两三个月内，预售100辆车。

在发布会筹备阶段，特斯拉市场营销负责人杰西卡·斯威策

(Jessica Switzer）聘请了底特律的一家公关公司，帮助他们在汽车媒体上进行宣传。马斯克刚一听说，就把这家公关公司炒了。他不愿意在车子完工之前花钱做任何市场营销。他觉得他的参与和Roadster本身就足够吸引眼球了。斯威策之前就引起过马斯克的不满，因为她曾经在艾伯哈德的批准下，决定花钱请焦点小组对车辆和品牌进行测试。这一次马斯克索性下令，让艾伯哈德把她炒掉。艾伯哈德满心震惊，但最终还是难过地服从了这个命令。

这样一来，办公室助理克莱特·布里奇曼便有了一个新的任务：市场营销工作。这倒是和她加入特斯拉时的满心抱负不谋而合。发布会现在由她负责，另一家公关公司从旁协助。但就在距离活动还有几天的时候，随着各大报纸纷纷推出对特斯拉的报道，这家公司也成了马斯克攻击的目标。《纽约时报》把艾伯哈德写成了董事长，而非总裁，对马斯克只字未提。马斯克在给公关公司的邮件中大为光火。"《纽约时报》的文章让我颜面扫地，这简直是奇耻大辱，"马斯克写道，"如果再有这种事件发生，再有此类文章刊出，（你们）与特斯拉的合作将立刻终结。"

活动当天，马斯克又尽情施展了一把自己呆萌的魅力。他主持了这场有350位来宾的活动，还特意提到，自己的妻子随时有可能诞下三胞胎（之前已经生下过一对双胞胎了）。来宾中包括迪士尼当时的CEO迈克尔·艾斯纳（Michael Eisner）、eBay创始人杰夫·斯科尔（Jeff Skoll）、《白宫风云》主演布莱德利·惠特福德（Bradley Whitford）、制片人理查德·唐纳（Richard Donner）及演员小艾德·博格里（Ed Begley, Jr.）。就连时任加州州长的阿诺德·施瓦辛格也出席了活动。但当晚真正的明星是艾伯哈德。他向全世界介绍了Roadster和特斯拉，满怀激情地解释着，为什么纯电动车的时代已经到来。"电动跑车将从根本上改变人们在美国的驾驶方式。"艾伯哈德对大家说。

布里奇曼在机库里安排了一些站点,请工程师对车辆的各个部分进行讲解。他们觉得,顾客需要先了解这种全新的技术,才能安心进行如此大额的投资。每位员工的任务,都是尽可能在不强迫顾客的前提下,完成一笔交易。他们设了一个屏幕,来追踪活动现场的销售情况。

其实,不管艾伯哈德、马斯克或工程师们作何言辞,对宾客来说都无关紧要。重要的是 Roadster 本身。这辆车的外观和只会吸引电动车圈内人士的 tzero 截然不同,没有半点业余感。它看起来就是一辆真正的跑车。富有的车主可以想象自己开着它驶过罗迪欧大道,而观者无不弹眼落睛。这时, J. B. 斯特劳贝尔出现了。他身穿略显肥大的扣领衬衫,上面有一个特斯拉"T"字标记。他的任务,是带着州长进行试驾。人们列队看着他开着 Roadster,悄无声息地滑出机库。而魁梧的施瓦辛格努力把自己塞进狭小的座舱,膝盖紧紧顶在副驾驶那一侧的仪表板上。"快踩油门!"人群中有人喊道。但斯特劳贝尔并没有急着这么做。他知道,得先把车子开上笔直的机场跑道,才有空间让它前进。等他调整好位置、踩下油门,汽车开始加速,马达发出宇宙飞船一样的呼呼声。随后"嗖"地一声,车子瞬间不见了踪影,只留下一小团烟尘和轮胎摩擦地面的声音。人们齐声惊呼起来:"哇哦!"

这不是高尔夫球车。艾伯哈德、马斯克和斯特劳贝尔梦寐以求的东西,此刻终于成真。他们有了一台真正(也真的贵)的电动跑车,正是艾伯哈德四年前"众里寻他千百度"的那一款,只是当时遍寻不得。开它的感觉只有四个字:风驰电掣。等斯特劳贝尔试驾归来,人们看到,车里的州长满脸都是灿烂的笑容。

当晚剩下的时间里,这辆车始终都自带满满的卖点:在临时赛道上闪电加速，扭矩瞬间爆发——它做到了再多的销售人员也做不到的事情。派对开到一半，特斯拉已经收到了 20 张订单。买家们开出 10 万美元的支票，塞进了小小的钱箱里。

那天晚上，马斯克不仅为 Roadster 的销售做了宣传，也为特斯拉订下了更为宏大的计划。活动参与者所出的钱，不仅可以让他们得到一辆出色的跑车，也为其他绿色汽车的开发筹集了资金。几天之后，马斯克又进一步在特拉斯网站上公布了他对公司的愿景，细化了之前简单的三步走设想。他将其称为："特斯拉汽车秘密总体计划"。

"为了适应这家科技公司的快速发展，所有的自由现金流都被再度投入研发，以降低成本，并尽快将后续产品推向市场，"他写道，"当有人购买特斯拉 Roadster 跑车时，他们实际上是在帮助支付低成本家用汽车的开发费用。"他还提出了另一个目标：想提供"零排放"发电。博客文章中提到了他新近投资的太阳能电池板公司，名为"太阳城"（SolarCity Corp）。这家企业是他和两个表兄弟合开的（也是继特斯拉和 SpaceX 之后，第三个由他担任董事长的公司），目标是为家庭安装太阳能电池板。"这些电池板每天产生的电力，"他写道，"可以让电动车行驶 50 英里。"在推销炫酷跑车的同时，马斯克也在灌输一个理念：不用化石燃料，也能让车子跑起来。

这个想法吸引了加州的很多人。即使在活动结束之后，所谓的限量版"Signature 100"订单还在增加。"狂野女孩"（Girls Gone Wild）网站创始人乔·弗朗西斯（Joe Francis）派出一辆运钞车，装着 10 万美元现金，去圣卡洛斯办公室交付了定金（公司联合创始人马克·塔彭宁被这么多现金吓坏了，赶紧去银行存了起来）。施瓦辛格也在旧金山车展上对这款车大加赞赏，自掏腰包订了一辆。演员乔治·克鲁尼（George Clooney）也是一样。不出三周，特斯拉首批100辆车就销售一空。

Roadster的成功问世，将艾伯哈德推到了聚光灯下。他出现在黑莓公司的广告宣传中，还参加了《今日秀》（Today show），并成为巡回大会的常任演讲嘉宾，和人们分享他对汽车未来的看法。艾伯哈德成了特斯拉的代言人。妻子给他定制了一块车牌作为结婚礼物，上面写着："特斯拉先生。"

现在，他只需实现Roadster的量产就可以了。

随着订单和关注一起到来的，还有对特斯拉的新审视。一位潜在客户给优点资本发邮件说："恕我冒昧，但还是希望能得到你的指点……我想预订一辆特斯拉的Roadster，如果你是我的话，会不会担心这家公司破产，自己的一大笔定金打了水漂？……要么我就索性先订一辆，再等着看到底值不值得买？"

这个消息传到了马斯克、艾伯哈德和吉姆·马弗尔（Jim Marver，优点资本在特斯拉董事会的新任代表）那里。"我不太确定该怎么回复，"优点资本的分析员在转达这个担忧时表示，"我得告诉他，他的钱有风险，他应该再等等。否则，我们就得提供一些保险。"

马斯克回答得很坚决："尽管我认为特斯拉很有可能会成功，我们也将交付一款伟大的车，但我向来说得很清楚：这笔钱不会交由第三方托管，也不会受到其他方式的担保。我建议大家去买Sig 100收藏限量款，因为随着时间的推移，这些车子可能是最保值的。"

背地里，优点资本的管理人员得到了这样一个消息：这笔钱之所以没有交由第三方托管，是因为它已经和公司的营业现金搅和到一起了。优点资本 CEO 艾伦·萨尔兹曼（Alan Salzman）担心这会给他们带来不必要的风险，并且丝毫没有掩饰自己的不满。优点资本和特斯拉之间的摩擦初见端倪。

尽管已经拿到了原型样车，但马斯克又有了更为紧迫的问题要考虑。这是他第一次亲眼看到这部车子，有了亲身的驾乘体验。但他对自己的所见所感并不满意，因此开始提出更多的改动建议。现在和 2005 年的情况已经不同了。那个时候，他只觉得好玩，对于可能实现的事情感到兴奋。而现在，他变得越来越沮丧，因为艾伯哈德似乎并没有急他所急。马斯克觉得车子很难坐进去，座椅不舒适，和其他高价汽车相比，内饰也不考究。2006年秋天，因为汽车仪表盘的质量问题，马斯克对艾伯哈德发了脾气。"这是一个很严重的问题，但我非常担心你并没有意识到这种严重性。"马斯克给他写邮件说。

但艾伯哈德表示，只有先解决其他更为重要的问题，才能来处理这个问题，尤其是当时距离 2007 年夏天投产只有不到一年了。"我不认为有办法——任何办法——在投产之前解决这个问题，且不会严重影响成本和进度，"他解释道，"更何况，我们还有无数关于投产的难题需要解决——成本问题依然棘手，供应商也很成问题（变速箱、空调等等），我们自己的设计也不够成熟，无法让路特斯汽车保持生产方面的稳定性。我焦虑得彻夜难眠，满脑子想的都是怎么才能让车子在 2007 年投产。"

艾伯哈德继续为自己辩护道："为了不让我自己疯掉，也不让我的团队疯掉，我现在不打算花太多时间去考虑仪表盘问题，或是其他我想在（投产开始）之后解决的问题。等到车子一出厂，我们还有一大堆事情要考虑，等我空一点，会好好想想的。"

他也许是想拖一拖，或是安抚一下马斯克，但却让马斯克更加愤怒了:"我想从你那里得到的回复是,这个问题会在(投产开始)之后得到解决。这样我们还可以通知顾客,他们会 * 在提车之前 * 获得产品升级的机会。我从未要求在投产之前解决这个问题,所以我不知道,你为什么要拿这个理由做挡箭牌。"

特斯拉的公司规模不断壮大。但到了 2006 年底,每个人都可以看出,艾伯哈德饱受压力,不堪重负。他会抱着脑袋坐在办公室里,或是捻着胡须发呆。夜深人静的时候,艾伯哈德会给董事会成员劳里·约勒打电话,绝望地列数马斯克要做的改动和他施加的压力。经过对 Roadster 样车一个周末的试驾,马斯克觉得路特斯汽车的座椅并不舒适。但定制座椅要增加 100 万美元的开发成本,而他们的资金并不充裕。这辆车坐进去很不容易,特别是对于马斯克的太太贾丝廷来说。车子的座椅仅略高于地面,因此乘客乘坐时膝盖不怎么打弯,感觉更像是坐大马力雪橇,而不是典型的跑车。在原版伊莉丝设计中,门框底部有个高高的突起,上下车都要把腿抬高。马斯克希望将这个突起降低两英寸,但这会让项目成本增加 200 万美元。马斯克想要特殊的车头灯,并为此批了 50 万美元。他还想用特殊的电子锁取代车门上的机械按钮,这又得多花 100 万美元。而把玻璃纤维改成碳纤维,让每辆车子的成本增加了 3000 美元。

马斯克正在对车子本身施加影响。这并不是说他错了,只是太过了。"埃隆的想法太多,而我的动作又不够快。"艾伯哈德对约勒说。

2006 年 11 月下旬,艾伯哈德向董事会做了一次报告,指出每辆 Roadster 的预估造价已经从最初的 4.9 万美元大幅上涨至 8.3 万美元——前提是于次年秋天投产,而非原定的夏天。在这个基础上,预计到 2007 年 12 月底,特斯拉每周可以产出 30 辆车。但即使这样的预测也有风险——他们还有很多量产零件的设计没有敲定，也没有选好供应商。艾伯哈德希望在未来一年内，可以将每辆车的成本削减 6000 美元。

电力传动系统的挑战依然存在。该系统包括电池和马达，是车子造价最高的部分。电池芯的成本比他们的预期翻了一番。而且，尽管特斯拉创立时，他们觉得应该买得到物美价廉的商品电池，但实际上公司的工程师开始意识到，并非所有的电池都一样，哪怕标识相同（他们需要的这一款称为 18650，因为其直径是 18 毫米，高 65 毫米）。每个公司生产电池芯的方法都不一样，因此用在车辆上的效果也各不相同。在对业内样品进行了测试之后，斯特劳贝尔的团队发现，只有三洋等几家公司的电池芯效果最好。如果电池公司发现了他们的选择如此有限，那特斯拉就会失去一切谈判优势——因为就目前来看，供应商都觉得，特斯拉是大有"钱"景的。私底下，包括吉恩·贝尔蒂切夫斯基在内的一些员工担心，他们可能会被这区区几家电池商绑住手脚，因此想争取资金开发别的选项。但艾伯哈德拒绝了他们——公司没有这笔钱。他自己的团队也正在苦苦寻找供应商，来按照特斯拉的要求与报价制作变速箱。动力系统是车子的关键，但始终无法定下来。

艾伯哈德在 2006 年 11 月董事会上的表现，特别是他在成本问题上显示出的束手无策，让马斯克事后不得不去宽慰优点资本的吉姆·马弗尔。"上次董事会上，你们问马丁汽车成本是多少，他并不是不知道。他只是不想未经准备，就针对某个特定季度的生产给出精确的数字。"马斯克对马弗尔说。言外之意就是：请他放心。但马斯克没有说出口的是，他也开始怀疑公司内部是否出了问题。几周之后，马斯克飞赴路特斯公司开了一个会，但没有让艾伯哈德参加。马斯克想知道，路特斯公司对于特斯拉项目时间安排有什么看法。

"你肯定可以想象，埃隆问我们对于投产时间有什么看法时，场面会有多么尴尬，"在开会之前，路特斯公司主管西蒙·伍德（Simon Wood）写信告诉艾伯哈德，他的预测并不乐观，"想必我们的意见，是和你们团队的计划有出入的。"

伍德的幻灯片从一开始就警告马斯克，他的看法"或许可以视作悲观，但反映了项目中路特斯公司主要参与者的整体感受"。他表示，路特斯公司列出了一份清单，上面有将近850个值得担忧的问题。其中既有可以导致汽车完全丧失功能、引发安全与监管问题的项目，也有会影响顾客满意度或需要小修小补的项目。根据伍德的计算，他们每周可以解决25个问题，但这会使投产计划延期30周以上。综上所述，路特斯公司认为，到2007年圣诞节，他们可以生产出大约28辆Roadster。而特斯拉的计划，是在2007年底将产量提高到**每周**30辆。

尽管面临着诸多担忧，2007年开始的时候，特斯拉董事会还是对公司于次年上市表示了乐观。1月，马弗尔提议董事会开始与银行家会面。他们讨论的想法是借一笔过桥贷款，之后可以用一定的价格转换为所有权股份。借助这个计划，他们就可以避免债台高筑，同时作为一种过渡，直至公司上市。马弗尔建议，可以让艾伯哈德几周之后去纽约的一个投资大会上发言。马斯克却不希望艾伯哈德在这方面花时间，认为他应该把精力放在Roadster上，而不是在他看来价值很低的公关和融资会议上。"Roadster现在有很多火烧眉毛的问题，需要马丁去解决，"马斯克告诉董事会，"我们已经严重延误了交付时间，而且还有可能继续延误。"

随着时间的推进，董事会开始收缩计划。马斯克在那年春天告诉董事会，他相信特斯拉需要筹集 7000 万至 8000 万美元，才能让公司维持运转，直到迎来 2008 年三四月的 IPO。马弗尔警告说，不要动用他们现有的 Roadster 定金款项。"很多人认为，即使要动用这笔款项，也应该等到十月 Roadster 有望出厂之后，"他告诉董事会，"届时，比方说，如果有 25 台 Roadster 出厂，那么我们这一年就可以使用 250 万美元定金。如果我们确定秋天可以在私募资本市场以较高的估值融资，那么现在当然可以先进行一轮规模较小的融资。"但他担心，投资者向公司追加现金投资或为其提供贷款的意愿可能会推迟或改变。

最终，董事会决定筹款 4500 万美元，低于马斯克建议的数目。这一金额让特斯拉的估值达到了 2.2 亿美元。这个决定让大家相信，特斯拉有能力于当年投产，尽管一切都还远远没有确定。

难以实现的紧张日程、一再推迟的最后期限、命途多舛的量产计划、并不充足的公司资金——一切都指向一个显而易见的事实：特斯拉的核心出了问题。但究竟是什么问题？幸运的是，马斯克知道该向谁请教。

第六章
黑衣人

1999年春天，安东尼奥·格拉西亚斯坐上了从芝加哥飞往瑞士的航班。这个时候，距离他成为特斯拉投资方还有6年。这次旅行将会改变他的人生，也会在未来改变特斯拉的命运。抵达德莱蒙小镇时，他刚好赶上了晚饭。而他来这里，是为了调查自己小工厂帝国的最新成员。这项蓬勃发展的事业可以追溯到4年前，当时他还在芝加哥大学法学院读书，便开始收购这些小企业。20世纪90年代末，为电子和汽车行业提供零件的小型制造企业处境堪忧。大公司利用自己庞大的规模，逼得小企业将价格一降再降。在那种环境下，生长于密歇根大急流城工厂区的格拉西亚斯看到了机遇。这些夫妻店也许只是需要一点现代化改造，利用重组降低成本，再增加一些新的主要业务，就可以把生意做得更好。他这次来德莱蒙考察的工厂，是一笔大型收购交易中的一部分，隶属于芝加哥附近的一家冲压厂。

格拉西亚斯与工厂经理共进了晚餐。在座的还有一位工程顾问，名叫蒂姆·沃特金斯（Tim Watkins）。他是工厂几个月前请来帮忙整顿运营的。一开始，格拉西亚斯觉得沃特金斯这个人有些琢磨不透。这位生于英国的工程师留了一头长发，梳了个马尾辫，看起来和《燃烧的天堂》（Medicine Man）中的肖恩·康纳利有几分相似，只不过穿了一身的黑衣服，还系了个腰包。但在共进晚餐的过程中，格拉西亚斯很快发现，他和沃特金斯有着相似的世界观。他们都会看同样的书，对管理和技术也英雄所见略同。

时年 28 岁的格拉西亚斯，是以一种不同寻常的方式进入制造行业的。他出生于底特律，在密歇根州西部长大，父母都是移民。他的父亲是神经外科医生，母亲开了一家内衣店，他放学后也会去店里帮忙。十几岁时，他用别的男生收集棒球卡片的方法买起了股票。而其中最让他视若珍宝的，就是苹果公司的股票。1995 年，在高盛公司工作了两年之后，他开始进入法学院学习。这并不是因为他向往成为一名律师，而是为了实现母亲的遗愿——父母一直以来的梦想，就是能看到自己所有的孩子都成为医生和律师。

他虽然人在学校，但还是无法摆脱投身商业的欲望，一心想做点什么。作为副业，他创办了自己的投资公司 MG 资本，以纪念母亲玛丽亚·格拉西亚斯（Maria Gracias）。1997 年，他在高盛公司的一个朋友也加入了这家公司。他们筹集到了 27 万美元，加上格拉西亚斯自己的 13 万美元，作为公司的启动资金。他们的第一笔收购，简直好得让人不敢相信。那是一家位于加州加迪纳市的电镀公司，经理很有经验，知道企业遇到问题时该怎么解决——意味着格拉西亚斯可以高枕无忧，继续自己在法学院的学习。这家公司遭遇破产，成了没人想要的孤儿企业。因为公司背负着巨额债务，所以两人按照资产价值收购了它（而没有采用常见的公司估值方式，依据其 1000 万美元年收入的几倍数来估值收购）。

但很快，他们就发现自己有些忙不过来了。格拉西亚斯没有退学，但已经不去上课了，一直在加州工厂工作，全靠好友大卫·萨克斯（David Sacks）告诉他芝加哥学校里的情况，帮他准备期末考试，凑足学分。在加迪纳，他每天靠着喝星巴克咖啡提神，与小时工们并肩战斗，想方设法提高公司产量。当时，人们对电镀的需求日益增加，特别是电子产品制造商。一个最初看似莽撞的举动，竟很快变成了印钞机，可以创造出 3600 万美元的年销售额，也推动 MG 资本进入了收购爆发期。到格拉西亚斯抵达德莱蒙用晚餐时为止，MG 资本已经收购了 5 家公司。

有了这些收入之后，MG 资本甚至投资了一家名为康菲尼迪的初创企业。格拉西亚斯法学院的朋友萨克斯就在那里上班。那家公司与马斯克的 X.com 合并，共同更名为 PayPal。而格拉西亚斯和马斯克的相识，也就起源于此。

晚餐结束后，经理和沃特金斯带格拉西亚斯去参观他新收购的工厂。那是一个周六的晚上，按理说他们看到的应该是处于休眠状态的工厂，因为当地劳动法是禁止在夜间和周末工作的。但快走到门口时，格拉西亚斯惊讶地听见，从没有灯光的工厂里传出了冲床的嗡鸣声。进去打开灯之后，等眼睛适应了光亮，他看见了令自己难以置信的场景：一个完全自动化的工厂。机器在运转，但旁边却无人监工。

格拉西亚斯看遍了世界各地的工厂，学习它们最新的技术，来改善生产线速度和流程。但眼前的一切，是他前所未见的。那个时候，工厂里还很少会出现个人电脑，但沃特金斯已经参透了自动化操作的玄机，并创造出算法，来预测何时需要关闭系统进行维护。他为机器设定了时间，让它们自行工作 4 个小时。随后，工人会返回工厂工作 8 个小时，接着再让机器独立运转。

沃特金斯凭借着自己的创新，让工厂找到了一天工作 24 小时的方法,即使他们所在的地方通常只允许工人一天最多工作16小时。与此同时,他还帮助工厂降低了运营成本。

"我在世界上的任何地方,都没有见过这种方法。"格拉西亚斯回忆说。

格拉西亚斯觉得,他撞见了自己职业生涯中最大的发现之一——不是工厂,而是工厂背后的创新者。接下来的几个月里,他一直在努力说服沃特金斯加入MG资本,帮助改善公司在全美日益增长的工厂群体。最终,他成功了。在沃特金斯的协助下,格拉西亚斯和他的商业伙伴以9倍的回报售出了MG资本的投资组合公司,并以这一业绩筹集了1.2亿美元的投资基金。 MG资本更名为Valor,沃特金斯以合伙人的身份进入了董事会。他们成了彼此忠实的朋友,甚至在芝加哥当过一阵子室友。他们渴望一起进步、一起成长。他们不再想收购困难企业来经营了,而是想投资公司,并提供自己的专业知识,来帮助改善这些公司。

他们计划的重点是当"幕后英雄"。因为害怕名声大了会把创业者吓跑,所以他们多数时候都避免曝光。他们只想投入地做一件事情:利用自己的专长,帮助企业改善日常流程,如实现自动化之类,因为一家公司的成败往往取决于此。因此,当马斯克在2005年建议格拉西亚斯(和其他朋友一起)投资特斯拉时,他欣然同意了。

这样一来,马斯克在2007年给他的朋友格拉西亚斯打电话求助,也就不足为奇了。特斯拉出问题了。格拉西亚斯也于那一年加入了董事会,并且他已经发觉,艾伯哈德在管理这家日益庞大的车企时有些费劲。这位创始人显然越来越力不从心了。

是时候看格拉西亚斯和沃特金斯大显身手了。马斯克需要他们深挖公司的账目，找出特斯拉的症结所在。

在硅谷，有一种情况并不罕见：当初创企业达到一定的规模、变得足够复杂之后，便超出了创始人的掌控能力范围。2007年，艾伯哈德便遇到了这种情况。他对此心知肚明，马斯克也一样。他们开始讨论引入一位新的CEO，并首次聘请一位CFO——这是他们从公司成立第一天就想做的事情。这可以让艾伯哈德解脱出来，专心开发Roadster之后的车型——只有完成这一步，特斯拉才能从富人玩具制造商演化为一家真正的车企，实现马斯克上一年在不是秘密的总体计划中的构想。这款车最终会被称为Model S，而目前，它在公司内部依然被冠以代号"白星"（WhiteStar）。作为特斯拉发展轨道上至关重要的支点，它的开发进展越来越牵动着马斯克的心。说到底，Roadster永远只会被少数富有的尝新者驾驶。但Model S是一款主流车型，考虑的受众也是主流人群。它需要向公众展示特斯拉的全部实力，因此没有任何犯错的空间。

Model S项目负责人罗恩·劳埃德（Ron Lloyd）来自科技行业，但他组建的团队中大部分都是汽车从业人员，以至于要在底特律郊外设立一个大型办公室。马斯克第一次去这个办公室的时候，感觉就不怎么愉快（他们有很多事情做得不合他心意，包括一名工程师在报告中出现了拼写错误）。这个新生团队的成员以前都是底特律的汽车制造者和供应商，他们和硅谷团队是有文化差异的。在硅谷斯特劳贝尔手下工作的那些工程师，多数刚走出斯坦福校园，在来特斯拉之前没有多少工作经验。尽管特斯拉一开始对底特律的工程师避而不用，但从头开始造出一辆全新的车子所带来的挑战，还是让他们对这些人越来越依赖。在2007年的底特律,加入加州一家电动汽车初创企业的想法还是十分激进的,因为传统汽车那几年在底特律发展得依然很好,销售也屡创新高。尽管通用和福特的根基已经有些松动了,但资金还是很充裕。去通用、福特和克莱斯勒工作的工程与管理人员,都盼着能在这样的企业干一辈子,再领取一笔丰厚的养老金。通用汽车也因此常被戏称为"慷慨汽车"("Generous Motors",缩写也是GM)。那个时候的人们并不愿意放弃这一切,去投奔一家也许不会成功的初创企业——这让硅谷的团队很不解,因为在他们看来,冒着失去工作的风险去追求潜在回报就是一种常态。那是一个奖励冒险的环境,失败被视为游戏的一部分——只要你还能再想出一个好主意,触底反弹。

"把他们炒掉。通通炒掉。"离开底特律办公室的时候,马斯克对艾伯哈德说。对于马斯克的许多命令,艾伯哈德都不予理会,这一条也不例外。他仍然需要这些人。

在马斯克看来,底特律团队似乎过于关注车辆成本,从而影响了车辆质量。最近这个团队很兴奋,因为福特已经与他们达成了协议,同意他们使用福特 Fusion 轿车项目的零件。 Roadster 让特斯拉明白了一个道理:你不能指望着问别家买个车身,再稍作改动,就万事大吉了。任何让车身"特斯拉化"的改动,都会增加成本。因此,底特律团队一心想学大车企一直以来的做法:利用市面上现有的零件造一辆车,因为这样会比请供应商提供特有的零件要便宜。况且,这些供应商已经不太愿意和小型初创企业合作了。底特律团队所做的事情从本质上来说,就是拆开一辆乐高玩具车,再按照自己想象中车子该有的形象,重新把这些积木搭起来。问题是,马斯克对于他们打造的形象并不满意。

马斯克向艾伯哈德表达了自己对劳埃德的不满。而艾伯哈德自己也在做吃力不讨好的事情，努力用微薄的预算去迎合马斯克奢华的品味。"罗恩已经暗示我好几次了，说我们不能（把Model S）做得像其他5万美元的车一样，因为除去电池成本，我们已经不剩多少钱了，"马斯克在2007年春天的一个深夜写道，"如果我们太依赖他，那么只能造出一辆烂车。也就是因为这一点，我才会觉得，我们对豪华车传动系统成本的估算是错误的。我非常确信，我们和豪华汽油车传动系统成本之间真正的差异并没有我们想象的那么大。"

最后，埃隆为自己的担忧做了一个总结："我想确定的一件最重要的事情就是，我们的人知道多数美国车很烂，而且也知道怎么去改变这一点……他们到底知不知道，什么才是好的产品？"

尽管马斯克对底特律团队不满，但他明白，汽车从业经验对公司来说是一笔宝贵的资产。请一位经验丰富的CEO，知道该怎么花最少的钱、造最酷的车——这个想法他喜欢。Roadster项目让他明白，成本失控往往就在一瞬间。而且即使多花了钱，马斯克还是对Roadster的一些元素不满，说从内饰上看，这款车就是标着豪车价格的经济型车。

在考虑未来的CEO人选时，马斯克对一名产品开发人员产生了好奇。此人名叫唐浩泰（Hau Thai-Tang），马斯克看到了媒体对他的报道，说他在福特成绩斐然。2005年，唐浩泰由于负责新款福特野马的开发而名声大噪。该项目之前一直处于保密状态，现在却在媒体上大放异彩。于是，一个周末，马斯克安排这位高管来硅谷参观特斯拉，还请他试驾了他们的车。艾伯哈德回忆说，他很少见到有人开车这么猛。试驾结束之后，唐浩泰打开了话匣子，指出了一大堆会影响行驶动力的问题——悬挂系统不对、车身后部太重之类。但他也同样赞不绝口："这辆车真了不起。"

最终，让他们失望的是，唐浩泰并没有兴趣离开福特。① 但马斯克和艾伯哈德还是受到了鼓舞：他们的尝试是正确的。唐浩泰还以另一种方式提供了帮助：他推荐了一家猎头公司，可以帮他们物色 CEO。

特斯拉在找人替代艾伯哈德的消息，最终还是走漏了风声。两名记者于 6 月份联系了特斯拉的公关部门。消息的透露让艾伯哈德很沮丧。他写了一封邮件，向董事会抱怨。"我不知道消息是谁透露出去的，但要么是董事会，要么是猎头公司，"他写道，"现在这件事大家都知道了，媒体还会电话问特斯拉的员工，我是不是快被撤职了。不用说你们也知道，在这样的状态下，我真的很难做好自己的工作，而且非常泄气。"

马斯克却对他的担忧不以为然。他告诉艾伯哈德，鉴于特斯拉的公众关注度已经如此之高，人们并不会对此"颇感意外"。"最好的办法就是公开面对它、接受它，就像拉里（佩奇）和谢尔盖（布林）在谷歌做的那样。"马斯克这样写道，并指出，谷歌的创始人也把日常管理权交给了 CEO 埃里克·施密特（Eric Schmidt）。他还写道："每个人都知道他们在物色 CEO，并且物色了很长时间。但在此期间，有拉里掌控着全局，谷歌还是运营得很好。"

私底下，两人的争辩仍然继续。艾伯哈德告诉马斯克，他相信是董事会的一名成员把这个消息泄露出去的。"哪怕只有一点点同情，我也不至于这么难受，"他对马斯克说，"过去五年中，特斯拉汽车就是我的生命。从媒体那里听到董事会要炒掉我（他们

---

① 2007 年春，福特将唐浩泰派往南美负责产品开发，为日后对他委以重任埋下伏笔。2019 年，他成为福特首席产品开发主管。——原注

用的就是这个词),真是太伤心了。"

马斯克试图安慰他,说他很乐意纠正"炒掉他"这个看法。"但客观事实是,物色新 CEO 这件事,是几个月前你自己提起的,"马斯克写道,"而且,我也的确鼓励过你(去)接受它,但我并没有给过你压力。"

艾伯哈德知道自己需要新 CEO 的帮助,但他想以自己的方式转移到新的工作岗位上。拿他和谷歌创始人相比,是在偷换概念。的确,他们是让位给了经验丰富的运营者。但公司上市之后,他们依然牢牢掌控着它,因为他们采用了双重股权,可以获得大多数的股份。艾伯哈德可没有这样的协定。特斯拉最大的股东依然是马斯克。艾伯哈德在这家公司的未来如何,全都掌握在他的手中。

尴尬的艾伯哈德决心强作镇定。6 月 19 日,他召开公司大会,给大家打气。在可以投产之前,还有一长串的问题需要解决。他们需要修好汽车变速箱的小毛病,还得建立一个小型的门店网络。他们需要集中精力,让汽车变得安全可靠,根除所有的工程问题,把零件运到英国工厂去。

"集中精力,做好最重要的事情。"他告诉他们。这关系到所有人的工作,更不用说"电动汽车可行性"和"交通运输的未来"了。

在随即于会后发出的跟进邮件中,他向团队传递了更为明确的信号:"(通用汽车 CEO)里克·瓦格纳(Rick Wagoner)去年 11 月表示,现在已经到了汽车行业的转折点——从内燃驱动到电力驱动的转变,就像从马到马力的转变一样,有着重大的意义。如果我们可以成功地推出 Roadster,那么你们将和特斯拉汽车一起,作为这一转变的驱动者,被历史铭记。如果不成功……那就想想塔克①和德罗宁②。我们比他们更优秀，而 Roadster 更是远超他们的汽车。加油！让我们一起证明！"

蒂姆·沃特金斯有时特别客气，有时又直率得吓人。他那种严谨和自律，是多数人难以企及的。他很早就开始相信血糖飙升有害健康，而当时还很少有人知道这一点。因此，他会全天密切监控自己的食物摄入量。他的腰包里总装着麦片，是从英国他母亲家附近的商店买来的。这些年来，他多数时间都在路上，总是被格拉西亚斯派往各个热点地区，处理各种问题。做这种工作是很疲惫的，通常还要向人们传达可能会让他们丢掉饭碗的残酷真相。于是，他又渐渐养成了一些新的习惯。比如，当他到了一个地方开始工作的时候，会去当地连锁商店买一组黑色的 T 恤，还有黑色的牛仔裤。工作一旦完成，他就把这身行头扔掉，给下一次任务腾出空间，就像脱掉一层皮。

2007 年 7 月，他抵达圣卡洛斯的特斯拉总部——又一个在他看来十分麻烦的地点。他很快打电话告诉格拉西亚斯：特斯拉没有包含了全部零件的物料清单。其实这个清单很简单，只是把所有准备装在车子上的零件都列出来，并附上公司经过协商同意支付的价格。看来，他只好自己列一个了。他还提到了其他的担忧：路特斯公司的高管警告说，Roadster 已经来不及按照原计划于 8 月底投产了。对于供应商将要生产的部分零件的设计，特斯

---

① 普雷斯顿·塔克（Preston Thomas Tucker，1903—1956）：美国汽车发明家、创业家，代表作为塔克 48 轿车。
② 约翰·德罗宁（John Zachary DeLorean，1925—2005）：美国汽车工程师，创办了德罗宁汽车公司（DeLorean Motor Company），代表作为德罗宁 DMC‑12 汽车。

拉还没有最终批准。而且团队也还是没有找到可以解决双速变速箱问题的有效方案。

就在沃特金斯对公司状况进行评估的时候，艾伯哈德的团队也同样在加紧工作，试图厘清公司的财务状况。特斯拉已经开始为财务部门招聘新员工，为 IPO 做准备。他们聘请了刚从哈佛商学院毕业的瑞安·波普尔（Ryan Popple），为公开发售整理公司账簿。上岗的第一周，波普尔就意识到，事情并不像从外部看来的那么乐观。他接到的第一项任务，就是建立公司财务模型——一份可以展示业务状况的文件。他想看看现有的财务模型，却被不以为然地告知："那个模型就是一坨屎。"波普尔开始走访各个部门，向斯特劳贝尔等人询问预算情况。但他听到的所有答案都大同小异："不知道啊。没人跟我谈过这个。"

7月底，财务部门在一位外部顾问的帮助下，对公司目前的情况做出了新的估计，并把报告发给了董事会成员。报告称，他们计划生产的头50辆车，每辆的物料成本总计会达到11万美元。工程部门的戴夫·莱昂斯和 J. B. 斯特劳贝尔正在努力压低成本。他们预计，随着产量的增加，单位成本将会下降。"他们将继续研究解决方法，我们有望在几周内得到进展汇报，从而更好地了解汽车在达到量产水平之后的'真实'成本。"

报告还对后半年的现金消耗做了预测。公司5月份筹集的4500万美元正逐步被消耗，到了9月份就要告罄了。尽管还有销售团队收到的3500万美元客户定金，但到了年底，如果事情没有发生重大转变，这些定金也会消耗殆尽。

也就是说，特斯拉再次遇到了资金问题。董事会没有像马斯克力争的那样，在5月份把8000万美元全部筹集到位，而是觉得，即使这轮融资规模较小，公司也可以再活一年。但现在他们终于明白，董事会当初的决定，其实是基于对实际成本的不准确估计。他们慢慢开始了解汽车产业的一个残酷事实：工业化要依赖大量的现金。

而这个真相还突出了一点：他们依然没有聘请到经验丰富、可以预见到这些问题的 CEO。除此之外，他们也还没有完全运用会计系统，去正确地跟踪成本。在一次员工会议上，艾伯哈德显然对不良预期感到十分不安。

"如果这是真的，"艾伯哈德对他的制造部门负责人说，"你和我都会被炒鱿鱼。"

7 月，董事会对艾伯哈德表示了不满。他们拒绝了艾伯哈德的建议，不同意将 Roadster 的售价维持在 6.5 万美元，因为电池组本身的成本依然超过 2 万美元。一个月之后，艾伯哈德的处境就更加不妙了。沃特金斯向董事会提交了初步调查结果，描绘了一幅愁云惨淡的图景，比特斯拉内部估计的要差得多。据他计算，在造出了 100 辆车以后，每部车的成本将会是 12 万美元，这还不包括间接成本。随着产量的增加，成本可能会有所下降，但并不足以产生利润。而根据公司预计的交付量，算上间接成本，早期生产的每部车子成本都会达到惊人的 15 万美元。更雪上加霜的是，沃特金斯觉得，他们根本无法在那年秋天投产。

董事会举座皆惊。艾伯哈德对调查结果表示了反对，但有些事情早已命中注定。8 月 7 日，艾伯哈德接到了马斯克的电话。当时他正在洛杉矶，准备去见一群记者。马斯克没有带来什么好消息，而是告诉他，他就要被取代了。将接替他担任临时 CEO 的是迈克尔·马科斯（Michael Marks），最近刚在特斯拉的一轮融资中进行了投资。马科斯曾担任伟创力（Flextronics） CEO，并在退休前将这家公司打造成了全球电子产品加工的龙头企业。如今，在特斯拉的诱惑下，他决定重出江湖。

这个消息，让艾伯哈德十分意外。他给董事会其他成员打了电话，发现他们并没有提前得到风声。马斯克同意在8月12日召开董事会，批准艾伯哈德辞去CEO一职，并宣布他的新职位：技术总裁。但在马斯克心里，这个决定已经做出了。他在会议前夜向董事会其他成员提出了建议："和解决那些关键问题相比，马丁似乎更在意自己的公众形象和他在特斯拉的位置。如果你们要和马丁对话，请敦促他集中全部精力，确保Roadster的成功推出与准时交付。他似乎不太明白，在公司树立声望、巩固地位最好的办法，就是把这件事做好。"

尽管还没有正式上任，马科斯已经来到特斯拉的圣卡洛斯办公室，准备好好收拾这个烂摊子。8月8日深夜，他写信给马斯克，表示需要尽快和他谈谈："如你所知，公司问题很多。但有一些，远远比我想象的还要可怕和紧迫。"

第七章
白鲸

斯特劳贝尔和刚被降职的艾伯哈德一起,坐上了 CEO 迈克尔·马科斯的包机,前往底特律。马科斯长着一张椭圆脸,发际线有些后移,还带着国际企业掌门人特有的疲惫,看起来就像是特斯拉的大家长——特别是和年轻的工程师同事相比。这群工程师普遍刚从斯坦福毕业,许多人是第一次正式参加工作。马科斯则有着执掌伟创力十余年的经历。伟创力是一家第三方制造企业,为微软 Xbox 游戏机、惠普打印机和摩托罗拉手机代工。艾伯哈德和塔彭宁本以为汽车行业里也会有这种企业,可以代他们生产 Roadster,但最后却惊讶地发现,他们要找的代工者基本上无处寻觅。

新官上任三把火。马科斯召开公司大会,对员工展开了批评,认为他们缺乏紧迫感。"我注意到了公司的几件事情——尽管这个行业前景广阔,但你们工作不够努力,"他对他们说,"我会规定正式的办公时间,希望大家都能坐在自己的桌子前面。"

Roadster 显然已经无法于 8 月推出了,因此他决定延期六个月,给团队时间解决问题,找到削减项目成本的方法。他列了一个"马科斯清单",上面都是急需解决的问题。其中最重要的就是变速箱,它依然困扰着工程部门。马科斯是制造业的行家,但却是汽车行业的新手。幸好,他知道该向谁寻求建议:里克·瓦格纳,通用汽车 CEO。两人曾于同一时期就读哈佛商学院,并且马科斯在伟创力工作的时候,还拜访过瓦格纳。也正是出于这个原因,电池天才斯特劳贝尔才会坐上马科斯的私人飞机,前往底特律。

通用派出一支黑色的车队,在机场迎接了特斯拉一行。他们一路飞驰,来到了通用汽车总部"文艺复兴中心"(Renaissance Center)。在这组摩天大楼脚下,是几近废弃的市中心。这座曾经被称为"西方巴黎"的城市,如今已经目睹了许多雄伟的建筑人去楼空。有些几十层高的楼房多年无人照看,里面都长出了树,穿出了楼顶。

车队停进了通用汽车高管车库。他们搭乘专用电梯,来到了顶楼——CEO 办公套房所在地。办公室入口处,底特律河景尽收眼底。窗户前面,摆着各款通用汽车的小模型。曾在大一时效力于杜克大学篮球队的瓦格纳,对他们三位的到来表示了欢迎。他的整个青壮年时期都是在通用汽车度过的,从财务部做起,慢慢升到了 CEO,职务范围遍及全球。

在特斯拉团队到访的 2007 年,通用汽车的业务正处于生死关头。多年来不断上升的债务、劳动力成本和日益膨胀的养老金义务让公司不堪重负,也使人们对公司的前景产生了怀疑。销售额在下跌,还不断有恼人的预言,说公司最终会走向破产。但瓦格纳还是充满信心地预测,这家汽车制造企业正走在解决问题的道路上——再一次。

斯特劳贝尔从来没有见过这种阵势——他没有见过让瓦格纳沉醉其中的高管泡沫,也没有见过自己此刻身处的这种豪华会议室,还配有丰盛的午餐。他连为这次出差找到一件合适的外套都费劲。他第一次见到了特斯拉对手的真容：一个庞大的企业，做着和他们完全不同的事情，绝对不是他不久前在自家车库里和朋友们做的那种。随着谈话的推进，马科斯向瓦格纳说起特斯拉在变速箱方面遇到的问题，希望他的朋友可以伸出援手。

"嗯，"瓦格纳说，"我们在过去 80 年中，一直有变速箱方面的问题。"

马科斯想从此次行程中获得什么，斯特劳贝尔并不十分清楚。但他可以感觉到，马科斯和艾伯哈德之间的紧张关系正在升级。旅途中大部分时间两个人都在争吵。艾伯哈德从 CEO 降为技术总裁的过渡似乎不太平顺，让员工们感到左右为难。许多人是艾伯哈德的老朋友，对他很忠诚。其他人则相信，是时候换个新领导了。

而他们的冲突，也预示着另一种裂痕正在形成。当艾伯哈德带着自己关于电动跑车的想法去见马斯克时，他们似乎对于公司的未来有着共同的愿景。但每一个来之不易的里程碑，都让公司及马斯克的野心日益膨胀。眼下，这些野心却一头撞上了现实：Roadster 陷入了泥沼，可能会让他们未来所有的计划都无法实施。马科斯接下了这个并不令人羡慕的烂摊子，试图回答特斯拉**眼下**应该何去何从。对他来说，考虑企业的前景未免太过奢侈，当务之急是拯救这个公司。他会指出一条不同于马斯克预想的道路，而这样一来，也就注定了他自己的厄运。

瓦格纳对特斯拉业务的兴趣，并不只是和老朋友叙叙旧那么简单。一年多前，Roadster 初次亮相，便引起了通用汽车极大的关注。2001 年，瓦格纳聘请鲍勃·卢茨（Bob Lutz）担任副董事长，帮助这家车企重振雄风。卢茨曾就职于克莱斯勒，并推出了一款跑车——"毒蛇"（Viper）。他上任后的第一个举措，就是重用加州办公室年轻的设计师弗朗茨·冯·霍尔茨豪森，请他设计出一款名为"庞蒂亚克至日"（Pontiac Solstice）的双门跑车（随后，霍尔茨豪森很快成为马自达北美设计业务主管）。卢茨希望，这款车可以在 2002 年底特律车展上惊艳业界——以此彰显通用这头车界巨兽依然行动迅速，活力尚存。

特斯拉的全电动 Roadster 一经问世，便让卢茨非常生气。看着这部来自加州某个不知名初创企业的作品，他光火于自己的团队为什么造不出这种东西。"我的计划全都泡汤了，"时年 75 岁的卢茨回忆说，"如果就连某个硅谷初创企业都可以解开这种难题，那么你们就不要再来跟我说，你们办不到。"

身为前海军陆战队战斗机飞行员的卢茨，并不会被误以为是环保主义者。他对全球变暖的理念有个出名的评价："放他娘的狗屁"。似乎是为了强调这一点，他还在办公室里放了一部大型 V16 引擎。但他的确比同时代的大多数人都更懂营销。他明白，要与通用分割天下的并不是小小的特斯拉——底特律没什么人看好它——而是更为强大的敌人：丰田。2006 年，丰田将通用挤下神坛，终结了后者长达 76 年的"全球最畅销汽车制造商"生涯。在混合动力车普锐斯的帮助下，丰田树立起了潮流先锋的形象，而通用则被看作是过气土鳖。这家底特律车企甚至作为反派，出现在当年一部叫做《谁杀死了电动汽车？》（*Who Killed the Electric Car?*）的纪录片中，因为终结了 EV1 项目而招致骂名。

在距离斯特劳贝尔到访底特律还有几个月的时候，卢茨身着一袭无可挑剔的灰色西装，配上笔挺的白衬衫和紫色的领带，站上了舞台。那是 2007 年底特律车展最令人期待的新闻发布会之一，而卢茨即将为人们揭晓的，是通用诠释下的电动汽车作品：

雪佛兰沃蓝达（Chevrolet Volt）。这款轿车承诺单次充电可行驶 40 英里，随后可借助车载汽油引擎发电，让车辆继续行驶。这种"混搭"所提供的解决方案，可以攻克依然困扰着斯特劳贝尔的难题：高昂的电池成本。

沃蓝达和 Roadster 分属这场比赛中不同的重量级别。Roadster 追求的是热辣与尊贵，而沃蓝达则瞄准了物美价廉。特斯拉手头拮据，而通用汽车则有着丰富的资源，还可以从几十年的汽车制造史中借鉴经验。但所有关注特斯拉的人都明白，通用释放了一则非常明确的信号：沉睡的巨人已经醒来。

Roadster 尚未投产，但特斯拉已经把更多力量投入到下一款车型的开发上了。他们从外部聘请了一家名为"菲斯克造车"（Fisker Coachbuild）的设计公司，帮助 Model S 设计外观。这是一家精品设计公司，两年前由名为亨里克·菲斯克（Henrik Fisker）的丹麦设计专家创办。菲斯克曾担任阿斯顿·马丁设计部负责人，设计了 V8 Vantage 概念车，并将 DB9 跑车推向市场。两款车型均引发了大量关注。特斯拉对菲斯克的选择，也是对自己既定路线的延续：不求在设计中凸显尖端科技感，重在刺激肾上腺素的分泌。

既然这次要从头开始造车，成本问题便很快随之显现。董事会打算为 Model S 项目投入大约 1.2 亿美元，罗恩·劳埃德便想方设法，争取不多花钱。特斯拉已经明白，Roadster 项目中许多本以为是捷径的做法——比如和外部供应商合作、大规模采购——并不如设想得那么有效。于是，他们开始寻找新的捷径。有没有什么办法，让他们可以在不自行高价建厂的情况下，造出自己的车子？能否从一家成熟车企的零件目录中找到需要的部分，合成他们自己的车子？就像底特律团队提议与福特合作时构想的那样？这些都是"开箱即用"的点子——但也伴随着"开箱即至"的问题。

尽管特斯拉是在"纯电动车就是未来"的理念上建立起来的，但 Model S 团队却开始觉得，他们不可能开拓那样的一个未来——至少下一步还无法做到这一点。续航里程和电池成本依然难以达到平衡。通用对混合动力车的主张，似乎有它必然的逻辑。劳埃德告诉菲斯克，他们也在考虑开发一款插电式混合动力车，并向他透露了一些细节。特斯拉对这项计划严格保密，但任何设计团队在工作时都需要把它考虑进去，这样才能使自己的设计既适用于电动车的电池和电动马达，也适用于传统油箱和汽油发动机。

但就在推进 Model S 项目的过程中，菲斯克提供的设计，却让特斯拉团队大跌眼镜。劳埃德指着设计图中车辆前端的圆形格栅，向同事们表达了自己的失望之情。这完全不像菲斯克之前的作品，和阿斯顿·马丁流畅、诱人的线条大相径庭。"怎么能这么设计，"劳埃德对一名同事说，"怎么丑成这样？"

马斯克去菲斯克工作室进行设计审查时，也表达了跟劳埃德一样的不满。会议期间，他用 Photoshop 展示了一张照片，那是一辆低矮的迈凯伦 F1 双门跑车。接着，他又对图片做了拉伸，让它看起来就像是一辆四门轿车。看到马斯克的演示之后，菲斯克大步走向白板，在上面画了一个传统意义上美女的剪影。"设计师都是根据这样的形象设计时装的。"据参会者回忆，菲斯克是这么说的。接着，他又画了一个梨型身材的女性轮廓："但他们最终做出来的衣服，得让这位女士也穿得下，这样才能卖得出去。当然，我可能扯得有点远了。"马斯克听完，气得满脸通红。

菲斯克为自己的作品辩护，说问题的根源在于这次任务本身。特斯拉想做一辆中型车，和宝马 5 系类似，还想把电池安在车子下方。这就难免要抬高顶部线条，变得不好看了。因为车辆圆鼓鼓的外形，一些特斯拉的经理开始叫它"白鲸"。

如果公司没有钱来支付工程和制造费用，那么车辆外观也就无足轻重了。马科斯在查看了公司财务状况后，很快便得出结论：特斯拉无力自行承担 Model S 的开发费用。他授意劳埃德去寻找一个搭档，承担一部分费用——而这条道路，又把特斯拉带回了底特律。团队开始接触克莱斯勒，希望可以和他们达成协议。特斯拉把自己的计划和盘托出，让克莱斯勒的高管们深入了解了这门技术。双方对共同开发汽车平台进行了商讨：特斯拉可以借此获得原型样车的溜背版本，而克莱斯勒也可以开发出这款车属于他们自己的版本。

但 2007 年，克莱斯勒自己也陷入了困境——被母公司德国戴姆勒克莱斯勒公司剥离，卖给了私募股权买家。到了秋天，已易新主的克莱斯勒放弃了与特斯拉合作的想法（高管们后来表示，尽管他们对合作的态度十分认真，消息却从未传达到公司总裁层面）。

这次被拒，让劳埃德和团队深受打击。他们觉得好像克莱斯勒一直在愚弄他们，目的是套走特斯拉的想法，用在自己的电动车项目上。① 而且，就在劳埃德团队得知克莱斯勒的决定时，从菲斯克那里也传来了同样令人不安的消息。这家自 2007 年 2 月起负责 Model S 外观开发的精品设计公司透露，他们也正在开发自己

---

① 克莱斯勒团队将于 2008 年秋天宣布三款电动车计划。其中一款也是基于路特斯伊莉丝跑车设计的，同样采用锂离子电池。然而，这款车从未按计划投产。——原注

的混合动力车，直接和特斯拉唱起了对台戏。

这个消息，让特斯拉不寒而栗。他们将于 2010 年推出 Model S 的详细规划，都被菲斯克牢牢掌握在手中。几个月来，双方分享着关于工程和设计的理念，讨论着混合动力车在工程方面所受的限制，也思考着如何把具有跑车特性的车辆造到最好。但菲斯克及其团队从未表示过，他们自己也想开发一款类似的车。特斯拉团队仔细查看了他们与菲斯克的合同。其中有一份非排他性协议，允许菲斯克为其他客户进行设计，包括潜在的竞争对手。但合同并没有对菲斯克自行开发车辆做出限定。况且，他们又怎么能想到菲斯克会这么做呢？菲斯克在开发电动汽车方面毫无经验，他们是一家设计公司。两个团队还想过在 Model S 上面挂一块牌子，上面写着"菲斯克造车公司设计"——这家设计公司还想借着和特斯拉的合作打打广告。

菲斯克看似是在模仿特斯拉，但从很多方面来说，它的战略和马斯克的恰恰相反。马斯克希望对特斯拉的产品拥有更多的控制权，比之前对 Roadster 的还要多。而菲斯克则打算专注于汽车的外观，并将大部分工程相关的业务外包给供应商。这倒是和艾伯哈德最初对特斯拉的构想不谋而合，不像现在的特斯拉，凡事都要自己亲力亲为。而且，在这场大家心知肚明的背叛之外，还发生了一件雪上加霜的事情：菲斯克获得了来自凯鹏华盈的投资——就是一年前被马斯克拒绝的那家风投公司。

关于特斯拉未来的发展方向，人们有着各种辩论。而斯特劳贝尔发现，自己正处于这些辩论的核心。他的团队研发的电池组可以容纳上千个电池芯，却不会引发"烟火秀"，堪称特斯拉的独门绝技。包括优点资本投资者在内的一些人已经在想，公司短期内是否真的可以把希望寄托在向其他车企售卖电池组上。在遭到降职的几个月前，艾伯哈德曾经更新了特斯拉的商业计划，预计电池组的年销售额可以提升到 8 亿美元。而负责向其他公司推销这个想法的团队，也正在取得初步的成功。有一家名为 Think 的挪威电动车初创公司，已经和特斯拉签订了价值 4300 万美元的协议，为自己的小型电动汽车购置电池组。而通用汽车也表示出了兴趣，因为他们要开发沃蓝达项目。斯特劳贝尔已经接触了他们的团队，还准备再去推销一次。

但马斯克却对此持保留意见。他认为这是在浪费斯特劳贝尔的时间。马科斯也觉得，公司应该先集中精力推出 Roadster——这是公司必须履行的责任，因为已经接到了好几百个订单。马斯克担心，如果客户遇到问题，会为刚刚起步的特斯拉带来声誉风险。他对艾伯哈德说："如果他们的动力系统出了问题，却要怪到我们的电池头上来（他们的第一反应肯定如此），我们该怎么处理？"

安东尼奥·格拉西亚斯和蒂姆·沃特金斯带来了更多资金方面的坏消息。随着团队继续深挖特斯拉的成本结构，他们发现了一个更大的问题，比搞不清 Roadster 的生产成本还要严重。原来，公司的整个财务体系根本不堪一击，一旦开始在路特斯公司生产汽车，就有可能破产。

问题是这样的：特斯拉要先从日本购买电池，再运到泰国组装成电池组，随后运往英国装到 Roadster 上，再把车辆装船运往加州。整个过程将耗时数月，而且特斯拉会欠零件供应商的钱——因为这段时期他们还无法进行销售，产生现金。根据沃特金斯的计算，整个周期需要数亿美元的库存现金才能维持。而特斯拉就连几千万都没有。他们的问题不仅在于成本，还在于现金流。

团队成员各持己见，争执不休。马斯克想关闭泰国业务，把电池组加工放到加州来，再把尚未安装电池的车子从英国空运到旧金山机场——因为按照航空规定，车子装好电池就不能空运了。空运省下来的时间，可以让特斯拉加快周转，所需现金也更少。他力主斯特劳贝尔的团队在硅谷开设车间，把至关重要的电池组牢牢掌握在自己手中。但马科斯却主张将更多的工作转移到亚洲，充分利用那里低廉的劳动力。斯特劳贝尔和他的电池组，恰巧处于这场拔河比赛的中心。

这场争论，只会让他们双方都已经清楚的一个事实愈发凸显：马科斯并不是特斯拉头号角色的最佳人选。他短暂的CEO生涯，最终只会成为特斯拉宏大叙事中的一个脚注。尽管他加入的这段时间，的确避免了让公司情况进一步恶化，但很快，他就会变成人们的回忆。

马斯克从比弗利山邀请了一位朋友，来担当特斯拉的第三任CEO。此人名叫泽夫·德罗里（Ze'ev Drori），是一位科技界的前辈。他曾经创办过一家半导体公司，名为"单片存储器"（Monolithic Memories）。该公司在做出了一番具有开创性的事业之后，于1987年被超威半导体公司（Advanced Micro Devices）收购。接着，德罗里获得了克利福德电子（Clifford Electronics）的控股权，并将其发展为一家领先的汽车警报系统公司，后出售给好事达保险（Allstate Insurance）。他自认是一名汽车发烧友，对F1也有涉猎。

新官上任之后，在帮助公司削减成本的名义下，艾伯哈德的嫡系部队被清除殆尽。就连艾伯哈德自己也未能幸免。2007年深秋，他被赶出了自己一手缔造的公司。

艾伯哈德显然很不开心，难过了好几个月。他对自己的遭遇并不感到意外，但依然为之痛苦。一个月前，马科斯离任前最后几个任务中的一个，就是去告诉艾伯哈德，他在公司的地位已经不保了，因为马斯克执意要求赶走这位联合创始人。他建议艾伯哈德拿上一笔遣散费，辞职走人。但艾伯哈德坚持不走。

几周后，马斯克就更不客气了。据艾伯哈德表示，马斯克当时已经直接控制了特斯拉8个董事席位中的4个（包括他自己的董事长席位），却还扬言要把自己足够多的优先认股权转换为普通股，从而获得再挑选3名公司董事会成员的资格。这样一来，他就可以掌握8个席位中的7个，对公司决策拥有绝对的话语权——也就是大权在手，可以除掉艾伯哈德了。

在创建特斯拉的过程中，艾伯哈德的大方向是对的：他看到了锂离子电池的潜力，以及高端电动跑车尚待发掘的可能性。但他也犯了一些天真的错误，令人痛心：从严重低估造车的复杂性，到不再了解公司发展过程中的财务状况。然而，他最大的失误就是：失去了对董事会的控制。未来许多年里，这个失误将始终啃噬着他的内心。马斯克为公司筹集到的资金越多，就把公司抓得越牢。特斯拉是一场控制的游戏，艾伯哈德输了。

短短三年半以前，艾伯哈德还在为收到马斯克的第一张支票而高兴。和他一起开香槟庆祝的，是谢家鹏和劳里·约勒——这两位他亲自挑选、陪他加入董事会的朋友。可如今，一切都已经时过境迁。尽管特斯拉一度看似是艾伯哈德的公司，但马斯克的影响力却在持续增长，渗透到了从Roadster设计到公司发展的方方面面——包括他对特斯拉未来的构想：完成从跑车到大众型低成本电动汽车制造商的演变。无论好坏，特斯拉现在都归马斯克所有了。

根据艾伯哈德的说法，当时马斯克给了他一个最后通牒：作为他离开的回报，他将得到六个月的薪水，共计10万美元，并将获得25万股的股票认购权。但如果他当天不签署那份协议，马斯克就会行使他的优先认股权，让艾伯哈德一无所有。他签了那份协议，开着他的马自达3回了家，车上还挂着妻子送给他的定制车牌："特斯拉先生"。之后，他便陷入了消沉。他给某些董事会成员打了电话、发了邮件，但无人理睬。在一个特斯拉粉丝喜欢的网络聊天室里，他找到了些许安慰，几天后对他已经离职的传言做出了回应。"是的，这是真的——我已经不在特斯拉汽车工作了——既不在董事会里，也不是任何类型的员工，"艾伯哈德写道，"我已经和特斯拉签订了非贬损协议，因此现在必须按合同办事，对遣词造句稍加小心。"

"但我还是要实话实说。我对于自己受到的对待十分不满，而且我觉得，这并不是进行转变的最佳方式——不管是对公司、顾客（我依然对特斯拉的顾客怀有强烈的责任感）还是投资者来说，都不是。"

几周之后，公司联合创始人、艾伯哈德的挚友塔彭宁也决定离开。他说自己心愿已了，因为Roadster已经做好了投产的准备（尽管特斯拉想在不破产的前提下进行生产，还有很多工作要做）。而且，对艾伯哈德许多支持者来说，没有他的特斯拉，也就不那么有趣了。

尽管当上了CEO的是德罗里，但马斯克显然还是想把控制权掌握在自己手中。马斯克宣布德罗里上任的当天，两人和斯特劳贝尔、戴夫·莱昂斯一起，搭乘马斯克的私人飞机前往底特律。他们要去那里召开一些会议，商讨麻烦的变速箱问题。在连夜飞行的途中，马斯克看起来有些失魂落魄。

"他满脑子想的都是整个局面已经失控了，"莱昂斯回忆道，

"所以必须让一切都回到自己的掌控之下。他不明白这一切都是怎么了,只知道自己把全副身家都押在了这些车上,也已经对所有的朋友都夸下海口了,所以必须兑现承诺。当时他的个人投入的确很多。"

在斯特劳贝尔看来,特斯拉成功的希望越来越渺茫。他开始觉得累了——一部分是因为他总要去亚洲出差,开发那里的供应商网络。艾伯哈德最初认为,特斯拉会受到供应商的欢迎,但事实证明并不是这样。电池制造商对电动汽车初创企业避之不及,更不想和与之相关的潜在法律与声誉责任沾上半点关系。

松下就是这样一家持怀疑态度的电池制造商。在他们的硅谷办公室里,有一位为公司锂离子电池开发新业务的负责人。此人名叫库尔特·凯尔蒂(Kurt Kelty),以拒绝特斯拉这种初创企业的请求而闻名。但 2006 年初,一位特斯拉的工程师找到了他。他带来的,是另外一种类型的提案。这位工程师是他在巡回会议上认识的,那个时候已经加入了当时名不见经传的特斯拉。他给凯尔蒂看了一张照片,上面是尚未公布的 Roadster——凯尔蒂被迷住了。这和他之前拒绝的任何电动车初创企业产品都不一样。它看起来就是一辆实打实的酷车。

于是,特斯拉故事中的经典一幕出现了:合适的人在合适的时机到来,还恰好拥有公司所需的个人经历与职业技能,因此可以大大增加公司的胜算。凯尔蒂辞去了松下的工作,转投特斯拉的怀抱,让家人和雇主大吃一惊。而他,将会成为斯特劳贝尔的秘密武器。

在加入特斯拉之前,斯特劳贝尔从未去过亚洲。去中国和日本寻找供应商,让他看到了一个与威斯康星和斯坦福校园截然不同的世界。而凯尔蒂则恰恰相反，常年浸淫于日本文化中。他十几岁时曾在帕洛阿尔托自己创业，随后从斯莫斯沃尔学院毕业，取得生物学学位。他平生第一辆车是 1967 年产的福特野马，整部车都被他翻修过。在去日本留学的那一年，他遇到了一位年轻女子，两人产生了感情。但女孩的父母发现之后，很快便让女儿打消了和外国人恋爱的念头。他们的交往中断了。

两年后，凯尔蒂在旧金山经营一家渔业出口公司，不时往来于美日之间，偶尔也会和昔日恋人喝喝咖啡。两人很快旧情复燃，不顾女方父母的反对，私奔去了美国。他们在旧金山共同生活的头一年里，凯尔蒂意识到，尽管两人感情深厚，但若想天长地久，还是要赢得女方父母的祝福。因此，他不顾女方的劝阻，只身前往日本，在当地寻找工作。他会说的日语，只够他点一瓶啤酒，因此他开始上初级日语班。他的目标是在大型制造企业里找到一份工作，觉得这一定是某种社会地位的象征，能让新岳父母对自己刮目相看。最终，他在松下找到了一份这样的工作，女孩也回到日本，和他团聚。他虽然是个老外，却能说一口流利的日语，对日本文化也了如指掌，因此在公司脱颖而出。凯尔蒂在这家科技巨头度过了 15 年的职业生涯，而他的妻子也始终伴其左右。更重要的是，他终于赢得了岳父母的祝福。最终，他们带着两个年幼的孩子回到了美国，来到帕洛阿尔托，在那里成立了松下硅谷研发实验室。

加入特斯拉的那年，凯尔蒂 41 岁。而他，将会成为斯特劳贝尔前往新世界的引路人。理论上看，他们这个组合很奇怪：一个是老成持重的顾家男人，一个是不谙世事的单身小伙——小伙儿门洛帕克家里的后院依然堆满了 EV1 发动机。但对世界的好奇心和对能源产品的共同兴趣，却把两人联系在了一起。他们组成了一支很有吸引力的销售团队；凯尔蒂借助自己在业界的人脉，可以安排各种会议，他会先用日语介绍他们俩，再让斯特劳贝尔做一个关于特斯拉技术的演讲，期间凯尔蒂一直从旁翻译。斯特劳贝尔对这门技术的理解令人钦佩与信服，而凯尔蒂则深谙日本商业文化的细微复杂之处。

在权衡了各种选择之后，凯尔蒂觉得，特斯拉最好的电池芯供应商应该是他的老东家松下。三洋次之。

但斯特劳贝尔有时却会觉得，这两家公司都没有希望——他们每次到访，都只能和低级别员工开会，这些人通常对于电池技术既没有相关经验，也没有专业知识。所做的一切，越来越像是在浪费时间。但凯尔蒂向他保证，事情会好起来的。他明白，想在跟日本企业做生意方面有所突破，往往需要建立长期的关系，并就最佳的商业理念或技术达成共识。凯尔蒂像是在玩一个特斯拉工程文化无法理解的游戏。每两个月他都会飞往亚洲做一轮拜访，利用在前公司的人脉，寻找安排会议的机会。这些会议总是客客气气，但没有人把话说死，几乎都是在含糊其词。最后，松下电池部门总裁给艾伯哈德写了一封信，说松下绝不会向特斯拉出售电池，请他们不要再问了。

即使以日本企业做生意的标准来看，这种信也并不常见。但凯尔蒂却显得十分淡定，反而要求大家在最缺乏耐心的时候保持耐心。在他的安排下，他们与第二选择三洋公司见了一面。几个月之后，三洋又请他和斯特劳贝尔回去再见了一面，这次的待遇就截然不同了——他们被领进了位于三洋大阪总部顶楼的一间大会议室。按照传统，三洋公司代表与他们两人分坐桌子两侧。但这次与他们隔桌相望的并不是几个低级别打工仔，而是多达 30 名左右的三洋经理与高层，甚至需要在前排座位后面加一排折叠椅，才坐得下这么多人。

在凯尔蒂和斯特劳贝尔开始他们的"常规表演"后,三洋提出的问题,也都集中于一个常见的担忧:热失控。当次品电池偶尔出现时,特斯拉该如何确保电池组内部不发生毁灭性爆炸?和往常一样,斯特劳贝尔自有答案。但这一次,不等他开口,就有一位来自后排座位的中层管理人员替他回答了自己同事的问题。大家先是吃了一惊,但很快就明白过来:三洋这边开始懂了。斯特劳贝尔提出的方案并不难理解,只不过,他是第一个解法如此巧妙的人。利用次品电池周围的电池疏散热量,防止热逃逸——这个想法是前所未有的,也是令人惊叹的。最终,双方于2007年达成了协议:特斯拉需要的电池,由三洋提供。

但这会不会已经太迟了?三年来,斯特劳贝尔一直把特斯拉当成自己的家。他和凯尔蒂、贝尔蒂切夫斯基及团队其他人都成了朋友,还把赚到的钱都投进了特斯拉的股票里。Roadster代表了他孕育已久的梦想。但这些努力,也会让他觉得受伤。不管他和同事们有多拼,熬过多少次夜,出过多少次差,似乎都不足以让特斯拉脱离险境。斯特劳贝尔越来越觉得,特斯拉也有可能走上罗森汽车的老路。当年,罗森是他进入汽车行业的第一站,但在公司创始人意识到他们只不过是在烧钱之后,便只能关门大吉了。

又一次从日本长途飞行归来之后,斯特劳贝尔回到了自己在门洛帕克的家。他发现屋里一片漆黑,这才意识到,自己只顾着加班和出差,却忘了付电费。他打开冰箱,食物腐烂的气味扑面而来。他在黑暗中磕磕绊绊地摸索着,找到了一个金枪鱼罐头,瘫坐在地板上,吃起了晚餐。

特斯拉会成功吗?

资金仍然是公司最大的担忧。他们需要筹集更多的资金来修复有缺陷的供应链，才能让 Roadster 马力全开地投入量产——这一计划已经推迟到了 2008 年后期。董事会决定不再向投资者卖股份筹资，而是改为发行债券。今后特斯拉变得更有价值时，这些债券可以转换为股票。马斯克又一次祭出了自己不断缩水的财富。到 2008 年初为止，特斯拉共计筹款 1.45 亿美元，其中有 5500 万都来自马斯克的贡献。而与此同时，SpaceX 还在艰难地造着火箭。

公司的现金宽裕了一点，并计划开始在欧洲为 Roadster 收取定金，同时对车辆做了一些改进，为最终提价找好了理由——至此，马斯克和董事会终于看到了脱离财务困境的曙光。他们希望可以借助 Roadster 的成功，让特斯拉在 2008 年末完成最后一轮融资，再乘着 Model S 即将问世的东风，让公司在 2009 年顺利上市。虽然他们看起来是被菲斯克坑了，但这也许是最好的结果。马斯克越来越相信，特斯拉需要掌控自己的命运，而非依靠他人。

艾伯哈德的旧部大多已被扫地出门，新任 CEO 德罗里和马斯克开始重建他们的领导层。艾伯哈德喜欢聘请来自科技行业的经理，不那么在乎汽车背景。但德罗里和马斯克决定改变侧重点，迅速将目光瞄准了经验丰富的车企高管。他们从福特汽车财务部请来了迪帕克·阿胡贾（Deepak Ahuja），任命他为首席财务官，填补了公司从成立伊始在这个岗位上的空缺。曾担任通用设计师的马自达经理弗朗茨·冯·霍尔茨豪森将接替菲斯克，负责设计工作。他们还在寻找一位资深的产品经理，继续开发 Model S，并带领 Roadster 冲过终点。

3 月，德罗里翻开《华尔街日报》，发现有一篇来自底特律的报道，是关于克莱斯勒的一起人事变动的。作为文中描述的"该公司最好的工程师之一"，迈克·唐纳夫（Mike Donoughe）却在新老板和 CEO 上任之后突然离职，结束了自己在克莱斯勒 24 年的职业生涯。据匿名人士透露，当时公司正在开发一款新的中型车，代号"工程 D"，瞄准的竞争对手是丰田凯美瑞。但他在这个关键性开发的方向和速度上与他人产生了分歧，因此决定离职。

德罗里立刻锁定了他。尽管特斯拉之前与克莱斯勒有过一些不愉快的回忆，但 6 月他们还是达成了协议，邀请时年 49 岁的唐纳夫加入特斯拉，担任车辆工程与制造部门执行副总裁。给他开出的薪水，也反映了初创企业在招聘资深高管时遇到的挑战。唐纳夫的年薪是 32.5 万美元，比艾伯哈德当 CEO 的时候薪水还要高。他还被授予了这家私营企业 50 万股的股票期权，每股估价 90 美分。这些期权将在 4 年的时间中逐步兑现。除此之外，一旦他的新雇主被认定为竞争企业，他就违反了与克莱斯勒的"竞业限制"协议，会失去一部分离职补偿。因此特斯拉同意，如果这种情况发生，将补偿他的这部分损失。以底特律的标准来看，这个薪酬方案其实不算慷慨，特别是考虑到去硅谷生活增加的成本。① 然而，对特斯拉来说，给他这样的待遇已经是破例了。

唐纳夫在公司的职责范围很广，Model S 的开发也是其中一项。但他很快就明白，自己需要把注意力集中到纠正 Roadster 项目的错误上来。

是时候对 Roadster 及其成本做一轮新的核算了。他请斯特劳

---

① 《底特律自由报》的一则报道，恰好与之形成了反差：克莱斯勒于 2008 年承诺向 50 名高管发放留任奖金，避免公司在 2009 年破产重组前遭遇高管流失。唐纳夫的前同事们除了正常收入之外，还有望拿到 20 万至 200 万美元不等的奖金。——原注

贝尔把车子拆开，将所有零件都摆了出来。团队在每个零件上都贴了便利贴，上面写着这个零件目前的价钱和理想中的价钱。他们每周都会向唐纳夫做一次汇报，接着他们开始寻找削减成本的办法：要么设计一个开销更少的解决方案，要么找一个价钱更低的供应商。

唐纳夫每天都会召开晨会，列出团队最重要的任务。他本想 6 点开会，但最后做出了妥协，改成了 7 点。但在其他方面，他就不那么容易妥协了。他刚入职时，公司每月只能产出 5 辆 Roadster。要想把这个产量增加到 20 辆以上，就像是要换一种方法玩打地鼠游戏。过去，特斯拉团队的策略本质上都是在掩盖问题，但无法阻止这些问题再度抬头。唐纳夫却想出了截然不同的办法。他要把地鼠的脑袋砍掉，让它们再也回不来。

他用了很多年，才一步步爬到克莱斯勒的管理层。起初，他在斯特灵海茨装配厂的车身生产线工作，负责监督一个班次的零件焊接。那是一份繁重的工作，他每小时要交付 68 个产品——只要少一个，就会被狠狠地扣钱。他想把这种问责制引入到特斯拉来，因为这个团队从来都没有被严加管教过。在一次气氛特别紧张的会议上，一名工程师汇报了他针对某个供应商问题的解决计划。唐纳夫听完，一言不发。大家都不敢说话，等着他开口。那种感觉，简直度秒如年。最后，唐纳夫问那位工程师：供应商怎么说？工程师说，他还没给供应商打电话。唐纳夫又问了一遍：供应商怎么说？工程师又表示，自己正打算去打电话。但唐纳夫不愿听到这种借口。如果这个供应商造成的问题让 Roadster 的产量无法增加，那就不该拖着不去打电话。**现在就去打**。

造成特斯拉困境的一部分原因是，他们所需的零件要么到货晚了，要么就有设计问题，需要修复。特斯拉原本打算采用路特斯汽车的零件，但这一计划早已废弃。现在，Roadster 与伊莉丝共用的零件还不到 10%。车辆结构也不得不重新设计，因为他们要把重达 1000 磅的电池组放在汽车中部，并在尾部安装一个西瓜大小的发动机（后备厢还剩下一点点空间，应该装得下跑车的必备配件：高尔夫球包）。整个车身比伊莉丝长了 6 英寸，从伊莉丝那里保留下来的零件基本上只有挡风玻璃、仪表板、前叉臂、可拆卸软顶和两侧后视镜，因为这些零件的开发和安全测试成本很高。

变速箱依然是一个障碍。受特斯拉之托进行变速箱开发的，是大型零件供应商麦格纳（Magna）。但两轮开发之后，依然没有找到解决方案。为此，特斯拉对麦格纳提起了诉讼，认为该公司没有派出最好的工程师参与这个项目。Roadster 项目延期的消息，很快传到了底特律。在汽车零部件制造商博格华纳（BorgWarner）公司的走廊里，工程师们都在谈论着特斯拉变速箱的遭遇。其中一位特斯拉的粉丝，向长期担任博格华纳高管的比尔·凯利（Bill Kelley）建议，也许可以派出公司的传动系统研发团队，帮助特斯拉渡过难关。凯利一直力主公司为电动汽车的最终到来做好准备，但早期的失败，让董事会不太愿意投资这一新业务领域。如果可以和特斯拉达成协议，他在董事会面前说话也就更有底气了。

凯利给特斯拉网站上的邮箱发了封信，表示愿意提供帮助。特斯拉很快就给他打了电话，邀请他来为加州团队做一个介绍。凯利信心满满地来了，但却惊讶地发现，自己受到了冷遇。马斯克在会议桌那头默默坐了大约 30 分钟，低头看着自己的手机，最后突然冒了一句："我要博格华纳干吗？"

凯利大吃一惊。博格华纳是世界上最好的传动系统供应商之一，历史悠久，声名远扬。这个公司的名字，甚至被镌刻在了印地500（Indianapolis 500）车赛的奖杯上。凯利回答道，博格华纳专攻各类工程难题，和Roadster目前遇到的那些极为相似。"这是我们擅长的领域。"他说。

马斯克借机透露，他已经和另一家供应商里卡多（Ricardo）签订了生产变速箱的协议。凯利问特斯拉出价多少。

"500万。"

"我可以只收你50万。"凯利说。他提议让两家公司竞争，看谁能造出满足特斯拉需求的变速箱。获胜者将得到这笔生意。

这正是马斯克喜欢的谈判方式。他一直告诉团队，跟电池供应商谈生意的时候，就要用这种方式，而不是在一棵树上吊死。因此，博格华纳与里卡多同时开始了变速箱的研发。博格华纳做出来了，因此最终胜出。

既然变速箱的障碍已经扫除，工人们也就做好了大幅提升产能的准备。这时，马斯克给在芝加哥的蒂姆·沃特金斯打了个电话。为特斯拉提供车身面板的是一家英国供应商，但他们只生产了几块便罢工了。没有面板，特斯拉就只能放弃路特斯公司生产计划中的档期——而这些档期无论他们使用与否，都得付钱。尽管一场灾难正在形成，但马斯克却显得一切尽在掌握。他甚至和沃特金斯开玩笑说，这下子终于可以去法国喝红酒了，因为他们已经在那里找到了另一家面板供应商。他跳上飞机，去芝加哥接上沃特金斯。随后，两人直飞原供应商的工厂，亲手把工艺装备抢救出来，交给了新供应商，后者的工人开始手工制作面板，与此同时沃特金斯则设法找出一个更具可持续性的办法。

Roadster面临的挑战如此之多，像唐纳夫这样的传统汽车从业者都会觉得，研发 Model S 这种下一代车型其实大可不必，因为第一款车型的失败，往往注定了第二款车型的厄运——甚至会让整个公司在劫难逃。底特律的车企会本能地避免讨论下一款投产车型，害怕这样一来，会影响现有车型的销售。

但马斯克顾不了那么多。不管投产与否，Roadster 都已经达到了它的目的。当年，作为概念验证品的 tzero 说服了马斯克，让他相信了关于特斯拉的想法。后来，他也用同样的方式，让 Roadster 说服了其他投资者。如今，他需要 Model S——不仅是为了提升销售收入，也是为了让更多的人了解他的公司及其使命。

关于 Model S 原型样车的辩论仍在继续，特别是关于它的尺寸。底特律办公室此时已由唐纳夫接管。尽管马斯克之前曾向艾伯哈德抗议，说底特律这些人应该被集体炒鱿鱼，但他们还是我行我素地继续工作着，也还是继续让斯特劳贝尔等加州同事感到沮丧。他们总是神神秘秘，又过度自信——甚至会对斯特劳贝尔团队已经完成的工作不屑一顾。斯特劳贝尔觉得，这些人太磨叽了。他们总是对车子的尺寸争论不休，但斯特劳贝尔想的却是，要回到特斯拉的本源上来，不要忘记创造带来的兴奋。"把车子造出来不就完事了！真见鬼。"斯特劳贝尔想。因此，他和圣卡洛斯的团队成员一起，悄悄开始制造**自己的** Model S 原型样车——一款纯电动汽车，采用他为 Roadster 开发的同款电池技术。

在奔驰 CLS 四门轿跑的基础上进行改造，似乎是个不错的选择。斯特劳贝尔弄来了一辆 CLS，拆下引擎和油箱，开始把它改装成纯电动原型样车。他之前已经做过几次类似的事情了，但这次有所不同，因为这是一辆真正的豪华轿车。他的团队将奔驰汽车的精良之处尽数保留了下来，小心翼翼，保持了内饰的完整。完工之后的驾驶体验，就连斯特劳贝尔也为之惊叹。 Roadster 或许尚显青涩，但这辆新车却是一件杰作。它既有轿车的宽敞，又有跑车的澎湃。而且，不同于路感偏硬的 Roadster，这款电动奔驰凭借着精心调试的悬挂系统，开起来就好比贴地飞行。

　　马斯克看到这辆车后，兴奋之情丝毫不逊于斯特劳贝尔。事实上，他简直欣喜若狂。在试开了几次之后，他觉得，**这就是 Model S 应该有的样子**。特斯拉的公司账目也许一塌糊涂，但在路面上，在原型样车的方向盘上，他们找到了新的希望。

　　"如果我们真的能把它变成产品，投放市场，让人们感受到它的魅力，"斯特劳贝尔说，"那么我觉得，它就能改变世界。"

第八章

吃玻璃的人

埃隆·马斯克从小在南非长大。他喜欢看书，也善于吸收信息，因此母亲叫他"百科全书"。"你问他什么都可以，"她后来写道，"记住，那时候还没有因特网。要是放到现在，我想我们该叫他'因特网'。"据马斯克自述，他的童年过得不怎么幸福。这些年来，他在好几次访谈中都提到过当时他和父亲之间的矛盾，还有上学期间同班同学对他的霸凌。他的父母于1979年离婚，随后展开了多年的监护权纠纷。10岁时，马斯克告诉几乎付不起账单的母亲，他要去和父亲一起生活。"他父亲有《大英百科全书》，我是买不起那套书的，"她后来对记者说，"他还有一台电脑，在当时是很稀罕的。所以埃隆才会想去和父亲生活。"

这一时期显然对他成年后的性格造成了影响。当他还是个孩子的时候，或许也曾经对脑海中那些天马行空的想法产生过怀疑，不知道自己的理智是不是出了问题。但从那个时候起，他也学会了睥睨众人与自我肯定，变得勇于追求自己的梦想，即使世人都笑他疯癫。从许多方面来说，他在倾尽生命和财富，为人类可能遇到的终极灾难做好准备。SpaceX是在为人类创造一种新的生存方式，万一地球不再宜居，还可以让我们到其他星球上生活。特斯拉则是为了开发一种技术，拯救这个地球，防止气候崩溃。

特斯拉起初只是他的一个业余爱好，后来却变成了他的第二份全职工作。多年之后，特斯拉高管们会在私下里打趣说，SpaceX就好比马斯克的初恋，两者之间的关系就像是婚姻。而特斯拉是他惹火的情人，给他带来了兴奋与激情。2008年，在特斯拉的财务风险变得几乎难以承受时，他没有像罗森兄弟一样抛下公司，而是更加坚定地要与它共渡难关。特斯拉这朵带刺的玫瑰，始终让他难以割舍。

到了2008年夏天，特斯拉和马斯克最艰难的时期似乎已经过去了。但他与这家公司4年来的纠缠，也让他付出了沉重的代价。他和贾丝廷的婚姻出现了裂痕，已经无法弥合。那年春天，他悄悄提出了离婚。他之前的商业伙伴艾伯哈德因为被解雇一事满心痛苦，在一个记叙公司浮沉的博客上痛斥马斯克，给硅谷的新闻媒体爆料，将马斯克描绘成了十足的恶棍。

顾客们也还是担心，自己的定金可能会打水漂。于是，马斯克以个人名义，对他们进行了担保："我可以明确地告诉你们：我会全力支持这家公司。它还远远没有把我（的口袋）掏空。"他的保证果然起了作用：在上千名已经缴付定金的顾客中，只有30名要求退款。这辆车对卖家来说实在太过诱人，不容放弃。即使是艾伯哈德的好友、多年前帮他和AC Propulsion牵线的史蒂芬·卡斯纳，也依然在兴奋地期待着Roadster的到来。"我真的很想要这辆车，"卡斯纳说，"我想，如果我真的很有原则，又加上马丁是我的朋友，我本可以或者本应该……取消订单的。毕竟，他们不应该那样对待马丁。但这些原则，究竟还是敌不过我对拥有这部车的渴望。"

还有一个有利因素：几个月前，他们已经造出了第一辆真正的 Roadster。2月，马斯克和特斯拉团队的其他成员一起，迎来了他们的第一辆量产车——高管们习惯称它为 P1。车身从英国运来之后，工程师们急不可耐地为它装上了电池组。"我只想说一句话：这样的车子，我们还会造出好几千辆。"马斯克对一群员工和记者说。而日程表上的下一项，就是 Model S。"还有 Model 3，"他对围观者说，"两款车我们会并行开发，无需等待。"

特斯拉不会停下脚步，直到路上所有的车辆都变成电动车，他接着说："这是开始的开始。"

尽管有人对特斯拉的生存能力及车辆变速箱表示了担忧，但 Roadster 的早期评价相当优秀——堪称五星好评。《汽车趋势》(*Motor Trend*)杂志的一名编辑在试驾之后表示，感觉就像是"砰的一下被枪打了出去，加速强劲而稳定，推背感极强"。"呛辣红椒"(Red Hot Chili Peppers)乐队贝斯手、人称"跳蚤"的迈克尔·巴尔扎里（Michael "Flea" Balzary）也在博客中记录了自己驾驶原型样车的感受："绝了，真的。从没开过这样的车。和它一比，我的保时捷就是辆高尔夫球车！"马斯克还请《今日秀》主持人、著名汽车爱好者杰·雷诺（Jay Leno）试驾了这部车。雷诺惊叹道："你们做到了！你们造出了一辆真正的跑车。"

道路坎坷，但终点就在眼前。马斯克已经与高盛达成了协议，融资1亿美元，其中大部分来自中国投资者。这种现金的注入，将缓解特斯拉的一部分财务压力，帮助它顺利上市。随后，公司便可以筹集到大笔的资金，用来制造 Model S 了。那年夏天，马斯克也在伦敦的一家夜总会找到了新的恋情。一位名叫妲露拉·莱莉（Talulah Riley）的女演员，成功吸引了他的注意力。看起来，一切都有了起色。

但就在特斯拉时来运转之际，情势却突然急转直下。

一切都始于 2008 年 9 月初的一个周末：雷曼兄弟破产了。这是美国历史上最大的破产案之一，而全球金融系统也随之陷入混乱。信贷市场冻结。通用、福特和克莱斯勒开始谈论政府救助汽车产业的必要性。

如果说通用是遇到了麻烦，那么特斯拉面临的就是一场灭顶之灾。随着公司和投资者们对开支的收紧，马斯克和中国方面的交易似乎陷入了危机。马斯克向同事抱怨，说高盛的银行家们已经不给他回电话了。快到 9 月底的时候，高盛宣布，它已经向沃伦·巴菲特的伯克希尔哈撒韦（Berkshire Hathaway）公司寻求了 50 亿美元的注资，借以稳定自身业务。等到马斯克和自己在高盛的联系人接上头时，经济前景已经一片黯淡了。

然而，在马斯克的鼓动下，高盛竟然奇迹般地提出，要自己出钱投资特斯拉。但他们对特斯拉的估值实在太低，让马斯克无法接受。

马斯克召集高管，在圣卡洛斯的一间会议室里向大家传达了这个消息。很显然，他将不得不注入更多自己的资金。但随之而来的是另一个决定：到底谁才应该担任公司的 CEO。他决定，要罢免泽夫·德罗里——任命他自己（至此，马斯克成为特斯拉在一年左右时间内的第四任 CEO）。马斯克告诉各位高管，他们需要为大规模裁员做好准备，以保留现金。 Model S 将成为他们生存的关键，而出此险招，需要依靠各个部门天衣无缝的配合。

计划简单说来就是：特斯拉会尽可能地节约现金，同时希望 Roadster 订单持有者不会因为害怕而要求退还定金。他们将很快公布 Model S 的设计，进一步激发人们对特斯拉的兴趣，并开始为这款车收取定金。这会给他们足够的缓冲,直到可以再度进行融资。如果计划成功,他们可以勉力维持公司的运营,直到 Model S 投产。如果失败,他们会失去不断增长的客户群的信任,最终走向灭亡。

销售及市场部负责人达瑞尔·西里(Darryl Siry)对该计划表示反对。他告诉马斯克,在他看来,向人们收取 Model S 的定金是不道德的,因为公司还并没有对于这款车的实际生产计划。

"我们要么这么干,要么就得去死。"马斯克对他说。

特斯拉火速开始了行动。第一步,裁员大概 25%。走漏风声是在所难免的。作为硅谷八卦的集散地,"硅谷闲话"(Valleywag)网站于 2008 年 10 月刊文称,特斯拉正在进行百人大裁员,德罗里已遭解雇。为了对这一说法做出解释,马斯克在公司博客上发布了一则消息,宣布特斯拉正在进行重组,为的是集中精力推出 Roadster,并将其传动系统提供给其他公司。

"我们正处于非常时期,"马斯克写道,"全球金融系统遭受了自大萧条以来最大的危机。而由此带来的影响,才刚刚开始渗透到经济的各个方面。可以毫不夸张地说,过去几周发生的事情,将对几乎所有行业造成冲击,硅谷自然也不能幸免。"他补充道,公司将会进行"适度裁员",并表示,这是为了"使特斯拉的绩效标准提升到一个极高的水平"。

"有一点我想让大家明白:因为这个原因离开特斯拉的人,实际上在大多数公司,都可以被看作是优秀员工,"马斯克写道,"然而我相信,要想成为 21 世纪最伟大的汽车公司之一,特斯拉在目前这个阶段,需要更为严格地遵守'特种部队'的理念。"

在许多人看来,马斯克就像是先从背后捅了员工们一刀,再通过诋毁他们的业绩表现,往伤口上撒了一把盐。马斯克把没有被开除的员工召集到一起，向他们公开了公司的现状。尽管时势的艰难显而易见，但在场的人们并不知道，问题已经严重到了什么程度。据马斯克透露，公司库存现金仅余 900 万美元——就连 Roadster 的定金，也已经被花掉了好几百万。

这样的真相，并不是每个人都乐于接受的。会议上的言论很快又传到了"硅谷闲话"那里。该网站刊发了一封特斯拉内部人员的电子邮件，爆出了两件事情：公司的现金余额少得令人担忧，而 Roadster 的定金也可能会被花光。

"实际上，我还劝好友花 6 万美元订了一辆 Roadster，"邮件写道，"因此，我的良心不允许自己再袖手旁观。我不能任凭公司蒙蔽大众，对我们亲爱的客户实施诈骗。我们的客户和大众造就了深受人们喜爱的特斯拉，但特斯拉却对他们撒了谎。这真是太不应该了。"

这次曝光不仅让马斯克颜面扫地，也破坏了他用 Model S 的预订来筹集现金的计划。如果让新的潜在客户知道，特斯拉在定金持有方面是多么不谨慎，他们会作何感想？马斯克恼羞成怒，决心揪出背叛他的那个人。他请了一名私家侦探，去对员工做指纹识别。几天之后，马斯克向全公司发出一封电子邮件，内附研发总监周鹏（Peng Zhou）对泄露公司财务状况的道歉信。"过去的一个月，我简直度日如年。每次开计划会议，决定员工去留，都让我备受熬煎。一周之内失去 87 名员工，实在是太痛苦了，"周鹏写道，"极度沮丧之下，我做出了给'硅谷闲话'写信这样的蠢事。我从未想过，这封信会给特斯拉汽车带来那么多麻烦。早知如此，我绝不会写那封信。"

可事到如今，忏悔也救不了他。周鹏被开除了。

11月3日，马斯克发表了一则声明，宣称公司已经收到了"4000万美元的融资承诺"。声明称，公司董事会已经批准了一项新的债务融资计划，但除此之外，并未透露多少细节。声明中说，此轮融资基于"目前几乎所有大股东"的承诺，但与此同时，将继续对现有的小股东开放。"4000万这个数目，已经远远超过了我们所需要的金额，"马斯克说，"但董事会、投资者和我个人都觉得，拥有大量的现金储备是十分重要的。"

但实际上，事态还并没有这么明朗。马斯克的确在要求投资者注入更多的资金，但背地里，他却遭到了反对。优点资本是特斯拉最主要的风险投资机构，但其负责人艾伦·萨尔兹曼几个月来却一直对马斯克不满。他对马斯克擅用职权、任命自己为CEO一事大为光火，担心马斯克身兼多职，力有不逮，因为马斯克还在其他两家公司任有要职——分别是SpaceX和马斯克表兄弟创办的"太阳城"。萨尔兹曼扬言要暂停进一步投资。而在特斯拉的一部分高管看来，他似乎动了自己担任CEO和董事长的心思。

其实，两人之间关系紧张，也已经不是一天两天了。那年早些时候，萨尔兹曼开始在特斯拉扮演更为重要的角色，原因是吉姆·马弗尔骑自行车时遭遇了严重的车祸，在医院里躺了好些天，无法参与工作。马弗尔是优点资本在特斯拉的董事会代表，也就是他，曾经对艾伯哈德的财务掌控能力提出了质疑，并对公司动用Roadster定金表示了担忧。在他康复之后，优点资本表示，出于对特斯拉现状的失望，公司决定退出董事会。"在平衡风险与机会方面，我们的想法并不一致。"萨尔兹曼说。

然而，萨尔兹曼依然没有远离自己投资的这家公司。员工曾无意中听见，他和马斯克在特斯拉办公室里扯着嗓子大吵了一架。争论的焦点，在于公司的未来。马斯克的想法很简单，就是要把特斯拉变成一家全球汽车制造企业，可以与底特律的巨头相抗衡，也可以迫使汽车产业向电动车转变。而特斯拉的一些人觉得，优点资本想打的是安全牌，要么让特斯拉变成其他车企的供应商，要么被其中一家车企收购。据特斯拉高管说，优点资本常挂在嘴边的一句话就是，特斯拉"要做好的是车，而不是企业"。他们想用这句话来强调自己的一个论点： Roadster 的成功可以让其他车企看到，特斯拉的电力传动系统威力无穷。他们想让这辆跑车成为一块滚动的广告牌，目标不是吸引买车的人，而是其他汽车制造商。

在知情者看来：优点资本觉得，特斯拉可以成为下一个博格华纳，而马斯克觉得，特斯拉可以成为下一个通用汽车。萨尔兹曼后来对这个说法提出了异议，表示自己并不是不支持特斯拉成为汽车公司的宏图伟愿。但他指出，他真的很难在 2008 年相信这一点，因为当时特斯拉的汽车还没有开始盈利。"做生意的首要原则，就是能继续留在这个生意场中。"他说。而且他提到，把电动汽车核心技术卖给其他汽车制造商的想法，是马丁·艾伯哈德 2006 年商业计划书中的一部分。"这种想法似乎既可以满足行业需求，又可以帮特斯拉获得重要资金。"

除了几个心腹之外，很少有人知道，马斯克当时冒了多大的个人风险。一天傍晚，马斯克正和几个人研究最新的财务预测，电话铃响了，是他的个人理财经理打来的。"嗯，我知道车子还没卖出去，"马斯克对着电话说，"但特斯拉总得发工资。你帮我找点儿东西变现吧。"他会用自己的私人支票支付员工工资，也会用自己的个人信用卡，帮大家支付工作方面的开销。

回到洛杉矶后，马斯克去比弗利山的一家牛排馆，和詹森·卡拉卡尼斯（Jason Calacanis）共进晚餐。卡拉卡尼斯是马斯克的朋友，也是特斯拉早期投资者之一。当时的马斯克，处境一片黑暗。他的第三枚火箭也刚刚于发射时爆炸，如果再爆炸一枚，SpaceX 就完了。卡拉卡尼斯也已经读到了特斯拉所剩资金只够公司维持四周的消息，他问马斯克，这是不是真的。

不，马斯克说。是三周。

马斯克透露，要不是一个朋友借钱给他，他自己也没有钱花。还有些别的好心人，也拿出了一些钱：阿尔·戈尔（Al Gore）的女婿比尔·李（Bill Lee）投资了 200 万美元，谢尔盖·布林也投了 50 万。有些员工甚至会自己开支票帮公司付钱，尽管不知道这些钱会不会有去无回。前途已经如此黯淡，但马斯克说，他还是想给卡拉卡尼斯看一个东西。他掏出黑莓手机，展示了一张 Model S 的黏土模型照片。

"赞，"卡拉卡尼斯说，"这车你打算卖多少钱？"

"嗯，这车充一次电能跑 200 英里，"马斯克说，"我觉得能卖到五六万吧。"

那天晚上，卡拉卡尼斯回到家中，开了两张各 5 万美元的支票给马斯克，附上了一句话："埃隆，车子看起来真棒……我买两辆！"

公司剩下的钱，只够给员工发几周薪水了。而此时，马斯克也即将完成新一轮融资的文书工作，准备给公司找救命钱。但他发现，优点资本并没有签署所有的文件，便致电萨尔兹曼询问此事。据马斯克说，萨尔兹曼告诉他，他们觉得他协议上提出的估值有问题。萨尔兹曼建议马斯克下周给优点资本做一个报告，把这个问题说清楚。

特斯拉已经气若游丝，因此在马斯克看来，这个要求不啻为一种威胁，将危及公司的生存和他对公司未来发展的愿景。"根据目前的银行存款，我们下周就发不出工资了。"他提出第二天就过去做报告。但据马斯克称，萨尔兹曼拒绝了这个建议。两人之间，几乎从最开始就酝酿着一场战争——两个个性强势张扬之人的战争。马斯克怀疑，这种拖延是某种策略的一部分，目的是让特斯拉破产。这样一来，萨尔兹曼和优点资本就可以将马斯克刚刚起步的事业牢牢掌握在自己手中。

这是赤裸裸的边缘政策。没有萨尔兹曼的资金，马斯克就必须另外找钱。而且优点资本作为投资方，可以阻止马斯克从外部找投资。马斯克决定翻倍下注。他要自己向 SpaceX 借钱，救特斯拉的命。但如果事态发展不妙，也会加重马斯克的个人损失，让他泥足深陷。他建议其他投资者，可以用放贷的形式为特斯拉注入资金。为了激起这些人的好胜心，马斯克告诉他们，如果自己的建议被拒绝，他会以一己之力筹齐 4000 万美元，就不劳他们大驾了。

这是一个险招，但很管用。其他投资者不愿错失马斯克眼中的良机，因此选择跟他的牌，和他一样做出了 2000 万美元的投资。最终，萨尔兹曼让步了。他并不想看着自己投资的公司破产，并且表示，他无意接管特斯拉。优点资本也参与了债券融资，但所投金额较小。这笔交易在平安夜完成了。

得知这一消息，正在科罗拉多州博尔德市弟弟家中的马斯克，忍不住泪流满面。他明白，自己刚刚与一场危机擦身而过。他的电动汽车之梦，险些就此断送。4 年多以前，这个项目只不过是他在 SpaceX 工作之余开始的一个副业。而如今，已经逐渐演变为他时间、金钱和情感的主要消耗者，让他所有的财富都命悬一线。尽管身处经济大萧条的深渊，但他还是做到了其他美国汽车制造商无法做到的事情：避免破产。那年12月，国会否决了对通用和克莱斯勒的救助方案。之后，虽然小布什总统发放了紧急贷款，使这两家企业暂时免于破产，但很快，它们还是会走上这条不归路。

但特斯拉不会。前提是，新领导马斯克可以按照自己的想法，改造这家公司。

特斯拉还要做一件可能会招来反感的事情：提高Roadster的价格。这种做法，其实是在赌博。车辆延期招致的不耐烦，外加美国经济低迷带来的担忧，已经导致数百张订单被取消，公司财务部只能眼睁睁看着定金流失。没有被取消预订的车子只剩下400辆，而现在，马斯克竟然还想提高它们的价格。对于这些想买车子的人来说，他们不仅做出了购车的承诺，还支付了高达3万至5万美元的定金（头100名尊享顾客更是支付了10万美元定金）。而车子一旦提价，则有可能超出他们一开始的预算（一部分人预订的2008款Roadster起步价应该在9.2万美元）。对许多人来说，这将会是压垮他们的最后一根稻草。

1月，马斯克给顾客发了一封邮件，解释公司为什么要采取这一令人吃惊的举措。特斯拉销售代表给数百位顾客打了电话，告诉他们，需要重新选择自己的车辆配置。许多之前的标配，现在变成了附加选项。而之前的附加选项，现在变得更贵了。今后Roadster的起步价将在10.9万美元，还将提供约2万美元的附加选项。和2006年该车首发时8万美元的起步价相比，这是一个大幅度提价。

人们对此反应不一。甲骨文公司联合创始人、亿万富翁拉里·埃里森（Larry Ellison）告诉特斯拉，他的车子怎么配置都行，钱花得越多越好，争取多给特斯拉带来一点收入。一名顾客把提价邮件发布到了自己的博客上，还附上了他表示愿意配合的回复。"抱怨归抱怨，但我们最后还是选了一组配置，同意支付多出来的价钱，因为我们想看到特斯拉成功，也想尽快拿到自己的车子。"写下这段话的是汤姆·萨克斯顿（Tom Saxton）。他很早就下了订单，而且向来很爱发声，是关注特斯拉的一枚"草根"。而像他这样的草根，如今已经在各个网络聊天室和博客扎下了根。"花一个礼拜去抱怨和争吵似乎并不值得，尤其是在我们的车子即将投产之际。"

然而，随着负面情绪的增加，特斯拉内部清楚地意识到，马斯克需要召开一次客户见面大会来解答问题，缓解担忧。他之前就办过类似的活动，那是在解雇艾伯哈德之后——活动很成功，马科斯受到了大家英雄式的欢迎。但这次，客户开始表现出了自己的失望之情。

马斯克想让客户知道，并不是只有他们才会为持续延期而沮丧。"实不相瞒，为了让大家尽快拿到这款车，我自己不知经受了多少痛苦，而特斯拉各位同事也不知经受了多少折磨，"马斯克在洛杉矶对来参加会议的人们说，"感觉就像是在吃玻璃——顿顿都吃，而且是三层的那种。"

2009 年初，特斯拉的工作重点终于从 Roadster 的销售转到了增加产量上。于是，J. B. 斯特劳贝尔也需要加紧研发 Model S 的原型样车。马斯克需要这辆亮闪闪的新车去打动全世界。虽然车子还远远达不到可以投产的程度，但马斯克想要一些他可以用来展示的东西。至少在外观和驾驶体验上，要符合他梦想中的 Model S。他们没有时间可以浪费：马斯克计划在 3 月底举办发布会，距离当时只剩下几个月了。

前任通用设计师弗朗茨·冯·霍尔茨豪森来到 SpaceX 火箭工厂，钻进角落里象征着"特斯拉区"的白色帐篷，开始了工作。特斯拉工程师将另一部全尺寸奔驰轿车拆开，以车身下面的底盘和线路为基础，再为其安上已经秘密完工的 Model S 玻璃纤维车身。而斯特劳贝尔的团队则需要找出一种方法，将已有的 Roadster 电池组与马达装进这部临时拼凑起来的作品中。霍尔茨豪森会在白天进行设计，到了晚上，工程师们则会研究如何才能把 Model S 的车身固定到奔驰车的底盘上，并让车子跑起来。

他们繁忙的工作，一直持续到了最后一分钟——直至发布会当晚。马斯克邀请了 Roadster 客户及各路嘉宾，前来欣赏他最新的作品。派对在 SpaceX 公司举办，现场还装饰着橘子树。当马斯克开着他们"科学怪人"般的作品，出现在大家面前时，当晚的重头戏才刚刚上演。

Model S 惊艳了全场。流线型的轮廓让人们想起了阿斯顿·马丁，但内部空间却可以媲美 SUV。特斯拉表示，车子里面可以同时平放一辆山地车、一块冲浪板和一台 50 英寸电视。斯特劳贝尔的团队一改之前 Roadster 的做法，没有将电池组放在巨大的盒子里，塞进后备厢，而是灵机一动，将它们放进一个扁扁的长方形盒子，装在车厢地板下面。而马达远远小于一般的汽油发动机，恰好可以安在两个后轮之前。由于大部分传动系统都被装到了车身下面，而不是引擎盖下面，因此可以打造出超大的内部空间。

马斯克一下车，人们的欢呼声和喝彩声就扑面而来，甚至盖过了现场震撼的音乐。"就是这部车子，希望你们喜欢。"马斯克对大家说。他身后的斯特劳贝尔双手插兜，紧张得无所适从。

"你们现在看到的，将会是世界上第一辆大规模生产的电动汽车，"马斯克接着说，"我认为，它可以真正地展现出电动汽车的无限可能。"他表示，车子可舒适地容纳5个成年人，还可在后备厢位置加装2个面朝后方的儿童座椅。前排中控台被一块巨大的屏幕所取代。常规的旋钮式收音机不见了，变成了触摸屏，功能和一年多前发布的苹果 iPhone 相同（特斯拉触摸屏比苹果 iPad 还早推出一年）。尽管这款车看起来与奔驰 E 级或宝马 5 系相差无几，但马斯克对它的性能做出了许多承诺，倘若属实，就可以令那些竞争对手黯然失色。这些承诺包括：在不到 6 秒的时间内完成 0 到 60 英里/时加速；单次充电续航里程可达 300 英里；起步价 5.74 万美元——这就意味着，算上新推出的 7500 美元电动车购置联邦税收抵免，顾客实际只需支付不到 5 万美元。他表示，Model S 将于 2011 年投产。

"你们想要这辆车，还是福特金牛座？"他的问题，引来了一片欢笑。

马斯克已经为自己的电动车梦想奠定了群众基础——即使尚未面向大众，但至少已经征服了小康人群。他现在要做的，就是搞清楚如何让梦想成真。在汽车业内人士看来，他的想法说好听一点是不切实际，说难听一点，就是个笑话。底特律已经在制造消费级电动汽车方面做出了尝试，也让全世界都看到了它悲惨的下场。

但很快，人们就不会觉得他是在痴人说梦了。

第二部　最好的车

第九章
特种部队

从洛杉矶国际机场刚一出来,彼得·罗林森(Peter Rawlinson)便直奔圣莫尼卡,去赴一个晚餐之约。刚从伦敦飞过来的他,其实并不饿——生物钟告诉他:现在是午夜。但他急着要去见马斯克,听听他想对自己说什么。两天前,罗林森平生第一次接到了马斯克的电话。当时他正在自己位于华威郡的乡间别墅里,位于伦敦西北,距伦敦大约两小时车程。罗林森毕业于帝国理工学院,如今在伦敦开创了自己的咨询事业,为渴望尝试新事物的车企提供服务。在马斯克来电之前,他就一直在关注特斯拉的奋斗历程。创办车企,也始终是他的一个梦想。甚至多年前,他就设计和手工打造了属于他自己的跑车。

2009年1月中旬,马斯克已经躲过了破产,但前方道路依然危机四伏。履新CEO三个月后,他面临着要平衡三项艰巨任务的挑战:继续向客户交付Roadster,保持现金流入;组建一支团队,实现他对于Model S的愿景;找到完成以上所有任务的资金。来和马斯克及特斯拉新任设计师霍尔茨豪森共进晚餐的罗林森,其实并不确定自己该如何满足这些需求。他本以为马斯克会和其他客户一样,咨询的问题无非是关于如何用数控工具设计汽车,或是如何在不使用标准化材料的情况下制造汽车。

当然，那是正常时期的想法，但他们现在所处的时期，可一点儿都不正常。在上一年秋天金融市场崩溃之后，汽车行业正在经历痛苦的变革。通用汽车正在美国政府的支持下进行重组——这一举措将削减数十亿美元的债务，但需要裁减几千个工作岗位，意味着几百家特许经销商事业的终结。新当选的奥巴马政府决心要显示出他们对于汽车产业的支持，并想以此为契机，推动企业生产更多节省燃油的车型。因此，他们推出了能源部贷款项目，用来帮助工厂改造设备，生产电动汽车。多年来，特斯拉一直很想争取到政府资金。Model S 的单价在 5 万美元左右，比 Roadster 的受众面更广，因此也许可以从能源部获得一点财务支持。

几个月前的临渊一瞥，让马斯克变得更加务实，愿意创造一些高端车型销售之外的收入。2006 年，他唯一的念头就是把 Roadster 造出来，绝不会想着要去成为零件供应商。但现在，他对于合作变得更加开放了。巧的是，大型汽车制造商也突然意识到，应该开始造自己的电动车了，因为飙升的油价让"油老虎"更难卖了。这种觉醒与马斯克的转变，可谓一拍即合。不过，对于自己的合作伙伴，马斯克准备精挑细选。他觉得，跟奢侈品牌合作，也许是个不错的主意——比如戴姆勒公司的梅赛德斯-奔驰。经过数月的谈判，就在跟罗林森吃饭的前几天，他终于宣布，与戴姆勒公司的协议已经达成了。特斯拉将为对方的小型汽车品牌 Smart 提供 1000 个电池组，从而获得数百万美元的收入。

他们见面的那个晚上，虽然背后有这么多故事，但这些都不是马斯克关注的焦点。他的思绪，都被制造 Model S 所需的团队占据了。资金即将到位，交付也正式开始，特斯拉需要重整旗鼓，才能最终与戴姆勒之类的公司相抗衡，并按照马斯克的构想，发展为一家提供实惠电动车的车企。Roadster 的诞生，是为了证明电动汽车也可以很酷，但它做了很多必要的妥协——从舒适性到功能性。如果想打败大型汽车制造商，下一辆车子不能妥协。马斯克希望，Model S 可以成为市面上最好的车，只不过刚好是电动的而已。取胜之道就在于，要让人们看到，拥有一辆对环境有利的车子，并不需要做出任何妥协。他甚至还想证明，它比汽油车的整体体验更好。

为此，他需要组建一支跳出以往经验的团队，不会被过去的行事方法所左右。要建立一批创新型的组织，来设计、生产和销售 Model S，将公司的月产量从 20 辆提升到 2000 辆。

坐在马斯克旁边的霍尔茨豪森，显然和新老板相处甚欢。但罗林森并不知道，公司里还有一位新雇员，却让马斯克有些看不惯。此人就是迈克·唐纳夫，曾经的克莱斯勒高管。他挽救了 Roadster 项目，并受命领导 Model S 项目，确保其顺利投产。唐纳夫和马斯克一样，也是一个"头狼"，因此两人已经起了冲突。于是，马斯克想另找一名总工程师，来实现霍尔茨豪森的设计。

总工程师和汽车设计师之间可能会充满火药味。因为，他们需要在设计师追求的酷炫感和工程师想要的制造合理性之间做出取舍和权衡。合作顺利的话，两个人就像一对紧密咬合的齿轮，配合无间。如果不顺利，他们可能（而且经常会）像车子缺缸一样，导致熄火——乃至抛锚。

罗林森的名字，是霍尔茨豪森团队的一名成员提起的。多年前，两人曾在一个咨询项目中合作过。他对罗林森十分认可，认为此人值得托付，可以将设计师的想象变成现实。马斯克的愿望，可不是一般的工程师能实现的。霍尔茨豪森画的草图（比如不用时会缩回车门内部的隐藏式门把手）是一回事，但要把这个零件造出来，则完全是另外一回事。

对晚餐浅尝辄止的罗林森，和他对面口无遮拦的马斯克——两人乍一看并没有什么相同之处。马斯克爱穿 T 恤，罗林森更喜欢休闲西装。罗林森有着礼貌的英国做派，喜欢滑雪，比马斯克矮了一个头。但两人一聊起来就发现，他们对于汽车产业都同样地恨铁不成钢。罗林森谈到，自己在这个行业工作了 25 年，目睹了各种效率的低下，因此十分失望。在此期间，他一直想努力做出改进，强调用计算机提升设计与制造的速度。他也尝试过采用规模较小的团队，以减少公司的官僚气息，并将繁琐的新车开发过程缩短数月。

罗林森的职业生涯始于罗孚集团。但他很快就发现，大公司缺乏活力，行动迟缓，还会反对前沿工作的开展。他花了很多时间去研究如何利用计算机辅助自己的工程设计，每次都连续好几个小时盯着单色绿屏显示器，直到双眼变得疲惫不堪。后来，他去了捷豹汽车工作。当时捷豹还是一家独立的公司，他们的团队已经开始使用计算机辅助车辆开发，这在 20 世纪 80 年代尚属罕见。他发现自己的任务很有挑战性，而且团队规模尚小，可以让他涉猎各种工作，广泛获取经验。他对车身相关的工程工作尤为感兴趣，因为这项工作几乎涉及车辆其他所有的功能，可以让他对汽车研发有全面的了解。他学习了悬挂、变速箱、传动系统、引擎制造——以及如何把这些部件像拼图一样装进一辆汽车。捷豹为他提供的这种机会，其实是非常难得的。因为，随着现代汽车企业的发展，工程师们往往在整个职业生涯中只专精一个领域。比如，一个人或许可以成为公司内部顶尖的门闩专家，但永远不会有机会近距离了解汽车其余部分的相关工作。

然而，当福特汽车于 1989 年收购捷豹之后，他开始发现，这家美国汽车制造商的官僚作风已经慢慢渗透到了公司运营之中。

他离开了公司，转而开始研发自己的汽车。在华威郡家中的车库里，他设计了一款双座跑车。这款车登上了《公路与轨道》(*Road & Track*) 杂志，还配上了车架的照片。一年之后，路特斯公司给他打来了电话，表示公司现金不足，正在寻找快速、有效地开发新车型的办法。但当他出示自己汽车的照片时，却只收获了路特斯公司高管们奇怪的眼神。后来罗林森才意识到，他的设计看起来很像这家公司正在开发的秘密项目——伊莉丝跑车。

他被路特斯公司聘为总设计师，终于有了可以将自身想法付诸实践的权力与体验。在他的有效努力下，汽车开发时间从数年缩短到数月，所需员工数量也大大削减。后来，罗林森的老板离开路特斯公司，投身咨询行业。罗林森也追随他的脚步，为世界各地的汽车制造商提供咨询服务，最终挂出了自己的招牌。

两人第一次在圣莫尼卡见面的那个晚上，马斯克还考了考罗林森，问了他一些关于车辆各个部件的问题，比如他会选用哪种悬挂之类。多年之后，罗林森追忆起那个晚上，还记得自己曾经热情地拿起空碟子作为道具，来演示零件如何工作。接着，马斯克又问起材料相关的问题，再然后是焊接技术。在马斯克眼中，罗林森有一颗工程师的心，喜欢深入钻研车辆工作的基本原理，以及如何调整才能让车辆工作得更好。而罗林森则觉得，马斯克很有可能会成为他热心的支持者。

晚餐仍在继续，但罗林森之前一直忙于说话，无暇顾及自己的食物。现在，轮到马斯克发言了。在接下来的谈话中，他向罗林森透露，他在底特律的工程师团队已经起草了一份计划，打算在那一年圣诞节之前招募 1000 名工程师。他们声称需要一支大军，来开发这款叫作 Model S 的车型。况且在底特律传统车企高管看来，这种规模的新车项目团队也不足为奇。这样一来，特斯拉每年在工程师方面的支出，预计将超过 100 万美元。"我可没有这方面的预算，而且我连请人来帮我招聘工程师的钱都没有，"马斯克说，"如果是你，会需要多少工程师？"

"让我想想。"罗林森回想着他在路特斯公司做项目时的工程师人数，在心里算了笔账。"到 6 月，大概需要 20 个，"罗林森说，"到七八月，大概 25 个……到圣诞节，大概 40 到 45 个吧。"

"少了 20 倍！"马斯克说，"汽车行业怎么回事？……他们要那么多人干吗？"

"我来告诉你是为什么，"罗林森像教授开始讲课般，对马斯克一一道来，"因为，汽车行业的运作原理，跟一战的时候打仗差不多。"罗林森觉得，汽车公司就像那些军队一样，雇佣了准备不足、缺乏训练的方阵部队往前冲，去当炮灰，而将军们则在距离前线若干英里远的地方进行指挥，对战地的状况一无所知。

马斯克想知道，罗林森的做法会有什么不同。"我会用精英战斗部队，"罗林森说，"比如伞兵团。伞兵团最大的不同就是，领导者就在现场……可以根据战地状况，当场做出指挥。"

马斯克瞪大了眼睛："伞兵！你指的是**特种部队**？"

"这个嘛——"罗林森顿了顿，发觉自己说到了马斯克的心坎里，"正是！"

在罗林森入职特斯拉一个礼拜之后，两人又见面了。这一次是在 SpaceX 公司，马斯克的小隔间里。之前，罗林森去了一趟特斯拉的底特律办公室，和那里负责 Model S 项目的团队了解了一下情况（没错，这支从艾伯哈德时代起就被马斯克下令解雇的团队，至今依然在工作）。随后，罗林森告诉马斯克，两人应该坐下来谈谈，因为他想知道马斯克所有关于 Model S 的设想。"来吧，给我洗洗脑。"罗林森说。

马斯克坐在办公桌前,把目光从屏幕转向了自己的新任高管:"打败5系。"接着,他又把目光转回了屏幕。

对于马斯克来说,没有比击败宝马5系更简单的目标了。这个系列的中型轿车非常受欢迎,大小介于紧凑型3系与大型7系之间。如果把3系比作豪华版的丰田卡罗拉,那么5系就是豪华版凯美瑞。

罗林森略一迟疑,思考着这几天在底特律办公室的见闻。他在那里看到了Model S项目的进展情况,和即将被解雇的团队成员谈了谈,对他们想怎么制造Model S有了深入的了解。当时,工程师们已经在这个项目上花了将近一年的时间,还花掉了特斯拉6000万美元。罗林森很快对自己目睹的一切产生了担忧。他发现,和提高性能相比,这些人似乎更关心削减成本。比如,团队会兴奋于和福特达成协议,购买福特的车辆前悬挂。而且他们觉得这笔交易很划算,因此准备前后都用这同一种悬挂。罗林森明白,这样一来,车子的驾乘体验会很差。他知道,这种牺牲是马斯克无法容忍的。

罗林森表示,Model S的项目进展情况,在他看来并不好:"我很抱歉,但它必须停下——我们必须停止这个项目。"听到这句话,马斯克的目光离开了电脑。

他又一次看着罗林森:"整个项目?"

"对,整个项目。"罗林森自信地说道。他们必须从头开始,重新开展Model S项目。他稍事停顿,观察着自己新老板的反应。马斯克沉默了片刻,微微仰起头,仿佛凝视着远方,两个拇指绕来绕去。罗林森的自信,渐渐被一丝怀疑所渗透。他会因为不服从命令,而被新老板开除吗?

马斯克又把目光投向了罗林森,直视着他的双眼:"我也这么想。"

那一刻起,罗林森开始重新看待自己的角色。他要完成的并不是普通的任务,无法干上六个月,就转而投入下一次冒险。马斯克是汽车行业的异类,他并不在乎人们以前的做法(特别是如果他认为这些人造出来的都是烂车),而只关心如何造出最好、最酷的车子。

游戏开始了,他心中暗想。大好机会,就在眼前。

在所有人中,迈克·唐纳夫无疑是对罗林森的到来最感到意外的那一个,因为从名义上说,唐纳夫才是被请来负责 Model S 项目开发的。而现在,罗林森来了,还是马斯克亲自招聘的。公司对于他的职能也含糊其辞,只说是产品开发。而且,罗林森还花了许多时间,来查看唐纳夫的工程师人选和开发计划。这对唐纳夫来说,不是什么好兆头。

其实,随着新一年的开始,唐纳夫的打地鼠方法已经开始奏效了。所以,罗林森在这时加入,才会更让人觉得意外。碳纤维面板的问题正在得到解决,其他供应商的问题也在逐步缓解。Roadster 的产量也得到了提升,从他去年夏天入职时的每月 5 辆,增长到第一季度的每月 20 至 25 辆,第二季度将会达到 35 辆。当然,和他曾经就职的斯特灵海茨装配厂相比,这个产量不值一提——那家工厂鼎盛时期一天的产量都远远不止这个数字。但对特斯拉而言,这却是个值得庆祝的里程碑。于是,一天下午,他把几桶啤酒扛进了车间,与团队举杯庆祝他们的胜利。

当然,这种狂欢转瞬即逝。唐纳夫很清楚,不祥之兆就在眼前。那年夏天,他为自己精心安排了体面的退场。与近来的离职者不同,他并没有在离开的时候对马斯克出言不逊,因为目睹的一切已经足以让他觉得,特斯拉或许会有胜算。

这么想的不止他一个。就连马斯克正在拉拢的潜在投资者戴姆勒,也对 Model S 表现出了令人意想不到的兴趣。这家庞大的德国汽车制造企业有一个子公司,叫作奔驰技术(MBtech),为汽车客户棘手的项目提供咨询服务。因为母公司对特斯拉的兴趣日渐浓厚,奔驰技术底特律办公室便开始对马斯克进行游说,让他把工程开发的任务交给他们。他们给出的理由是,特斯拉缺少时间、资金和专业知识来开发这么一款承载着巨大野心的车子。双方在 SpaceX 见面,开了一整天的会。其间,戴姆勒团队提出,特斯拉可以使用他们的一款汽车平台。这款平台,是他们用来制造梅赛德斯-奔驰 E 级车的。这是一款可以与宝马 5 系相媲美的中型轿车,而霍尔茨豪森和斯特劳贝尔也正是借着这个平台,才打造出了他们的 Model S 展示车。

戴姆勒的提议其实很合理。而这种交易,也符合多年前艾伯哈德为特斯拉制订的原始商业计划。当时,他只能努力和路特斯这样的小车企讨价还价。如今,就连全球第二大的豪华汽车制造商,也愿意对特斯拉的意见洗耳恭听。他们可以继续复制用伊莉丝打造 Roadster 的套路,只不过这一次,会以一辆更为奢华的车子作为基础。

刚刚入职几周的罗林森也坐在下面,认真听取了戴姆勒团队的报告。他突然觉得,自己从头开始造车的机会,似乎有些不保。听完报告之后,马斯克扭头问罗林森:"你觉得怎么样?"

罗林森不喜欢这个提议,并且毫不掩饰地表达了出来。他提出了一个让德国团队难以置信的替代方案,要求建立一个全新的车辆平台，将电池组融合到车辆结构设计中——因为马斯克也曾经公开表示过，这将是特斯拉的研究方向。罗林森还表示，这样一来，电池组理论上可以帮助车辆以一种新颖的方式承受碰撞时的力量。这个想法实在太激进，听起来就像精神失常。奔驰技术团队的情绪变得十分激动，说特斯拉如果执行罗林森的方案，就一定会失败。

接下来的几天，马斯克权衡着这两种选择。与此同时，特斯拉其他同事也对罗林森的方法进行了评估。长期以来，大型汽车制造商一直对开发过程中的某些步骤奉若神明，比如市场调查及开发若干轮原型样车。但罗林森的方法，在很大程度上跳过了这些步骤。他希望可以尽量用电脑模拟来进行测试，因为这样既省时又省力。

从福特跳槽过来的新任CFO迪帕克·阿胡贾仔细研究了相关数字，深感佩服。如果他们真的能用这么少的人设计出一辆车，特斯拉便拥有了可以与大公司相抗衡的成本竞争优势。"这是一场革命，"他对罗林森说，"前所未见的革命。"

从Roadster项目中得到的教训，也影响了特斯拉的决定。想当初，他们最终还是把伊莉丝的零件替换殆尽，才得到了自己想要的性能和外观。为了发挥新电池组技术的优势，特斯拉需要根据它的特点，专门为它造一部车，而不是削足适履，把它硬塞进一辆已有的车子里。

于是，罗林森飞往底特律，拜访了奔驰技术办公室的负责人，也就是提出用E级车平台来造电动车的那一位。对方让罗林森告诉自己，为什么这个方案行不通。罗林森拿出一份列了大概300种零件的清单，往地上一坐，开始逐项解释每个零件的不合适之处。几小时过去了，当他说到第65个零件的时候，被打断了。

　　"可以了，"德国人说，"你是对的。这事儿行不通。"他致电马斯克，撤回了提案。现在，终于到了罗林森一显身手的时候。而他面前只有两条路——不成功，便成仁。

第十章
旧爱反目，新友结盟

2009年1月27日，贾丝廷的律师向洛杉矶家事法庭提交了一份动议，内容涉及她与马斯克的离婚事宜。她的法律团队希望，可以将特斯拉和马斯克的其他公司纳入两人的离婚争夺之中。此前，马斯克一直觉得，鉴于贾丝廷曾经签署过财产协议，这起离婚案办起来应该很简单。那份协议是他们在2000年举办婚礼前起草的，为的是保护马斯克当时还相对较少的财产。① 根据协议，如果两人在有了孩子之后离婚，贾丝廷将得到他们在贝艾尔的房子，以及孩子的抚养费——协议价值总计2000万美元。但9年之后，她觉得自己有权享有的东西，远不止一幢房子。

一段婚姻的结束，往往一地鸡毛。在出售了PayPal之后，他们的生活开始变得光鲜，从山景城的小公寓搬进了比弗利山庄的豪宅。但贾丝廷觉得，从那时起，两人的关系也随之发生了变化。2002年，因为婴儿猝死综合征，他们失去了第一个孩子。随后，两人又养育了双胞胎和三胞胎。所有的一切，都让人心力交瘁。贾丝廷开始觉得，和马斯克那些宏图伟业相比，自己只是次

---

① 尽管原始协议是在婚礼前起草的，但两人直到正式结婚之后，才最终签署了文件。——原注

要的。她声称自己经常被他批评："如果你是我的员工，肯定会被我开除。"

马斯克的离婚律师托德·马龙（Todd Maron）告诉法庭，将特斯拉纳入离婚案中，将会威胁到这家公司的生存。他认为，贾丝廷出此下策，只不过是想为自己在协议中争取最大的利益。马斯克担心，一旦贾丝廷取得成功，她就可以要求参与、批准公司的每一个重大决策。"如果贾丝廷成功地把特斯拉牵扯进来，那么，特斯拉十有八九要去走破产管理程序，埃隆和其余324名股东的投资可能会血本无归。"马龙对法庭说。当时，马斯克已经把自己所有的财产都投入到了特斯拉、SpaceX和太阳城公司中。马龙警告，要考虑这么一场代价高昂的公开离婚大战给特斯拉带来的后果。

让马斯克庆幸的是，这起离婚案并没有引起人们的注意。当时他正在试图发起一轮融资，替特斯拉找救命钱。融资对象已经对特斯拉的生存能力产生了担忧，因此颇为不安，可能说变就变。在这个当口，离婚案一旦传出去，就会阻碍特斯拉的发展。

那年春天，就在马斯克一手打公司保卫战、一手为Model S造势的时候，新当选的总统奥巴马则在进一步采取举措，拯救通用汽车。他所做出的努力包括：罢免CEO里克·瓦格纳，并宣布政府正在考虑一项计划，让通用在政府支持下进行破产重组，通过削减品牌、经销商和员工，使企业变得更加灵活。

几个月来，美国政府在拯救通用和克莱斯勒这件事上应该扮演的角色，在举国上下引起了热议。2008年底，美国国会未能就紧急救助计划达成共识。之后，布什政府提供了短期贷款。而奥巴马政府又紧随其后，提供了更多贷款。最终，为了寻求出路，两家企业向联邦政府提交了重组计划。

在这场剧变中,马斯克看到了特斯拉的机会。几个月来,他的主要副手之一迪尔姆德·奥康奈尔(Diarmuid O'Connell)一直在国会进行游说,希望特斯拉可以被纳入能源部的贷款计划,获得这笔助力美国绿色科技企业发展的资金。奥康奈尔是在2006年Roadster发布不久前加入特斯拉的。他的心愿,就是减缓全球变暖。曾于国务院担任政治军事事务参谋长的他,为这家加州初创企业带来了跟华盛顿方面打交道所需要的经验。

时任CEO的马丁·艾伯哈德,对奥康奈尔的想法十分赞同:应该进行游说,倡议立法,推出购置零排放车辆的税收抵免,吸引电动车买家。这项法案的成功通过让特斯拉如虎添翼,可以让他们以更低的价格出售Model S。(马斯克在Model S发布会上也曾经宣布,这款车的售价将低于5万美元,因为有一项政府税收抵免。他指的就是这项法案。)

2008年底,在全球经济崩溃大潮的裹挟中,通用汽车已经岌岌可危。也就是在那个时候,能源部开始着手实施布什政府的贷款计划。那年冬天,马斯克和CFO迪帕克·阿胡贾向能源部提交了一份贷款提案,希望可以获得4亿多美元,来支持Model S的开发。

次年3月,在SpaceX手工打造的Model S展示车精彩亮相,给了奥康奈尔一个可以带去华盛顿的完美道具。3月下旬在洛杉矶向客户与媒体展示的那辆车,很快便被运往美国另一端的东海岸,进行巡回展览。其中一站是大卫·莱特曼(David Letterman)的曼哈顿工作室——Model S上了他著名的CBS电视节目《深夜秀》。《纽约客》的记者全程跟踪了此次巡展活动,几个月后发表了一则长篇报道,还配上了马斯克和他年幼的儿子们的照片。媒体的关注，让他的这个项目更具可信度了。

而这些活动中的重头戏，就是奥康奈尔为这辆车安排的华盛顿巡展。Model S被派往能源部总部，为负责发放贷款项目资金的几名经理提供了接送服务。其中一位经理名叫雅内夫·苏伊萨（Yanev Suissa），刚从哈佛法学院毕业不久。当他下车的时候，注意到办公楼上有许多同事正在看着他，对这罕见的一幕行注目礼。这些政府工作人员，很少见到这么拉风的座驾。就连苏伊萨自己，也被Model S敞亮的驾驶室和仪表板上的大显示屏深深震撼了。

苏伊萨团队的目标，是对有希望向政府还款的公司发放贷款。但对于特斯拉，他们不太确定。苏伊萨回忆说，当时，特斯拉并不在他们考虑的热门项目之列。"那个时候，我们并不清楚特斯拉能不能成功，"他说，"风险实在太高了。他们不是在为某种已经验证过的东西做一个新版本，而是要打造一个全新的产业。"

政府不愿成为特斯拉的单一注资方。公司接到通知，说他们需要找到更多的支持者。然而，让特斯拉泄气的是，如此不情不愿的，并不是只有能源部。

戴姆勒公司高级工程团队的负责人叫作赫伯特·科勒（Herbert Kohler）。在特斯拉成立初期，科勒就和马斯克见过一面，并且很想让戴姆勒投资这家初创企业。但很多初创企业并不喜欢这种公司投资，害怕这样一来，自己的企业在别人眼中就只是一家大公司的附属项目，甚至必须优先考虑赞助者的商业需求，而不是自己的。因此，马斯克当时对此毫无兴趣。

但到了2008年，马斯克的看法转变了。为了筹款，他去德国拜访了戴姆勒公司的高管，并得知他们正在寻找供应商，为Smart汽车的电动版本提供电池组。几个月后，科勒发来了邮件，说他6

周后会来硅谷,想见识一下特斯拉的技术。于是,马斯克请斯特劳贝尔发挥他的新特长,把戴姆勒公司的两座微型 Smart 改装成电动车。不过这一次,要在几周之内完成。

就在几个月前,马斯克还很嫌弃别人的建议,不愿与通用之类的公司合作,为它们提供电池组。而现在,他别无选择。况且,跟梅赛德斯挂上钩,或许也是件好事。改造任务的第一个挑战完全来自物流:戴姆勒并未在美国销售 Smart 汽车,能找到的最近的一辆在墨西哥。他们去财务部要了 2 万美元现金,派一位会说西班牙语的朋友去墨西哥买了一台二手 Smart,开回了硅谷。一拿到车子,团队就争分夺秒地开始改装,同时尽可能小心,确保车辆内部不受拆卸影响。

到了与戴姆勒团队开会那天,马斯克发现,自己的 PPT 并没有打动那些德国人。他中止了讨论,问他们想不想去看看实物演示。一行人来到公司停车场——改装版 Smart 就停在那里。随后,德国团队兴高采烈地体验了斯特劳贝尔的发明。改装车电动马达的瞬间扭矩,让小猫摇身一变,成了猛虎,深深震撼了戴姆勒的人。

两家企业于 2009 年 1 月建立了供应商关系。同时,戴姆勒也在考虑对特斯拉进行投资。但在戴姆勒的斯图加特总部,有些人却对此表示了迟疑。跟能源部一样,他们也觉得特斯拉的财务前景令人担心。

于是,马斯克陷入了两难的境地:戴姆勒有兴趣对他投资,美国政府也愿意借钱给他,但任何一方都不愿意单独行动。

不过,马斯克最终还是赶上了好时机。面对通用汽车和克莱斯勒的困境,奥巴马政府向能源部贷款办公室施加压力,要求他们开始宣布项目——即使交易还没有最终获批。因此,该办公室宣布,硅谷一家名为索林佐(Solyndra)的太阳能公司将获得资金;

不久又宣布，特斯拉也将获得贷款。

戴姆勒紧随其后，于 5 月宣布向特斯拉投资 5000 万美元，获得该公司 10％的股份。

苏伊萨表示，能源部宣布的并不是一笔真正的交易，而只是一份高度不确定的投资意向书。"其实是新闻发布的需要，"他说，"因此，当人们觉得这笔交易已经达成的时候，实际上远非如此。"还有许多细节需要敲定，过程将长达数月。但对双方来说，他们已经取得了公关上的胜利。政府似乎已经开始注入资金、提振经济，而特斯拉则获得了政府的背书。不管怎样，这家永远的现金困难户企业，此刻终于有了片刻的放松。

虽然马斯克与贾丝廷的离婚风波没有闹得满城皆知，但他与另一位旧人的"分手"，却即将暴露在公众的目光之中。一年来，艾伯哈德始终对自己被逐出特斯拉一事耿耿于怀。建立初创团队的是他，造出可以拿去打动买家的 Roadster 的也是他。车牌上闪闪发亮的"特斯拉先生"，说的应该是他，而不是马斯克。

离开特斯拉之后，他又目睹了许多朋友与那家公司的告别。短短几个月里，那些当初被他招进去的人，要么被扫地出门，要么自己离开。艾伯哈德依然爱着特斯拉，但他打心眼里看不起马斯克。他继续在自己的博客上倾吐着失望之情，对公司的种种改变一一道来——直到特斯拉董事会成员劳里·约勒劝他收敛一些，告诉他，这种愤怒已经伤害到了公司。而特斯拉的律师可不像约勒这么客气，而是告诉他，公司认为他已经违反了非贬损协议。作为回应，他们撤回了他 25 万股的认股权。

2008 年中期的一连串媒体攻击，愈发激怒了艾伯哈德。在报纸和杂志的报道中，马斯克把特斯拉的所有问题都归咎于艾伯哈德。但压垮他的最后一根稻草，却来自那年夏末发生的一件事。公司刚成立的时候，马斯克和艾伯哈德曾经开玩笑争论过，从组装线上下来的第一台 Roadster 到底该归谁所有。他们觉得，这辆车总有一天会变成收藏品，价钱也会翻上好几番。最终，他们达成了妥协：Roadster 一号归马斯克，Roadster 二号归艾伯哈德。车子投产之后，艾伯哈德费了好几个月的力气，想拿到自己的车。但几经周折之后，他却在 2008 年 7 月接到了特斯拉的电话，被告知他的 Roadster 在做"耐力测试"时追尾一辆卡车，几乎完全报废了。直到最后他才知道，自己永远也不会得到那辆 Roadster 二号了，因为他们把车子给了安东尼奥·格拉西亚斯。正是这位董事会成员的尽职调查，让艾伯哈德在 2007 年被赶出了特斯拉。

2009 年春，艾伯哈德开始反击，以诽谤、造谣、违约等罪名提起了诉讼。这不啻为一记响亮的耳光，打在爱面子又缺乏安全感的马斯克脸上。艾伯哈德对马斯克要求别人称呼他为"特斯拉创始人"提出了质疑，也对马斯克经常说起的一个故事表示了怀疑。故事中，马斯克搬到加州是为了去斯坦福大学读博士，但两天后就辍学，创办了一家软件公司。"马斯克已经开始篡改历史了。"艾伯哈德在诉讼书里这样写道。

这一击，正中他前搭档的软肋。马斯克对于自己在硅谷历史上的地位，可是出了名的计较。当年，当"硅谷闲话"隐约提及他不配被看作是 PayPal 创始人时，马斯克写了 2000 多字的文章加以反驳，甚至还配上了脚注。而这一次，还没等到与艾伯哈德对簿公堂那天，他就发起了反击。他在公司网站上详述了一番自己眼中特斯拉的历史，提到自己第一次和艾伯哈德见面聊特斯拉时，对方"没有自己的技术或原型样车，也没有电动汽车相关的知识产权。他所拥有的全部，就只是一份商业计划，准备把 AC

Propulsion 公司 tzero 电动跑车的概念商业化"。①

一场文书工作的战争开始了。马斯克的助理玛丽·贝思·布朗（Mary Beth Brown）努力搜寻着相关资料，用来证明马斯克的确曾经被斯坦福大学录取。尽管这些荒唐的行径为科技界贡献了一场好戏，但也让马斯克的助手们不胜其扰，因为那正是他们忙着替公司筹款的时候。当法院驳回艾伯哈德"马斯克不应被称为特斯拉创始人"的申诉时，马斯克发表了一则宣告胜利的声明："我们期待尽快在法庭上证明事实，纠正历史记录中的错误。"特斯拉也发表了一则公司声明，表示该裁决"与特斯拉认可的创始人团队相一致。该团队包括公司现任 CEO 及产品架构师埃隆·马斯克，（与）首席技术官 J. B. 斯特劳贝尔。从特斯拉创立伊始，他们就是这家企业的根基。"

但私下里，也有一些人警告他们，不要图一时之快，把话说得太过分。其中，就有在艾伯哈德降职后暂任 CEO 一职的迈克尔·马科斯。那年夏天，他给马斯克和董事会写了一封信，劝他们不要言辞过激。在他看来，有关艾伯哈德的言论"措辞极为不当"，"也很伤人"。"可能其中最不合适的，就是说（艾伯哈德）对董事会撒谎。你们可以想象到，这会对他的就业机会造成什么影响，"马科斯写道，"而且我也不相信这是真的。"他还认为，艾伯哈德面临的挑战在于，特斯拉缺少富有经验的 CFO，管理团队对成本和时间的预期也不切实际。"我不是说马丁不应该被解职。他的确缺少处理这些问题的能力。既然是 CEO，他就得对此

---

① 艾伯哈德于 2003 年提交了申请，希望获得特斯拉汽车公司网站（teslamotors.com）的所有权。但马斯克后来说，他给了萨克拉门托一个人 7.5 万美元，获得了该名称的所有权。他还给公司想了一个备选名：法拉第（Faraday）。——原注

负责。我觉得这个想法没有错。而且，我对于自己加入公司之前发生的事情，其实并不了解。但我想补充一点：在我刚入职的头几个月里，（他）还在公司工作，并向我汇报。他完成了我交办的所有任务，并且充满热情。这也应该记入他的履历。"

不知道是不是马科斯的求情起了作用，到了9月，艾伯哈德和马斯克已经解决了他们的争端，只不过条款保密。不过，据一名知情人士透露，条款中有一份他们两人之间的非贬损协议。艾伯哈德保住了他的股票，而且更重要的是，他拿到了一辆 Roadster。特斯拉发表声明，称这两位都是"特斯拉的联合创始人"，其他创始人则包括马克·塔彭宁、伊恩·赖特和 J. B. 斯特劳贝尔。双方均发表了声明，其中的"相爱"和仅仅数月前的"相杀"形成了完美的对比。艾伯哈德在声明中称："埃隆为特斯拉做出了非凡的贡献。"马斯克则写道："没有马丁不可或缺的努力，就不会有今天的特斯拉汽车。"这场舌战算是偃旗息鼓了，但两人心中的嫌隙，却多年不曾释怀。

与前拍档和前妻的法律纠纷，让马斯克强硬个性可能带来的影响一览无余。他在 2008 年的这份不达目的不罢休的执拗也许的确挽救了濒临破产的特斯拉，但也间接伤害了曾经与他朝夕相处的人们，为他自己的将来埋下了隐患。随着特斯拉进一步进军主流汽车市场，这种争斗可能会带来更为严重的后果——因为，赌注下得越大，容错余地就越小。

第十一章
路演

2008年刚来特斯拉的时候，迪帕克·阿胡贾觉得，自己就像是进入了一个初创企业生涯速成班。而在此之前，他就职的地方，是通用汽车引以为傲的财务部门。在孟买长大的他，家中是做服装生意的。父母创办了好几家企业，生产牛仔裤和内衣。他是一名天资聪颖的学生，曾就读于贝纳勒斯印度大学，获得陶瓷工程学学位，后前往美国，攻读材料科学博士学位。他原本的计划是，拿到学位就回印度，跟父亲合伙做生意，制造电网使用的陶瓷绝缘体。一来到芝加哥城外的西北大学，他就被那里的严冬和丰富的学术资源同时震惊了。虽然他在印度用大型计算机做过编程，但却从未使用过个人电脑，甚至连找到开机键都很困难。他向别人求助，却得到了对方嘲弄的眼神。而且他的口音太重，要费很大的气力，才能让别人听懂。

但他很快就适应了这一切，并结识了自己未来的妻子。最终，他决定放弃攻读博士学位，前往匹兹堡的肯纳金属公司（Kennametal）从事工程工作，为汽车工业开发陶瓷复合材料。此外，他还在卡内基梅隆大学（Carnegie Mellon University）攻读MBA。1993年，他找到了一份新的工作，进了福特汽车的一家冲压厂。而福特很出名的一点就是，特别注重财务人员的培训。工作期间，他学到了美国汽车企业的经商之道，并在接下来的15年内逐级晋升，于2000年当上了福特与马自达合资企业的CFO，后又成为福特南非公司CFO。2008年，他回到密歇根，准备接受一项新的任务。可就在这时，他接到了特斯拉的招聘电话。跳槽后不久，经济就遭遇了崩溃，所以头几个月他还担心自己可能会饭碗不保，因为马斯克当时要设法减少现金消耗，打算裁掉很多人。

当阿胡贾目睹马斯克自掏腰包为特斯拉付账单的时候，他并没有告诉自己的妻女公司情况有多糟。他努力为Roadster项目削减成本，并准备好财务账簿，打算迎接之后的公司上市——因为他觉得，他们应该还能坚持到那一天。这对他和特斯拉来说，都是一次学习的经历。公司将不得不承受随着上市交易而来的所有压力——季度报表、华尔街预期。但这一切，也会为时常囊中羞涩的特斯拉带来数百万，乃至数十亿美元的资金。

而华尔街的银行家们，也已经为发展和特斯拉的关系努力好一阵子了。

但直到2009年年中，对特斯拉团队的许多人来说，IPO充其量也还只是一种令人半信半疑的东西。当时，通用汽车正在艰难地度过破产期，裁减了数千名经销商和数万名员工。整个汽车行业正在承受销售低迷带来的市场打击。① 然而，到了那个秋天，像特斯拉这样准备进行IPO的企业似乎看到了一丝希望：一家曾在2008年推迟上市的小型汽车电池供应商A123于2009年9月底重返华尔街，进行了首次公开募股。此举震动了市场——开盘当天，该公司股价飙升了50%。这足以让特斯拉财务部的一些人相

---

① 据研究机构汽车数据公司（Autodata Corp）称，美国汽车销售在2009年降到了27年来的最低点，仅交付了1040万辆，比特斯拉成立时的2003年减少了38%。——原注

信，马斯克的计划还是有可能成功的。

尽管阿胡贾在福特干了这么多年，但他和华尔街直接打交道的经验十分有限。很快，银行家们就会让他明白，特斯拉的 IPO 面临着好几个障碍，而且它们还互不相关。马斯克与贾丝廷正在打的离婚官司，还有特斯拉没有工厂生产 Model S 这一事实，仅仅是这些障碍中的两个。

银行家们对第二点紧抓不放，认定特斯拉必须先有一家可以造车的工厂，才能进行 IPO。既然特斯拉公开募股就是为了筹集资金、造出 Model S，那么收入预测也基本上都是根据这款车的销售来做的。他们质问马斯克，如果你对投资者说"我们准备造多少多少车子"，却连造车的工厂都没有，这像话吗？

其实，公司并不是没有考虑过这一点。为 Model S 寻找生产地点这件事已经困扰了特斯拉很多年，主要是苦于没钱。他们想过在新墨西哥建厂，结果半途而废，让当地开发商很不高兴。而在圣何塞建厂的想法，也在马斯克接任 CEO 后夭折了。于是，马斯克约了商业地产经纪人，开始周末在洛杉矶周边转悠，想找个合适的地点。最终，他在一个叫作唐尼的城市里有了发现。那是一个老工业基地，以前归 NASA 所有，于 1999 年关闭。这个地方与太空相关的历史吸引着马斯克，而且离他家也不远——距离 SpaceX 在霍桑的新总部只有 13 英里。

然而，并不是所有人都为这个发现雀跃不已。首先，这个地方需要经过大量的改造，才能变成一家汽车工厂。其次，特斯拉内部也有人担心，拿到相应许可实在太费时间。倘若要开设油漆车间，更是要经历一个漫长而复杂的获批过程。虽然州政府官员承诺会加快办事速度，但一些高管还是觉得，所有的准备工作可能要耗费数年才能完成，而与此同时，特斯拉一直在烧钱。

还有一个选择：旧金山海湾对面的前通用-丰田工厂。它有相关许可，可以生产汽车。在合作伙伴通用汽车申请破产之后，丰田将该厂封存。特斯拉刚从丰田招来了一个人，名叫吉尔伯特·帕辛（Gilbert Passin），以前在加拿大负责一家雷克萨斯的装配厂。他觉得，自己的老东家也许会愿意让特斯拉接手这家工厂。当时，丰田正在得克萨斯建立生产基地，想把自己在美国的业务都整合到那里去。因此，帕辛他们猜测，这家日本车企也许正想找个法子，体面地为工厂易主，而不是把工厂关闭——关厂意味着计划失败，也不符合公司终身雇佣的理念，是很难为丰田文化接受的。

尽管这是件互惠互利的好事，但特斯拉的经理们却一直无法打动丰田。马斯克甚至去找了他在比弗利山庄的医生，因为这位医生和丰田 CEO 丰田章男（Akio Toyoda）有联系。2010 年初，特斯拉终于收到了回复。出人意料的是，丰田方面很期待能见见特斯拉的人。很快，马斯克就在自己位于贝艾尔的豪宅中安排了一次会面，迎来了丰田公司创始人的孙子丰田章男，及其一干正式的随行人员。马斯克请这位尊贵的客人坐上 Roadster 副驾驶的位置，在街区内飞快地兜了一圈。身为赛车手的丰田深受震撼，也很欣赏特斯拉的创业精神。于是，当马斯克问起购买工厂的可能性时，他很快便同意了。不仅如此，他还想投资。

有钱进来当然是好事。但更让马斯克高兴的是，这样一来，特斯拉就获得了世界最佳汽车制造商之一的背书。在上市前夕受到丰田与奔驰的认可——一家年轻的车企能有这样的地位，真是叫人眼红。

这笔工厂交易，让唐尼市的官员们措手不及。他们本以为特斯拉会花落唐尼，因此对马斯克的背叛十分恼火。

而斯特劳贝尔也对这笔交易颇感诧异。小小的特斯拉一直想获得一些谈判的筹码，可以与大公司相抗衡。于是，在与戴姆勒寻求合作的同时，特斯拉在欧洲的经理们也拜访了宝马集团。他们刻意把 Roadster 停在一个显眼的位置，希望可以触动人们八卦的神经。而马斯克也如法炮制，一边与丰田寻求合作，一边让斯特劳贝尔打入另一家畅销车企——大众汽车集团。斯特劳贝尔来到德国，试图与大众达成类似戴姆勒的供应商协议。他的团队为一辆高尔夫（Golf）装上电力传动系统，运往德国，向大众展示了改造后的工作原理，并介绍了锂离子电池的优点。除此之外，他们还带去了一辆 Roadster，请大众 CEO 马丁·文德恩（Martin Winterkorn）开着它，在测试跑道上全速体验了一番。

斯特劳贝尔跟大众开会那天，特斯拉宣布了与丰田的交易。他随即便被文德恩叫进了办公室。"你们到底在搞什么鬼？"面对这样的逼问，斯特劳贝尔实在不知如何回答。而他们与大众之间所有交易的可能性，也都立刻化作了泡影。其实，文德恩的团队背地里已经对合作表示了反对。他们担心锂离子电池的安全问题，也介意这个技术并不是他们公司自己发明的。斯特劳贝尔一行只得铩羽而归。

"我哪有时间开这种破会，"马斯克咆哮道，"我他妈还有个火箭等着发射！"说完，他就冲出了 SpaceX 的玻璃会议室。一场关于特斯拉 IPO 宣传材料细节的讨论就此戛然而止。

马斯克是个纳米管理①者，但他缺乏耐心。他自己很喜欢写东西，因此会就招股说明书的措辞与律师们展开辩论。这份招股书发布于 2010 年 1 月初，是高盛与摩根士丹利的银行家们花了九个

---

① 纳米管理：一种由山木培训创始人兼总裁宋山木在 1998 年提出并完善的管理方式。意即每一项管理都要精细到"纳米"这个单位，各方面工作都要细化、量化、标准化、流程化。

月才写出来的。其中一位银行家名叫马克·戈柏（Mark Goldberg），当时年仅 24 岁。出于对可再生能源的兴趣，他去了摩根士丹利工作，并因此参与了特斯拉的 IPO。而所见的一切，都让这个职场新兵觉得，这场 IPO 真是太不一般了。

马斯克不止一次威胁，要炒了他们所有人。有时，他会觉得他们的措辞"应该更加刺激"，因此强烈建议写上：特斯拉将称霸整个中型高端轿车市场。有时，他又会对他们的 PPT 表示不满，只因为里面提到，奥迪是特斯拉的竞争对手之一。马斯克曾经拒绝在《钢铁侠 2》里为特斯拉做付费植入，随后奥迪便利用其营销实力，将特斯拉踢出了这部电影（但这并没有阻止马斯克在片中客串了一把，扮演他自己）。对此，马斯克十分光火。"为什么要把奥迪写进来？"他质问道，"他们根本不值一提……我们会碾压奥迪。"

如果是初创企业的创始人，有这种行为倒也可以理解。但上市公司的高管，通常是不会这么做的，因为上市公司都会把注意力放在股东回报上，对外发言也都是照本宣科，避免任何不必要的风险。如果马斯克在上市筹备阶段脾气就这么大，那等到特斯拉归数千名投资者所有，而马斯克只能看他们脸色行事的时候，又会是什么样子呢？但马斯克别无选择。上市可以为公司筹集资金，但代价是，公司不再是他的私人领地了。此外，还发生了一些不合常规的事情。比如，一开始被特斯拉尊为主承销商的摩根士丹利，后来却被高盛挤了下去，只能屈居第二。随后为 IPO 提交的记录显示，原来，高盛曾向马斯克发放了一笔个人贷款。由此也可以看出，他当时窘迫到了何种程度。

为了开展 IPO，阿胡贾请来了皮克斯动画工作室（Pixar）的前高管 Anna Yen，负责投资者关系。这项工作的一个任务，就是向美国证券交易委员会（Securities and Exchange Commission，以下简称"SEC")提交大量繁琐的文件。在递交表格的过程中,阿胡贾的团队意识到,特斯拉当年并未向美国国家环境保护局(EPA)提交所需资料。由于这个失误,公司可能每售出一辆车就要被罚款 3.75 万美元,为本就饱受诟病的资产负债表再添 2400 万美元的重负。于是,在 2009 年最后的日子里,他们抓紧时间,匆忙递交了文件,与能源部达成和解,仅一次性缴纳了一笔 27.5 万美元的罚款。更重要的是,国家环境保护局同意将 2009 年所有已售车辆都视为已认证(马斯克致电环境保护局局长丽莎·杰克逊 [Lisa Jackson],请她帮忙加急处理此事,生怕要拖上好几个月)。

马斯克在这段时间聘请了一位法律总顾问。但几周之后,他就离职了。对于马斯克来说,要找一个能坚守在这个岗位上的人,可以说是出了名地困难——甚至难到了可笑的地步。因为,他似乎根本不把律师的建议放在眼里。

特斯拉准备上市的时候,选择不引入双重股权制度。谁知几年之后,这种选择却对马斯克造成了意想不到的影响。当年,因为有了双重股权制度,谷歌的拉里·佩奇和谢尔盖·布林(或两年后脸书的马克·扎克伯格)即使只持有少量股票,也可以继续控制公司。但不知为何,特斯拉在 2010 年 1 月提交的 IPO 文件中却没有这样的条款来确保马斯克始终掌管这家公司。准备文件的人表示,之所以忽略了这个想法,首先是因为特斯拉本来就很难吸引人们来投资。而再把一个固执己见、难以捉摸的领导者和公司牢牢捆绑在一起,则会让 IPO 难上加难(更何况,因为马斯克的弟弟金巴尔也在董事会里,所以人们已经对特斯拉的公司治理产生了疑问,觉得他们任人唯亲)。

而这些条款中,对马斯克最为有利的,就是下面这一项:但凡股东有任何迫使变更的举措,比如收购或出售,都必须有三分

143

之二的流通股股东同意，方可实施。这一绝对多数条款，可以有效地让马斯克对他不喜欢的事项行使否决权。只要他保持自己在公司的股份（2010年1月为20％左右），其他股东就需要获得约85％的流通股股东批准，才能在不受马斯克制约的情况下实施某项举措——这个门槛非常高，因为马斯克的一家之言，越来越能左右人们对特斯拉的看法。

另外，在特斯拉与戴姆勒公司达成的协议中有一项条款，可以有效确保马斯克继续担任CEO，直至2012年——这意味着戴姆勒默认，马斯克才是特斯拉未来的关键。这对他来说也是某种形式的保护，至少在接下来的几年内都有效。

提交IPO文件几周之后，特斯拉遭遇了一场飞来横祸。三名圣卡洛斯的工程师乘坐私人飞机前往霍桑开会，却在起飞时不幸坠机，全部遇难。马斯克原本也要搭乘那班飞机，但最后时刻取消了行程，因为他得知，金巴尔在科罗拉多乘雪橇时摔断了脖子。因此，当团队向他汇报这起空难事故时，马斯克吓坏了。

两天之后，特斯拉再遭打击。这次的事件没有那么不幸，但却为公司IPO的前景蒙上了一层阴影。据硅谷行业在线出版物VentureBeat爆料，马斯克的离婚诉讼出现了意想不到的转折——亿万富翁马斯克竟然在哭穷。"我大概四个月前就没钱了。"马斯克在提交给法庭的文件中说。从2009年10月起，他就一直以向朋友借钱为生，每月的开销在20万美元。① 马斯克的妻子贾丝廷一

---

① 马斯克随后诉苦说，每月20万美元的开销中，有17万都是在付双方的离婚相关法律费用，而其余大部分也都花在了保姆费和补贴贾丝廷家用上。他指出，5个孩子的监护权是两人平分的。"我醒着的时候，只要不在工作，几乎都是在陪儿子们。他们是我一生的挚爱。"他在2010年写道。——原注

直在博客上记录着两人的离婚，如今更是为伦敦《泰晤士报》撰文，详述了他们的纷争。马斯克如今骑虎难下。特斯拉是依靠他的财富活下来的。几年前，他还对客户承诺过，如果特斯拉破产，他将自掏腰包，为他们退款。

公司律师们开始采取措施，争取将这件事情的损害降低。他们为特斯拉 IPO 文件起草了一则更新，称该公司"不再依赖马斯克先生的财务资源"，并称"我们相信，马斯克先生的个人财务状况不会对我们造成任何影响"。然而，特斯拉的银行家们背地里还是担心，离婚可能会破坏即将开展的公开募股。比如说，如果贾丝廷突然拥有了特斯拉股份，且不同意遵守股票禁售期（在禁售期内，内部人士不能出售他们的股票，以免使新发行的股票贬值），那么 IPO 可能就会受到损害。这一切都在对马斯克施压，要求他尽快了结离婚案。

最后，贾丝廷试图废除婚后协议的努力宣告失败，两人悄然和解。这个威胁，算是解除了。

其实，马斯克最大的敌人，就是他自己。他是斯蒂芬·科尔伯特（Stephen Colbert）的粉丝，因此很想去参加这位喜剧演员的节目，也就是喜剧中心频道的《科尔伯特报告》（*The Colbert Report*）。特斯拉的银行家和律师都对他极力劝阻。特斯拉正处于 IPO 前的静默期，他说的任何一句话，都可能要让他们递交新的文件，导致进一步延期。这种控制激怒了马斯克。他扬言要炒掉负责 IPO 的团队，甚至准备自己去东海岸，为潜在的投资者做路演。银行家们请他先排练一下路演时准备对投资者说的话，马斯克拒绝了。他们的意见，他并不在乎。不过，马斯克最终还是被说服了，做出了让步，因为他们告诉他，银行家的销售团队总得先听听他怎么宣讲，才能帮忙劝投资者买特斯拉的股票。

马斯克想要的，并不是那种常规的路演——渴望上市的私营企业来到投资者的会议室里，放着PPT，做着老套的宣讲。当然，这些事情他也会做的。但他更想让投资者亲自感受一把他的未来之车。小伙子戈柏忙了好几个礼拜，终于获批拆掉了摩根士丹利时代广场办公楼的玻璃门，把Model S运进了大堂。重要投资者应邀来到附近的一家商场，进行了试驾。"这还是我第一次看到投资者们这么开心，笑得嘴巴都咧到了耳朵根儿。"他回忆道。

这次路演，吸引了那些想一睹马斯克真容的好奇者。他当时还不像后来那么有名，但已经有了科技界叛逆者之称。那年夏天，他开始在一个新的社交媒体平台上尽情施展自己的营销才能。这个平台就是推特，用智能手机就可以操作，每次可以发140个字符①。在演讲时，马斯克鼓励投资者们，要用新眼光看待特斯拉："把它想得更像是苹果或谷歌，而不是通用或福特。"为了强调这一点，他还放了一张幻灯片，上面是被科技巨头环绕着的特斯拉硅谷总部。尽管忙着和底特律拉开距离，但他也还是想突出一下特斯拉与戴姆勒和丰田的合作关系。于是他刻意指出，发明了汽车的戴姆勒，如今正在向特斯拉寻求帮助。"这不就等于古腾堡在请你帮他造印刷机吗？"他打趣道。

部分投资者显然会有这样的疑问：马斯克该如何平衡自己的时间，同时当好特斯拉和SpaceX两家公司的CEO呢（更不必说，他还是太阳城公司的董事长）？而每次听到这种"愚蠢的问题"，马斯克都会迁怒于阿胡贾及团队，告诉他们，应该提前给这些潜在投资者上一课，让他们做好功课。

---

① 2017年增至280个字符。

也有些人对马斯克的宣讲十分认可，觉得他可以帮助人们重新构想汽车产业。摩根士丹利汽车分析师亚当·乔纳斯（Adam Jonas）便是这些拥趸中的一个。乔纳斯的职业生涯，始于史蒂夫·吉尔斯基（Steve Girsky）的启发。吉尔斯基是华尔街公认的汽车分析权威，在通用破产重组之后，加入了该公司董事会。马斯克的愿景，让乔纳斯深感振奋，为此从伦敦回到了美国，开始跟踪观察一批汽车行业的公司，就它们的表现为投资者提供公正的建议。他会研究这些公司的财务状况，以及它们在整个行业中的地位，定期发布报告，阐述他对这些公司现状的看法，并指出他所认为的合理股价。就特斯拉来说，他认为随着时间的推移，该公司股价有可能会上涨至每股 70 美元。至少，他是看好特斯拉的前景的。

像乔纳斯这样的观点，其实是对公司表现的一种陈述，为"表现是否达到预期"这种问题提供了答案。而这些答案，又会给公司股价带来影响：表现不尽如人意，股价就会下跌；表现好得出人意料，股价便会上扬。

乔纳斯告诉投资者，他可以看到特斯拉汽车从"富人玩具向大众市场"转变的潜力。但他也提醒大家注意：马斯克必须实现自己长久以来的目标，推出售价 3 万美元左右的电动汽车，才能使公司长期保持独立。然而，风险是巨大的。他警告人们：在推出 Model S 过程中的任何过失与延误，都可能会成为这一宏图伟业的障碍。哪怕是更有经验的汽车制造商，想要踏入电动汽车市场，也可能会面临这样的障碍。

几个月后，乔纳斯写了一份关于特斯拉的报告。"特斯拉面临着初创企业常见的一个问题，那就是：它能不能始终保持偿付能力，活到可以利用即将到来的突破性技术的那一天？"在报告开头，他对金融业投资者这么写道。在最坏的情况下，这个公司的股票可能一文不值。

特斯拉的潜在投资者主要分为三个阵营。第一种人会质疑，为什么要在特斯拉尚未证明可以造出 Model S 的时候，就去买它的股票。第二种人则认为，现在正是买入的最佳时机，因为一旦特斯拉证明了自己，就买不到这么便宜的股票了。第三种人则更加特别一些：他们是 Roadster 的早期客户。作为 IPO 条款的一部分，马斯克坚持让银行留出一批股票，出售给 Roadster 的早期客户，让他们有机会购买自己作为消费者支持过的公司的股票。这是一种致谢——如果没有他们，没有他们的耐心与支持，就不会有特斯拉。在未来的许多年中，他们都会作为特斯拉的声援者，对马斯克的每一个举动应声唱和。

不出所料，投资者们对特斯拉一见倾心。马斯克与银行家们召开电话会议，商讨特斯拉股票的定价。银行家们建议，一开始先定在每股 15 美元。

马斯克说："不。要定得更高。"

虽然参与 IPO 工作的时间并不长，但在戈柏从业的 3 年间，从未见过任何一位 CEO 会像马斯克这样，对他们提出的股价表示反对。毕竟，这些高盛和摩根士丹利的银行家才是这方面的专家。而此刻，专家们都惊呆了。他们把电话调成静音，一边暗自骂人，一边争论下一步该怎么办。**他也太把自己当回事了吧？我们有谁能说服他？IPO 会不会搞砸？现在退出还来得及吗？**

事已至此，覆水难收。他们毕竟要按马斯克的吩咐办事。几个月来，他们已经明白，马斯克不是按常理出牌的角色。所以，如果在 IPO 最重要的一件事情上（决定着特斯拉可以从协议里拿走多少钱）不遂了他的心愿，他可能就会故技重施，甩手不干了。况且，到目前为止，他的决定也还都是对的。于是，他们让步了。

最终，价格定在每股17美元。有了这样的价格，这家快速发展的汽车制造企业就可以筹集到2.26亿美元，以解燃眉之急。特斯拉上市那天，马斯克及团队乘坐着Roadster，来到了位于下曼哈顿的纳斯达克证券交易所。陪伴在他身边的，是女友妲露拉·莱莉。两人于两年前在伦敦夜总会相识，此时也即将成婚。马斯克敲响了开市钟——当天，特斯拉股价就上涨了41%。他来到交易所外，接受了CNBC资深汽车记者菲尔·勒博（Phil LeBeau）的采访。菲尔毫不客气地询问这位新任上市公司CEO，特斯拉何时才能实现首次盈利，同时指出，众多业内人士怀疑特斯拉能否像承诺的那样，逐步提升Model S的产量。"时至今天，人们应该对特斯拉的未来乐观一点了，因为我们每到一个关头，总能杀得批评者措手不及。久而久之，大家肯定也就不想再继续犯错了。"马斯克的回答，一如既往地高调。

随后，他和阿胡贾坐上私人飞机，赶往特斯拉新近收购的弗里蒙特工厂，参加了在那里举办的派对。团队的杯中斟满了香槟，阿胡贾则在一旁见证了这个时刻。数月来的精心准备、多年来的苦心建设，都凝聚成了今天的高潮：公司终于成功上市了。这对任何初创企业来说，都是重大的里程碑。

马斯克为这一刻举起了酒杯："去死吧，石油。"

第十二章
拷贝苹果

　　图表可以说明一切：每周能卖出去的 Roadster 寥寥无几。此刻，产品规划总监扎克·埃德森（Zak Edson）正在特斯拉总部，向大家汇报这个消息。埃隆·马斯克查看着数据。"销售也太烂了吧，"马斯克说，"何止烂，简直比猴屁股还烂。"其他人听了，都强忍着不笑出声来。

　　这句话看似不经大脑，却一语道破了公司日趋严重的问题。在特斯拉诞生后的头七年里，这家车企的首要关注点一直在打造 Roadster 上：设计、制造、采购零部件，并最终投产。但到了 2010 年，情况必须有所转变，要把销售 Roadster 放在最重要的位置。而对于这项技能，公司并没有多少经验，需要赶紧学习。

　　这款车在 2006 年一经亮相，便让早期客户萌生了兴趣。接着，公司又于 2008 年开设了几家直营门店。这些门店就像矗立的名片，吸引着对这家电动车初创企业感兴趣的人们——主要来自加州和"金州"① 外围的一些富裕地区。2009 年的提价帮公司补足了成本，尽管对有些买家造成了小小的困扰，但也无伤大雅。这些买家都是乐意尝鲜的人，对价格不像一般顾客那么敏感。从很

---

① "金州"（the Golden State）是加州的一个别称。

多方面来说,这款车是自己把自己卖出去的。

但到了 2010 年,问题来了。头一年,特斯拉一直在查看 Roadster 的已付定金人群名单,结果发现,车子卖不动了。在特斯拉与路特斯公司签约生产的 2500 辆车中,有 1500 辆还没有找到主人。特斯拉筹款开发 Model S 的努力,是建立在生产出来的 Roadster 都可以销售一空这一假定之上的。此刻,新车即将投放市场,马斯克还指望着用 Roadster 的销售收入来支付公司的运营成本。然而,和第三季度相比,2009 年第四季度的收入却下跌了 60%。投资和公开募股缓解了一部分财务压力,但如果计划产出的首款车型有近一半都卖不出去,那么大众款估计也很难受到追捧。特斯拉必须改变这种情况。

但如何改变?身为一名高端汽车消费者,马斯克自认对汽车行业销售端十分了解。他对强行推销不感兴趣,不喜欢做广告。PayPal 当初做的是病毒式营销:顾客高兴了,自然会向亲友介绍这种新型服务。马斯克对特斯拉的期望也是如此。产品质量好,自然卖得好。如果卖不动,产品就该下架。既然有了这种强烈的固有观念,他往往提不起任何兴趣去关注销售中那些枯燥的细枝末节。

为了寻求解决之道,马斯克找来了董事会成员安东尼奥·格拉西亚斯,还有他在 Valor 公司的商业伙伴蒂姆·沃特金斯——这位一袭黑衣的马尾辫腰包客,可是位解疑高手。他们已经成功解决了 Roadster 成本失控的问题,以及公司的供应链问题。在这个过程中,三人互相之间都产生了深深的敬意。

乍一看,这似乎是一个品牌认知度方面的问题。但数据表明,实则另有原因。沃特金斯的调查显示,人们其实对特斯拉很感兴趣——在所有关于特斯拉和马斯克的宣传作用下,公司存在着

30万的潜在销售量。但在落实销售方面，特斯拉却做得很差。

格拉西亚斯和沃特金斯认为，特斯拉需要集中精力办好"销售活动"，重点关注顾客决定购买的那一刻——指的并不是开支票的那一刻，而是顾客与车子产生情感联系的那一刻。因此两人都觉得，试驾才是关键。艾伯哈德去 AC Propulsion 试驾 tzero 的经历、打动了沙丘路投资者们的路特斯原型样车、电动马达的扭矩带来的兴奋感……这一切，是任何广告文案或销售电话都难以复制的。必须让消费者握住方向盘。

到 2010 年，特斯拉开设的门店只有 10 家出头，并计划再开 50 家。但在深入研究了特斯拉的销售部门之后，沃特金斯提出了一个替代方案，建议暂缓开店，集中精力举办试驾活动。在沃特金斯和格拉西亚斯看来，这是一个很简单的数学问题。如果试驾可以增加购车的可能性，那么特斯拉就需要专心创造更多的机会，让人们来试驾 Roadster。零售商店天生就会受到地理条件的限制，而且需要不动产及长期员工，覆盖面也不会太广，难以达成他们的目的。

两人开始为特斯拉招募流动销售团队，打算把他们派往游击式营销活动的现场，寻找潜在买家，并逐个跟进。他们面试时通常不会选有汽车销售经验的人，而是选被公司环保使命吸引的应届毕业生。格拉西亚斯尤其喜欢招募大学运动员，因为他们更习惯于团队作战。他们头一年就招到了 30 多个人，由沃特金斯负责进行了培训。上岗头一个月里，每名新员工都给大约 3000 名潜在客户打了电话，接着便被派往全国各个地区。他们接受的培训是，少说一般的推销用语（关于分期付款、追加销售之类），多说车辆的工程性能。

市场团队已经开始举办车辆的宣传活动了，因此格拉西亚斯和沃特金斯希望，销售团队的新成员可以进一步融入这些活动。每个周末，这些活动都会在全国各地出现，有时甚至会吸引上千名潜在客户来试驾。每个销售人员都会拿到一份计划，并会在每位潜在客户试驾结束之后，对此人最终购买的可能性打分。这样一来，团队就可以分清主次，按照可能性的高低来落实交易（特斯拉当时每个月只能生产出 50 台 Roadster，因此这一点非常重要）。

早期被招进来的销售人员中，有一位名叫米琪·索弗（Miki Sofer）的斯坦福毕业生。那个秋天，她完成了自己的首单销售。客户是一位 57 岁的女性，名叫邦妮·诺曼（Bonnie Norman），在英特尔担任高管。她之前就咨询过 Model S 的事情，因为这款车在媒体上风头正劲。在一名销售的安排下，她于一个周六前往萨克拉门托附近，进行 Roadster 的试驾。诺曼已经有了保时捷和宝马，但出于环保考虑，又买了一辆丰田普锐斯（正是马丁·艾伯哈德设想的那种典型买家）。

试驾很简单。索弗把钥匙递给诺曼，并坐上了副驾驶，方便回答问题。一路上，她话很少，只是任凭诺曼自己加速。诺曼对车速发出了惊叹，表示开这种车可能会收到超速罚单。下车之后，索弗也没有进行推销，而是提供了一些细节：比如，车子充一次电可以跑 200 多英里，但诺曼开车比较猛，所以可能跑不了那么远。接着，诺曼便问道，该怎么把车子买下来。

他们的方法奏效了。沃特金斯和格拉西亚斯的体系就位之后，季度订单增长了两倍。但这毕竟只是权宜之计。特斯拉并不满足于每年只卖出几百辆车子，更何况公司还要凭借价格相对亲民的 Model S，进入下一个发展阶段。一件事情越来越清晰地摆在了他们面前：特斯拉需要一个能够存活并发展的门店网络。

马斯克发现，这几年苹果零售中心经历了爆炸式增长。谁是幕后功臣？他让助理找出来。

这个人，就是乔治·布兰肯希普（George Blankenship）。从特拉华大学退学之后，布兰肯希普便投身零售业，去了纽瓦克市的Gap（盖璞）服装店工作，职务是储备店长。他很喜欢和顾客打交道，愿意在他们身上花时间，搞清楚他们想要什么，该怎么和他们联系。他的团队赢得了公司各种销售竞赛的胜利，其中一位员工甚至在某次返校购物季比赛中赢了一辆汽车。他的梦想是当上店长，然后再成为区域经理。

但他并不擅长关注细节，比如：确保在货架上摆放好尺码和颜色都对的衣服。所以，当公司问起能不能给布兰肯希普升职时，他的上司表现出了悲观。"永远不可能，"据说上司是这么回答的，"他花了太多时间去招呼客人，却不管店内卫生。"

但他的销售业绩，却会让所有的悲观烟消云散。于是，他很快便拥有了自己的门店，经营得十分成功。随后，他开始参与公司的房地产业务，做得风生水起。而这方面的工作，也成了他职业生涯的重头戏。他可以迅速与商场达成交易，知道如何与开发商进行谈判，也很善于处理内部政治。随着公司职位的层层上升，他从负责门店设计与规划变成了负责西海岸房地产，之后是负责公司门店的整体战略——这份工作可以让他专注于提升顾客体验。而且，他也没有脱离门店的日常工作。每到全员忙碌的圣诞季，他都会挑选一家特别需要帮助的门店，和大家并肩作战，一直工作到平安夜的深夜。

在加入这个公司快20年的时候，他已经开设了250家Gap门店。他和太太都盼着可以早点退休，去享受佛罗里达的阳光。但来自苹果公司史蒂夫·乔布斯的一个电话改变了这一切。布兰肯希普在第一代 iPod 发布之前加入了这家科技公司。当时，乔布斯正在着手实施公司直营零售门店的战略。每周二早上，他都会和乔布斯开 3 个小时的会，规划门店的购物体验。他也会在全国各地四处搜寻，只为了找到那些独具苹果气质的地点。在他的帮助下，苹果开设了 150 余家如今已成为公司符号的门店。随后，他进入了半退休状态，开始从事一些咨询工作。

可就在此时，他收到了一封电子邮件。发件人是马斯克的助理——从不轻言放弃的玛丽·贝思·布朗。在房地产业工作了这么多年，收到主动报价对他来说不足为奇，通常都是地方购物中心发来的。因此，对于这封邮件，他选择了忽略。但布朗仍在坚持和他联系，并终于用这样一封邮件吸引了他的注意："埃隆·马斯克对您之前在苹果的工作很感兴趣，愿闻其详。我们随时恭候您的来电。"

布兰肯希普打了过去，接电话的是布朗。随后，出乎他意料的是，电话立刻被转到了马斯克本人那里。聊了一个小时之后，马斯克表示，他想跟他见个面。

"今天下午可以吗？不好意思啊，我这么心急。"马斯克问。

"当然，"布兰肯希普说，"但我在佛罗里达。"

于是马斯克又问，能否改成第二天见面。"我明天中午有个会在卡纳维拉尔角，我们要给奥巴马做一个报告，"他解释道，"机场要到 5 点以后才开放，所以我 6 点能到你那里。"

布兰肯希普答应了。和马斯克的对话激起了他的兴趣，而且为这个星球做一些好事的想法也很吸引人。两人见面之前，布兰肯希普上网看了看特斯拉现有的门店，发现许多都是以前的汽车展厅，或者设计成类似的模样，都需要顾客专门驾车前往。他觉得，这样的门店对特斯拉来说，可能是致命的。汽车客户往往都很忠诚——2010年的新车买家，多数依然会选择上一次购买的品牌。某些品牌的回头客甚至更多，比如福特汽车，忠诚客户的比例达到了63%。因此，特斯拉不仅要让人们信任自己这个新品牌，还要说服他们抛弃以前的品牌。更何况特斯拉还在要求顾客冒险尝试一种不熟悉的新技术，让这件事情是难上加难。

如果让布兰肯希普负责，他会想在人们**没有**考虑购买下一辆车的时候，就先对他们来一个伏击。他希望可以在一个毫无对抗性的舒适环境中教育他们，并让尽可能多的人看到这个品牌——类似自己在乔布斯手下做的那些事情。2001年底，苹果开始从台式个人电脑向移动技术转型。因此，他们在iPod音乐设备发布之前开设了一系列门店，让知识丰富的店员和"天才吧"充当教育顾客的工具，一记轻推，助力顾客进入数字时代。

所以，他要给马斯克的建议很简单："拷贝苹果。"

两人在佛罗里达的首次会面很成功。随后，布兰肯希普去加州见了特斯拉团队，还平生第一次试驾了Roadster——和其他许多人一样，就是在这个瞬间，他下定决心，要加入这家公司。在特斯拉，他看到了改变的潜能。这让他想起了早年的苹果。他觉得，特斯拉已经拥有了如此惊人的一款产品，他们所要做的，只不过是把它推向世界。而马斯克在布兰肯希普身上，也看到了复制苹果巨大成功的可能性。

当时，特斯拉每开一家门店，通常需要50万美元的建设成本。马斯克希望年底之前可以将门店数量翻倍，目标是开满50家门店，迎接2012年Model S的精彩亮相。特斯拉不打算在门店保留大量库存，所以公司觉得可以选用小一点的场地，不摆放太多车子，这样可以节约成本。

于是，布兰肯希普接过了这个担子。他要把特斯拉的门店开遍全球，选址主要集中在高端购物中心。对于在商场里开店卖车的想法，购物中心的经营者起初也许不太认可。但布兰肯希普长期以来培养的关系，还是帮特斯拉敲开了这些商场的大门。

他继承了一个强大的武器，一个马斯克从早年就开始培养的武器：作为品牌传道者的核心客户群。于 2010 年底购入 Roadster 的邦妮·诺曼就是其中一员。买下车子之后，她惊喜地发现，网上竟然有这么一个车主社区。他们聚集在一个名为特斯拉汽车俱乐部（Tesla Motors Club）的网站上，彼此之间传经送宝，也会为新人解疑。她在那里获得了帮助，明白了怎么让自己的手机与 Roadster 进行蓝牙配对。她也会揶揄那些认为女性对电动汽车不感兴趣的车主，开玩笑地建议他们把车子漆成粉红色。他们形成了一种支柱，支持着马斯克不花钱为车子做电视广告的战略，也印证了他的期待：口口相传。这些人将充当布兰肯希普的步兵，为他的开店之战助阵。

开始在马斯克身边工作之后，布兰肯希普发现，他的新老板和史蒂夫·乔布斯之间既有相似之处，也有天壤之别。乔布斯以前也会像马斯克一样，对公司的很多方面都极其关注。他会和布兰肯希普花好几个小时开会，研究诸如门店商品展示桌桌腿木纹之类的细节，或是考虑该在桌子的什么位置钻洞穿电线，甚至还会讨论这些洞的大小和形状。

马斯克也会对工程问题或汽车设计极其关注，但对其他方面却兴趣寥寥，比如门店外观等。他想把店面做成苹果的样子——但他可不会去挑选木纹。和乔布斯共事的时候，布兰肯希普得去实体仓库对门店设计进行多次修改。但到了马斯克这里，只需要几张效果图。

"这样设计对吧？看起来没问题吧？"马斯克会真心实意地向布兰肯希普请教。

布兰肯希普解释说，还会在墙上贴些图片，再弄一些存放服装和宣传册的地方。造价应该不贵——就是一个开放的布局，车子摆在中间，最显眼的位置。

"好。"马斯克说，就这么定了。

布兰肯希普拥有充分的自由，不像他的工程师同事，可能随时需要跟马斯克展开辩论，为自己决策中的每一个基本点辩护。马斯克信任他，让他放手去干。但如果他失败了，也得责任自负，并为此付出惨痛的代价。

入职差不多一年之后，布兰肯希普开了第一家新一代特斯拉门店，位于加州圣何塞的高端购物中心"桑塔纳街"（Santana Row）。店面陈设十分简洁，中心放置了一台 Roadster，四周摆上介绍特斯拉技术的展品，还有一块大型互动显示屏，可以让购物者查看不同的车漆颜色与皮革内饰的搭配效果。汽车特许经销商店里常见的销售人员不见了，取而代之的是布兰肯希普请来的产品专员，帮助教育消费者，让他们了解这项新技术。苹果刚起步时，市场份额很小，门店开业时，人们对它的产品也不熟悉。而今天的特斯拉正是如此。因此，布兰肯希普认定，首先需要让消费者对特斯拉这个品牌感到舒适，这样他们才会在决定购买下一辆车时，将特斯拉列入同等考虑范围。

"我们正在颠覆汽车购买体验和车主体验，"布兰肯希普对《圣何塞水星报》（*San Jose Mercury News*）表示，"一般车行的目标是，把门店现有的一辆车卖给你。而特斯拉要卖给你的，则是你自己设计的一辆车。转变就在于，我们会让人们自己说出：'我想要这辆车。'"

继圣何塞之后，他很快又在丹佛南面开了一家类似的门店，位于高端商场"帕克迈德斯"（Park Meadows）。新店的客流量果然没有让人失望。圣何塞门店在开业火爆期之后，每周依然可以迎来 5000 至 6000 名客人，比布兰肯希普团队的预测高了一倍。而丹佛地区门店每周的客流量，竟然可以达到 10000 至 12000 人。

然而布兰肯希普瞄准的下一个地点，却并不容易拿到入场券。有几个州是禁止汽车制造商直接向顾客销售汽车的，得克萨斯就是其中之一。但马斯克绝不会就此罢休。他要为特斯拉找一个方法，打法律的擦边球。

2011 年 5 月，在得克萨斯立法例会期结束后不久，布兰肯希普前往奥斯汀拜会州政府官员，希望能找到办法，规避经销商相关法案。他带去了一辆 Roadster，供监管者们试驾。他知道，只要开车绕上一圈，官老爷们就没那么难说话了。

布兰肯希普和特斯拉的一位律师一起，坐在州政府办公室里，逐条查看着法案，探索着可能性的极限。他们提出了一个想法：我们可否开设一个展厅？仅供顾客了解信息使用，不做销售。只在现场安排几个员工，向人们介绍一下电动汽车。

一位官员看着现有法案："嗯，这上面倒也没说不行。"

"意思就是可以？"

"呃，我们必须……"

"不！不必，"特斯拉的律师打断了对方，"至少目前法律允许，短时间内也不会不行。"

空子已经找到了，下一步就是赶紧钻过去。特斯拉与州政府会面的时候，得州的立法例会期刚刚结束。这就意味着，在州议会有机会修改现有法律之前,他们有整整两年时间在当地开展行动。

时不我待,布兰肯希普立刻开始打造得州"展馆"——而非商店。他会依照特斯拉其他门店的标准为这里配备员工,也会准备同样的介绍材料,但不会在现场贴出价格标签。如果有人对购车产生兴趣,店员会引导他们去电脑上输入联系方式,并由科罗拉多的一个呼叫中心跟进交易。法律规定,在销售达成之前,他们不能把实体车放置在得州境内——这对特斯拉来说不成问题,因为本来库存就不多。顾客下订单的时候,车子往往还没有生产出来。按照规定,只有在特斯拉收到了得州顾客的支票之后,才能让车子进入该州,之后便畅行无阻了。

凭借这种巧妙的变通,特斯拉还打入了美国其他有着和得州类似法律的地方。布兰肯希普的创新就像一块试金石,对特斯拉的销售模式进行了检验,证明避开特许经销商、直接向顾客售车切实可行。

布兰肯希普越来越相信,他们选择的道路是正确的。每个周五下午,在和太太去圣何塞门店附近的牛排馆吃晚餐之前,布兰肯希普都会去特斯拉展厅研究顾客。他喜欢看到顾客们流连忘返的样子:欣赏落地展示窗,进行试乘试驾,用门店后面停车场上的免费充电站充电。他也喜欢倾听顾客们的交谈。他还注意到,这其中有一小撮超级狂热分子——他们也许已经买了 Roadster,正兴奋地期待下一款产品的到来。

但多数访客纯属好奇。"这里怎么会有辆车?""这是什么?""是个临时摊点吗?"显然,当时很少有人知道电动汽车究竟是什么。即使知道,人们的想法中也往往带有需要转变的成见,很可能源自他们之前看到过的 EV1 相关报道。这一切都让布兰肯希普更加深信,他需要教育新一代的买家。

特斯拉在休斯敦的首个展馆已经准备就绪,"开幕在即"的告示牌也竖了起来。为了获取人们对品牌的印象,布兰肯希普又一次观察起了从旁经过的购物者,看他们驻足察看,听他们彼此交谈。他激动地发现,人们对特斯拉的兴趣有所提升。

但有时,这种兴趣也会跑偏。他看着两位女士在临时展柜前停下脚步。

"哦?特斯拉?这是什么?"其中一位问道。

"是新开的意大利餐馆呀。"另一位回答。

第十三章
每股 50 美元

彼得·罗林森抵达底特律参加 2011 年车展的时候，正值苦寒的 1 月。气温比往年还要低，和加州霍桑的温暖宜人简直判若云泥。霍桑是罗林森为特斯拉组建的车辆工程部门所在地，就在 SpaceX 的总部里，为的是离马斯克近一些，因为他和马斯克正面临着双重挑战，需要紧密协作。他们正在从头开始设计一辆车，为公司未来的发展打下根基。而同等重要的是，他们也在创造一种文化，对特斯拉精神做出诠释。只要做对了这些事情，就可以奠定公司新时代的基调。

罗林森入职快两年了，负责 Model S 开发的辛劳与焦虑与日俱增。他还得了严重的流感。之所以近来身体欠佳，是因为他总是从清晨忙到深夜，只会在晚饭时稍事休息。他吃晚餐的地点，是曼哈顿海滩一家高档的酒店。在搬到北边的弗里蒙特工厂附近之前，他和另一些高管就住在这家酒店里。在离开 SpaceX 二楼的办公桌前，他们会给酒店酒吧的侍酒师打电话，赶在厨房下班之前点餐。然后，他们会一边吃晚饭，一边把当天的工作再回顾一遍。一年前，罗林森还在一次滑雪事故中摔伤了臀部——当时他正在和特斯拉汽车装配部门的二把手达格·里克霍恩（Dag Reckhorn）比赛。

此刻的罗林森，只想躺在床上。但公关部负责人里卡多·雷耶斯（Ricardo Reyes）需要他去底特律参加新闻发布会，为来自世界各地的汽车记者介绍特斯拉的最新进展。罗林森只得在活动间隙找点时间，躺在展厅衣帽间里打个盹。

他已经成了特斯拉工程的代表人物。马斯克把雷耶斯从谷歌挖过来的时候，给了他一个明确的指示：让人们停止议论特斯拉CEO的种种八卦，转而去关注车子本身。马斯克表示，要做到这一点，关键就是要明白，特斯拉提出的方案对很多顾客来说是全新的，所以招来怀疑是再正常不过的。"他们会提很难的问题，而且也应该提。而我们要做的，就是有问必答。"马斯克说。

正是这种精神，让罗林森站上了底特律的舞台，将Model S的车辆平台展现在大家眼前，让人们看到了炫目金属薄片下的那个骨架。他细细描述了自己团队所做的努力，让人们知道，他们是怎样确保每英寸车身都得到有效利用的：车辆将拥有宽敞的内部空间，这是将电池组安装在车辆下方带来的好处；车辆前端不用再被普通发动机拖累，而车辆后端也不会再有油箱。同时，他还强调了他们为确保车辆安全所付出的努力。

在媒体采访中，他着重指出了特斯拉与底特律竞争对手们的不同之处。"从文化上来说，我们与传统的汽车制造商截然不同。他们的专业人员都分门别类，各自为政——车身专家、悬挂专家，"他对一名记者说，"但我们更强调过程。"

那年车展上，通用汽车凭借其雪佛兰沃蓝达插电混合动力车，赢得了"北美年度风云车"（North American Car of the Year）大奖。该车型推出仅有数月，是在特斯拉2006款Roadster的启发下诞生的。虽然沃蓝达先于Model S上市，但看到真车之后，特斯拉众人都松了一口气。与他们想象中的Model S相比，沃蓝达就像是个经济型的小不点儿。

如果问罗林森，Model S 研发过程中最困难的部分是什么，他会马上回答：组建团队。面试的时候，他曾经告诉马斯克，自己只需要几十名员工。现在人数虽然不止这些，但还是远远少于前任们的规划。两年间，罗林森亲自面试了几百名应聘者，三年共计面试 600 人，最后为自己的团队聘用了 100 余人。

罗林森的做法，与马斯克不谋而合。马斯克想要的，是找到各个领域的顶尖人才——无论是设计还是焊接——然后放手让他们去干。最开始，马斯克会自己面试大部分的职位候选人。他通常会问一个简单的问题：你做过什么了不起的事情？而参加面试的工程师，往往会惊叹于他对他们工作的了解，甚至可以深入到细节层面。但只要他们这个问题没答好，面试很快就会结束，还会让马斯克对选派此人的招聘人员大发脾气。

特斯拉已经筹集了足够的资金，用以维持运营和开发 Model S。尽管如此，现金也并不十分充裕。特斯拉为工程师开出的工资也许不低于底特律，但考虑到洛杉矶或帕洛阿尔托的生活成本，这种报酬就显得很没有竞争力了，与硅谷的大型科技公司相比则更是寒酸。

于是，帮特斯拉招兵买马的重任，就落到了像里克·阿瓦洛斯（Rik Avalos）这样的招聘者肩上。他已经当了很多年的企业猎头，曾就职于谷歌，为他们招聘负责招聘的人员。想让人们为特斯拉工作，总得让他们相信特斯拉的梦想。对有些人来说，那个梦想是助益环境的想法。对另一些人来说，则是创造某些东西的机会。他告诉他们，特斯拉即将迎来巨大的发展："可能会涨到每股 50 美元。"在 2011 年 1 月，这种想法听起来几乎就是白日做梦，因为当时特斯拉的股价在每股 25 美元左右，仅比一年前上市首日收盘价略高。

马斯克在招人方面的高标准严要求，的确给招聘团队带来了很多挑战。他们很快意识到，在安排面试之前，需要让应聘者准备得更加充分。之前有一个反例：有一位工程师让马斯克很不高兴，因为她告诉马斯克，用铝材制作 Model S 的车身结构不是个好主意，会让焊接工作变得既麻烦、成本又高。但马斯克和罗林森已经决定用铝了，觉得这样可以减轻车子的重量，增加里程。约97%的车身结构都会采用铝材，少数特定区域采用高强度钢材，比如车身中央、前后门之间的支柱。他们还计划要自行进行铝板冲压。因此，应聘者很快就被拒了。

在招聘新经理与工程师的同时，马斯克也在围绕着他所希望的特斯拉运营模式，构建一种文化。他认同"第一性原理"（first principles thinking），觉得这是一种物理学上解决问题的方法。实际上，该想法却源自亚里士多德的著作。这一概念指的是，要深入挖掘最基本的想法，也就是那些不能从其他假设中推断出来的想法。放到特斯拉这件事上来说就是：不能仅仅因为别的公司这么做了，就认为这是正确的做法（或是马斯克想要的做法）。

但他也承认，如果一个想法行不通，他需要快速改变路线。"迅速决策也许看起来很不靠谱，但其实不然，"马斯克说，"多数人不明白，其实不做决定也是一种决定。在单位时间里多做一些决定，哪怕错误率稍高，也好过只做寥寥几个错误率稍低的决定。因为很明显，即使之前的决定是错误的，你还可以用之后的某个正确决定来弥补，只要那个错误不是灾难性的就可以，通常也不会是。"

马斯克的想法一会儿一变。新员工要很快明白，什么才是他目前的重点。眼下，他最关注的是开支，力求搞清楚什么需要买、什么不需要。工程师要给他发邮件申请费用，解释自己为什么需要这笔开支。幸运的话，马斯克会很快回复"OK"。

之前有人犯过一个错误，在解释一笔费用时只说了这是在预算内的，而没有给出别的理由。而马斯克给出的回复，应该会让这位工程师没齿难忘：别再跟我提"预算"这个词，这只能说明，你根本不愿动脑子。通常来说，如果这笔钱该花，马斯克会同意的，但必须有一个让他确信的理由。

罗林森的团队在霍桑办公，但公司总部依然在北边。马斯克基本每周都会乘坐私人飞机，从洛杉矶飞到硅谷（仅2009年一年，他就飞行了189次，空中飞行时间达到518小时）。如果罗林森的工程师也需要去北边，他们会给马斯克的助理发邮件，问能不能搭马斯克的飞机。但他们一定要比马斯克到得早，因为他一登机，就会关闭机舱门，马上起飞。有些日子，他在飞机上一言不发，完全埋首于智能手机。而另一些日子，他又会显得风趣迷人，兴致勃勃地和大家探讨火星上的生命，或是冒出些稀奇古怪的想法，说要把三个猎鹰（Falcon）9号火箭绑在一起，造一个超级重型火箭（他称之为猎鹰27号）。

一名工程师记得，有一次他借着在飞机上的时间，问马斯克关于Model S悬挂特性的看法，因为大家一直在这个问题上争论不休。这一次特斯拉是从零开始自己造车，因此这类问题也完全由他们自行决定。这款车的操控应该像宝马那样富有动感，还是像雷克萨斯那样强调舒适？马斯克顿了顿，直直地盯住了这名工程师，说道："我他妈要的是大卖，不管你用什么悬挂，只要能他妈让车子大卖，那就是我想要的悬挂。"

可能工程师刚好碰上马斯克那天心情不好。但还有一种可能——这就是马斯克遇到问题时的"分诊"处理之道。他有两摊复杂的业务要打理，又不可能永远保持狂热投入的状态。因此，面对有些问题，他会给出不经大脑的答案。只有当一件事恰好在某个时间点成为他关注的对象时，他才会打起十二分精神，认真对待。在这样一个世界里，如果他全权委托给你什么任务，你就只管放手去干好了——直到他把关注点转向你，还有你小小的地盘。

于是，这名工程师判定，在特斯拉保住饭碗的最佳方法，就是避免再和马斯克一起出差——最好不要飞得离太阳太近。

在罗林森的团队进行 Model S 的开发时，其中一名高管向马斯克提交了一份计划，想帮助团队对车辆的性能做一个排序，看哪些需要优先考虑。这位高管在罗林森前任时代就已经在特斯拉工作了。他说，通用和福特都采用了类似的流程。比如，福特在开发 Fusion 时，会尽可能地收集竞争车型的所有相关数据，将每种功能排序，然后决定哪些特性是它想超越对手的，并在必要时做出取舍。

马斯克听这位高管说了 20 分钟，随后打断了他。"这是我听过最愚蠢的想法，"说完，他走了出去，"我再也不想听到这种东西了。"原来，马斯克想优先考虑的不是某一样东西，而是所有。

大概一周之后，这位经理就离职了。对此，人们倒也已经见怪不怪了。团队经历了大量的人员流动，多数是因为公司糟糕的财务状况，或是因为需要将工程力量从底特律搬到离总部更近的地方。马斯克将这名经理剩下的同事召集在一起。

"他们都是好工程师，但对这个团队来说，还不够好。"他说。

尽管罗林森在霍桑建了车间，但 J. B. 斯特劳贝尔和他的电池团队还留在硅谷。在 2010 年 IPO 之前，特斯拉已经将新总部迁到了帕洛阿尔托。在远离罗林森等人的地方，斯特劳贝尔的团队发展出了自己的文化。相比之下，他们营盘稳定，固若金汤。他早年通过斯坦福大学的关系招进来的那些人，有许多还留在公司里，成长为新的角色，或是进一步提升了自己在电池领域的专业技能。

Roadster 的成功，加上库尔特·凯尔蒂的坚持，渐渐打开了日本企业的大门。斯特劳贝尔曾经责怪过凯尔蒂，不理解他为什么依然每过几个月就要去日本拜访松下一次。尤其是，他们已经找到了三洋这个合作伙伴，愿意为 Roadster 提供电池（更何况松下还来信表明，他们无意与特斯拉做生意）。但凯尔蒂依然相信，松下的电池性能足够优越，电池芯所能容纳的电能高过三洋，因此值得他大费周章。

在这种不懈的努力下，2009 年，凯尔蒂终于有了和前雇主商谈合作的机会。来见他的，是松下电池业务总裁野口直人（Naoto Noguchi）。两人同坐在一间小小的会议室里，野口一支接一支地抽着香烟，熏得四壁都有些发黄。凯尔蒂跪坐在一张日式传统矮桌前，努力让笔记本电脑在介绍过程中保持平衡。凯尔蒂出示了 Roadster 的持续测试数据和实际道路结果数据，对特斯拉电池组系统的工作原理进行了演示，并特别提到，从来没有一辆 Roadster 因为热失控起火。

这次会面为凯尔蒂带来了一个重大突破：野口同意提供电池芯样本进行测试。野口还与松下美国业务负责人山田佳彦（Yoshi Yamada，全名 Yoshihiko Yamada）一起，于当年到访了特斯拉总部。他们之所以对特斯拉的兴趣日益浓厚，是因为松下正逐步开始对三洋进行收购（松下将在 2009 年 12 月获得三洋的控股权）。

就这样，特斯拉和松下的关系迎来了转机。对于和高调的特斯拉合作，松下变得兴奋起来，表示愿意为 Model S 提供电池。不仅如此，凯尔蒂和斯特劳贝尔还想让松下为特斯拉投资，因为后者对资金依然非常饥渴。于是，这家日企同意投资 3000 万美元。

斯特劳贝尔的团队已经取得了成功，但依然需要变得更加成熟。特斯拉已经不再是当初的小型初创企业了，不再需要仰赖英国同行的经验，把路特斯汽车改造成 Roadster。他们现在的计划是自行生产 Model S，并让年产量达到数千台。团队开始负责为 Roadster 制造电池组的时候，已经体会到了这种转变。而更深的体会，则出现在他们为戴姆勒和丰田生产零部件时——作为一年前马斯克签署的"救命协议"中的一部分，特斯拉要向这两家企业出售组件。这些协议以及它们为特斯拉公司文化带来的影响，将在这家企业的成功中发挥更大的作用，甚至比资本的力量还要更胜一筹。

尽管丰田章男和马斯克的协议中也包括合作开发电动汽车这一项，但细节却远未敲定。当时，特斯拉已经开始为戴姆勒 Smart 提供电力传动系统了，因此本想为丰田热门款紧凑型 SUV 荣放（RAV4）也提供一套这种系统。但对于负责执行该协议的团队来讲，能否做到，还是两说。当初，Roadster 的传动系统是先经过了斯特劳贝尔的改造，才装进了小小的两座 Smart。如今，马斯克又想让他和他的小团队重操旧业，但对象却变成了另一款全新的大车。而他们还要继续为戴姆勒研发电池组，并为 Model S 开发新的传动系统。

斯特劳贝尔的团队本以为，他们只需要为自己的商业合作伙伴提供传动系统即可。但对锂离子电池技术毫无经验的丰田团队却认为，特斯拉会帮他们从头设计一款电动的荣放。特斯拉团队甚至有人怀疑，丰田是不是想窃取特斯拉的技术。

而双方的文化差异,也在特斯拉和丰田团队的首次会议中显露无遗。丰田方面来参加会议的是格雷格·伯纳斯(Greg Bernas),他曾经担任过丰田另一款车型的总工程师。他带来了一本新买的书,讲的是电动汽车基础知识。而特斯拉的一名工程师则带来了一只口琴,在会议间隙吹着玩。

拉扯数月之后,他们终于准备开始工作了。根据丰田内部规定,在新平台上推出汽车,必须通过一系列的测试和研究。而双方团队只有20个月来完成这部车,因此丰田同意使用原有的荣放平台,避免再做新平台相关的任何测试和研究。双方在合作中发现,丰田不习惯特斯拉那种快速做出改变的工作方式——比如对电池组及控制电池组的电脑软件所做的改变。在双方团队去阿拉斯加进行寒冷天气测试时,他们一时诊断不出为什么原型样车会在光滑路面上震动。特斯拉工程师在笔记本电脑上敲敲打打,调整着车辆的牵引力控制算法,花几个小时就解决了这个问题,并不需要把数据带回实验室进一步检查。

虽然丰田对这种速度表示了钦佩,但丰田的高管却并不满意特斯拉的产品质量。比如,特斯拉为丰田交付的一台2011年洛杉矶车展展示车,就让高管们大为光火。一位丰田的经理正在密歇根大学橄榄球赛的车尾派对上,却接到了自己团队从洛杉矶发来的消息,说特斯拉在车展前那个周末交付的SUV质量很差,看起来十分粗糙。这种对细节的马虎,在丰田是行不通的,尤其是他们要把车子向媒体和公众展示的时候。他一个电话拨给了特斯拉的经理。"这他妈是什么玩意儿?"他咆哮着,责令特斯拉工程师第二天去洛杉矶见他,收拾烂摊子。

而特斯拉对于自己传动系统有效性的验证方式,也是导致气氛紧张的一个主要原因。让丰田沮丧的是,特斯拉的工程师表示，他们相信自己供应商的说法，认为零件完全符合标准，并没有进行质量控制测试，来确认实际使用时的耐久性。这在成熟的汽车制造界是个大忌。

尽管麻烦不断，但特斯拉的团队还是学到了很多东西，渐渐懂得该如何开发一款既能输送力量感，又能适应现实所需的传动系统。和丰田共同开发荣放，带来了意想不到的好处——斯特劳贝尔和同事们将自己的从中所学，尽数应用到了 Model S 上。

在霍桑 SpaceX 总部隔壁的工业建筑群里，隐藏着马斯克为特斯拉新开的设计工作室。他选的这个地方以前是飞机机库，几年前改建成了篮球馆。距离近了，他就可以方便地从 SpaceX 溜过来，看看总设计师霍尔茨豪森的团队在做些什么。

2011 年，尽管距离 Model S 上市还遥遥无期，他们却已经开始考虑特斯拉的下一款车型了。马斯克一直在宣扬自己的目标，号称要推出面向大众的第三代车型。但想做到这一点，还有许多障碍需要克服。每年售出区区两万辆 Model S，是无法带来足够的提升的——无论是收入还是品牌曝光度。

于是，特斯拉团队考虑了一些替代方案。他们可以利用 Model S 的平台开发各种变种车型，比如厢式车或 SUV，帮助特斯拉节省零部件和工装方面的开支，将开发成本分摊到更多的售出车辆上。大型车企多年前就已经这么做了——8 年前借用路特斯伊莉丝跑车平台开发 Roadster 也是一样的道理，可以降低特斯拉的成本（同时承担路特斯公司的一部分成本）。

按理说，那段回忆对于他们来说，应该还是有教育意义的。在设计 Roadster 时，马斯克下令对伊莉丝做了那么多的改动，以至于成本飞涨，远超预期。而他对与 Model S 共享平台的下一代车型的要求,可能会让他重蹈覆辙。

马斯克对下一款车型的称呼是"Model X",并且指示说,这必须是一款有三排座位的家用车。他的个人经历严重左右着关于新车型的讨论。设计师和工程师都明白,马斯克的五个孩子越来越大了,他对 SUV 也有了切身的用户体验。而他们之所以知道这些,是因为他对此经常抱怨。

他有几个想法很明确。第一,他想把孩子们更容易地放进第二排。厢式旅行车的侧滑门可能比 SUV 的车门开口面积更大,但把孩子塞进安全座椅的时候,大人的脑袋还是免不了要撞在车顶上,对马斯克来说尤为如此,因为他的身高超过 6 英尺。第二点,则是关于第三排的。马斯克向团队讲述自己的 SUV 用户体验时表示,他会先把几个小一点的孩子放进第二排的安全座椅,方便自己从前排照顾他们,再让大一点的双胞胎去第三排坐好。他不希望特斯拉的车子像奥迪 Q7 那样,得用体操动作才能翻过第二排,坐进第三排。

于是,团队构想了一款整体曲线与 Model S 类似的 SUV,但后门上开,如同鸟翼(有些像电影《回到未来》 [Back to the Future] 中的德罗宁 [DeLorean] 时光车)。这样一来,车门就可以最大限度地打开。马斯克把孩子放进安全座椅的时候,身体就可以站直。按理说,这样的车门开口已经足够大了,进出后两排应该很容易。他们还制作了设计实物模型,让马斯克亲眼看到并亲手摸到这些后门。但他还是嫌车门开口不够大,希望进出第三排可以像搭乘魔毯一样毫不费力。为了让后门的开口变得更大,他们设计草图上的概念车也变得越来越长。

一款汽车的开发,会受到许多因素的影响。在特斯拉的主要竞争对手那里,设计师和工程师可能要遭遇各种层级的官僚主义，从市场部到财务部都要对项目插一脚，更不用说高层领导和他们在最后关头的临时提议了。但在特斯拉，很明显，决策者有且只有马斯克一个人。当初艾伯哈德没有慎重对待他关于仪表板质量的意见时，他就给过对方颜色看。而到了 Model S 时期，他的个人偏好更是彰显在这部车子的方方面面。马斯克身子很长，坐高也比一般司机高，因此要求团队把遮阳板挂得很高。但工程师们却担心，这样的遮阳板对大多数驾驶员来说，都起不到任何作用。他除了手机，通常不带什么随身物品，总有助理跟在后面，带着一切他可能需要的东西。因此，他并没有兴趣要一个带分区的中央扶手箱。团队只得在车子两个前排座椅中间放了一小条地毯，左右各有一个矮矮的挡板，看起来像道小沟。

甚至外部充电口的位置，也受到了马斯克的影响——尤其是他家车库布局的影响。多数美国司机都是车头朝里停车的，因此设计团队觉得，把充电口放在车头部位合情合理。但马斯克却想把充电口放在车尾：刚好和他家里的充电器位置匹配。

如今，车子浑身上下都打满了马斯克的烙印。而买家们是否认同他的观点，还有待发现。

尽管特斯拉上一年进行了 IPO，也与大型车企达成了合作关系，但到了 2011 年，人们还是痛苦地发现：公司没有足够的钱推出 Model S，除非再有另外一笔资金注入。特斯拉员工的数量在那一年已经增长到了 1400 名以上，多数在北加州。公司也在加紧为工厂配备昂贵的工具，准备制造 Model S。同时，在完成已经签订了合同的交易之后， Roadster 的销售也在那年走向了尾声。这就意味着与戴姆勒和丰田的交易成了唯一的进账。

罗林森的团队想方设法，节约每一分钱。他们会先进行无数次的计算机模拟,了解车子的空气动力学及其对性能的影响,再花 15 万至 20 万美元租借克莱斯勒的风洞,周六晚上进去连夜测试,直到周一早上 6 点结束,了解汽车在现实世界中的工作情况。

团队一直找不到符合马斯克标准的天窗。供应商要么要价太高,特斯拉无力负担,要么只能提供不尽完美的版本。马斯克大为恼火,命令团队把天窗设计师从供应商那里挖过来,自行生产这个零件,觉得这样会比较便宜。

尽管如此,罗林森还是在这款车型的开发上取得了长足的进展,已经准备好进行至关重要的碰撞测试了。每辆车的造价都高达 200 万美元,但他要把这些宝贝往各种东西上撞,把它们摧毁。他们发现,车子的铝材焊接不像预期的那么牢固,车身结构在撞击时四分五裂。他们需要重新进行设计,需要更多的时间和资金——这让罗林森压力倍增,因为每次测试时,马斯克都会盯着他。

有这种感觉的,并不止罗林森一个。马斯克的整个高管团队,其实都处于同一种黑色幽默的笼罩之下。穿梭于霍桑与帕洛阿尔托之间的马斯克,会在每周二早上举行特斯拉执行委员会会议,通常要一直开到午饭时间。而团队会根据马斯克当天的心情,开他"午餐计划"的笑话:这周他又打算吃掉谁呀?

在座很多人都发现,罗林森在"菜单"上出现的次数越来越多——他让马斯克越来越恼火。罗林森在霍桑的手下也发现了这一点,因为他们无意中听到了他和 CEO 的电话,也能感觉到他在挂了电话之后的怒火中烧。在又一次话不投机之后,马斯克终于对罗林森爆发了。有着橄榄球运动员身型的他,居高临下地站在了罗林森面前。"我不相信你!"马斯克用一根手指捅着罗林森的胸口叫道,"不信!"

这种关系持续对罗林森造成负面影响,而且他也牵挂着自己在英国生病的母亲。她的健康状况恶化了,而且也没有别人可以帮忙,他只得从地球另一边努力为她做着安排。

马斯克自己家里也不太平。他和妲露拉·莱莉的关系岌岌可危。两人于 2010 年结婚,但过去几个月一直处于分居状态。在难得的空闲时间里,马斯克会躲在他 2 万平方英尺的贝艾尔法式新风豪宅地下室里玩《生化奇兵》(*BioShock*)——一款基于安·兰德(Ayn Rand)思想体系的反乌托邦电子游戏。那年特斯拉的圣诞派对上,马斯克颓然醉倒在屋里的台球桌上,他弟弟金巴尔守着房门,不让别人进去。

罗林森和马斯克会因为很多事情争论,但两人最大的分歧点,却要回溯到 Model S 诞生之初。当时的设计仍由后来变为特斯拉竞争者的菲斯克负责,其作品被特斯拉员工戏称为"白鲸",因为电池组被放到了车辆地台下面,让车子变得很高。为了改善球形的外观,现任设计师霍尔茨豪森拉长了车身,让地台下面的电池组分散开来。这会让车顶线变低,比例更趋流线型轿车,而不是像菲斯克那样,最后设计成了一款普通中型车。但马斯克还是觉得车顶线太高,因此要求罗林森尽可能地把电池组做薄。罗林森却担心,做得太薄的话,如果有路面杂物刺穿车辆底部,会损坏电池组。他们为每一毫米争吵。最终,罗林森让步了,表示 CEO 想让他做得多薄他就做得多薄。但其实,他并没有照做。

罗林森的团队也在努力研发 Model X,试图让不可思议的后门成为现实。他们研究了梅赛德斯的"鸥翼"门,其特征与马斯克的要求类似,但得出的结论是,他们的车门必须更加坚固。Model X 车门会大得多,因此需要有双铰链,不仅要能向外抬起,还要能在抬到一半时折叠起来,就像在空中悬停的猎鹰一样。他们最终选定了一款液压系统,可以自动抬起车门,无需乘客操纵。为了进行测试,他们来到 SpaceX 大楼的后面,将一扇样品门焊接到了车架上,满怀期待地按下了按钮。

"噗"的一声,车门如鹰翼般展开。

"好家伙。"罗林森赞叹道。

即便取得了这次小小的胜利,罗林森依然觉得,他为马斯克工作的日子已经屈指可数了。感恩节假期将近,他返回了英国老家。和他相熟的那些人都觉得,他不会回来了。但让他们惊讶的是,他 12 月份又出现在了办公室里,决心再给特斯拉一次机会。

特别是,他想给马斯克看看 Model X 概念车,并演示自己团队设计的车门。"埃隆,我做这个,是为了向你证明我做得到,"罗林森告诉他,"但这种车门不可取。"他觉得这种车门风险太高,给车子增加了不必要的复杂性,更何况 Model S 的开发已经到了最后的节骨眼上,人人都忙得不可开交。而马斯克却对罗林森提出的技术问题不屑一顾,两人又展开了激烈的辩论。

罗林森担心车身的刚性,也担心车顶积雪对车门开启的影响,但他最担心的,是这些车门没有商业价值。他开着概念车出去转了一圈,开得很痛苦。 Model X 曾被设想为对 Model S 平台一次简单的叠加,但后来这个气球越吹越大,远远超过了最初的构想,也就意味着成本和复杂性的增加。他不想对此负责。罗林森圣诞节又回了老家。这一次,他没有再回来。他打电话告诉马斯克:他不干了。

罗林森的离开,让马斯克措手不及。2012 年 1 月上旬,他一直在恳求罗林森回来。 CFO 迪帕克·阿胡贾试着劝和两人,马斯克也让罗林森的关键副手尼克·桑普森(Nick Sampson)帮着劝说。但最终，精疲力竭的罗林森还是不愿再回特斯拉。盛怒之下，马斯克下令开除了桑普森。

这两位员工离职的消息于一个周五的晚间泄露，导致盘后交易股价暴跌了20%。在距离Model S投产仅有几个月的时候，特斯拉却失去了工程方面的领导力量，这让投资者们倍感担心。公司上市后，这还是马斯克第一次体会到，公开市场可以无情到什么地步。目睹了两位关键副手的意外离职之后，投资者对马斯克项目的信心开始动摇。特斯拉能否如期交付Model S？如果不能，那么他长久以来一直承诺的经济车型，似乎也都成了镜花水月。

罗林森的离去，并不是特斯拉第一次遭遇重要角色退场——当然，也不会是最后一次。从许多方面来说，他的命运和马丁·艾伯哈德类似。两人一开始都赢得了马斯克的好感，提供了他所需要的东西。艾伯哈德提供了一个概念，一个可以演变为一门生意的想法。但随着挑战的困难程度呈指数级增长，马斯克最终对他作为主管的能力失去了信心。在罗林森身上，马斯克找到了自己迫切需要的专业知识，但最终还是觉得不够满足——他需要一位可以负责让车辆投产的主管，而不仅仅是开发一款新车。

周一，为了控制坏消息的蔓延，马斯克赶在纽约开市之前召开了记者电话会议，将罗林森的离职描述为公司发展新阶段的开始，并淡化了罗林森的职能，说他只是负责车身的总工程师而已。

"我坚信我们会如期在7月交付首辆Model S，甚至更早。"他还承诺，特斯拉会在2013年交付至少2万辆车。

第二天，莱莉提出了离婚。当天深夜，马斯克在推特上发布了一条消息："过去的四年是何等美妙，我将永远爱你。总有一天，会有一个人因为你，而感到无比幸福。"次日一早，他就接到了《福布斯》记者的采访电话。"我还爱她,但我们不在一起了。而且,我无法给出她真正想要的东西,"他对这位记者说,"我认为对我来说,如果未经深思熟虑,不知道是否会成功,便贸然开始第三段婚姻,是极端不明智的——一段短暂的婚姻,从来就不是我的本意。我必须百分之百确定,才能投入下一段婚姻。但我还是很想谈恋爱的,这个我肯定。"

第十四章
超极限模式

在加州弗里蒙特占地 550 万平方英尺的特斯拉工厂深处,有一个深坑。这个坑有奥运泳池一般大小,原本放着一台巨大的机器,是用来将金属冲压成汽车门板的。丰田公司在离开这家工厂之前,把机器挖了出来。这个洞打开的缺口就像一道触目惊心的标记,预示着摆在特斯拉面前的挑战有多么艰巨。彼得·罗林森的团队不得不从零开始设计 Model S,而现在工厂团队则必须弄清楚,该如何制造这款汽车。

即使对经验丰富的车企来说,开办一家新工厂也是一项挑战,但有几代人办厂经验的累积,还是会容易一些。制造汽车的经验教训也会被传承下来,写进规则与程序手册中。而特斯拉却一无所有——除了步步紧逼的时间。在 2012 年夏天到来之前,他们必须搞清楚该怎么把 Model S 造出来,因为马斯克再次承诺,届时将开始向客户交付车辆。

马斯克请来了制造专家,工厂划分为两个王国:电池组组装和车辆组装。J. B. 斯特劳贝尔负责电池组工作。而车辆组装的领导者是吉尔伯特·帕辛,他曾担任雷克萨斯工厂经理,也在收购弗里蒙特工厂时起到了文化桥梁作用。一同负责车辆组装的,是帕辛的副手达格·里克霍恩,他有丰富的铝材加工经验,因此被埃隆·马斯克聘用。

他们花了好几个月的时间，为该买下丰田的哪些机器争执不休。他们知道，对于丰田来说，很多情况下将设备以大幅折扣出售给特斯拉，要比把这些陈年老机器挖出来带走成本更低，也更省力气。这是特斯拉的另一个天赐良机。他们不再需要满世界找设备，一点点把工厂建起来，而是等于买下了一套入门工具包。马斯克下令将厂房漆成明亮的白色，把机器人漆成红色，而不是传统的黄色。他还和帕辛讨论了该如何安装巨大的窗户，为幽暗的工作环境增添光明。

里克霍恩联系了密歇根一家破产的制造厂商，从他们那里便宜买下一台巨型冲压机，填上了工厂深处的大坑。虽然把机器运到加州来的费用比购买价还要高，但这是至关重要的工具，因此再麻烦也值得。这台机器，将是工厂创造 Model S 道路上的第一个里程碑。

汽车的生产，从铝卷运到厂里的时候开始。这些铝卷十分庞大，每卷的重量可达 10 吨，几乎和一辆公交车等重。工人们要把铝卷展开，切割成平整的大长方块，再放入里克霍恩的冲压机，由 40 吨重的模具冲压成一个三维的零件，比如引擎盖。每个模具砸在铝材上的冲压力都高达 1000 多吨，发出的巨响震耳欲聋，仿佛在为一个和谐有序的车厂打着节拍。在这种力量的作用下，金属可以快速地被打造成零件，从理论上来说，最快 6 秒就可以冲压出一个。

但帕辛的团队还需要适应小型车企的生产方式。大型车企会以稳定的速度连续进行冲压生产，每换一次模具，大概要冲压出 2000 个零件。但特斯拉根本不需要那么多。因此，它可能会在冲压出 100 个零件之后，就花上一个小时更换另一种模具，比如挡泥板。之后再花几个小时冲压出这种新的零件，然后再重复以上过程。这和厂里许多工人以前习惯的速度相比，简直就像龟爬。他们的习惯是每次连续好几天生产同一种零件，造出一大批，运往各个装配厂，最终组装成数百万辆汽车。

这些单个的零件被冲压出来之后，会被运往焊装车间，焊接在一起，形成车架，再装上车身外板，变成车辆外壳。每个阶段机械手臂的动作都整齐划一，仿佛舞蹈一般——看似令人眼花缭乱，却能用闪电般的速度精准执行指令。蜂鸣器发出警报声，车架在作业点之间移动时金属铿锵。焊接时火花飞舞、嗞嗞作响，空气中弥漫着刺鼻的气味。人们就是在这里，通过黏合、铆接与焊接，使量产汽车逐渐成型。

在这里，团队还学到了如何处理铝材。当时，这种材料对汽车生产来说依然十分罕见。切割过程中散落的尘粒可能会造成凹痕，而某些厚度的铝材则容易开裂，意味着当厚度到达某一个点时，工人无法再锤打或钻孔，否则这种昂贵的材料可能会损坏。团队必须明白，什么度是刚刚好。

完工之后，Model S 的车身会被运往油漆车间，浸入容积为 7.5 万加仑的电泳涂装槽中，使每个裸露面都附着上槽液。电泳槽内有电流经过，可以保护材料不受腐蚀。随后，将车身从电泳槽中取出，送进加热到 350 华氏度的烤箱，使槽液凝固。接着上底漆，然后是亮红色、蓝色或黑色的色漆，最后是让新车闪闪发亮的面漆。

一个新的油漆车间成本很可能会达到 5 亿美元，而这个数目特斯拉绝对负担不起。里克霍恩找来了一家供应商，以大约 2500 万美元的价格翻新了工厂现有的一个油漆车间。虽然比马斯克的计划高了 1000 万美元，但当时团队已经明白，他们的 CEO 是可以被说服的。他们给他的理由是，多花一点钱，可以买更好的机器人，以后干起活来更灵活机动。"他喜欢机器人。"一位高管说。

随着工厂队伍的扩大，人们渐渐明白，有些字眼会导致自己丢掉饭碗。"我们很快就明白过来，决不能用'不'来回答问题。而且我们也会培训自己的手下，让他们不要说'不'。"一名经理说。经理们都变得相当训练有素，无论马斯克提出什么要求，他们都会告诉他，自己需要去查一查。反反复复就这一句话，直到他最终忘记（或希望他会忘记）自己的要求。这是个危险的游戏，因为和他们玩游戏的这个人对某些事情过目不忘，而对另一些，则会忘得一干二净。

离开油漆车间之后，新漆好的车身会来到总装车间，进行最后的关键步骤：安装挡风玻璃和座椅，并装上至关重要的电池组。这个阶段的工作复杂到了令人难以置信的地步，通常需要一大群工人手工安装零部件。帕辛本打算为工厂招募 500 名工人，但仅一次招聘会就来了 1000 人。一些原本就职于通用-丰田工厂的工人也被吸引来了，很乐意再次回到这家工厂工作。

无论以哪种标准来衡量，这都是一项艰辛的工作。但让帕辛的团队更感到气馁的是，霍桑团队的工程进展太慢，还远未达到让车辆开展总装的地步。

彼得·罗林森走后，杰罗姆·吉兰（Jerome Guillen）接手了 Model S 项目的领导工作。2012 年 2 月，吉兰和帕辛得知了一个坏消息：Model S 的低速安全测试暴露了一个潜在问题。尽管车辆已经通过了碰撞测试，但工程师们注意到，一个关键的安全部件出现了变形。该部件设计的初衷，是为了吸收发生碰撞时作用到保险杠上的力。他们本打算在 4 天后的周一对这部车子进行更为严格的测试，地点在洛杉矶郊外。但依照现在的情况，他们无法通过那次测试。

公司只有 11 辆原型样车可以用来做碰撞测试，而每辆车的造价都在七位数。因此，他们不能把车子浪费在注定会失败的演习上。但他们也无法推迟测试，因为生产计划于四个月后开始。

曾经就职于大型车企的菲利普·钱恩（Philippe Chain）几个月前刚刚加入特斯拉，担任质量副总裁。根据他的经验，这种乌龙事件很可能导致一款新车延期上市，并带来长达六个月的内部调查。在雷诺（Renault）或奥迪之类的公司，人们会对问题车辆展开痛苦的"验尸"，查明误差出现在哪里，该找谁问责。而这个调查问题的过程，还要经过内部政治和各级官僚主义的考验，中间穿插着相互指责、冗长耗时的会议。

马斯克可没有精力去做这些事情。他只下达了一条指令："搞定它，伙计们。"

弗里蒙特工厂团队与负责问题零件设计的工程师聚在一起，开始头脑风暴。他们急中生智，很快便想到了一个解决方案：无需重新设计零件，只需使用强度更高的钢材。采购经理立刻去走廊上打电话，找来了材料——北卡罗来纳有这种钢卷，每卷重1000 磅。他们在 24 小时内把它运到中西部的一家特种加工厂，进行切割、成型和焊接。但随后的一场暴风雪让前往加州的航班停飞，使进展遇到了一点延误。周六晚间，零件终于运抵特斯拉工厂，进行最后的加工。此时，用来固化材料的烤箱却突然出了故障。他们不得不把修理工从睡梦中叫醒，进行抢修。周日晚上，不等零件完全冷却，钱恩便把它装进自己的汽车，连夜开往周一下午的测试所在地。

功夫不负有心人：这个零件通过了测试。最终，Model S 被美国国家公路交通安全管理局（National Highway Traffic Safety

Administration）授予五星评级。

这种传奇性的故事是一个很好的例子，表明特斯拉比竞争对手更加懂得如何随机应变。但它也说明，特斯拉还没有形成合适的体系，可以从一开始就防止这类问题出现，因为特斯拉更为看重产品开发的速度，而并不那么看重被传统企业奉若神明的流程。但实际上，车企之所以要做那些充满痛苦和反思的调查，来追溯错误的根源，其目的不仅是为了找出问题，也是为了防止未来再犯这种错误。

当然，特斯拉并不想拿车辆安全性冒险。但对于有些质量问题，马斯克却宁愿睁一只眼闭一只眼，因为解决这些问题意味着要放慢进度，并可能导致代价高昂的延期。德国车企会对测试车辆进行600万英里的行驶测试，历时两个冬天，为的是找出任何可能出现的问题。特斯拉没有这么多时间。钱恩获批进行的同等测试仅有100万英里，历时六个月。他要在这么短的时间内找出潜在问题，并修复它们。但即使测试被缩短到这种地步，马斯克对它的批准也是有条件的：不能影响生产的开始。这就意味着，测试中发现的问题只有在投产后才会暴露出来，只能届时再行修改，导致成本增加。已经售出的车辆，则需要召回进行维修。这就好比特斯拉还正在造着飞机，但马斯克已经冲上跑道，准备起飞了。

与此同时，马斯克还在忙中添乱，要按照自己的意愿改造车辆的外观。就在距离生产开始只有几周的时候，他不顾工程师的反对，要求为车辆安装更大的轮胎，因为他觉得大轮胎看起来更漂亮。而工程师们则担心，这样一来，就要对车辆的防抱死制动系统进行复杂的微调，而且也可能会缩短车辆的续航里程。

他偶尔也会承认，自己的要求似乎很难达成。在6月的一个深夜，投产日期将近的时候，他向全公司发出了一封邮件，希望营造一种共同的使命感，将日益壮大的企业凝聚在一起。他在和员工谈话的时候，总是不加掩饰地表明，自己也会受到眼前挑战的困扰。而他显示出来的这种脆弱，在一部分人眼里却是那么地真实，让人深受鼓舞与感动。对公司许多人来说，这将是他们第一次参与一部新车的发布过程。但马斯克却并不打算对这一过程的艰辛加以粉饰，因为，他的心底依然带着当年 Roadster 几乎夭折的伤痛。他的邮件标题赫然写着：“超极限模式”。随后是一则警告：“在接下来的六个月中，我们需要在不损害质量的前提下，全力提升 Model S 的产量。请做好准备，迎接前所未有的工作强度。颠覆型产业不适合懦夫，但它也会拉满你的成就感与兴奋值。”

车子还在改个不停。但如果帕辛什么都无法确定，只能大致猜想可能需要什么，就无法把昂贵的装配线安装到位。于是，他和团队想出了一个聪明的替代方案：使用自动运输小车，将车架从一个工作站运到另一个工作站。小车可以借助磁带的导引，在工厂里四处移动。人们后来发现，这个方案非常有先见之明，因为他们最终需要的工作站数量，是开始估计的两倍还多。生产开始的时候，汽车装配团队大约有 500 名工人。而在工厂二楼手工组装电池组的工人，人数也与此相当。

2011 年秋天，特斯拉就进行过一次生产线试运行。当天，他们还顺便为媒体做了一场展示，并让顾客进行了试乘试驾。邦妮·诺曼也来到了现场，进行试驾。当她把车子停在工厂门前，看着特斯拉巨大的招牌时，眼中涌上了泪水。而到了 2012 年 7 月，团队已经完成了 10 辆车的装配，都是手工打造的，没有使用机械臂。这些车子中的每一辆都会被交到一位投资者手上,比如史蒂夫·尤尔韦松(Steve Jurvetson),一位早期的董事会成员,和马斯克过从甚密,也投资了马斯克的其他项目,包括太阳城。团队几乎不间断地工作了一个月,多数时候凌晨3点才收工。每块从冲压机上下来的面板,都要由工人挥舞着锤子,手工敲打成型。运到总装线上的车子质量简直惨不忍睹,连后备厢盖板都盖不上。但他们希望,每天都可以在质量和速度方面有所提升。马斯克在内部公开的目标是,年底之前达到周产量500台。

到了8月,他们已经造出了50辆车子。如果是在通用或丰田,这些早期产品会被看作是测试生产线的样车。这些公司会花费数月调整生产流程,确保正式投产的时候,从生产线上下来的每辆车都可以直接开进展厅。但特斯拉不是这样。他们认为这些早期产品已经可以出售了,但只会卖给和公司关系很近的人,比如尤尔韦松,这样工程师们就可以知道哪里有问题,继续调整。经理们清楚,这些车子是有缺陷的——尤尔韦松那辆很快就坏了(公司派了一辆平板卡车把那辆Model S拉了回来,上面盖着布,免得让全世界都知道,第一辆Model S已经完蛋了)。公司组建了一个团队对这批车子进行试驾,每辆都跑了100英里,看看有没有什么问题,电池会不会过早失效——公司内部对这种问题有一个病态的叫法:"婴儿死亡"。斯特劳贝尔的一部分电池组存在冷却液泄漏等问题,会导致电池失效。

车辆外观也有问题——面板之间存在着缝隙。这种不完美,在车迷看来很是扎眼。传统的汽车公司是不会把这样的车子运出工厂的。但特斯拉团队只能用木槌敲打一番,再用填充泡沫把缝填上。

另一个令人费解的问题是漏水。车子从生产线上下来之后,会进行漏水测试。在这个过程中,好几辆车的内饰都被损毁了。团队调整了生产顺序,这样一来,在安装座椅之前,就可以对车辆进行漏水测试。但令人沮丧的是,这种缺陷在每次测试中的表现却并不一致。这就意味着,可能是车辆的组装方式出了问题。

蒂姆·沃特金斯曾在 2010 年诊断出了 Roadster 的成本问题,并组建了新的销售团队。这一次,他又回到了弗里蒙特,施以援手。然而此刻,在旁人眼里,低调而客气的沃特金斯却越来越像是个"厄运预告者",因为他们发现,只要事情变得棘手,他就会出现。有人叫他"大灰狼",还有人偷偷叫他"刽子手"——因为只要这个黑衣人一露面,就可能会有人被干掉。

沃特金斯检查了工作流程,发现工作站上的工作并没有被标准化,因为车辆设计一直在变。但工作没有被标准化,就很难知道究竟是零件安装出了问题,还是在设计上确实存在着缺陷。这些步骤通常应该提前几年就规划好,并在无数次测试后通过认证,再编成图册供工人们熟记。但特斯拉并没有这么做——每一名工人都在按照自己想象中的流程作业。

沃特金斯觉得,他已经知道答案了。他请一部分工人佩戴上 GoPro 运动相机,记录下自己的工作步骤。随后,他们可以利用这些录像,逆向还原工人是如何制造车子的,从而找出解决问题的方案。他们还准备采用结对互助系统,让生产线上的下一个工作站检查上一个工作站的工作。质量主管钱恩在之后谈到这段经历时,是这么写的:"有些事情,在任何汽车制造商看来,都是无法接受的。但在埃隆·马斯克看来,这都是前进过程中的一部分。他相信,只要人们能开上这一款真正具有创新精神的车子,就会觉得,那些最终会被修正的小缺陷无足轻重。事实也的确如此。"

随着2012年总统选举的白热化，特斯拉也逐渐被卷入了美国政治之中。巴拉克·奥巴马拯救了通用汽车，击毙了奥萨马·本·拉登，为寻求连任奠定了良好的基础。因此，马萨诸塞州前州长、共和党人米特·罗姆尼（Mitt Romney）开始对奥巴马进行抨击，矛头直指他为绿色产业公司发放数十亿美元贷款一事。特斯拉也曾经从那笔贷款中受益，拿到了用以开发Model S的救命钱。在两人的首次论战中，罗姆尼继续展开攻击，谴责了奥巴马对特斯拉、菲斯克和索林佐的支持。"我有个朋友说过：'你这不仅是在通过挑选资助对象去干涉企业成败，而且还只选了注定会失败的。'"罗姆尼说。

在这几家企业中，最容易招致非议的是索林佐。它是太阳能电池板界的宠儿，也位于弗里蒙特，曾获得奥巴马政府提供的5.35亿美元贷款担保。但随着中国制造的太阳能电池板涌入市场，这款产品出现了供过于求。而在欧洲市场，补贴的减少又导致了需求降低。索林佐因此陷入困境，于大约一年前申请了破产。

菲斯克似乎也处境艰难。能源部曾根据与特斯拉相同的计划，批准该企业获得5.29亿美元的贷款。但出于对其生存能力的担忧，能源部于2011年底暂停发放这笔贷款。菲斯克曾经推迟了豪华轿车卡玛（Karma）的发布，而该车之后的销量也低于在政府贷款协议中的承诺。并且，菲斯克无力解决卡玛上市之后的质量问题和零件短缺问题，因为它几乎在所有方面都要依赖供应商。菲斯克已经走上了通往破产的道路，主要原因很明显：这家公司在业务方面过多地受制于他人。

特斯拉与能源部的关系也很紧张，但他们的问题却在于：马斯克对 Model S 的控制权攥得太紧。弗里蒙特工厂的延误，让特斯拉期盼的收入迟迟无法到账。2012 年夏末，帕辛的团队依然在努力提升产量。而此时公司的存货，只够满足该季度一半的预期销量。到 9 月底，产量已经提升至每周 100 辆了。但帕辛还需要做得更好，才能让公司在那一年的最后三个月向顾客交付 5000 台 Model S，兑现对投资者的承诺。

生产起步缓慢带来的影响，可以从公司的财务状况中反映出来。运营成本飙升，但收入却比 CFO 阿胡贾在年初预测的最坏情况还少了 4 亿美元。他们原本计划以极快的速度进行车辆出厂与交付，换回所需现金，来支付购买零件的账单，因为这些账单已经到期了。但现在，工厂却连把手头的零件造成车子都觉得困难。库存现金减少到了 8600 万美元。为了省钱，公司只能拖着不付账单——应付账款比一年前翻了一倍。

这种情况是不可持续的，因此马斯克不得不再度筹款。他需要卖出更多的股票，维持公司的运作，直到工厂把 Model S 造出来。2008 年的时候，他还可以私下寻找资金，但如今已经不同了——特斯拉的一举一动，都会被放到显微镜下。在奥巴马与罗姆尼去丹佛展开辩论的前一周，《纽约时报》就特斯拉的困境发表了一篇言辞激烈的报道。而在此之前，特斯拉刚刚宣布要出售更多的股票来筹集现金，并降低了公司的收入目标。公司目前的计划是，将于 2012 年最后三个月间向顾客交付 2500 至 3000 辆 Model S 轿车——对这家小企业来说，这是一个惊人的增长，但仍远远低于它之前的预期。"特斯拉的故事开始露出严重的破绽，"一名分析师对《纽约时报》说，"说明对于这家公司来说，融资事关存亡，而不是它之前一直坚称的，仅仅是锦上添花而已。"

在奥巴马与罗姆尼的辩论开始之前，马斯克试图降低这篇报道带来的损害。他在公司网站上发表了一则博客文章，称媒体误解了他筹款的动机，表示自己只是在未雨绸缪。他还特别提到，一家供应商的工厂近来遭到了洪水袭击，影响了特斯拉的零件供应。

尽管马斯克在努力展现自己最好的公众形象，但特斯拉显然还是遇到了麻烦。如今人们说起特斯拉的时候，口气就像是在谈论那些濒临破产的公司。马斯克不得不去扭转人们的看法，告诉记者，特斯拉现有的资金，完成 Model S 项目还绰绰有余。

"你最多只能说，索林佐的高管太过乐观，"借着在华盛顿新闻俱乐部对记者说的话，他无意中隐约透露出了自己的想法，"他们在最后几个月有点粉饰太平了。但如果他们不这么做的话，就等于在咒自己死，因为一旦 CEO 说'我不确定我们能不能活下来'，这家公司就完蛋了。"

第十五章
1 美元

2013年刚开始没几天,温言细语的CFO迪帕克·阿胡贾就算了一笔账。在过去的一年中,特斯拉只交付了2650辆Model S,远低于第四季度的预测。但其他方面的情况开始好转。他们成功地筹集到了资金,为自己赢得了时间。2012年底,吉尔伯特·帕辛位于弗里蒙特的团队每周已经可以生产400辆车了。Model S项目总监杰罗姆·吉兰制作了一张巨大的电子表格,上面记录了每一部车辆及其所有的问题。他将这些问题分派给不同的工程师解决,每天检查两次处理进展,直到冲破所有难关。周产400台里程碑到来的这一天,已经比预期的时间晚了好几个月,但他们还是为实现这一目标而自豪。

既然生产速度已经不成问题,特斯拉现在要做的,就是把这些车子卖出去。尽管有一份几千人的预订名单,上面每个人都交了5000美元(可退还),但销售团队还是无法完成交易。马斯克对外宣称,这是因为刚好赶上圣诞假期,车辆很难交付。无论真假,事实都是:公司有史以来第一次积压了几百辆车子,卖不出去。

2013年初,马斯克向《华尔街日报》透露,预计特斯拉可以在第一季度实现小幅盈利。"小幅盈利"这四个字,具有图腾般的伟大意义。在亏损超过 10 亿美元之后，马斯克终于表示，公司扭亏为盈指日可待。只要能把生产出来的车子卖出去，就能迎来一个极其重要的转折点。它会释放出一个信号，让人们明白，马斯克的梦想是可以实现的，特斯拉并不只是一台吞金机器。但如果 2012 年底的情况在这个季度重现，公司就会再度出现资金短缺。这一次，不知是否还会有人对他们施以援手。而马斯克的大众电动车梦想，也随时可能破灭。

阿胡贾仔细想了想：如果特斯拉在 2013 年头三个月可以交付 4750 辆 Model S（几乎等同于工厂全部的产量），他们就可以获得 1 美元的利润。于是，他们开始为这个目标而努力。

马斯克找来当时的全球销售负责人乔治·布兰肯希普，给了他明确的指示："只要能赚到 1 美元，我们就能保住公司。赚不到，就又是一个季度的亏损——公司就保不住了。"

为了推出 Model S，公司许多人这些年来一直饱尝艰辛。里克·阿瓦洛斯受命为特斯拉扩充人才队伍，吸引了许多家庭来硅谷工作，并目睹了这种工作节奏给他们带来的折磨。在节日聚会上，不满的员工家属会对他的问候报以冰冷的回答："哦，你就是那个把我们弄到这个鬼地方来的人？"

"他们有的离婚，有的辞职走人。家庭破裂的例子比比皆是，"他回忆道，"的确令人伤心。"

其中很多人是降薪来到这里的，因为他们相信，特斯拉会比现在发展得更好。阿瓦洛斯给他们画了一个饼，说特斯拉的股价会涨到每股 50 美元。然而，在为了 Model S 历尽艰险之后，公司股票给他们带来的安慰却微乎其微。阿瓦洛斯招来的一名律师，几乎是降薪 70% 加入特斯拉的。股价真是得涨到天上去，才能弥补这位的损失。

尽管挑战重重，马斯克却自有方法提振士气。一天，大家聚在一起吃蛋糕，他告诉他们，必须咬紧牙关、继续努力，只有推出 Model S，下一个时代才会到来。 Model S 就是特斯拉成为主流的关键。

"我知道我对你们要求太多，我也知道你们都十分努力，"马斯克对他们说，"我也希望我可以告诉你们，咱们不用再继续努力了，但我们真的还需要更上一层楼。要是不这么做，我们就会失败，就会葬身火海，万劫不复。"接着，他又补充道："但只要我们再加把劲，咱们公司的股价就会涨到每股 200、250 美元。"

阿瓦洛斯扭头看了自己的经理一眼，经理对他耸了耸肩，仿佛在说"他脑子进水了"。股票只要能涨到每股 50 美元，阿瓦洛斯就已经很开心了，他对许多家庭承诺的也就是这个股价。2013 年开年之后，股价还徘徊在 35 美元左右，如果能涨到 50 美元，那就意味着 50% 的涨幅。而每股 250 美元，听起来就像是天方夜谭——这表示公司的市值将达到 280 亿美元，足足有福特汽车估值的一半。真是叫人想都不敢想。

如果财富虚无缥缈，具有成就感的公司文化也体会不到，那么至少还有一样东西可以给他们坚持下去的动力：车。上一年秋天，特斯拉得到了一个让他们喜出望外的大好消息。业内权威《汽车趋势》杂志在评审了 25 款"年度最佳车型"参选车辆之后，于 11 月选出了大奖得主——Model S，震撼了整个汽车界。尽管通用、宝马等公司都在竭力争取评委的认可，但最终获此殊荣的却是特斯拉。这让设备发烧友们终于明白过来：马斯克的车不容小觑。

这则报道十分亮眼，马斯克和 Model S 都上了杂志封面。1 月刊大标题赫然写着:"震惊世界的电动汽车!"文章不遗余力地称赞了 Model S 的性能、操控、内部舒适度和外观,并得出结论:"单单是特斯拉 Model S 的存在本身,就是对创新能力和创业精神的有力证明。而曾经的美国汽车工业,也正是借助着这些品质,做到了在规模、资产和实力方面问鼎全球。11 位评委一致投票决定,将'2013《汽车趋势》年度最佳车型'称号授予由一家新兴车企自行设计的首款车型。而这个决定本身,就是一件可喜可贺的事情。'美国制造'不死,伟大的产品永存。"

在汽车评论界鼓掌叫好的同时,商业媒体还在不遗余力地描述着特斯拉的财务困境。这种毁誉参半的报道方式,在未来若干年中始终是特斯拉的标志。① 尽管如此,车评界的鲜花和掌声还是让马斯克十分受用。他想造的不仅是最好的电动汽车,而且是整个市面上最好的车。推动团队为这个目标努力的第一天起,他就梦想着能得到今天这种赞誉。

在纽约市举行的一次客户活动上,布兰肯希普和马斯克庆祝了这次胜利。布兰肯希普情难自已,向大家讲述了特斯拉是如何从一度的看似无望,到如今渐成大器。"我们之所以这么做,并不是为了一年两年,"真情流露的他,声音哽咽,"而是为了更远大的理想。是为了你们的孩子、你们孩子的孩子。"

"我相信,从今天起,一切都会发生变化。特斯拉将从蜗行牛步变成昂首阔步,直至飞奔向前。"

---

① 在这个阶段,马斯克的个人生活也有了起色。离婚几个月之后,妲露拉·莱莉又在那个秋天回到了他的生命里。她告诉《时尚先生》杂志,自己的任务是让马斯克远离"国王的疯狂"。为了解释这个英国俗语,她补充道:"因为人们只要当上了国王,就会发疯。"两人于 2013 年复婚。——原注

在扩张特斯拉全球门店版图方面，布兰肯希普功绩斐然。经过不到两年的努力，公司在 2012 年底已经拥有了 32 家门店，并计划在接下来的六个月内再开 20 家。仅 2012 年最后三个月，他就开设了 8 家门店，其中包括迈阿密、多伦多和圣地亚哥几处炫目的新店。据他的团队统计，特斯拉门店的客流量在这三个月内超过了 160 万——几乎相当于那一年头九个月内客流量的总和。对于一家甚至没有花钱做过电视广告的公司来说，这种顾客兴趣度是惊人的。

尽管门店的吸引力如此之大，但不知为何，销售量却并没有增加。销售经理看着订单取消率，发现情况非常严峻。公司销售面临负增长——Model S 的订单取消量比下单量还要高。甚至一部分特斯拉员工也会对购买公司产品心生恐惧，这就很奇怪了，因为他们明明对公司使命深信不疑，也觉得自己生产的车子是一流的。对很多人来说，车会是他们这辈子买的最贵的东西之一，一辆高性能版 Model S 尤其如此。这款电池驱动的汽车来自一家只有短暂历史的公司，零售价却高达 10.69 万美元（和马斯克在 2009 年首次发布这款车时承诺的 5 万美元售价相比，这个数字高得惊人）。等到他们车子坏了要修的时候，特斯拉这家公司还会存在吗？

特斯拉需要一支 Roadster 时代的那种销售大军，呼啸而来，一扫人们内心的恐惧，让那些看客变成买家。于是，公司再次求助于万能的问题解决者：蒂姆·沃特金斯。

他组织了一场全员上阵的销售运动：负责招聘的员工被派去给潜在客户打电话，那些人曾经咨询过购买 Model S 的相关事宜，是所谓的"意向客户"。人力资源部门处理订单。布兰肯希普负责交货，跟踪每一辆运给客户的汽车。公司会计规定，在车子交到车主手上之前，都不能算作已出售。布兰肯希普有一块白板，上面记录着运输中的车辆。一辆卡车在中西部翻车了，上面装有6部车子。10分钟之后，布兰肯希普就接到电话，知道了这个坏消息。他让助手把这些车子从白板上抹掉——本季度无法把它们送到客户手上了。

幸运的是，有许多客户住在加州，给这些人送货就快了很多。每晚午夜时分，布兰肯希普都会给马斯克发送邮件，汇报交货数量。

"好的，再接再厉。"马斯克有时会这么回复。

而第二天又变成了："太少，太慢。"

在那个季度结束前的周二，布兰肯希普发现，他们有望完成预期交货量。他给马斯克发邮件，汇报了最新数字。

"看起来有希望。"他回复道。

布兰肯希普的每日数字更新慢慢变成了每小时数字更新，邮件也发给了全公司越来越多的人。那个季度最后一个周六的下午3点，第4750辆车送达客户手中。在点击了邮件的发送键之后，精疲力竭的他打开了办公室电脑上的《洛基》主题曲，把音量调到最大。

一位助手转过头来："乔治，我们这才刚刚开始。"

从那天下午到复活节结束，他们又交付了253辆车。销售额在当月飙升至3.29亿美元，超过了特斯拉2011年全年的收入，也相当于2012年全年收入的80%以上。

销售井喷带来了乘数效应。有的车企无法满足加州和其他州关于销售零排放汽车的严格要求，因此会从销量过剩的合格企业那里购买积分，以减轻自己的经济处罚。而特斯拉的每笔销售都是合格的。当年第一季度，公司销售额约有一半都来自积分销售，从其他车企那里赚来了 6800 万美元——纯利润。换句话说：特斯拉 2013 年头三个月通过销售积分获得的利润，已经比上一年全年的积分销售利润高出 68％了。

在这种推动下，特斯拉实现了首次季度盈利。公司原本希望净赚 1 美元，结果却赚了 1100 万美元。马斯克难以抑制自己的兴奋之情，当天深夜便在推特上发布了这个消息。接着他又发了一条推文，说自己人在加州，那里还是 3 月最后一天的深夜，所以之前那条消息并不是愚人节笑话。

特斯拉股价也相应地开始飙升，几乎每天都在上涨：43.93 美元、44.34 美元、45.59 美元、46.97 美元、47.83 美元。终于，在 4 月 22 日，这只股票的收盘价达到了 50.19 美元。招聘专员阿瓦洛斯简直无法相信自己看到的一切。他冲出门外想透一口气，泪水却涌上了双眼。此刻的他，心头如释重负。他们做到了。他没有让自己招来的人失望。

显然，特斯拉得到了股票市场的奖赏。尽管有监管积分的加持，但特斯拉的确造出了汽车，也实现了盈利。这一切都让人们觉得，或许这家公司在别的方面也大有希望——一辆物美价廉的家用电动汽车可以成为现实。

但前几个月的经历，似乎还是困扰着马斯克。特斯拉差一点又要面临资金短缺。更糟的是，孕育一辆汽车固有的挑战，似乎让投资者十分紧张。而他们在 2008 年推出 Roadster 颠覆业界时，却并未经历过这种紧张。马斯克向员工抱怨，说他们必须要迎合市场的变化无常，每一个动作都会被断章取义，招来过度反应。人们只关心下一个季度，而他考虑的，是未来数十年。

监管机构的审查力度也加强了。SEC 对马斯克的朋友、董事会成员安东尼奥·格拉西亚斯及他的公司 Valor 展开了调查，因为大约一年前，Valor 出售了特斯拉的股票，而随后不久，又有另一位大股东抛售了特斯拉的股票。这一切，加上当时彼得·罗林森意外离职所带来的担忧，最终引起了市场的不安，造成股价下跌。尽管 Valor 为自己的行为进行了辩护，但它抛售的时机，在某些人看来未免太过巧合。SEC 最终决定不追究对 Valor 的任何指控，但此时特斯拉已经遭受了一轮负面报道的袭击。[1]

这一切都让马斯克心有余悸，也让他对公开市场有了新的思考。2013 年 6 月 7 日，接近凌晨 1 点的时候，他给 SpaceX 的员工发了一则备忘录。SpaceX 仍是一家未上市企业，毫无疑问，有些员工正在期待着通过公司 IPO 发财的那一天。但马斯克宣布，这一天不会到来，至少短期内不会。"有了特斯拉和太阳城的经历之后，我并不太愿意强行推动 SpaceX 上市，尤其是考虑到我们使命的长期性。"他写道。

对于那些没有关注特斯拉起伏的人，马斯克阐明了自己的想法："上市公司的股票，尤其是涉及到技术上重大变革的股票，会经历极端的波动。这既有内部执行的原因，也有纯经济的原因。这会导致人们被股票躁郁症般的本质所干扰，忽视对伟大产品的创造。"

特斯拉已经取得了巨大的成就。而现在，到了真正意义上"轮胎见路面"、好坏见分晓的时刻。多年来所有的汗水与牺牲，即将接受考验。车子已经到了消费者手上，一切都不在特斯拉的掌控之中了。他们只能屏住呼吸，等待车主发言，希望可以多收

---

[1] 据三位知情人士透露，当年晚些时候，SEC 在信中告知 Valor，它不会建议对该公司采取任何执法行动。——原注

到一些正面评价。

如果马斯克是对的，坊间就会兴起谈论 Model S 的狂潮，带来口口相传的病毒式营销。而其中最有分量的背书，非《消费者报告》(*Consumer Reports*) 的好评莫属。《消费者报告》是美国消费者联盟旗下的非营利出版物，为读者提供各类产品的指导信息，从汽车到洗衣机。与《汽车趋势》不同的是，《消费者报告》以其保密性和独立性为傲，避免使用免费测试车，而是在随机地点自行秘密购买车辆，随后对它们进行严酷的考验。它会进行 50 种不同的测试，并从每个测试中收集大量的数据。该杂志的测试结果，甚至可以决定汽车业高管的去留。长期以来，底特律的汽车公司一直在抱怨这本杂志对日本汽车的偏爱，与此同时也费尽心思，想要提高自己的名次。

杂志的测评满分为 100。因此，当他们宣布 Model S 获得了 99 分时，整个行业都为之侧目。这个成绩，着实令人震惊。该杂志历史上只有一部车子取得过这么高的分数：雷克萨斯 LS 大型轿车。评论文章流露出超乎寻常的狂喜之情，称 Model S "充满创新精神，展现了世界一流的性能。对细节的关注令人印象深刻，并贯穿全车。马蒂·麦克弗莱（Marty McFly）完全可以拿它取代《回到未来》中的德罗宁。"

上一个秋天《汽车趋势》的认可，让特斯拉征服了设备发烧友们。但《消费者报告》的好评，则具有更加深远的意义。它向主流买家释放了一个信号：Model S 并不是某种科学实验品（比如菲斯克的卡玛，得分仅为 57），而是一款可以与世界级车企产品相媲美的车型。重要的是，评论文章还告诉买家，无论是日常跑腿，还是伴你踏上"漫长曲折的回家路"，这款车的能力都"绰绰有余"。

这一点，足以安抚对续航里程感到焦虑的顾客。特斯拉已经开始在加州及美国各地主要高速公路沿线加紧建设自己的充电站，目标是让公路旅行者可以一路从洛杉矶开到纽约市，不必担心中途找不到地方充电。而且更妙的是：充电所费电力，均由特斯拉买单。

马斯克请布兰肯希普去见他的那天，公司似乎刚刚实现了一个销售奇迹。此时的特斯拉，真可谓顺水顺风。然而，在不可否认的成功背后，两人却都认为，是时候请布兰肯希普交出销售部门的帅旗了。他们的关系，在几近崩溃的第一季度之后变得紧张起来。CEO心怀怨恨，觉得自己当时被销售总监蒙在鼓里，未能全盘了解问题。"要想让特斯拉成功，你需要为每个岗位配备你所能找到的最佳人选，"布兰肯希普说，"就销售而言，我并不是最佳人选。"布兰肯希普累了，准备带着眼下的这份胜利感，重新开始自己的退休生活。①

此刻的马斯克也许春风得意，但他实在不想再遭遇任何意外了。2013年的特斯拉与2009年相比，已不可同日而语，再也不是险些葬身金融危机时的那番情形了。马斯克已经开始按照自己的意愿重塑特斯拉，希望先用Model S打响头阵，再高歌猛进，推出Model 3。他已经在全公司建立起了一种甘当风险承担者的文化，员工队伍壮大到了将近4500人。

但伴随着公司发展而来的，则是距离感。他不再像以前那样，一切尽在掌握。他的直接控制正在悄悄减弱。在给员工的一

---

① 布兰肯希普又留任了几个月，督导海外门店的开设工作，随后再次退休。

系列邮件中，他提出了自己的期望，指出经理们不应该阻止信息的流动。"如果经理们采取不合理的行动，阻止信息在公司内部自由流动，我就会请他们离开这家公司——实话实说，不开玩笑。"他写道。在另一封信中，他向工人们保证，他们可以和他直接对话。"你们可以在不经许可的情况下，与自己经理的经理对话。你们也可以和另一个部门的副总直接对话，和我对话，和任何人对话，谁的许可也不需要，"他在另一封短信中写道，"不仅如此，你们还应该视这种对话为己任，确保一切错误得到纠正。这并不是鼓励你们闲聊，而是要让工作执行得更快、更好。"话虽不假，但其中也隐藏着这样一个信息：虽然特斯拉越做越大了，但这并不意味着马斯克不想参与到各个层面的事务中去。

为了进一步确保对公司财务的掌控，马斯克迫切需要与能源部脱钩。如果能源部的贷款将成为政治引雷针，那么马斯克希望能尽快远离它们。而且，他已经厌倦了政府援助施加给他的种种限制，不想再不断地为商业决策寻求批准，也不想在特斯拉的资金使用方面受到局限。当时，特斯拉在那一年的股价已经翻了三倍多。投资者的热情让他有机会筹集到有史以来最大的一笔资金，而他也的确这么做了：通过发行新债和出售新股，总计筹集了约 17 亿美元。特斯拉用这笔钱提前数年还清了政府贷款，并且还余下约 6.8 亿美元。马斯克宣布，这笔剩余款项，加上预计可以从 Model S 销售中获得的现金，将足以使特斯拉推出 Model X（在 Model S 平台上打造的 SUV），并最终推出瞄准大众市场的第三代车型。他承诺，第三代车型售价将在 3 万美元左右，而汽车行业的格局也会因此改变。这款消费级汽车在公司内部代号为"蓝星"，但当它日后出现在人们面前时，将会被冠以"Model 3"这个简单的名字。马斯克预计，这款车的开发费用将在 10 亿美元。

特斯拉迎来了罕见的至胜时刻。但鲜为人知，却又更加出人意料的是，它原本的命运，极有可能和现在背道而驰。就在几个月前，马斯克深感时运不济，曾经考虑放弃这家自己为之浴血奋战的公司，交出他的权杖。他秘密联系了自己的朋友、谷歌联合创始人拉里·佩奇，提出将特斯拉卖给谷歌——期望售价在60亿美元，并请谷歌为特斯拉支付50亿美元的费用。作为交易的一部分，马斯克提出，希望可以将这50亿美元用于弗里蒙特工厂扩建，并让他继续管理这家车企8年，确保特斯拉成功推出它的第三代大众型汽车。此后，他在特斯拉的角色将成为一个谜。

但第一季度交付完成之后，与谷歌的谈判也随即终结。特斯拉不需要被任何人收购。马斯克再一次力挽狂澜。

第十六章
巨人归来

作为通用汽车的CEO，丹·阿科尔森（Dan Akerson）并不想让别人看到，自己开着一辆特斯拉的Model S在底特律城里转悠。但时间已经到了2013年中旬，他迫切需要知道，这款荣膺"《汽车趋势》年度最佳车型"的电动轿车到底哪里值得称道。仅仅两年前，这个称号还属于雪佛兰沃蓝达，一款通用借以与特斯拉相抗衡的车型。然而，收获了一片叫好声的沃蓝达，在销量上却落后于Model S——后者为特斯拉带来了首次季度盈利，也为马斯克推出下一代大众电动汽车的想法增添了新的可信度。特斯拉在2013年上半年售出了1.3万辆Model S，市值达到了127亿美元，是年初的三倍多。马斯克已经开始预测，2014年Model S的销量将达到3.5万台。

阿科尔森曾经担任过海军军官及电信企业高管。2009年，在通用汽车破产重组的过程中，他加入了该公司董事会。当时，经济大衰退才刚刚过去不久。2010年秋，市场情况开始好转。在特斯拉首次公开募股几周之后，通用汽车也再度上市。而他也在上市之前，升任了该公司CEO。刚加入通用董事会的时候，阿科尔森对这家公司并没有多少好印象。尽管破产抹去了数十亿美元的债务，让通用汽车的财务基础更为稳固，但阿科尔森坚信，公司需要注入新的思维。通用的步调已经过于缓慢，跟不上这个日新月异的世界。而留下来的经理们又似乎太过保守，迟迟无法适应这种改变。

Model S 在底特律受到的嘲笑，都被阿科尔森看在了眼里。想当年，丰田之类的日本车企新秀也曾这样被美国汽车巨头们嘲笑。通用汽车结局如何，他已经看到了。他明白，是时候摸摸特斯拉的底细了。

在汽车专家们眼里，特斯拉想要一招鲜吃遍天，只怕很难。他们可以列出一长串原因，说明这家公司为什么注定会失败。平均价格为 10 万美元的 Model S，的确是一款了不起的产品。但为了将它推向市场，马斯克和他的团队一心一意努力了许多年。而下一款产品，只会让他们更加精疲力竭，因为公司要顶着更大的压力尽快将其推出，还要面临继续生产 Model S 的挑战。马斯克能不能样样事情都玩得转？同时远离破产？不太可能。

不过阿科尔森还是坚信，通用的研发已经过时，团队把时间都花在了没有未来的项目上。他们好像始终活在过去的阴影里，无法将想法付诸工业生产，仿佛随时都可能重蹈 EV1 的覆辙。通用也想过要把电池装在车底下一个扁平的滑板状框架中，但沃蓝达的工程师却并没有采用这个想法，而是选择了在座舱内安装一个 T 形电池组，挤占了后排座位空间。特斯拉则抓住了机会，利用滑板形电池组的创意，打造了 Model S 宽敞的座舱。明明是通用先想出来的主意，怎么反倒让特斯拉占了便宜？

履新 CEO 后不久，阿科尔森就专门去了公司研发部门一趟。这个部门所在的技术园区占地广阔，位于底特律北郊一处名为沃伦的地方。他发现，团队大部分成员都拥有硕士或博士学位。他们每获得一项新专利，都会把它当作职业的高光时刻来庆祝，并享受通用奉上的奖金。在美国，这家车企年年都是获得新专利最多的机构之一。仅2013年一年，公司花在研发上的费用就有72亿美元。就连阿科尔森到访的原因，也是为了向新专利获得者表示祝贺。与他合影的工程师已经在通用获得了多项专利，但他们的创新却没有用在通用生产的汽车上。这简直让阿科尔森怒火中烧。怎么会这样？

还有一个问题，也一直让阿科尔森头疼。他认为，对于汽车内置手机技术，通用始终未能充分利用。20世纪90年代，在个人技术兴起的浪潮中，公司开发了安吉星（OnStar）。这是一种通过汽车传输的电话信号，可以让驾驶员向接线员求助或是问路。而马斯克已经证明，这种通信方式的用途远不止这些。特斯拉可以通过这种方式或用户的家庭无线网络，为Model S远程更新软件。这样一来，在车辆售出之后，工程师和程序员依然可以对车辆进行改进，且免去了让顾客前往门店的负担。举个例子：一个零件也许会磨损，但如果程序员改变了汽车的代码，减少了施加在这个零件上的扭矩，也许就可以挽救这个零件。

2013年秋天，这种能力对特斯拉来说，变得至关重要。当时，Model S发生了一系列起火事件，开始引发人们对于装有数千块锂离子电池的车辆安全性的担忧。第一起事件发生在10月份的西雅图附近，一辆Model S碾过路上的杂物，造成汽车底部损坏，刺穿了车辆电池组，导致起火（证实了彼得·罗林森之前的担忧，当时他和马斯克曾为车辆高度争吵，计较到了每一毫米）。这起事件虽然没有造成人员受伤，但消防部门却费了很大的力气才扑灭火焰——这一过程被手机录了下来，在网络上广为传播。第二辆起火的Model S在墨西哥，而第三辆在11月份的田纳西州，引发了美国国家公路交通安全管理局的关注。长期以来，人们始终担心使用锂离子电池驱动汽车是否安全,而这些火灾报告加剧了这种担忧。特斯拉自己的工程师从一开始就试图解决的问题,终究还是未能避免。

通用汽车的工程师生怕这种争议会出现在自己的汽车上。当然,他们的担心也不无道理——特斯拉股价暴跌。而且那年秋天还发生了一件火上浇油的事情,是关于演员乔治·克鲁尼的。克鲁尼从一开始就对特斯拉很感兴趣,特斯拉也借着他的兴趣,为自己做了一波宣传。但此时,他却对《时尚先生》杂志抱怨,说自己的 Roadster 太不靠谱:"我有一辆特斯拉,买得很早,大概在特斯拉的名单上能排到前五。但我告诉你,那车总抛锚。我对他们说:'听着,伙计们,这车怎么总他×的抛锚?快想个法子弄好啊。'"

特斯拉工程团队立刻展开了行动。他们研究了起火原因,意识到车辆离地面太低,增加了统计学上车辆碾过物体时电池被刺穿的可能性。虽然还会有其他成千上万的车辆轧过同样的路面杂物,但由于它们的底盘高了几分之一英寸,受损的几率就大大降低。根据特斯拉工程师们的计算,如果利用车辆悬挂将车身抬高些许,与路面杂物产生碰撞的可能性就会降低。于是,他们在那年冬天修改了软件,发送给了车主们。这个方法果然奏效了,为他们争取了几个月的时间,设计出更厚的面板来保护电池组。与此同时,关于汽车起火的报告也很快消失了。

但通用汽车在电动车项目上,却远没有这么灵活。尽管雪佛兰沃蓝达是通用的一个胜利,至少在锁定政府资金和公关宣传方面确实表现出色,但它还是会让阿科尔森感到沮丧,因为这并不是一款流行车型。他自己有一辆沃蓝达,觉得很不错,也会向高尔夫球友们吹嘘,说自己现在很少买汽油,但还是可以长途自驾游。通用的确做出了独一无二的产品，为市场带来了一款售价为4.1万美元（还可以再扣除7500美元的联邦税收抵免）的家用轿车。但这款车的外观、性能和空间却乏善可陈，后排仅能容纳两名乘客——的确可以长途自驾游，但不会很享受。

但Model S就不同了。它的外观可以和保时捷媲美，内饰则与梅赛德斯-奔驰E级别相当。而且真正的惊喜在于：特斯拉的电池续航里程几乎和沃蓝达的汽油续航里程一样好。马斯克的远见已经引发了华尔街的合理质疑：传统汽车制造商还能否与硅谷一较高下？

驾驶Model S的过程中，阿科尔森无法否认自己的怦然心动。"这车太好看了。我们也应该造一台，放个内燃机进去，"这是他第一眼看见Model S时的反应，"保准大卖。"阿科尔森确定，这会是通用面临的下一个威胁。因此，他悄悄在公司内部组建了一个团队，研究特斯拉会如何击败通用这个庞然大物。

阿科尔森的特别工作小组由大约12位经理组成，他们都年富力强，来自公司的各个部门。这些人看得出，阿科尔森和通用之前的高管都不一样。电信行业出身的他明白，只要合适的技术出现，世界瞬间就会改变。"新一届领导班子看到了一个变化的世界，"特别工作小组的一名成员说道，"他们知道，它很快就会到来。"

然而，通用的工程师们还是不看好特斯拉的电池技术，对该公司使用的电池芯种类及其起火风险表示了担忧。他们对仪表板中间那块巨大的触摸屏也有所顾忌，称它有分散驾驶员注意力的危险。经理们还对特斯拉的销售策略表示了质疑，认为这种直接向买家销售、回避特许经销商的做法未必合法。

还有一点： Model S要卖10万美元。通用没有任何一款车的起步价要这么高。事实上，几乎所有的美国车企都没有。2012款的奔驰S级堪称这家德国车企的顶级大型轿车，但起步价也只有9.185万美元。2012年，它在美国售出了11794辆，而这已经是这个价位最畅销的车型了。特斯拉虽然很早以前就承诺要推出售价5万美元的Model S，但事实上，考虑到电池的固有成本，以这样的价格交付车子几乎是不可能的。就在特斯拉宣布2013年首个季度实现盈利时，它悄无声息地取消了关于基本款Model S的计划——这款车电池组较小，只有40千瓦时。公司称，之所以做出这样的决定，是因为只有4％的客户预订这个低价版本。届时，他们会为这些客户提供一款电池组更大的Model S，有60千瓦时，但续航里程会受到软件的限制。

随着2013年接近尾声，特斯拉Model S的销售量也逐步接近2.3万台，已经超过了它之前承诺的2万台。在美国，Model S的销量已经超过了奔驰S级车——尽管按理说，后者更为豪华，做工也更好。对于特定的买家来说，Model S正在重新定义豪华。特斯拉正在创造一个新型细分市场，面向那些对技术感到兴奋，并觉得驾驶"绿色"汽车是在做善事的买家。马斯克预计，随着特斯拉将Model S推向欧洲及亚洲市场，2014年的销量将提升超过55％，达到3.5万台以上。

通用汽车的工程师们看着眼前发生的一切，不禁抱怨起来。他们也可以做出一辆售价10万美元的轿车，只不过，他们的产品策划人员从未想过会有这样一个市场。特别工作小组的一些成员觉得，特斯拉注定只属于小众市场，对富有的加州人来说是绝佳的选择，但对于世界上大多数地区来说都不切实际。他们质疑这家初创企业是否做好了大规模生产汽车的准备，因为大规模生产会放大特斯拉工厂面临的任何质量问题。

而且，继特斯拉之后，也许还有另一种威胁。资金充足的中国汽车制造商是否会效法特斯拉，进入美国市场？多年来，业内人士一直为中国的制造业实力提升而烦恼，担心他们会来美国市场分一杯羹——但现在看来，迟早都会如此。有几家公司已经放出话来，表示将在某个特定的日子进入美国市场。但这些计划似乎都缺少了一个关键部分：分销。老牌汽车制造商周围都有巨大的壕沟护体，筑起壕沟的是成千上万的特许经销商，为这些企业销售和维修汽车。但如果特斯拉证明了向顾客直接销售汽车的可行性——只要开设几家公司直营的购物中心门店，再建设一个清新时髦的网站就可以——那为什么中国车企不能依样画葫芦，并且在价格上碾压雪佛兰呢？

特斯拉的门店成为了特别工作小组一部分人的主要兴趣之所在。通用汽车的"间谍"们被派往这些门店，观察购车体验。他们注意到，这些门店也许会备有一两部试乘试驾车辆，但主要还是将买家带到电脑旁边，让他们自行配置想要预订的车辆。他们发现，许多购车者可能会打算将 Model S 作为第三辆车买入——并不是用来日常驾驶的。和竞争者相比，特斯拉的门店在视觉辅助方面是做得最好的，但在询问潜在客户姓名、提供试驾服务或讨论分期付款方案等基本销售功能方面，却是做得最差的店铺之一。

他们还提出了一点质疑：在没有经销商的情况下，特斯拉打算如何为日益增长的客户群体提供维修服务？尽管有媒体光环加持，但已经有不少车主汇报了车辆的质量问题。为购车者提供评论与销售数据的网站 Edmunds.com 在 2013 年初购入了一辆 Model S，并持续记录了自己遇到的一系列问题，包括计划外造访特斯拉维修中心7次，及导致司机被困的一次车辆瘫痪。其中两次去维修中心，都是因为车辆的驱动装置出了问题。该装置包括发动机和电池组，维修价格高昂。而这并非个案——有一名车主声称，车子只开了1.2万英里，就已经更换了五次驱动装置部件。这个装置出问题时会有一个迹象：在加速过程中会产生碾磨声，干扰正常情况下相对安静的驾驶。

"我刚坐下来写这篇报道的时候，真是怒火万丈，因为当时的我，是从车主的角度来看待这个问题的。如果车子的引擎要换两次——见鬼，哪怕一次——我都会发誓要永远放弃这个品牌，"Edmunds网站的评论员写道，"但和几个同事说了说这件事之后，我意识到，买特斯拉的人并不只是在购买一款基本交通工具。他们是第一批吃螃蟹的人，甘当小白鼠，去体验一种全新的技术。"

通用汽车特别工作小组觉得，特斯拉需要在销售和服务战略方面做出调整，以适应前方更为广阔的大众市场。马斯克已经公开宣布，特斯拉第三代车型的续航里程将达到200英里或以上，而价格远低于Model S。业内也已经有传言称，特斯拉试图在2016年将这款车推向市场。一听这话，特别工作小组免不了又对自己公司的电池工程团队一通训斥。特斯拉是怎么把驱动成本降下来的？怎么才能把价格定在3.5万美元？还能从中获利？

"他们做不到的，"工程师们回答，"如果连我们都造不出3.5万美元的车，他们就更别想了。"

通用在这方面的确更有优势。他们在购买零件时应该可以拿到更低的价格，因为整个公司采购量是巨大的。而且，团队也可以重复利用其他车型的零件。在过去两年中，通用的密歇根和首尔团队都在努力研发自己的下一代车型。这些车型的续航能力已经可以达到150英里左右，因此两个团队都非常兴奋。

但通用汽车副董事长史蒂夫·吉尔斯基却告诉他们："达不到200英里就不要声张，否则只会让自己难堪。"

通用汽车于那年秋天宣布，公司正在开发一款电动汽车，单次充电续航里程可达200英里，售价为3万美元（对制造商来说是赔钱买卖）。他们传递的信息很明确：马斯克下的注，底特律跟定了。

第十七章
攻入得克萨斯腹地

年届七旬的比尔·沃尔特斯（Bill Wolters）穿上西装、打上领带，从自己位于得州首府奥斯汀的家来到帕洛阿尔托的特斯拉总部。为汽车特许经销商当了半辈子说客的他，想要亲自去会会那个执意不按老方法卖车的人。他此行的目的，就是要说服马斯克：是时候采用特许经销商模式，来销售他的热门产品 Model S 了。

特斯拉2011年在休斯敦的购物中心开设了第一家展馆，接着又在奥斯汀开了第二家。这一切，沃尔特斯都看在眼里。之前，马斯克的副手迪尔姆德·奥康奈尔一直在得州四处游说。当时，沃尔特斯对他口中特斯拉的计划还表现过不屑："祝你们走狗屎运，小子。"到了2013年中期，特斯拉开始盈利， SpaceX 也有意向得州扩展业务，马斯克出现在这个州的频率就更高了。不过早在春天，他就已经飞过来参加了州参议院的听证会，并在西南偏南（South by Southwest）年度艺术大会上发表了讲话。

当然，得州并不是唯一一个受到他影响力辐射的地方。他已经为自己赢得了更加广阔的文化传播。罗伯特·罗德里格兹（Robert Rodriguez）曾邀请他在2013年的影片《弯刀杀戮》（*Machete Kills*）中短暂出镜。同时出演该片的，还有安珀·赫德

（Amber Heard）。尽管马斯克和这位女演员并没有对手戏，但他却开始试图通过罗德里格兹约她见面。"如果安珀会去参加什么派对或者活动，记得叫上我，因为我很好奇，想和她聊聊，"马斯克在给这位导演的一封电子邮件中写道（这封邮件随后被泄露给了行业媒体），"据说，她是乔治·奥威尔和安·兰德的粉丝……这倒很少见。"

但那年夏天，马斯克却和妲露拉·莱莉复婚了。后来，这位女演员出演了美国 HBO 电视网的《西部世界》（*Westworld*），在戏中扮演一个性感的机器人。据员工们表示，他们的关系不太稳定，往往还会殃及特斯拉。有人说，他们会通过追踪马斯克个人生活的新闻来预测他的情绪，甚至会跟踪记录莱莉头发的颜色，因为他们相信，莱莉把头发染成近乎于白金色的时候，马斯克最为开心。

这一切，似乎和得州汽车特许经销商半点关系也没有。但外界对特斯拉关注的持续发酵，最终引起了经销商的注意。2013年，通用汽车在广告投放和促销活动上花费了 55 亿美元，比研发费用少了 20 亿美元。包括通用在内的众多车企，全都位居美国电视广告头部大客户之列。而它们的特许经销商也不遑多让，动辄在地方报纸、电台和电视台上一掷千金。但马斯克却恰恰相反，一直不愿意做广告，觉得它们太假，不足为信。他秉持的观点是：特斯拉汽车的质量就是活广告。而他之所以有这种底气，主要也是因为他对媒体的吸引力够强，可以带来免费的宣传。就像紧锣密鼓的媒体报道会让作为主人公的政客赚足眼球一样，马斯克和特斯拉也从他们自身引发的关注里得到了好处。他发布的任何推文，都能一石激起千层浪。而随着特斯拉加紧开设更多的门店，地方媒体自然也会尽职尽责地对这些新展厅加以报道。

特许汽车经销商再也不能无视这家车企了。马萨诸塞州和纽约州的经销商已经提起诉讼，试图阻止特斯拉进行直接销售。而明尼苏达州和北卡罗来纳州的立法者也在探索如何修改自己的法律，以达到同样的目的。在沃尔特斯看来，像特斯拉这样的公司，其实完全无须自行负担铺设门店网络的成本。为什么不把这种成本推给经销商呢？通用和福特之类的车企也正是出于这个初衷，才在数十年前走上了开设特许经销商店的道路。

特斯拉派奥康奈尔出面接待了沃尔特斯。他带沃尔特斯参观了总部，也看了看电池实验室。最后，他们来到一间小会议室，和马斯克见面。"对于贵司为创造这款新产品所做的努力，我深表钦佩。而我们也很想助你们一臂之力，让你们取得成功，"据沃尔特斯回忆，他当时是这么说的，"无论以何种方式，我们都愿意跟你们合作。有了我们这个特许经营系统，你们就可以做到想在我们州做的事情。"

沃尔特斯已经当了十几年的得州汽车经销商协会主席，因此说这番话的时候，难免会带有偏见。他最开始就职于福特汽车，在得州和其他地方都工作过。和福特的特许经销商打交道，就是他当时的一项职责。之后，他便加入了得州汽车经销商协会。而多年的协会工作，也影响了他对家乡得州小城镇社会结构的思考。随着大卖场和购物中心的崛起，人们曾经熟悉的市中心被取代。在许多地方，汽车特许经销商成了仅存的当地产业之一。顾客买的是雪佛兰汽车不假，但向他们出售车子和提供定期保养服务的，却是一个他们知根知底的家族车行。"我小时候住在得州的刘易斯维尔，家中所在的小型农业社区仅有2000人。主街上有40间商铺，全都归本地人所有和经营，"沃尔特斯在之后谈起自己的动机时说道，"如今，这些商铺只剩下一家了，那就是赫法恩斯雪佛兰（Huffines Chevrolet）。其他店铺都被大卖场取代了，因为没有特定的法律可以保护它们，让它们免遭被终结的命运。"

汽车特许经销商一般是通过出售新车、二手车并为这些车辆提供售后服务来赚钱的。根据全美汽车经销商协会（National Automobile Dealers Association）的数据显示，那一年总体说来，平均每家经销商的税前利润在120万美元左右，售出新车750辆、二手车588辆。而这项业务的利润来源，依然在售后服务端（经销商那一年平均从每辆新车中仅能获得51美元的净利润）。跟汽车产业的许多领域一样，规模是成功的关键。特许经销商店曾经多数是家族企业，但就像其他很多产业一样，现在这种情况也日益减少，越来越多的特许经营权开始归大公司所有。其中最大的一家，是总部位于佛罗里达州的上市汽车销售企业：汽车王国公司（AutoNation Inc.）。它在全美拥有265家特许经营店，销售的车型从雪佛兰到宝马，无所不包。2012年，汽车王国公司雇用的员工数量为21000人（而当时特斯拉的全职员工只有2964人）。它最大的股东是微软联合创始人比尔·盖茨，那年为该公司投资了1.77亿美元。公司当年的新车销量超过了25万台，创造了89亿美元的收入。

尽管沃尔特斯的描述与商业的演变之间还是有着细微的出入，但他的观点背后，是自己坚定的决心，还有得州289个城镇1300余家特许经销商店的支持。这些经销商每年获得的净利润超过10亿美元，是该州最大的工资、税基和公民参与来源之一。

"我可不是随便说说，"沃尔特斯回想与马斯克的会面之旅时说道，"而是奔着让双方同意合作的目的去的。"

但他失败了。马斯克对此毫无兴趣，反而说调查结果显示，大多数人都想直接从汽车制造商那里购车。但沃尔特斯并不同意:"去年我们售出了280万辆新车和二手车,没有听见一个人表示:'哦,真希望我可以直接从工厂买车。'"

马斯克对这种说法并不认可,也不想让会议再继续下去。"见鬼!我要花上10亿美元,推翻美国的特许经销商经营法。"他宣称。

沃尔特斯吃了一惊:"我们得州2800万人车子的质量和安全可全都指望特许经销商网络啊。"

马斯克没有搭腔,只是盯着他。

"所以,这都是你自己的一厢情愿?"沃尔特斯问道。

现在已经很少有人对马斯克说话这么直接了。在马斯克看来,沃尔特斯代表了他想改变的一切——一个老古板,觉得自己有权保留这个老掉牙的体系,而这个体系的受益者碰巧继承了一门印钞机一样的生意,觉得顾客自己送上门来天经地义。马斯克无法遏制自己的愤怒,跳起来把门一摔,冲出了房间。"把他赶走!"他大吼一声,接着便走开了。

马斯克后来对别人说,沃尔特斯指责了他,说他不像个美国人。但沃尔特斯却对此予以否认。两人对美国未来看法之迥异,就像光谱的两端。沃尔特斯在为了维护现有的体系而战斗,因为他相信,这个体系可以帮助得州的万千家庭,就连今日的美国,也正是构建在这种经营方式之上。而马斯克的观点则更像一个典型的硅谷颠覆者。他发现了更好的做法,不想墨守成规。特斯拉这几年一直在努力绕过各州的法律,开设自己的门店。是时候改变方法、反守为攻了。如果绕不过法律,那么就改变法律。得州将会是他的第一战。

那一年,马斯克成了得州的常客。他为特斯拉的游说活动特批了一笔启动资金,以34.5万美元的重金,在得州聘请了8名说客。与此同时,他的SpaceX也在举行类似的活动,试图修改得州法律,在该州南部建设一处商业航天发射场。但相较之下,特斯拉的活动势头更猛。

不过,与沃尔特斯那些车行出的钱相比,这个数字就相形见绌了。得州汽车经销商协会雇用的说客数量几乎是特斯拉的三倍,花费金额高达78万美元。而在前一年的州议会选举中,汽车经销商的政治捐款就已经激增到了250万美元以上。马斯克感受到了经销商的影响力。有一次在州议会,一名参议员来到了他身边。"你让SpaceX那么干没问题,"这个人告诉他,"但特斯拉那么干可不行,会招人恨的。"马斯克表面上不动声色,但胸中却燃起了万丈怒火。

尽管困难重重,但特斯拉还是在参众两院为自己的议案找到了支持者。该议案将小幅修改得州法律,允许特斯拉拥有自己的门店。马斯克想展开一场声势浩大的行动,为立法议案再拉一波人气。他于4月在众议院委员会面前作证,并向全公司发送了一封电子邮件,敦促员工联系他们在得州认识的每一个人,请这些人到州议会大厦前集会:

以个人自由为傲的得克萨斯州,却有着全美限制性最强的法律,用来庇护大型汽车经销商集团,使他们免受竞争。其情况之恶劣,简直不可理喻。在这种法律的作用下,汽车经销商正在无情地剥削着得州人民(不是说所有经销商都是坏人——也有个别好人,但多数都极其可恶)。而人们一旦知情,必将振臂高呼,群起攻之。我们应该把消息传播出去,不让这些家伙继续敲诈我们。所有被汽车经销商欺骗过的得州人,是时候报仇雪恨了。

战斗口号起了作用。当地车主将自己的Model S排成一行,整齐地停在州议会大厦外面，随后挤进众议院商业与工业委员会举行听证会的房间，聆听马斯克演讲，对他表示支持。马斯克身着一袭深色西装，一改在众多产品发布会上漫不经心的耍宝形象，用更为审慎的措辞，表达了特斯拉将如何跳出常规购车体验，打造新的买家群体。他相信，销售电动汽车会为传统特许经销商带来利益冲突，因为这将削弱他们汽油车的销售业务。

同时，他也直面了立法者们的怀疑。有人质疑，等特斯拉的目标买家从早期尝鲜者过渡到主流群体时，是否最终也会需要一个特许经销网络，来处理分期付款及以旧换新业务。马斯克表示，也许特斯拉有朝一日会有增设特许门店的需求，但现在它想要的，是更多的选择。"我们为特斯拉所做的一切，无非是为了确保让公司成功的机会最大化。"马斯克说。

此外，他又在另行举办的一场新闻发布会上稍微放飞了一下自我："人人都告诉我们，这么做没有好下场。的确，我们很有可能被揍得家都找不着。但走着瞧。"

当天，委员会决定推进该项议案。但随着得州 2013 年立法会议逐步接近尾声，该法案最终还是胎死腹中。特斯拉承诺，等 2015 年下一次会议召开的时候，要杀回来再战。但高管们知道，要想胜利可谓难比登天，因此只能安于现状，在得州开设展馆。

但随着特斯拉加紧实施第三代车型计划（该车已确定命名为 Model 3），这种做法只怕难以为继。特斯拉已经用 Model S 的成功震撼了整个业界，但仅凭现在的实力，尚不足以达成马斯克的心愿。公司在各个方面都要改进、提升，这样才能带来下一次进化，造就丰功伟业。马斯克的梦想，是把自己的科技初创企业变成一家真正的汽车公司。而那些有过同样野心的企业，早已在这条道路上横尸遍野。

第三部 一辆人人买得起的车

第十八章
超级工厂

特斯拉豪华电动轿车计划即将圆满完成。于是，J.B.斯特劳贝尔便转而负责起了充电网络的建设。这个网络将从旧金山铺设到塔霍湖，再从洛杉矶铺设到拉斯维加斯，其作用是缓解加州人对于自驾游时电量耗尽的担忧。还有一个类似的网络，叫作"超级充电站"，也正在美国主要的州际公路沿线开展建设。2013年的一天，搭乘马斯克私人飞机前往洛杉矶的斯特劳贝尔，又思考起了老板为特斯拉规划的下一个雄心伟业。

自从特斯拉收购了弗里蒙特的通用-丰田旧厂以来，马斯克就一直坚信，工厂可以再度创造50万台的年产量，因为在多年前的鼎盛时期，该厂就几乎达到过这个产量。[1] 马斯克对华尔街表示，他认为全球每年对于Model S轿车的需求量将是5万台，而Model X这款SUV的目标销量也大致如此。因此这家旧厂还有空间，可以年产大约40万辆即将问世的Model 3。对于前一年差点造不出Model S，而今还在为提升产量发愁的特斯拉来说，这简直是个令人眩晕的数字。

---

[1] 加州一项对该厂历史的研究显示，它在2006年达到了通用-丰田时代产量的顶峰，年产约42.9万辆。——原注

瓶颈主要在于电池。特斯拉完全依赖松下，将数千个锂离子电池芯组装在一起，做成每辆车的电池组。斯特劳贝尔粗略一算便知，如果让工厂以巅峰状态生产汽车，那么特斯拉每年需要的电池供应量，大概与全球每年的电池产量等同。更大的问题在于价格。以当时的电池价格来看，特斯拉是无法做到以3万美元的价格出售一辆电动汽车的。尽管斯特劳贝尔和库尔特·凯尔蒂竭力压低电池成本，但还是无法让特斯拉打入主流市场。电池芯的成本大约在每千瓦时250美元，和2009年的350美元相比，已经有所减少。这就意味着，一个重1300磅、容量为85千瓦时的电池组，其电池芯成本要达到2.1万美元左右。要想与内燃机同类产品竞争，电池组做到这么大是合情合理的。但这块成本，就已经占掉了Model 3预期售价的很大一部分。分析师认为，特斯拉需要将电池芯成本降至每千瓦时100美元左右，才能使电动汽车的生产成本与传统汽车相当。

斯特劳贝尔把自己的计算结果在飞机上和马斯克一说，两人迅速达成了共识：他们需要一个工厂，专门为特斯拉生产电池。只有通过这个方法，他们才能按照自己的意愿扩大规模。只是，建厂的开销可能要达到数十亿。尽管Model S卖得不错，但那年早些时候筹集到的现金，现在只剩下不到8亿美元了。这笔钱应该用来开发Model X和Model 3，而且特斯拉内部已经很清楚，SUV的成本将远远高于马斯克对投资者的承诺。而且就算有了自己的工厂，特斯拉想要一年生产出数十亿电池芯，还是离不开松下的帮助。况且这个请求，并不是那么好提的。

此外，如果采用马斯克一贯的做法，可能无法完成这个任务。尽管Model S受到了汽车评论界和潮流引领者的追捧，但它的售价和马斯克宣称的5万美元目标相去甚远。这种情况目前还可以让人们接受，但再往前走，就两说了。无论从象征意义还是实际意义上来说，他都需要建设一个高效的机构，才能造出人人买得起的新车。他需要与"规模"这个战友联手，将造价分摊给尽可能多的车辆，才能与成本相抗衡。电池成本高的问题在制造过程中会依然存在，但规模可以削减这一单项的开销。但庞大的规模反过来又需要快速的销售增长。只要能协调好电池与交付这两个元素，那么2008年和2013年的剧情就会再度上演，特斯拉便能大步迈向主流市场。

挑战不在于制订巧妙的计划，因为前进的道路已足够清晰。难就难在执行。特斯拉将为此付出的努力，是2013年时所有人都难以预想的。

斯特劳贝尔在电池组技术开发方面居功至伟。是他的工作，让特斯拉的汽车成为现实。也是因为这一点，马斯克才会将其视为公司联合创始人（公司文献也是这么记载的）。特斯拉电池组的工程技术的确令人佩服，但之所以能达到这种水平，也多亏了斯特劳贝尔能说服松下与特斯拉密切合作。两家企业的关系从一开始就颇多波折，能携手走到今天，靠的是坚持与好运，还有斯特劳贝尔2006年从松下挖来的关键人物库尔特·凯尔蒂。

特斯拉之前造Roadster时，用的基本上都是成品电池。但斯特劳贝尔想对电池芯的化学成分和结构做一些调整，让它们更加适应以Model S为代表的大众汽车产品。电池芯的需求量将会大大增加，这就要求松下为此投入更多的资源。而马斯克的工作节奏也比松下快得多，让这家日本企业有些不适应。继松下于2010年宣布投资之后，双方商定了电池协议的细节。但此时，马斯克对这家电池供应商已经有些不满了。

问题一如既往地落到了价格上。双方于2011年在帕洛阿尔托的一次会面极其不快，之后合作关系便陷入了危机。多年前，马斯克还愿意听从CFO阿胡贾的建议，在和丰田汽车集团CEO初次见面时打上领带。但现在，他对迎合松下之类日企的繁文缛节越来越不感兴趣。听到松下对Model S的电池报价之后，马斯克发火了。"这太离谱了。"他对他们说，接着气冲冲地离开了会场。这时，包括斯特劳贝尔在内的部下都劝他去开全公司大会，几百名特斯拉员工都等在那里，看CEO会带来什么最新消息。但他们却只听见马斯克喃喃自语道："这也太扯了。我们肯定不干。"他让斯特劳贝尔代替自己去主持全公司大会，随后便走开了。

就这样，一项新的任务又落到了斯特劳贝尔和他的团队头上：特斯拉要进军电池行业了。如果松下电池芯要价太高，供应速度又太慢，特斯拉就自己生产。马斯克开始亲自为斯特劳贝尔团队的成员重新分配任务，让他们去建设电池工厂。前方的道路令人望而生畏，以至于有些新雇员都不确定，马斯克到底是不是认真的。

"该死，我当然是认真的！"有一天，他在办公桌后面怒吼道。

但除了成本问题之外，还要明白一点：松下的电池芯生产流程是花了许多年才开发出来的，因为这些电池芯的化学特性十分活泼，需要配备洁净室和特殊着装，来保护材料免受污染。而特斯拉还停留在琢磨如何用小车在旧厂房里运送Model S车身的阶段。因此有些人会觉得，这是一个没有希望的差事。在努力了几个月之后，随着预期成本的攀升，马斯克最终放弃了这个想法。看来，他们还没有准备好与松下和三洋在同一领域正面交锋。然而，他也并没有把这个打算彻底抛在脑后。

趁马斯克不备，凯尔蒂悄悄与松下达成了一项双方都可以接受的协议。马斯克的怒火终于平息了。（斯特劳贝尔的团队并不清楚，他是被协议的逻辑说服了，还是自己懒得再生气了。又或者，他的愤怒只是一种谈判策略？）2011年10月，松下宣布了一笔交易：在接下来的4年中，将为特斯拉生产足够8万台以上汽车使用的电池芯。松下保证，将在2012年交付足够的电池芯，确保特斯拉当年可以生产出6000台以上的Model S轿车。为了满足这个需求，松下将把生产线从一条增加至两条。

这个进度，甚至比特斯拉最初要求的还要快。到了2013年，Model S不再仅仅是特斯拉的热门产品——它也为松下带来了轰动。而这家苦苦挨过了2012年的日企，正迫切需要这种胜利。大约十年前，松下曾经把业务重点放在移动电话和平板电视上。但来自中国的低价竞争者使它在这些项目上败北，亏损了数十亿美元。自此，公司开展了长达数年的艰难重组，直到2012年津贺一宏（Kazuhiro Tsuga）出任总裁方才结束。他放弃了电视屏幕业务，裁员多达数万人。但光裁员是不够的，他知道自己需要为公司指明新的发展方向。

特斯拉对Model S电池的需求量在2013年进一步增加，这可正中了津贺下怀。他想把汽车业务转变为未来的公司主业之一——与特斯拉的高调合作，可以吸引其他跟风进入电动车市场的车企。

津贺一心想要加强双方的合作关系。松下甚至愿意出5000万美元现金，请特斯拉把自己的名字刻在车辆后挡风玻璃上。马斯克当然不会答应。津贺为电池部门安排了一套新的领导班子，让他们去帕洛阿尔托，与特斯拉会面。

马斯克觉得，松下一定是来谈降价的。这合情合理。

市场对 Model S 的需求太过旺盛，以至于特斯拉的电池都不够用了。早期的组装线如今只能面临减速，因为缺少电池，就无法维持生产速度。马斯克要的电池芯越来越多，生意多了，按理说可以打折。但没想到，日本来访者却想提价。这也许是他们的一个谈判策略，目的是回国后可以向新任 CEO 邀功，但结果——说客气一点——却适得其反。马斯克控制住了自己，没有像之前对别的供应商那样，把这几位访客骂跑。相反，他开始策划报复。

第二天是个周六，他把团队召集到特斯拉总部来，下达了一道熟悉的命令：特斯拉要自己造电池了。而且这一次，将不同于以往的任何尝试。想让 Model S 取得成功，特斯拉就不能再完全依赖第三方，就像曾经在 Model S 项目上完全依赖松下一样。他和斯特劳贝尔在私人飞机上的构想，必须付诸现实。

尽管特斯拉不想再买松下的电池，但并不意味着他们不想要松下的钱。2006 年把凯尔蒂挖过来之后，特斯拉受益匪浅。因此，他们准备再从松下寻觅一位新的领导。松下有一位高管，叫作山田佳彦。和一部分同龄人相比，他的商业理念更加西化，也很热衷于打破这家日企的旧制。他采用了更为现代的管理方法，帮助松下美国业务扭亏为盈，而且也花了很多时间，发展在硅谷的人际关系。2011 年，快要退休的他，在花甲之年跑起了马拉松。他也喜欢在休假的时候四处转悠，走访美国各地革命战争时期的战场。

一次工作安排上的变化，让他回到了日本，开始掌管包括电池在内的部门，并接手与特斯拉之间的业务往来。2009 年，在松下刚刚开始寻求与特斯拉建立合作关系时，他就作为这家日企的美国机构领导，到访过特斯拉公司。在此之前，他也曾在拜访科技企业时多次受到凯尔蒂的接待,当时后者还是松下硅谷分公司的负责人。所以,当马斯克2013年提出的需求让双方的谈判难以继续时,山田亲自出面调停,让谈判重回正轨。在那次事件之前,松下觉得,与特斯拉的往来只不过是在进行一种常规的电池业务,因此并没有派日本高管介入。但山田觉得,需要对这件事情更加重视。

那年秋天,双方宣布延长合同。为了应对特斯拉对Model 3的需求,并解决松下在处理新需求方面能力不足的问题,山田提议,由松下和特斯拉共同出面,成立一家合资企业。这种安排,马斯克是看不上的——本质上就是一家五五开的公司,双方都要争夺控制权。为马斯克工作过的人都知道,他不愿意分享权力。因此,凯尔蒂和斯特劳贝尔要想一个办法,来缓解老板的担忧。

那一年,斯特劳贝尔迎来了人生的转折点。他遇到了来自特斯拉人力资源部的一个姑娘,名叫博里亚纳[1]。她说自己也是个书呆子,和他一样,喜欢数据。那个夏天,他们结婚了。2013年底,斯特劳贝尔制作了一套PPT,来说明建造大型电池工厂势在必行。这是一个大胆的计划:这座工厂要采取分阶段建造的方法,根据需要逐步增加产能。工厂造价高达50亿美元,是一个面积为1000万平方英尺的单体建筑(比五角大楼还大),需要多达1000英亩的土地,并雇用6500人。

这个提议看起来更像是亨利·福特100年前的商业构想,而不是如今大多数汽车制造商的运营方式。尽管马斯克一再力推,但还是有团队成员对这种自行承担电池责任的想法表示反对。凯尔

---

[1] 博里亚纳·斯特劳贝尔(Boryana Straubel,1983—2021):女企业家、慈善家。出生于保加利亚,后移居美国。在内华达州骑自行车时,不幸与逆行车辆相撞身亡。

蒂担心,电池生产太过复杂,而且松下对接该业务的同事将不得不采取一种全新的生产方法,来配合斯特劳贝尔的宏伟计划。这个计划实际上是要求松下在特斯拉工厂内开设一个车间,在这一端生产电池芯,由特斯拉在另一端组装成电池组。这将是一个垂直一体化工厂,一头运进电池芯原材料,一头运出电池组,供 Model 3 在弗里蒙特组装时使用。

如果在美国制造电池,就可以节约运费,减少大约 30% 的成本。但特斯拉需要进一步节约成本,才能降低造价,推出主流电动汽车。目前,汽油车仍比同等大小的电动车便宜 1 万美元左右。

斯特劳贝尔的构想,被马斯克称为"超级工厂"(Gigafactory)。而这个念头之所以萌生,是因为这位首席技术官越来越需要一个新的工作重点。马斯克想要扩展他的高管团队,而且他开始相信,需要由一个人来统领生产,而不再由汽车和电池两个部门各司其政,相互交锋。斯特劳贝尔主张提拔他手下的生产负责人格雷格·雷乔(Greg Reichow),此人曾负责为弗里蒙特工厂建设电池组生产线,没有出过什么差池。马斯克同意了。但让斯特劳贝尔惊讶的是,雷乔将与他平级,直接向马斯克汇报,并将受命建设一条新的装配线,可以同时生产 Model S 和 Model X。斯特劳贝尔的影响力被削弱了。

马斯克也一直在争取让苹果高级工程师道格·菲尔德(Doug Field)加入自己的团队,还曾亲自带领菲尔德参观工厂。见此情景,特斯拉的高管们意识到,菲尔德被寄予的厚望,远不止参与高级工程设计那么简单。他代表了一种新型管理者,正适合即将步入新时代的特斯拉。彼得·罗林森招募的工程师都是传统车企的逃兵,想去小型初创企业开启新人生。斯特劳贝尔他们之前则是刚从斯坦福毕业的菜鸟,准备一头闯入硅谷施展拳脚。菲尔德和这两种人都不同。他是经验丰富的老将,在苹果掌管着几千名员工,负责公司标志性产品 Mac 电脑的工程设计。如果能把菲尔德招至麾下,特斯拉就可以向硅谷表明,自己既可以和大公司同台竞技,也可以窃走他们皇冠上的明珠。

要想带领特斯拉进入更为专业的新时代,菲尔德是一个合适的人选。1987 年从普渡大学毕业之后,他在福特汽车开始了自己的工程职业生涯,但后来却因为对这家车企文化的失望而离开。任职于该公司期间,他的任务是研究雷克萨斯和宝马与福特的竞争车型。在这个过程中,他意识到,福特想要和这些公司一较高下,还有很长的路要走。随后他去了赛格威(Segway),负责电动滑板车的开发,但当时这个业务显得太过超前。最终,他去了史蒂夫·乔布斯的苹果公司。

马斯克对菲尔德的频频示好,都被斯特劳贝尔看在了眼里。他知道,马斯克会让菲尔德加入公司,还会许下承诺,让他负责 Model 3 的开发。因此,斯特劳贝尔需要找些新的事情来做。超级工厂可以让他建立起自己的帝国。既然他可以为锂电池电动车解决关键性问题,那么他也可以为电动车迈向主流扫清最大的障碍:成本。

马斯克和斯特劳贝尔联手策划了一个险招。他们设计向供应商和地方政府同时施压,让他们帮助特斯拉解决新工厂的资金问题。计划要求供应商为开发做出贡献,预计一半成本将由松下等公司负担。它还高度依赖政府支持,并为此提出了交换条件:无论哪个州欢迎这家工厂入驻,都将获得数千个高薪、高技能工作岗位作为回报。为了达到这个目的,迪尔姆德·奥康奈尔再度披挂上阵。他曾带领特斯拉获得了能源部的救命贷款,并在与特许经销商的战斗中取得了胜利。这一次,他开始接触各个州,希望可以吸引到其中几个,在投标大战中互相竞争。得克萨斯很有吸引力,因为一旦在此建厂,特斯拉就有希望获得自己所需要的影响力,从而赢得州议会的批准,推翻特许经销商保护法。但马斯克更喜欢加州,因为离家近。

然而,内华达州靠近里诺的斯帕克斯,看起来越来越像是一个完美的选择。州政府似乎非常欢迎他们,而且这个地方离弗里蒙特工厂只有4小时车程。如果马斯克搭私人飞机过来,也只比他从洛杉矶飞到硅谷远一点点。

该地政府官员应邀前往特斯拉总部,听取这个计划。但他们一到那里就发现,屋里居然还坐着其他竞争者。看来,想让特斯拉入驻自己所在的州,需要付出高昂的代价。

2014年2月底,为了进一步施压,特斯拉公布了自己的计划,公开发行16亿美元的债券,用以筹款。公司告诉投资者,这笔钱将会用来建造一个巨大的电池工厂,生产第三代车型,并用于其他公司事务。人们很快就开始猜测,松下会不会参与电池工厂的建设。

但山田却在这个项目上受到了日本方面的阻挠。消费者对雪佛兰沃蓝达或是尼桑新推出的聆风反响平平,导致汽车行业有许多人依然不确定,人们对电动汽车的真正需求到底是什么。而松下的高管也对花大价钱建一座归特斯拉所有的合作工厂意兴阑珊,因为公司从来没有做过这样的事情。为了赢得松下的支持,斯特劳贝尔需要让山田确信,特斯拉是认真的。他想到了一个主意,和早年说服投资者为特斯拉冒险的方法有着异曲同工之妙。当年,尽管Model S还远远没有设计完成,但为了用这部车打动戴姆勒和丰田，特斯拉造出了它的"骡车"。这些仿制品非常接近真车，可以让观众对之后推出的产品有一个直观的感受。这一次，特斯拉需要的展示品，是一家"骡厂"。

然而，工厂的蓝图却并没有带来原型样车那样的兴奋。于是团队开始坚信，他们需要让松下和其他供应商看到，特斯拉对待这个项目有多么认真。他们与斯帕克斯的土地所有者秘密达成协议，开始打造一处施工场地。他们从全州各处调来推土机和挖土机，竖起大灯，搬运起了成吨的泥土。开销之巨大，达到了每天200万美元。斯特劳贝尔想把这个场地准备好，展示给未来的合作者们看。他必须让他们相信，特斯拉正在大步向前——不管有没有他们的支持，都是如此。

这是一次冒险的赌博。一旦消息泄露出去，人们会觉得特斯拉看似已经选好了地点，不需要任何州政府资金。马斯克希望能有一个州出面承担10%的项目成本，即5亿美元。但内华达州或任何州的立法者，都很难为一个已经开建的工厂批准激励措施。地方报纸捕捉到了有人在大兴土木的风声，爆出了这条新闻，表示这可能是特斯拉的工厂。特斯拉立刻出面澄清，说他们有两处地点正在做准备工作，方便之后随时可以开工，斯帕克斯只不过是其中一处。但这个借口令人难以信服，因为开销实在是太大了，而公司手头却并不宽裕。

不过，这些小插曲都无伤大雅。马斯克和斯特劳贝尔正在制造一种幻象，一个"波特金工厂"①。在斯帕克斯工地上，斯特劳贝尔建起了一座高高的观景台，可以将建设景象尽收眼底。随

---

① 《丁丁历险记》系列漫画之《丁丁在苏联》中的一处场景，用假装生产制造繁荣假象。

后，他邀请山田来参观。两人站上观景台查看工地的时候，斯特劳贝尔特地安排大型挖土机和翻斗车匆忙驶过，充分制造出戏剧效果。他想要山田知道，未来已来，不管松下是否入伙。

斯特劳贝尔显得一脸激动。他希望山田也是如此。然而，这位松下的高管却脸色苍白，十分沉默。或许眼前的一切，让他心绪难宁。这一招比斯特劳贝尔预想的效果还要好——特斯拉不仅让松下上了钩，还把他们逼到了墙角。

山田已经对特斯拉未来的愿景确信无疑。他回去几周之后，斯特劳贝尔和马斯克便飞赴日本，与津贺共进了最后一次决定工厂命运的晚餐。寒暄几句之后，马斯克便切入正题：那我们说定了？

津贺同意了。

晚餐之后，斯特劳贝尔坐上马斯克的飞机，回到了加州。在特斯拉成立至今的短短数年间，公司已经签署了许多挽救自己于水火之中的合作协议——戴姆勒的供应商协议，让公司得以维持运营；丰田废弃不用的工厂，让他们造出了 Model S。但与松下的协议则更具深意，代表着特斯拉突然拥有了以指数级扩大规模的潜力。如果斯特劳贝尔和马斯克的这步棋是对的，那么就在刚刚，他们已经冲破了瓶颈，做好了进入大众型电动车时代的准备。

第十九章
走向全球

在一个远离加州的地方，特斯拉正在受到人们狂热的追捧。这个令人意想不到的地方就是挪威。2012年中期，奥斯陆的一位IT企业家赛希什·瓦拉德哈拉贾（Satheesh Varadharajan）想另找一辆车，替代自己的二手SUV宝马X5。就在他上网浏览的时候，无意中看见了那年早些时候马斯克发布Model X的视频。他被那辆SUV迷住了，迅速找来许多相关资料进行了解，并前往当地新开的特斯拉门店一探究竟。在这家店里，他第一次看见了Model S。SUV还要许多年才会生产出来，但Model S却只需几个月，就能送到他的手中。

"车上有那么多新鲜玩意儿，我见都没见过。"他回忆道。硕大的屏幕、强劲的加速……他被打动了。价格也很吸引人——在挪威政府的激励政策下，这辆车的实际购买成本大约在6万美元，只有他二手宝马的一半左右。其他人显然也注意到了这一点，因为挪威的特斯拉销量一路攀升，已经使这个国家变成了该品牌仅次于美国的第二大市场。

中国则蕴藏着更大的希望。面对城市污染和道路拥堵，政府也正在积极推广电动汽车。在上海这样的地方，大多数车辆都要遵循限行规则，但电动汽车可以免受这种限制。而且全国范围内对于电动汽车都免征车辆购置税，降低了实际购车成本。中国电动汽车市场的扩张，预计可以在很大程度上推动全世界电动汽车市场的整体增长。宝马和奔驰中国买家的爆炸式增长，已经让以这两个品牌为代表的全球豪车制造商赚得盆满钵满。而将豪华电动车引进该国市场，似乎也是一个胜券在握的想法——它可以让特斯拉在推出 Model 3 之前得到快速的发展，并为这款主流车型创造更为广阔的市场。特斯拉需要能够自行生产出数十亿块电池，也需要进入中国这个拥有数百万买家的市场，让销量大涨。

乔治·布兰肯希普离开之后，马斯克将销售和服务交由杰罗姆·吉兰负责。吉兰毕业于密歇根大学，拥有机械工程学博士学位。他曾在罗林森离职的时候接手 Model S 项目，并保证该项目顺利投产，从而赢得了马斯克的赏识。

吉兰来自法国，于 2010 年加入特斯拉。他的这个决定，曾令欧洲一些人颇感意外。当时他 38 岁，在戴姆勒公司工作，正处于职业快速上升期。德国媒体预测，有朝一日，他会成为该公司势力强大的执行董事会的有力候选人。他原本任职于戴姆勒商业卡车部，负责开发新一代半挂式卡车。而 CEO 迪特·蔡澈（Dieter Zetsche）将他从卡车部调到了新成立的商业创新部，高调出任该部门首位负责人。戴姆勒当时正在思索，究竟什么样的技术进步方式，才会改变公司的未来。因此，吉兰组建了一支团队，为公司评估新的商业机会。他在这个岗位上做出了一些成绩，包括曾推出名为"即行"（Car2Go）的共享汽车业务，允许用户按小时租用 Smart 汽车。

据吉兰的同事反映，他这个人有两面性：对马斯克毕恭毕敬，对其他人则极尽苛责，动不动就大喊大叫，对下属出言不逊。人力资源部收到过关于他管理风格的投诉，也劝过他，在与人沟通时不要那么尖酸刻薄。马斯克曾公开表示,特斯拉"不招混蛋"。但在许多人看来,尽管有些人性格很差,但只要他们能出成果,还是会被马斯克青睐的(重要的是:这些人在马斯克面前表现得并不像个混蛋)。当然,这完全取决于你怎么看:一个人眼中的口不择言,可能在另一个人看来就是直言不讳。在马斯克看来,吉兰是问题解决者,是事情出了岔子时可以帮忙处理的人。吉兰给下属的建议是,有问题可以周六来问他,因为他那个时候有时间思考,但永远不要在午餐时打扰他——那是他唯一留给自己的时间。他与前任乔治·布兰肯希普形成了鲜明的对比。布兰肯希普喜欢用披萨派对奖励销售业绩好的门店,也从不吝惜自己的表扬。

吉兰的老家欧洲是特斯拉的下一个滩头阵地,但在当时看来,最有价值的市场会是中国。2014 年开年,马斯克便告诉彭博新闻,特斯拉在中国的销量将在一年之内赶上美国。("并非确切预测——只是大概猜想。")吉兰从苹果公司挖来了一位名叫吴碧瑄(Veronica Wu)的高管,负责发展在华业务。在她的帮助下,苹果在中国的表现从默默无闻变得势头强劲。中国已经成为苹果主要的增长引擎,销量直逼美国。吴碧瑄在苹果公司负责的,是教育和企业销售。这方面的工作也许并不引人注目,但在重要性方面,却丝毫不逊色于将产品直接销售给零售买家。

在求职面试时,吉兰请她把关于中国市场的想法写下来,先给马斯克看一看,再安排两人见面。于是,她强调了特斯拉在中国缺乏品牌认知度,需要在当地找到自己的定位。她还警告说,外资企业在中国不能照搬美国模式,否则往往会遇到问题。最后,她告诉他们,特斯拉需要仔细考量政府关系。中国政府对特斯拉不仅有美国政府那样的监管作用，甚至还有生杀予夺的权力。她提醒他们，企业在中国的生存通常取决于自身适应能力，而不仅仅是它的实力或智慧。

被录用之后，她的首要任务是寻求政府批准，让特斯拉的车子进入中国，并获得电动汽车补贴资格。她发现，上海市政府对特斯拉是欢迎的，甚至提出，可以在中国政府批准他们的电动汽车补贴资格之前，就给特斯拉的车子颁发电动车牌照。市领导想知道，特斯拉有没有在中国建厂的打算，如果有的话，希望可以建到上海来。事实证明，一家新的汽车工厂和它所创造的工作岗位对中国地方领导来说，是一根诱人的胡萝卜，因为所辖地区经济财富的增长，可能会为他们带来提拔的机会。和中国其他地区相比，上海对于西方汽车制造企业的欢迎程度向来更高。但外资车企不能自行在华建厂生产，而是需要找到一个地方合作伙伴，给对方大约一半的股份。通用汽车和大众汽车都将自己的中国业务总部设在上海，与同一家地方车企合作，成立了合资企业。

但马斯克对于通过成立合资企业进入中国的想法是排斥的——他担心会失去对品牌和技术的控制。但如果没有地方合作伙伴，外资车企就不能在当地制造汽车，而从海外进口的汽车会被征收25％的关税。

如果无法进行本地化生产，以更低的价格出售 Model 3 的梦想就会破灭。但特斯拉最初面临的头号障碍还不在这里。更为迫切的问题，是缺乏充电基础设施。中国主要城市的许多买家都居住在高层建筑里，没有自己的停车场，也没有可以为自己的车辆充电的地方。这就迫切要求在北京和上海各处开设超级充电站。

尽管面临着诸多挑战，吴碧瑄还是在自己上任后的头几个月里取得了进展。4月下旬，马斯克来到北京，在位于恒通商务园的特斯拉充电站中，将首批 Model S 交付给本地顾客。特斯拉发现，中国消费者的购车动机和加州消费者不同。加州人买车，多数都是因为认同特斯拉的理念，也喜欢车子本身。但中国消费者买一辆 12 万美元的车子，期待的是通过购买体验奢华——而不是一个简陋的展厅，没有任何中国汽车特许经销商店里的礼遇，比如休息室和零食。顾客会公开宣泄自己对品牌的不满：一名男子将记者们召集到北京门店外，看着他用大锤敲打自己新买的 Model S 挡风玻璃，抗议特斯拉延迟交货。

吴碧瑄向吉兰提出，特斯拉需要通过使用合作零售商来扩大在中国的销售，做法和苹果之前类似（而不是像苹果的美国门店一样，都是苹果直营的）。吉兰是不会考虑这个建议的，因为他知道马斯克在特许经营上的立场。特斯拉就是在掌控自身销售体验的理念上建立起来的，它是不会因为要踏入一个新的主要市场而放弃这一点的。尽管挑战重重，但特斯拉第三季度在华销量仍在快速增长。

就在特斯拉渐渐在中国站稳脚跟的时候，吴碧瑄却遇到了一个意想不到的大麻烦。2014 年秋天，马斯克又在加州上演了自己的营销戏法。中国消费者在网上看到了这一幕，于是开始抗议。

这一切都源于马斯克在 10 月份的一系列动作。他先是在推特上撩拨大家，说有个消息即将宣布，随后便在一次活动上透露，特斯拉很快会推出新一代 Model S——双引擎车型。马斯克承诺，新一代车型的加速会更快——0 到 60 英里/时加速只需惊人的 3.2 秒，可以媲美迈凯伦 F1 超跑。公司还将推出一款名为 Autopilot（自动驾驶）的软件，使车辆的一部分驾驶由人工智能代劳。车辆的续航里程也会有所提高。

"这款车赞爆了，"马斯克说，"开着它，就像搭乘运载火箭起飞，快到让人发疯。拥有了它，你就好比拥有了自己的过山车，随时随地，想玩就玩。"司机可以在触摸屏上选择驾驶模式，有"普通"、"运动"和"疯狂"三种。特斯拉称，公司已经可以开始接受美国客户的预订，预计12月份可以在北美交货，接着是欧洲和亚洲。

这让中国团队措手不及。特别是，还没有拿到老款Model S的顾客开始要求更换新款，不再想要自己之前选配好的那款。车辆离开弗里蒙特工厂之后，要通过海运来到中国，再进行清关，总共要花掉差不多两个月的时间，才能送到客户手上。这就意味着，吴碧瑄的团队有几百辆车子刚准备交付，却已经过时了。更糟的是，他们并不清楚新车型什么时候才会进入中国，也不知道新车售价是多少。她和同事向帕洛阿尔托方面询问，却发现美国团队也还没有准备好答案。

世界各地的车企始终需要应对车型换代的问题，因为今年的新款来年就过时了。多数公司都会试图管理好库存，不让经销商积压太多的旧款。购车者都知道，车行会进行年度车型清仓大甩卖。如果想低价购入即将退出市场的车型，8月通常是个好时机。但这种甩卖，却有悖于马斯克的售车理念。因此，帕洛阿尔托总部并不想对中国方面的销售做出任何改变。

但吴碧瑄的团队发现，订单取消的速度十分惊人，眼见着特斯拉在中国就要活不下去了。和第三季度相比，第四季度的销量下跌了33%。一家股票研究公司的数据显示，特斯拉出口到中国的车辆中，约50%一直到年底都没有进行注册。吉兰把销量下滑归咎于吴碧瑄，而不是马斯克和他的营销戏法。吴碧瑄随即离职。2015年开年之后，特斯拉在华销量下滑更甚。马斯克发出了一封明显带有威胁意味的邮件：如果经理们"无法确保带来长期的正现金流",就会被他解雇或降级。

瓦拉德哈拉贾于2014年中旬拿到了自己的Model S。此时距离他从奥斯陆特斯拉门店预订这款车,已经过去了整整一年。但这位挪威的IT高管对此无怨无悔,惊叹于在家中充电的轻松,也对无须再去加油站表现得十分享受。特斯拉的客户体验也让他大开眼界。在一次欧洲自驾游中,他的车子坏了。他给奥斯陆的维修中心打了电话,被告知可以先坐飞机回家,车子交给他们处理就好。他说,维修中心甚至还提出,可以为他支付机票费用。而他从挪威的其他客户那里,也听到过类似的故事。2014年6月,他成为了挪威特斯拉车主俱乐部的主席。该俱乐部致力于自行建设一个充电站网络,作为特斯拉充电站的补充。

出任主席的头一年里,他承认,自己的Model S还出过一些别的毛病,比如门把手失灵(这是一个常见问题),以及一些异响。不过预约维修很容易,修理时间也很短。但到了2015年,事情发生了变化。他可能需要等好几周才能约到维修的时间,接着要好几天,甚至好几周,车子才能修好。据他回忆,俱乐部其他成员表示,他们的等待时间还要比这长得多。在帕洛阿尔托的吉兰团队意识到出问题了。他们的数据显示,挪威每辆车的平均修理时间是60天,而且网络论坛里有些客户抱怨说,他们的等待时间甚至更长(在加州,修理时间差不多只要一个月)。从很多方面而言,挪威都像是特斯拉矿井中的金丝雀,可以预测出潜在风险。由于政府推出了旨在促进电动汽车销售的补贴,之前特斯拉在挪威卖得很好。2014年的新车买家调查显示,美国的特斯拉购买者平均每人拥有两辆车。而在挪威,很多人就只有这么一辆车,日常代步全靠它。

瓦拉德哈拉贾的情况就是如此。如果特斯拉不采取行动，等 Model X 和第三代车型相继推出之后，挪威的问题只会一步步变得更加严重。这正是马萨诸塞和得克萨斯等州的汽车特许经销商预测过的那种麻烦，而且他们至今仍在反抗特斯拉的直销方式。如果这种拖延蔓延到了美国，特斯拉就只能将胜利拱手让给竞争对手了，甚至会在品牌刚刚准备起飞之际，把新客户全部吓跑。

加州的 Roadster 车主邦妮·诺曼已经发现，在她帮助管理的特斯拉俱乐部网站上，信息的类型和语气开始发生了变化。新车主开始抱怨车辆出现的问题，发泄着自己的不满，说没想到这么贵的车子，却会出现这种问题。对于马斯克将带领电动汽车走向主流这一点，诺曼深信不疑。但她开始担心，也许特斯拉还要付出更多的努力，才能让这些初次来到电动车主世界的人们觉得宾至如归。

她给马斯克的副手迪尔姆德·奥康奈尔写了封信，建议公司进一步加强对客户的教育。忠实客户已经在许多城市成立了俱乐部，她自己也会在萨克拉门托和塔霍湖成立一个。这些俱乐部，会是一股强大的力量。尽管特斯拉一直避免使用传统广告，但它已经开始尝试对买家采取激励措施，让他们成为实际意义上的品牌大使。公司创建了一个引荐码系统，可以让车主分享给其他的潜在买家，让后者在通过该码下单购车时得到一些奖励。反过来，车主也可以获得积分，和销售成功后得到的佣金很像。这些积分可以用来购买其他的特斯拉产品，也可以用于今后购买特斯拉的汽车。诺曼正在通过分享自己的引荐码累积积分，准备今后用于购买特别版的 Model X。

"你们已经拥有了一个车主群体，这些人几乎愿意为你们做任何事情——他们会自己为特斯拉的活动制作标牌,也会组织游行,甚至为其他穿越美国的车友举办烧烤聚会——你们应该借助这种热情和能量,去教育 Model 3 的市场,让人们在购买自己的第一辆特斯拉时,不会再用各种问题和实际上不是问题的问题难倒你们,"诺曼写道,"特斯拉车主的热情,是一件惊人的武器。你们要想一想,怎么才能把它用好,来防范特斯拉未来一定会遇到的问题。"

全球销售和服务运营的挑战,让吉兰心力交瘁。马斯克在 2015 年开始时立下过雄心壮志,要让特斯拉的年销售量增加到 5.5 万台,比 2014 年跃升 74 个百分点。但到了上半年快要结束的时候,面对着这样一个目标,特斯拉再度显得力不从心。销售团队陷入了苦苦挣扎的局面——包括他们的领导人。精疲力竭的吉兰离开了自己的工作岗位,最终在一场对外宣称的"休假"中告别了公司。销售部门再度经历了一场混乱。

那年春天,马斯克亲自接管了销售业务。董事会成员安东尼奥·格拉西亚斯和他的搭档蒂姆·沃特金斯也回到了特斯拉,开始对问题进行深入研究。早年 Roadster 销路不畅的时候,他们曾协助公司创建了销售部门。后来 Model S 的销量需要再上一层楼,他们又再度施以援手。但这一次,就连这二位也一筹莫展,找不到新的方法,来刺激销售。高管团队中的一些人越来越怀疑,他们是不是已经触碰到了 Model S 的需求天花板。马斯克向自己在太阳城公司的表兄弟求助,请这家太阳能电池板公司的首席销售人员海耶斯·巴纳德(Hayes Barnard)帮助诊断症结之所在。

巴纳德发现,一部分问题来自于,销售团队要花数周才能完成一笔销售。这是一个遗留问题,根源在于特斯拉觉得自己的首要任务是教育客户,因此避免使用强行推销技巧。马斯克希望改变这种做法，让团队专注于推销。巴纳德从美国各地请来了特斯拉业绩最好的销售人员，把他们的推销方法录制下来，作为培训项目的一部分，发送给世界各地的销售团队。

马斯克决定聘请一位高管，来处理非工程方面的任务——也就是让他觉得无聊、多年前曾经移交给布兰肯希普的那些事情。他找到了脸书的首席运营官雪莉·桑德伯格（Sheryl Sandberg），问她愿不愿意来做特斯拉的首席运营官。她拒绝了，但推荐了她已故丈夫的朋友：乔恩·麦克尼尔（Jon McNeill）。

麦克尼尔和近年来公司聘请的许多其他高管不太一样。他是一名创业者，懂得初创企业需要承担的各种风险。大约10年前，《快公司》（*Fast Company*）杂志曾将麦克尼尔列入该杂志最具创新力企业家年度名单，因为在他的努力下，一家名为斯特林维修中心公司（Sterling Collisions Centers Inc.）的汽修企业将店面扩展到了40家，年销售额增长到了约1.2亿美元。而他之所以能有这样的成就，是因为他改进了汽车发生碰撞事故后通常不便的维修流程。麦克尼尔将用自己敏锐的见解，使特斯拉明白如何利用数据来改善客户体验。在正式出任销售与服务总裁之前，麦克尼尔就已经开始在旅行时顺便造访特斯拉门店，以便先对公司销售流程做一个了解。每次到店时，他都会进行一次试驾，并在各个门店留下不同的电子邮件地址。但等了好几周，却没有一家门店联系他，试图做他的生意。特斯拉从很早的时候就明白，试驾可以让买家看到电动汽车比传统汽车好在哪里。格拉西亚斯和沃特金斯的销售流程，也是围绕着试驾建立起来的。销售人员正应该抓住这样的时机，来完成交易。但如果无人跟进，那么很显然，销售团队的纪律就已经涣散了。

新上任的麦克尼尔前往挪威，在奥斯陆的特斯拉维修中心与瓦拉德哈拉贾和他俱乐部的执行委员会成员进行了会面。他告诉他们，特斯拉正在加紧解决问题。但还有些话他没有讲，那就是：他必须找到改进客户体验的方法，而不仅仅是雇用更多的员工，开设更多的门店和服务中心。 Model 3 上市后真正需要的配套工作，特斯拉是没有资金去做的。因此，麦克尼尔的团队开始研究从 Model S 身上获得的数据，并且意识到，他们可以远程识别 90% 的维修问题，并在车主家中或办公室解决其中的 80%，包括更换座椅和维修刹车——几乎只有更换电池和传动系统不可以。他们无需再花费数百万美元建设更多的服务中心，而是会派出几百名技术人员，开着维修车，提供上门服务。

瓦拉德哈拉贾环顾着自己所在的维修中心，对麦克尼尔的承诺有了信心：就在他们聊天的这一会儿工夫，他已经看到几十号人来面试工作了。

第二十章

车库里的野蛮人[①]

劳伦斯·福西（Lawrence Fossi）的办公地点，在曼哈顿中心特朗普大厦的 14 层。他的工作非常独特，那就是：为纽约市生活最丰富多彩的亿万富翁之一打理家族办公室。他的老板斯图尔特·拉尔（Stewart Rahr）尽管已经年近古稀，但自从卖掉了自己的制药公司并与妻子离婚之后，就一直是曼哈顿各大派对中的传奇人物。他与模特和明星的风流韵事，也会被《纽约邮报》细细讲述。他有一个习惯——一旦有一阵子没上报纸，就要把自己的奇闻轶事通过邮件发送给几百位名人、记者和别的亿万富翁（还要配上他和莱昂纳多·迪卡普里奥之类明星的合影，或是他和一群裸露程度各不相同的美女的合影）。《福布斯》2013 年的一篇报道用到了这样的副标题："'玩乐大王'亿万富翁斯图尔特·拉尔的疯魔享乐传奇"。

而福西的生活就正经多了。他是拉尔背后的男人。对福西而言，能爬到今天的位置，实属不易。他从小和 6 个兄弟姐妹一起

[①] 华尔街通常将不怀好意的收购者称为"门口的野蛮人"。此处借用描写资本收购的知名作品《门口的野蛮人》（*Barbarians at the Gate*）一书名称，用"车库里的野蛮人"（Barbarians at the Garage）指代瞄准特斯拉的空头。

长大，是家里第一个上大学的人。为了离自己在康涅狄格州的家越远越好，他选了休斯敦的莱斯大学。他生于1957年，毕业于水门事件时期，之后去了康涅狄格州威尔顿的一家小型周报工作。这份工作让他了解了办报的方方面面，从报道地方政府到为头版排版，他均有涉猎。最重要的是，他可以尽情写作。一年之后，他前往耶鲁大学法学院进修，随后任职于休斯敦一家名为文森-艾尔斯（Vinson & Elkins LLP）的大型律师事务所。

在律所工作的时候，他一开始专注于商业，但最终在商业诉讼方面发展出了专长，并因此结识了拉尔。1999年，拉尔在一场对废品处理公司的诉讼中聘请了福西。那个公司是拉尔投资的，但他觉得自己被骗了。他起诉称，公司高管从他的投资中拿走了大约1200万美元，中饱私囊。后来，拉尔打赢了这场官司，并与福西保持着联系，无论有什么法律需求，都会求助于他。在出售自己的制药公司时，拉尔也拜托福西帮了忙。

公司售出之后，拉尔邀请福西去管理自己在纽约市的家族办公室。福西起初很犹豫。他觉得自己对投资并不在行，没有商学学位，也没做过多少会计工作。他在商业方面的从业经验更像是个病理学家，会对企业诉讼仔细研究，诊断问题的原因，看到底是欺诈还是渎职。但他拥有对这份工作来说至关重要的一样东西：拉尔的信任。

于是，2011年，福西搬到了纽约。而他对特斯拉的兴趣始于2014年，为拉尔工作的过程中。老板对特斯拉的爱好，让他对这家公司也慢慢熟悉起来。他知道拉尔从一开始就是特斯拉的粉丝，多年前就买了好几辆Roadster。但就在福西对特斯拉报以更多的关注时，他发现这家公司的情况有些可疑。他上网看了头一年的一则视频，马斯克在视频中宣布了特斯拉的电池组更换计划。

有了这项计划,当车辆在旅途中电量耗尽时,司机只需简单更换整个电池组即可。公司希望借此解决电动汽车充电慢的问题,并用该技术吸引主流市场。特斯拉从美国政府那里获得的贷款,足以为该计划提供资金保障。而且,公司还有资格获得加州为鼓励开发快速充电系统而增加的税收抵免。马斯克的想法看似十分简单,但任何熟悉电动汽车情况的人都知道,绝对不是这样的。

那年夏天,马斯克当着一大群人的面,在舞台上进行了一场标志性表演。身着黑色T恤、牛仔裤和天鹅绒外套的他向人们承诺,电池组更换将比为一辆普通汽车加满汽油更快。根据他的描述,车主们可以在未来的特斯拉充电站进行选择——想要免费充电?还是比充电更快的电池组更换?悉听尊便。而更换电池的费用,也仅需60到80美元。"到了特斯拉充电站,你们只需要做出一个选择:'更快'还是'免费'?"马斯克的话,引来一片欢笑声。

为了证明这一点,一辆红色的Model S开上了舞台,停在一个大屏幕下面。屏幕上,一位工作人员正将一辆奥迪车停进加油站,准备加油。特斯拉标志性的俱乐部音乐响起,巨大的计时器投影打在墙上。据说, Model S下面有一个神奇的装置,可以取出旧的电池组,再把新的换上,不过观众也看不真切。在摄影师的跟拍下,屏幕上的奥迪司机拿起油枪,开始加油。马斯克站在舞台一侧,抱着胳膊,静静地看着。

一分钟多一点之后,马斯克开口了:"我们用的是自动螺栓紧固机,这些机器和我们在工厂里用的一样。它们会找到螺栓所在的位置,并根据每个螺栓的规格要求自动施加扭矩,所以每次更换电池组时,扭矩都是符合该电池组的规格要求的。"

又过了半分钟多一点，Model S 已经换电完成，在一片欢呼声中开下了舞台，而奥迪还在继续加油。马斯克抬头看了看大屏幕，计时器还在工作。"嗯，看起来我们还有点时间，"他说，"再换一台吧。"一辆白色的 Model S 在热烈的欢呼声和大笑声中开了上来。时钟滴答，第二辆 Model S 在大约 90 秒之后驶离舞台。"加油站那边应该快完事儿了。"马斯克对观众说。又过了一些时间。"不好意思，我不是故意让你们等的——抱歉。"马斯克又说。这时，奥迪司机总算加好了油，准备上车。当人们看着他开车远去时，距离第二辆特斯拉换电完成，已经过去了差不多一分钟。

马斯克回到舞台中间，淘气地咧嘴一笑，耸了耸肩。观众们再次报以欢呼声。他对他们的支持表示了感谢，并再一次指出，没有他们，特斯拉无法走到今天。"我们之所以这么做，是为了说服那些持怀疑态度的人——有些人就是要费很大的力气才能被说服，"他说，"我们想让你们看到，开特斯拉真的可以比开汽油车更方便。希望人们终将相信，电动汽车才是未来。"

或许，这真的是马斯克的愿望。但在特朗普大厦办公室里看视频的福西，心头的疑云却有增无减。这可能是因为，他看视频的时候就已经知道，特斯拉大张旗鼓的电池更换计划始终没有成功。特斯拉发现，车主对此并无兴趣。有些人担心，自己的电池组会被换成次品。特斯拉之所以要演这么一出戏，似乎完全是为了帮助公司获得监管信贷资格。

但视频中观众们的热情，引起了福西的注意。"我突然意识到，这就像一种宗教。"福西回忆道。而马斯克对自己的塑造，也让他惊叹不已——火箭着陆、颠覆行业、让世界更清洁……一个伟大的科技梦想家形象跃然眼前。"他就像个草原传教士，"福西说,"搭起了传经授道的大帐篷,而人们还偏偏乐意往里面钻。"

自从特斯拉上市以来,就一直有人质疑马斯克的计划。特斯拉的股票开始吸引一种特别的投资者,这些人希望通过卖空等市场策略,来做空这家公司——因为他们觉得特斯拉的股票估值过高,价格最终会回落到与其实际价值相符的水平。

比方说,普通投资者会以每股100美元的价格购进一家公司的股票,希望随着时间的推移,该股票的价值会上升到105美元,这样一来,卖出后可以获得5美元的利润。但卖空型投资者的做法则恰恰相反。他们会在股价为每股100美元的时候借入股票,马上卖出,押注于股票价值会下跌至95美元,这时再买回股票,归还给原来的持有者,从中赚取5美元的差价。这是一个复杂的游戏,风险也很高。做多者在这种情况下最多损失100美元的投资,但做空者不同。如果做空的股票不是涨到105美元,而是涨到了1000美元,做空者也不得不以这么高的价格将其购回,自己承担这900美元的损失。因此,理论上说来,他们的损失是没有上限的。

2015年,特斯拉有20%的股票都是由做空者交易的,让这只本就动荡的股票波动更甚。如果用图表显示特斯拉从2013年第一个盈利季度到2015年的股价,会发现它的轨迹就像一部过山车,总体而言在不断爬升,但也不时夹杂着急剧的下跌。如果一名投资者从2014年年初开始持有特斯拉的股票,一直持有到年底,那么股价的增长大约在50%。这个增长相当可观,但整个过程也让人心惊胆战。年初,股价下跌了7.4个百分点,1月中旬的收盘低点只有139.95美元。到了9月,股价又反弹回来,涨了一倍还多,当月的收盘高点到达过286.05美元。但到了年底,股价再次暴跌,跌幅在22个百分点,收于每股222.40美元。

只要做空者下注的时机合适，就可以从这些周期性下跌中获利。但随着时间的推移，特斯拉的股价趋于上扬，做空成了亏本买卖。从特斯拉首次公开募股到2015年，空头头寸的累计账面损失估计接近60亿美元。尽管如此，许多做空者仍然相信，特斯拉的劫数一定会到来。2015年，双方的较量也依然惊心动魄。

做空者喜欢围绕公司事件展开行动，比如公布季度财报或是发布新产品。他们会从中寻找不被市场看好的消息，因为这些消息会引发抛售。干这一行的有许多人都是在寅吃卯粮，因此他们看到一只股票持续飙升，就会倍感压力。在这种压力下，有一部分做空者就会开始抱团攻击这家公司，通常使用媒体和网上投资论坛，用推特的也越来越多。这一切，都是为了转变这个公司的形象，突出其业务消极的一面，或是揭示普通投资者可能没有意识到的弱点。从本质上来说，他们是想吓跑投资者，压低目标股价。

作为近代华尔街最为传奇的做空者之一，吉姆·查诺斯（Jim Chanos）是通过预测安然公司（Enron Corp）的覆灭来巩固自己的名声的。2000年秋天，他读了《华尔街日报》得州版上的一篇文章，第一次注意到了安然公司。文章称，这家公司通过上报自己在长期能源交易中未实现的非现金收益来提升利润数字——本质上来说，它是在自己的资产负债表上增加了一笔可能20年内都不会真正看到的收益。在分析师进一步深挖之后，查诺斯得出结论：安然其实是"乔装打扮的对冲基金公司"，它的大部分收益都来自能源交易，而不是能源分销。而且根据他的计算，安然的对冲基金做得也不怎么样。需要的资金越来越多，表现却平平。他的计算结果显示，安然的年回报率为7%，但支出却在10%以上。

2001年初，他在一次为其他做空者举办的会议上谈到了自己对安然的看法,希望可以引起大家的兴趣。会后,时任《财富》杂志记者的贝萨妮·麦克莱恩(Bethany McLean)给他打来了电话,并在他的帮助下写出了相关报道。2001年,安然面临的压力越来越大,而它末日将近的迹象,也在其CEO杰弗里·斯基林(Jeffrey Skilling)与行业分析师的一次电话会议中显露出来。有人问斯基林,为什么安然没有像其他公司那样,在公布收益报表的同时做一份资产负债表。斯基林骂这位分析师"混蛋"。八个月后,安然公司申请破产。《巴伦周刊》(*Barron's*)把查诺斯对安然的做空描述为"堪称这10年,乃至50年间最伟大的市场判断"。

查诺斯也和福西一样,经历了人生中不可思议的崛起。他的父母是第二代希腊裔美国人,在密尔沃基开干洗店。查诺斯上了耶鲁大学,在那里学习了经济学,之后前往芝加哥,在吉尔福德证券公司(Gilford Securities)工作。他对一家名为鲍德温联合公司(Baldwin-United)的股票做出了"卖出"的评级,颠覆了其他分析师的传统看法,从而引起了人们的注意。别的分析师都对这家年金丰厚的企业看涨,查诺斯却称这家公司是"纸牌屋",因为它负债过多、财务可疑,而且现金流为负。一年多一点之后,他证明了自己的判断是正确的:该公司根据破产法第11章申请破产,市值蒸发了60亿美元。《华尔街日报》等媒体对他的大胆决定激赏不已。随后,他成立了自己的基金公司,并在20世纪90年代初之前,持续获得了一系列成功。他做空了在得州、加州和新英格兰地区房地产崩盘中有敞口的地区银行和其他金融机构,还成功地做空了迈克尔·米尔肯(Michael Milken)的垃圾债券王国。在他的管理下,他的基金以两倍于同年标准普尔指数的速度上涨,价值翻了四倍还多,直到1991年市场整体下挫,才结束了这种好运。这些年里，他也有过下错赌注的时候。比如，他在20世纪90年代对麦克唐纳-道格拉斯公司（McDonnell-Douglas）的做空，就是一次失误。解读美国在线公司（America Online）的资产负债表时，他也马失前蹄。这家在他看来已经陷入危机的公司，却刚好赶上了1990年代的互联网热潮，股价趋势大涨。

但总体来说，他证明了自己是一位了不起的交易者，很有先见之明。2008年的全球金融危机让他的公司逆市上扬，资产达到了顶峰，接近70亿美元。这家公司名叫尼克斯联合基金（Kynikos Associates），是以古希腊语中的"怀疑者"（cynic）一词命名的。《纽约》（New York）杂志对他进行了长篇报道，详述了他与高盛集团和其他公司的种种明争暗斗，将他称为"灾难资本家"（Catastrophe Capitalist）。也有人把他比作是"做空界的詹皇"（LeBron James of the short-selling world）。他的名声越来越大，以至于他只要宣布自己对做空某家公司有兴趣，就可能会引发这只股票的动荡。

兴致来了的时候，查诺斯会用正义的口吻，描述自己在华尔街投资生态系统中的作用。他对一名记者表示，自己"从骨子里深信，做空行为扮演着实时金融监管者的角色。这是市场上为数不多的制衡机制之一"。

但2015年，他的公司却面临着新的挑战。一位大股东从基金中撤资了，查诺斯只得将基金对外部投资者开放。也就是在那一年，查诺斯开始对马斯克的公司大肆抨击。在美国全国广播公司财经频道（CNBC）1月的一次采访中，他对特斯拉提出了质疑，指出其股价是根据2025年的预期盈利估值的，但该公司却对自己的下一个季度都难以预测。"这款产品（电池）的核心部分是由松下制造的，"他说，"（特斯拉）就是个制造公司。它是一家车企，而不是一家改变世界的公司。"

而马斯克在那年冬天对特斯拉未来的描绘,却是另外一番景象。在2月与分析师的一次电话会议上,马斯克为特斯拉如何才能达到市值7000亿美元指明了道路。而这样的市值,基本上与当时的苹果等同。"我们的开销会很大,"他说,"但花钱的理由很充分,投资回报率也会很高。"他说,特斯拉将在未来10年保持50%的年增长率,伴随着10%的营业利润率和20倍的市盈率。他计算出的这种增长,是汽车行业前所未闻的。对大多数公司来说,这是一个难以置信的估值。在怀疑者看来,马斯克的这种说法毫无道理可言,特别是对于一家仅在2013年一个季度略有盈利的公司来说。说好听一点,这是马斯克的英雄主义。说难听一点,他也太自不量力了。

8月,查诺斯又来到美国全国广播公司财经频道,宣布他正在做空太阳城公司的股票。在马斯克的业务网络中,太阳城被视为补充产品和服务的提供者。它的太阳能电池板可以产生能量,为特斯拉的汽车提供动力。但这家公司目前的当务之急并不是要实现这个愿景,而是要理清自己的基本业务。太阳城为家庭和企业安装太阳能电池板,做生意主要依靠挨家挨户上门推销,并为购买者提供长达20年的分期付款。这个时间跨度其实很有挑战性,因为其间一定会出现更为先进的技术。在查诺斯看来,太阳城实际等同于一家次贷公司,因为这些电池板的分期付款方式本质上可以被当作是附属于房产的债务来对待。"基本说来,这些电池板就是你从太阳城公司租的。他们把电池板装在你的房子上,然后收取租金。所以,实际上,如果你安装了电池板,你的房子就有了二次抵押贷款。你本以为它是资产,但多数情况下却变成了债务。"太阳城正在烧钱,负债累累。"这笔生意很吓人。"查诺斯说。

如他所愿，太阳城股票当天就遭遇了暴跌。

如果太阳城出了麻烦，那马斯克的商业帝国也难逃牵连。这家太阳能公司，连同特斯拉和 SpaceX 一起，构成了马斯克心中的商业金字塔。而他自己，就是坐在塔尖上的那个人。这座金字塔只要有一个部分崩塌，整座建筑都会轰然倒下。马斯克的个人财务也与公司财务搅在了一起，盘根错节，难舍难分。自从特斯拉上市之后，他的个人财务状况变得更糟了，因为他借的钱更多了。他做个人贷款的时候，也用了 25％的特斯拉股份和 29％的太阳城股份作为抵押。他从高盛和摩根士丹利获得了总计 4.75 亿美元的信用额度，在过去若干年间，将其中的一部分用于购买特斯拉或太阳城的股票，借以支持这些公司。如果太阳城的股价下跌，马斯克可能就得拿出资金或更多的股票给银行。他一直很不愿意出售任何特斯拉的股票，只会偶尔为之，比如向 SpaceX 偿还借款时。而他之所以要借这笔钱，也是为了帮助特斯拉在 2008 年渡过难关，免于破产。他要保住自己特斯拉最大股东的地位，这样才能保持对这家车企有力的控制。他持有的股份越少，就会变得越脆弱，可能会被收购，或者被逐下 CEO 的宝座。十几年过去了，他终于不用再失去对特斯拉的控制，避免了 PayPal 时代的悲剧再度上演。而特斯拉在筹集发展所需资金方面的成功，似乎也越来越与他的公众形象密不可分。

那年秋天，马斯克和他的家人感受到了太阳城股票动荡所带来的风险，这给他们的整座纸牌屋带来了威胁。特斯拉董事会成员金巴尔·马斯克管理自己财务的方式，和他的大哥如出一辙。10 月下旬，太阳城的股价已经下跌到了年初的一半，金巴尔的银行要他追加保证金，要求他存入更多的钱，以弥补累积的损失。

"我今天一直在紧张地盯着太阳城的股价。"财务顾问凯伦·温克尔曼（Karen Winkelman）写信告诉他。此时的金巴尔已经走投无路了，因为他想扩张自己投资的饭店生意，但资金不足。他告诉顾问，他会找埃隆借钱。

面对这个请求，马斯克家的大哥并没有欣然应允。"其实我也没有现金，这你是知道的，对吧？"他写道，"我得去借。"

多年来，马斯克家族始终在职场上捆绑在一起。2006年7月，马斯克帮助表兄弟林登·赖夫和彼得·赖夫创办了太阳城公司。也就是在那个月，特斯拉在圣莫尼卡的机场发布了 Roadster。那次发布会上，他提到了一点：希望特斯拉可以充分利用太阳能电池板产生的能源。尽管这句话很容易被大家当成耳旁风，但其实颇有深意。而且，在次月公布的特斯拉总体计划中，他也谈到了特斯拉和太阳城未来的合作关系。

理论上说来，太阳能业务很简单。房主和企业主在购买太阳能系统时有两种选择。通常，为一套房子安装一个这样的系统需要大约3万美元，购买者可以选择一次性付清，这样就有资格获得配套的联邦税收抵免——在当时，大约相当于该系统购买成本的30%。或者，房主可以租赁这套系统。如果他们选择了这条路，可以享受低月供，但无法获得税收抵免。但为购买这套系统提供分期付款的机构，将会获得税收抵免。

实际上，正如查诺斯在美国全国广播公司财经频道上提到的那样，太阳城已经演变成了一个复杂的金融运作机构，本质上是两种业务在配套运作：一种是出售和安装太阳能系统，另一种是创造投资工具，出售税收抵免权利，以及其他与这些太阳能系统相关的福利。

这种模式需要大量的现金。在特斯拉上市两年之后，太阳城也于2012年上市，但在此期间从未获得过合并利润。该公司在2009至2015年间亏损了15亿美元，通过销售股票和发行债券来筹集资金。马斯克很喜欢"现金储备紧张化"，他认为这可以迫使高管们更为有效地运作业务，并找到富有创意的解决方案，同时避免进一步稀释他的股权。太阳城对这个观点十分认同，但他们的现金储备也着实太过紧张了。2015年，当查诺斯之类的做空者开始瞄准太阳城时，马斯克让SpaceX从太阳城购买了1.65亿美元的债券，借以改善该公司的财务状况。这也是SpaceX唯一一次将现金投资于一家上市公司。项庄舞剑，意在沛公。查诺斯对太阳城的所有动作，其实背后都指向了特斯拉。

查诺斯有一个理论：高管的高流失率，是公司内部出现问题的一个迹象。在过去几年中，马斯克与好几位法律总顾问闹得不欢而散，因此最终决定，让他之前的离婚律师托德·马龙来处理公司法务。CFO迪帕克·阿胡贾于2015年底退休，当时正是Model X产量应该提升的时候。另有几位自动驾驶项目Autopilot的负责人也已经悄然离职。在发布太阳城相关言论几个月之后，查诺斯出现在了彭博电视（Bloomberg TV）上。他指出，宝马和特斯拉相比，在市值方面存在着巨大的差异。宝马一年可以售出200万辆车，但特斯拉2015年的计划销售量却只有5.5万辆。然而投资者却把特斯拉的股价哄抬得如此之高，以至于这家电动汽车公司的市值已经到了宝马的一半左右。

"这是一家股价虚高的车企。"他这样评价特斯拉。他还警告说，其他汽车制造商也在制订电动汽车计划，很快就会赶上特斯拉。"他们必须成为一家汽车制造商，而成为汽车制造商，要比成为高科技宠儿困难得多。"

而坐在特朗普大厦中的拉里[①]·福西，也有着自己的怀疑。晚上和周末在家里的时候，他开始将自己关于特斯拉的思考付诸笔端。他隐约想到，可以把这些文章发表在"寻找阿尔法"（Seeking Alpha）上，这是一个供投资者发布内容的网站。但他只想匿名发表。而且，他也想体会一下加入游戏的感觉，最终亲自参与做空特斯拉。

他需要一个笔名。他很喜欢蒙大拿州，打算退休以后去那里居住。因此，他给自己取名为"蒙大拿怀疑者"（Montana Skeptic）。他选了一幅伽利略的画像作为自己的头像——这位天文学家被天主教会谴责为异端，因为他认为太阳才是宇宙的中心（结果证明，他是对的）。2015年底，他发表了自己的第一篇文章，题为《为何特斯拉Model X的交付量将远低于埃隆·马斯克的预测》。在这个标题之下，是长达9页的分析，批判了马斯克野心勃勃的生产目标，也挖了挖他之前未能实现目标的黑历史。几周之后，福西又以"蒙大拿怀疑者"的笔名发表了另一篇分析文章，警告说，Model 3正走在一条通向泥潭的道路上。

---

① 拉里是劳伦斯的昵称。

第二十一章
生产之痛

特斯拉加州弗里蒙特工厂占地广阔,坐落于海拔 2000 英尺的陡峭山脉脚下。在潮湿的冬季,这些不长树木的山峰会变成翠绿色,和亮白色的厂房外墙、时髦的灰色特斯拉厂名形成鲜明对比。理查德·奥尔蒂兹(Richard Ortiz)在这家工厂的前身工作了将近 20 年,可那个时候,它从未显得像现在这么吸引人。他从孩提时代就梦想在这家车厂工作,那是他父亲未竟的愿望。而他自己直到上高中时,也都觉得这个梦想遥不可及。

这家工厂是通用汽车在 1962 年开设的,比奥尔蒂兹出生早了 4 年。通用当时的战略,是要在顾客身边生产轿车和卡车,节约运输成本。这家工厂的建立,正是基于这个目的。在为几代家庭提供了中产生活之后,这个体系在 20 世纪 80 年代陷入了危机。美国车企面临着来自丰田等日本对手日趋激烈的竞争,同时还要继续忍受已经延续了数年的管理不善。正是这种管理不善,让他们的汽车相形见绌。

通用汽车于 1982 年关闭了若干家工厂,弗里蒙特也在其列。这家工厂被通用视为表现最差的工厂之一,因为他们的工人加入了全美汽车工人联合会(United Auto Workers,以下简称"UAW"),以态度强硬、组织性强著称。工人们把这家当年有着灰绿色外墙的工厂称为"战舰",多年来与管理者冲突不断,直至工厂最终关闭。工人们利用劳工手册上的每一种手段,向通用管理者展示着自己的力量——病假、怠工、自发式罢工。日常旷工率高达 20%。到工厂关闭时,通用的系统中仍积压着 6000 多起工作投诉。

奥尔蒂兹在十几岁时,就已经对 UAW 的力量了然于心。他在做学校的功课时,读到了一本关于该协会创始人沃尔特·鲁瑟[①]生平的书。于是他有了一个愿望:有朝一日,能成为 UAW 地方分会的主席。

1984 年,这家工厂重获新生。当时,丰田对日益加剧的贸易保护主义深感担忧,因此想在美国建立工厂。在共同的需求之下,通用和丰田考虑要合开一个制造工厂。通用渴望对丰田闻名遐迩的制造系统进行学习,但丰田却并不确定这个系统对美国工人能否奏效。因此双方达成协议,联手重开弗里蒙特工厂,再度大量起用通用前雇员。那些工人再回到厂里,发现环境已大不相同了。工厂改名为新联合汽车制造公司(NUMMI:New United Motor Manufacturing Inc.),由通用汽车和丰田汽车共同拥有。丰田从日本引进了数百名培训师,用他们的方法对加州员工进行再培训,强调持续改进、互相尊重及标准化作业。该系统希望管理者可以做出长期看来最为有利的决定,而不是只顾着解决眼前的问题。工作要根据用最少的动作即可完成的原理来设计。装配线以恒定的速度移动,每个工序都要在 60 秒内完成。一旦发现问题,工人有权拉动天花板上垂下来的拉线开关,让装配线停下

[①] 沃尔特·鲁瑟(Walter Reuther,1907—1970):美国最著名的劳工领袖之一。自 1946 年起担任 UAW 主席,直至去世。

来。工作信条是：第一次就要做对，以免造成之后的缺陷。

道理都说得通，挑战在于如何付诸实践，尤其是当经理们要面对完成每日生产指标的压力时。高层管理者则必须遵守这些原则。1991年，当经理们感觉到生产稳定性有所下滑时，他们挂起标语、分发徽章，鼓励工人们专注于质量。那一年，工厂因其出产的车辆品质，荣获了君迪（J. D. Power）颁发的知名奖项。

1989年，奥尔蒂兹被这家工厂录用了。他在工会没什么资历，所以起初被派往了油漆车间，而不是按照之前的培训方向，成为一名焊工。油漆车间的工作很辛苦，但也让他大开眼界，看到了弗里蒙特之外的世界。借着日本管理层对培训的重视，他对汽车行业有了全面的了解，还去日本丰田市参与了一次科教之旅。他还学会了如何在UAW内部进行运作，升到了地方委员会委员的位置。这是一个很重要的职位，任务是确保工会的合同得到遵守。他把家人也介绍进了新联合汽车制造公司工作，还买了房、组建了家庭。得知父亲为他骄傲的时候，他很开心。"他成天拿你炫耀来着。"家人和朋友告诉他。

他在这家工厂干了差不多20年。2006年，他离职了。他对这个地方的勾心斗角越来越失望，和妻子的关系也出现了危机，尽管他把她的肖像文在了右臂上。两人分手后，他去参加了培训，获得了车辆碰撞维修证书。从许多方面来说，他转行的时机刚好：汽车行业正在走向2008及2009年的衰退，通用也在破产重组中退出了新联合汽车制造公司。丰田称，没有通用汽车，这家工厂的财务状况便无力维持运营。于是，工厂于2010年开始解散。新联合汽车制造公司的消亡，对工人来说是痛苦的。许多人认为，应该将这种遭遇归咎于工会领导不力。在丰田长期以来终身工作制的承诺下，该厂近5000名工人的平均工作年限为13.5

年，平均年龄为45岁。奥尔蒂兹目睹了家人们找新工作的艰难。

特斯拉2010年收购这家工厂时，因为生产规模较小，而且强调自动化，所以并不需要几千名工人。奥尔蒂兹也对回那家工厂上班没有多少兴趣，因为他还没能忘掉过去的伤痛。后来，他摔伤了脑袋，导致视网膜脱落。他从摔倒的昏迷中醒来之后，双目已经失明，不知道自己这辈子还能不能再看得见。他接受了一次手术，恢复过程极其艰辛，每次都要连续好几个小时将头部固定在一个位置，不能动弹。但康复之后，他的视力也回来了。"手术后，我醒了过来，又能看见东西了，"他说，"我觉得，之前自己遇到的所有问题，都不再是问题了。"

这次事故过后，他开始调整自己，适应新生活。2015年12月的一天，他和儿子骑着自行车，经过了那家工厂。"你干吗不去应聘呢？"他儿子问道。当晚，奥尔蒂兹就上网应聘了。他又一次赶上了好时候。特斯拉正忙着提升Model X的产量，因此急需工人。几天后，奥尔蒂兹便去工厂上班了，这是他多年来头一次回到这里。

一进工厂，他就发现，这个地方已经今非昔比了。尽管建筑的骨架还在，但已经不是以前的样子了——许多方面都旧貌换新颜。幽暗的角落和肮脏的墙壁荡然无存，地板被刷成了白色，一切看起来都是那么清新明亮，还安了新的窗户。入职培训中，厂方谈到特斯拉正在革新汽车产业，重点在于要造出比以往都要好的汽车。"这就是汽车工人的梦想啊。"他回忆道。

一上总装线干活儿，奥尔蒂兹就找到了一种回家的感觉。他对这些工作上手很快，因此领到的任务也越来越难，但薪水却没有记忆中的高了。他记得离开通用-丰田工厂的时候，自己的时薪是27美元，但现在只有21美元。他还感觉到，尽管油漆闪亮、谈话愉快，但事情并不像看上去那么乐观。他察觉得到同事们流露出的焦虑情绪。

奥尔蒂兹当时并不知道，自己是在一个危机四伏的时刻来到弗里蒙特工厂的。所有围绕着 Model S 的溢美之词，都让特斯拉信心爆棚，觉得自己无所不能。马斯克用自己的梦想打动了投资者，让他们相信，特斯拉第三代车型可以引领未来。但要实现这个梦想，很大程度上有赖于 Model S 和 Model X 进展一切正常。然而，实际情况远非如此。

问题的种子，早在奥尔蒂兹来上班之前很久就埋下了。Model X 的生产和 Model S 一样，一点儿都不叫人省心。当年，彼得·罗林森的团队曾为 Model S 的工程设计伤透了脑筋，不知该何时收工，让工厂来接棒生产。而最终迫使他们放手的是外界压力——特斯拉没钱了，需要生产 Model S 来创造收入。但 2014 年的特斯拉，自我感觉已经不同了。Model S 好评如潮，带来了现金收入，公司 2013 年还一度实现了盈利。马斯克变得自信起来，但也许有些过度自信了。他希望 Model X 可以超越前者，成为更加了不起的车。工程和制造团队只要去霍尔茨豪森的设计工作室看一下就会发现，似乎每一个新想法都可以在那里得到尝试。对供应商无法生产或工厂能力有限的担忧，很快就湮没了。

马斯克特别讨厌人们用时间紧张作为借口。你只要说一个零件无法在规定时间内制造出来，就会被他揪住不放。个别情况下，他可能是对的。为什么这个供应商不能加快生产速度呢？但不切实际的要求越来越多，需要按照前所未闻的速度生产的车辆零部件也越来越多，失败的风险也就层层叠加起来。

比如，前挡风玻璃就是一个问题。Model X 的前挡风玻璃比其他车子大得多,团队不得不满世界寻找供应商,最终才在南美找到了一个符合要求的。

第二排座椅也是一个挑战。为了承受住碰撞,它们必须满足一定的负载要求。多数车子都会把座椅的四角固定在下方车厢地板上,安全带通常也会固定在一个结构性支柱上。但马斯克希望乘客不费吹灰之力就可以坐进 Model X 的第三排。因此,他想让第二排座椅看起来仿佛悬停在那里,安全带也不能太碍事,不要从上拉到下,挡住通往后排的入口。这就需要一个特制的座椅,可以通过自己的支柱固定在车厢地板上。事实证明,要做到这一点,比想象得要难。[①]

但所有这些挑战,和鹰翼后门比起来都不值一提。2011年底,彼得·罗林森就针对这些门向马斯克提出过警告,但那些话早就被遗忘了。到 2015 年春,团队还在努力琢磨,该怎么让这些门像飞行中的鸟翼一样向上打开。液压系统无法通过测试,液体漏到了乘客身上。麻省理工学院有一位名叫斯特林·安德森(Sterling Anderson)的研究人员,在自动驾驶汽车方面做出过一些成绩,于 2014 年底被特斯拉聘用,担任 Model X 的项目经理。他悄悄为车门做了一种新的工程设计,降低了机电系统的复杂性。马斯克很喜欢,在最后关头下令改用这个设计。

在最后关头改动车门设计是有风险的,因为车身也要跟着做出调整,还要打造新的模具。完成这些工作通常需要九个月,还要再花三个月调整工具,才能做出合适的零件。但他们没有一年的时间。按照计划,几个月之后就要投产了。与此同时,工厂团

[①] 马斯克之后对座椅非常不满,所以下令让公司自行生产。其过程成本高昂且耗时,最终引发了另一家工厂的诞生。——原注

队还在从帕辛想出来的小车运输系统向真正的装配线过渡，以满足日益增长的生产需求。特斯拉再一次走上了边起飞边造飞机的老路。工厂先用老工具开始生产，造出了几十辆早期版本的SUV进行最终测试，然后才开始正式生产。这些车子实在太难造了，做出来的样子也难看极了，车身面板之间留有很大的缝隙。但团队别无选择。他们需要把头10辆SUV装配好，在定于2015年9月底举办的Model X投产庆祝活动上交付给客户。

这些车子被送往一个密室拆开，再由一组设计师和工程师手工重新组装起来。零件也要重新制作，工人们得用小刀手工修整车门密封条。他们夜以继日地工作了两周，才把首批SUV准备好。活动开始的那天早上，车子还有这样那样的毛病。最终彩排简直就是一场灾难——多数车门都有故障。软件程序员在笔记本电脑上忙活，想弄清楚为什么车门打不开。马斯克在这种压力之下倒显得很冷静，鼓励团队全力以赴，争取让这场展示顺利进行。而真正的问题，可以等到展示结束之后再解决。

活动当晚，马斯克身着自己标志性的黑色天鹅绒外套、牛仔裤和闪亮的鞋子出场了。演讲一开始，他就照例重申了特斯拉为什么要做目前在做的事情。"很重要的一点就是，我们要让人们看到，任何类型的车子都可以电动化，"他说，"你们已经看到，特斯拉可以造出一辆像Roadster那样炫酷的跑车，并把它电动化。轿车也是一样。现在，我们要让你们看到，SUV也可以。"接着，电子舞曲响起，SUV登场。

展示车门的时候到了，躲在后台的团队屏住了呼吸。这个关键功能将要经受前所未有的考验。一旦失败，所有的辛苦就都白费了。

门开了。

他们又一次侥幸成功。马斯克告诉华尔街，特斯拉 2015 年最后三个月的产量将达到 1.5 万至 1.7 万台，大约相当于每周生产 1250 至 1400 台。看来，2012 年的一幕又将重演。当时，公司尽管已经欢庆了 Model S 投产，但还远未做好准备来实现马斯克承诺的产量数字。

实现这个目标的重任，落到了生产部负责人格雷格·雷乔和他的副手乔什·恩赛因（Josh Ensign）肩上。恩赛因曾是一名陆军军官，于 2014 年加入特斯拉。但就在他们为了马斯克的目标赶工时，工厂却开始一辆接一辆地产出有问题的车子。车门关不上，车窗也不工作。很快，停车场就被几百辆有问题的车子塞满了，但问题的原因却尚不清楚。

不过，这些问题在奥尔蒂兹这样的工人看来却并不奇怪。就在特斯拉重新粉刷厂房的时候，丰田的制造精神仿佛也被一并抹去了。奥尔蒂兹发现，经理们只着眼于解决短期问题，并不愿意去思考长期效用。他们并没有将 Model S 各个生产作业点的工作标准化，流程相当随意。因为没有精心编排好的工序，安装零件时，奥尔蒂兹只能绕着车身跑来跑去。以前工厂那种对效率的关注，在这里完全不存在。有时零件本身也有问题。比如他会告诉主管，这一箱车门零件都是坏的。而主管却会让他自己去零件堆里翻一翻，找几个好的。他还说，主管有时会告诉他，就这么凑合着用吧，无论好坏。这让他觉得，自己的意见无足轻重。

如果换作是丰田，此时就会停下生产线，把这些问题处理好。但如今，奥尔蒂兹不得不把这样的车子放过去，到了装配线的末端再返工。那里的工人也许会手工重做零件，或是靠蛮力把各个部件强行拼凑在一起，简单粗暴地解决问题。这样干活既耗时又费力，不良后果很快就在工人们身上体现出来——主管们开始注意到工伤率的攀升。

根据特斯拉的记录，2015年每100名工人中就有8.8人受伤，超过了行业平均水平的6.7人。经理们表示，许多工伤与重复性动作有关。奥尔蒂兹注意到，有一些背部和手臂的损伤，原本是可以通过合适的人体工程学来避免的。与丰田不同，特斯拉并没有花时间设计出一款适合工人生产的SUV。第二排座位花哨的设计也许可以使顾客免受束缚于汽车座椅之苦，但工人却要辛苦地弯着腰钻进车厢，把它们用螺丝固定在地板上。如果螺丝滑丝了，还要被迫手工操作。

尽管困难重重，大家却携手同心。特斯拉正在努力拼搏，打破外界的质疑。这一年尾声将至时，恩赛因给大家发了一个消息：为了实现年度目标，大家需要计划在接下来的21天内连续工作。马斯克坚持要让全世界看到，特斯拉能做到——至少是看似能做到。

特斯拉在那一年的总产量比既定目标少了1000辆，但总销量——几乎全部都是Model S带来的——在马斯克承诺的范围之内。特斯拉在2015年末季度只生产了507辆SUV，多数是在年底最后几天生产出来的。全体员工拼尽全力，在7天之内将周产量提升到了238辆。马斯克开始对投资者说，他们已经走上了正轨，到6月周产量将达到1000辆。但高管团队却力劝他放缓步伐，让工人们稍作喘息。然而马斯克担心，只要一个季度慢下来，市场就会被吓坏。他告诉高管们，特斯拉的成功是在供小于求的认知上建立起来的。只要情况似乎出现反转，他们就会完蛋。他对工厂的耐心也在减退。他并不关心混乱是如何产生的——几个月前做出的设计决定产生了级联效应，影响到了目前装配线上的工作。他只想把烂摊子收拾干净——现在立刻马上。

随着2016年的展开,他的脾气也变得越来越大。他对太阳城公司的投资情况不妙,季度报告显示,由于太阳能产业整体低迷,这家公司的资金出现了不足。他与女演员妲露拉·莱莉的婚姻也再度走向终结。私下里,他和女演员安珀·赫德待在一起的时间越来越多,当时安珀还和男演员约翰尼·德普(Johny Depp)是夫妻关系。那年春天,德普不在国内的时候,马斯克去过这对夫妇位于洛杉矶市中心的公寓——这是公寓工作人员爆的料。他会在晚上很晚过去,第二天一早离开。① 马斯克的睡眠习惯——或者说缺乏睡眠的习惯——是公司高管们人尽皆知的。他似乎是那种天生就不需要多少睡眠的人,半夜发邮件更是家常便饭。然而据高管们说,随着他和赫德的关系逐渐升温,马斯克似乎在为了她,进一步挤压自己原本就足够麻烦的日程。他会心血来潮坐上飞机直奔澳大利亚,落地没多久又飞回来,因为赫德当时正在那里拍《海王》。小报记者还在伦敦和迈阿密的夜总会里发现过两人的身影。他在员工会议上抱怨过旅行的疲惫,但周围的人都看得很清楚,他想见她,越多越好。

"缺乏睡眠对他来说算不了什么,他只要每晚睡上几个小时,状态就足够好了,"长期担任他副手的人说,"真正让他疲惫的,是旅途奔波和各地时差。"

尽管特斯拉命途多舛,但它让很多人大开眼界,看到了电动汽车的可能性,也消除了只有传统车企才能成功造车的成见。因此,它能引起硅谷最大玩家苹果的注意,也就不足为奇了。2014年,苹果悄然开始研制自己的电动汽车,聘请了一大批经验老到

---

① 马斯克声称,两人的恋情是在赫德2016年5月提出离婚之后才开始的。在那之前,他们都只是朋友。——原注

的个中能手，来启动这一名为"泰坦"（Project Titan）的项目。但他们很快就发现，开发一款汽车比他们最初想象的要难。此时，特斯拉股价从之前的高点下跌，而 Model X 的困难也变得人尽皆知，这让苹果 CEO 蒂姆·库克（Tim Cook）看到了机会。特斯拉和苹果的关系，可谓一言难尽。马斯克仰慕苹果的成就，一心想聘用简历上有苹果就职经历的员工。他的门店和苹果的就像是一个模子里倒出来的。他的设计也从 iPhone 汲取了灵感。两家公司都培养了一批铁粉，其中也有人看到了两者强强联手的可能性。在 2015 年初的苹果股东大会上，库克遇到了一些渴望看到两家企业牵手的投资者。"说实话，我真想看到你们把特斯拉买下来。"其中一人对库克说。一听这话，观众席里爆发出了一片欢笑声。

当库克团队开始挖特斯拉高管的墙脚时，人们就意识到，苹果在自行研发汽车。苹果承诺给特斯拉高管加薪 60%，外带 25 万美元的签约奖金。这一切让特斯拉忍无可忍。马斯克开始反击苹果，说他们挖走的那些人，都是经受不住特斯拉考验的。"我们总是开玩笑，说苹果是'特斯拉垃圾场'。"他在 2015 年对德国《商报》（*Handelsblatt*）说。但打嘴仗归打嘴仗，马斯克还是有兴趣听听库克怎么想，因此两人通了一次电话。马斯克对有些人描述过这次通话的情景，据他的版本称，库克试探了一下收购的水深，马斯克表现出了一些兴趣，但有一个条件：他要当 CEO。

库克一口答应，说马斯克可以继续在苹果旗下担任特斯拉的 CEO。据说，马斯克对此的回答是"不"。他要当苹果的 CEO。接棒故去的乔布斯、将苹果打造为全球市值最高公司的库克，被这个要求惊呆了。

"去你妈的。"据马斯克说，库克骂了这么一句，就挂断了电话。（苹果拒绝对该说法发表评论。）①

无论这些叙述是否属实，人们都很难想象，马斯克会真的想成为苹果的 CEO。整个故事倒更像是马斯克对特斯拉的一种期待：希望特斯拉可以成为与苹果并驾齐驱的公司。而且，它还有一个更为直接的作用：让那些指望着苹果来救赎自己的高管三思而行。他们必须解决弗里蒙特工厂的混乱局面，否则有他们好看。

这些纷纷扰扰，都不足以让马斯克分神。解决工厂的需求，才是他目前关注的重点。2008 年，马斯克凭一己之力，挽救 Roadster 于水火。而这一次，他也赴汤蹈火，在所不辞。他在弗里蒙特装配线尽头的地板上放了一张充气床，公开宣称，他就睡在厂里了。

有一个问题尤其令人费解：Model X 的乘客窗在升降时会发出刺耳的摩擦声。许多人都知道，马斯克对气味和声音很敏感，以至于只要他在附近，工人们都会被告知要关掉小车上的安全报警器。（他也不喜欢黄色，坚持要把这种典型的安全色尽可能都换成红色。）② 一天晚上，他把正忙于 Model X 返工的团队召集到一起，做了一次动员讲话。他告诉工人们，他明白他们正在做出的牺牲，随后顿了顿，眼中涌上了泪水。他说，对于这一切可能为

---

① 库克在 2021 年《纽约时报》的一期播客节目中表示，他从未和马斯克说过话。然而，在 2016 年唐纳德·特朗普举办的一次会议中，库克却被拍到和马斯克坐在一起。而且，这两位高管都在清华大学经济管理学院顾问委员会中任职。——原注
② 马斯克对此表示了否认，他在 2018 年 5 月 21 日发推称："特斯拉工厂足足有几英里长的黄色油漆线和黄色胶带。"——原注

家庭带来的伤害,他有着切身体会。

正是这种真情流露的时刻,让许多人深受鼓舞。马斯克并没有要求任何人比他自己工作更卖力。就连奥尔蒂兹也承认,马斯克的出现,似乎可以让团队马力全开。马斯克来工厂的标志之一,就是他的座位旁边会摆上可以给他提供零食的爆米花机。而经理们看起来也更加坐立难安。这让奥尔蒂兹想起他在新联合汽车制造公司的日子。当时,每逢美国职业安全与健康管理局(OSHA)要来检查,厂里就是这种感觉。

但这样的工作还是让生产线上的男女工人日渐疲惫。他们喜欢加班工资,但讨厌加班时间的不固定,尤其是周末被叫来上班,却只能因为延误而站着干等。

在一片抗议声中,恩赛因向工人们保证,每个月都会提前通知他们,哪个周末可以休息。但问题在于,到了第一个休息的周末,马斯克却想让工厂开工。之前他们改过大灯的设计,给墨西哥供应商的生产造成了困难,只能每天空运过来一小批。这就导致了灾难性的多米诺效应,使几百辆SUV无法完工。而且到目前为止,他们连一辆没有瑕疵的Model X也生产不出来。这让马斯克很不高兴。

一天晚上,在装配线末端,恩赛因和马斯克就工人休息时间展开了一场激烈的辩论。恩赛因据理力争,说团队需要休息,这让马斯克十分恼火。"我本可以去我自己的私人小岛,找一帮超模脱光衣服陪我喝迈泰鸡尾酒,但我没有,"马斯克咆哮道,"我在厂里拼了老命地干活,所以不要再跟我说,厂里其他人工作有多辛苦!"

说完,马斯克气冲冲地走开了。那天夜里晚些时候,马斯克正在继续巡视生产线,却遇到了一个跟车窗较劲的工人:窗户又发出了恼人的摩擦声。眼看马斯克就要爆发，一名小时工站了出来："我知道怎么才能修好。"他解释说，只要在门封上切一个口子，声音就会消失。马斯克让他演示一下，工人照做了。声音果然消失了。

让工人意想不到的是，马斯克却对恩赛因发起火来："见鬼！你手下明明有人会修，你怎么不知道？"

恩赛因并不想当着这名初级员工的面，指出实际上工程师们早就试过这种办法，但几周之后，问题还会再度出现。这位工人觉得自己成了马斯克的英雄，恩赛因不想让他难堪。但马斯克气坏了，仿佛打开了员工口中的"白痴认定开关"，满脑子想的都是，自己手下有一名吃干饭的雇员。于是他又说："你的工厂里有一个知道怎么解决问题的人，但你却对此毫不知情，这是我绝对不能接受的！"

马斯克和恩赛因的领导格雷格·雷乔当着工人们的面走进会议室，展开了火药味十足的对话。结果很快就产生了：恩赛因被解雇了。雷乔也辞职了。就在即将推出 Model 3 的当口，马斯克失去了自己的制造部门负责人。

几周之后，马斯克终于可以庆祝首台完美无瑕的 Model X 下线——当时是凌晨 3 点。尽管工作强度如此之大，特斯拉还是未能实现季度末周产 1000 台的目标。但马斯克还是告诉投资者，公司有望在下半年产出 5 万台车——相当于特斯拉前一年全年的产量。

加紧生产 Model X，或许有助于改善特斯拉在华尔街的统计数据，却会让顾客在日后遭遇各种问题，引发大量投诉。特斯拉在美国的年度销量尚未达到君迪公司的数量要求，因此君迪无法将其纳入自己一项对汽车性能的基准研究，对其进行新车质量评估。（在做这项研究的时候，君迪需要汽车制造商的许可，才能与其在加州、纽约州等特定州的客户通话。特斯拉此前拒绝了君迪的这项要求，从而避免了被纳入此项研究。）但这些州以外的车辆数据，已经足以让君迪看清大方向了。分析结果显示，特斯拉的新车质量，是所有豪华品牌中最差的，而在整个汽车行业中，也是最差的之一。整体问题比特斯拉更多的品牌，只有菲亚特和Smart。这项研究仅针对特斯拉，由于数据不完整，当时并没有得到广泛、详细的公布。①

人们对特斯拉有诸多抱怨，包括风噪过大、车身面板没有对齐、安全带难以使用等。但研究也发现，特斯拉的车辆有着自己的优势：触摸屏很大、电力传动系统表现上佳。本质上说来，特斯拉在传统汽车制造商不了解的领域胜过了竞争对手，但在需要长年累积经验的领域却表现糟糕。

尽管顾客向君迪汇报了大量问题，但却丝毫无损于特斯拉品牌的吸引力。它在品牌兴奋度方面的得分，超过了所有竞争对手。君迪在这份没有公开的报告结尾处警告称，对新车质量的担忧，"可能会随着销量的增加和其他类型买家群体的出现而增长"。

奥尔蒂兹明白这种脱节的感觉。他儿子把马斯克当成科技英雄来崇拜，他有天甚至替儿子去找老板要了个签名。但他也目睹着特斯拉的管理不善——或许已经到了危险的地步。他常想，要是UAW来到这家工厂，一定会好一通忙活。

到了夏天，他终于有机会验证这个想法了。他收到了一份神秘的邀请，请他和一些工会的老朋友在一个周末聚聚。到了地方他发现，UAW从底特律派来的组织者也在。他们想知道，他是

---

① 直到2020年，君迪才开始将特斯拉公开纳入自己的研究。——原注

否愿意帮助特斯拉组建工会，而这个机会正是他一直梦寐以求的。易如反掌，他心想，工人们都已经准备好了。工会的力量，曾经大到可以关闭通用汽车的工厂。他想重现那样的光辉岁月。

"我的最终目标，就是把所有工人带出那座工厂，"他说，"用老办法。不争执、不交谈、不计票。你认可我们的想法，我们就回去工作。不认可，我们就这么站着。"他想，或许最终，自己真的会成为 UAW 一个地方分会的主席。

第二十二章
擦肩而过的 S-E-X

一开始,马斯克想给紧凑型轿车取名为 Model E。"E"代表"电动"(electric),并且可以与公司其他两款车型组成"S-E-X"系列。这个建议,让高管团队笑出了声。但他们发现, Model E 的商标已经被福特汽车注册了,因此只得调整一下,把"E"左右颠倒,变成了"3"——既代表第三代车型,也从某种程度上保留了这个笑点。

如果换作苹果,是不会这样为自己的下一部 iPhone 命名的。但道格·菲尔德发觉,自己特斯拉生涯的许多方面,都和在前雇主公司的体验大相径庭。他在苹果的时候,要管理上千名工程师,开发最新款的 Mac 电脑。因此他很快就意识到:特斯拉有些东西必须改变。如果这家车企想跨入主流,就不能再重蹈 Model S 和 Model X 的覆辙。公司的规模已经变得太大了,如果他的团队再犯之前的错误,那么代价也就太大了。大众市场车型的延误,可能会让这家公司万劫不复。他的入职标志着特斯拉成长期的到来——是时候改变初创期的形象,成长为一家成熟的企业了。

在特斯拉帕洛阿尔托总部安顿下来之后,菲尔德明显地看到了这家公司的天真之处。汽车团队和科技团队(两个团队基本都是男性)之间存在着隔阂,而这种隔阂,可以追溯到彼得·罗林森时代。车辆和制造工程师组成的汽车团队，是从罗林森在洛杉矶的团队里发展出来的，最终搬来了硅谷。他们通常来自汽车制造企业，多数是欧洲公司，不少人都有英国口音。到了特斯拉之后，他们的打扮开始变得随意，不用再整天西装革履。这些人年纪普遍都在四五十岁，住在旧金山湾区郊外的豪华社区，比如普莱森顿或核桃溪。

而科技团队的成员是因为 J. B. 斯特劳贝尔的关系来到特斯拉的。他们就像是硅谷初创企业的化身，许多比汽车团队的同行要小一辈，通常（不可避免地）都是斯坦福大学的校友。他们喜欢穿 T 恤和很炫的跑鞋，住在旧金山或帕洛阿尔托。

这两个团队之间的关系十分紧张。汽车团队觉得，科技团队对于汽车行业辛苦得来的经验教训缺乏尊重，也不看重造车的正确方法。而科技团队觉得，汽车团队的工程技术能力不如自己，因循守旧，故步自封。一名高管是这样描述这两个阵营的："两者的团队文化没有任何一点能让你觉得有一致性可言。"

这种情况必须改变。菲尔德需要他们精诚合作，这样才能找到方法，将 Model S 所有令人喜爱的部分都保留下来，并把成本压缩至之前的一小部分。人们的观点需要改变。若干年前，如果 Model S 的工程师对马斯克提起预算，他会大发雷霆。他只想让他们一心一意造出最好的汽车，管它成本几何。但现在不同了：菲尔德领到了新的任务。特斯拉已经证明了自己可以造出最好的汽车，现在的挑战在于，要造出一辆可以赚钱的日用型汽车——一款大众产品。这是特斯拉从一个疯狂的想法演化成现实的唯一途径。

在之前和团队召开的 Model 3 工作会议中，菲尔德放出了一张 PPT，请大家注意。上面说，Model 3 需要达到的目标有：售价

3.5万美元，单次充电续航里程200英里以上，使客户产生近似于对Mode S的体验与热情。他告诉大家，如果做到这几点，"我们就可以改变世界。"

起步价3.5万美元是关键——这是轿车销售的"甜区"。宝马3系和奔驰C级都是这个价格起售，丰田凯美瑞高配版也是这个价格。据Edmunds网站数据显示，美国2015年的新车平均售价为33532美元。高配版Model 3的售价可以更高，为他们增加利润。

十年前，马丁·艾伯哈德在考虑如何将AC Propulsion的tzero变成量产车时，遇到了一个挑战：电池成本。而如今的Model S，依然要面对这个挑战。斯特劳贝尔超级工厂的想法，以及他与松下的合作，是解决问题的开始。特斯拉打算将工厂建在内华达州里诺附近，这样可以降低近1/3的成本。但要做的事情还有许多。菲尔德需要找到合适的方法，来激励一个并不习惯于考虑投资回报的团队。

他根据销售数据精心制作了一张数据图，让大家可以一目了然地看到，汽车成本是如何影响销售的。成本每降低1美元，年销售量就可以增加100台。"这就是1美元的意义，"他告诉他们，"它意味着多了100个用户家庭，少了100台跑在路上的内燃机。又有100个人可以享受拥有Model S的喜悦，过上更加安全、幸福的生活。"一句话，他们要造出低价版的Model S，既要降低成本，又要保留车辆所有令人兴奋的部分。

除了提高电池的生产效率，还有一种降低成本的方法，就是为电池注入更多的电量，这样就可以少用一些电池芯。Model S使用的是代号为18650的锂电池芯。而斯特劳贝尔的团队想用一款稍大一点的电池芯（21毫米×70毫米），这样内部容积就会加大，工程师可以为其注入更多的电量。他们想找到一种方法，让

275

Model 3 在与 Model S 行驶距离一样的情况下，可以少用 25% 的电力。

为此，特斯拉需要聚焦在提高车辆整体效率上。菲尔德给了工程师们两套零件预算。他希望他们在考虑自己决定的成本时，不仅要考虑资金，还要考虑它对车辆电力系统的负荷。所以，假如团队要为自己建议使用的刹车写明成本，那么他们既要列出成本的金额，也要列出与加速、减速相关的能量成本。车身下面的一个塑料条，也许制作成本是 1.75 美元，安装成本是 0.25 美元，但它可以改善空气动力学，增加续航里程，相当于减少了 4 美元的电池成本。这就是一个胜利。随着团队逐步减轻重量、改进空气动力学，车辆的续航里程被提升到了 335 英里，远超最初的目标。

还有一些其他降低成本的方法，包括把车架换成钢制的，不再使用 Model S 昂贵的铝制车架（不过车门还是铝制的）。而且他们发现，只要把车内中控台传统的仪表板去掉，换上一块涵盖车辆全部信息的大平板屏幕，就可以省下一大笔钱。

他们还开发了一种出风系统，比常规的便宜许多，所需零件也更少。汽车设计师多年来一直梦想着把仪表板上圆形或矩形的出风口去掉，替换成更为雅致的东西，可惜没人可以做到。但菲尔德团队的一名工程师却成功地把它去掉了。此人名叫乔·马达尔（Joe Mardall），之前供职于迈凯伦赛车公司，从事改善赛车空气动力学方面的工作，于 2011 年加入特斯拉。他曾于 2015 年为 Model X 研发了一款空气过滤系统。特斯拉宣称，这款系统可以去除至少 99.97% 的细颗粒污染物。新任务要求他设法利用气流来充当出风口闸门，不再使用常见的、占地方的开口来出风。于是，他在仪表板上精心打造了一款流畅而隐蔽的条状出风口来引导空气,彻底告别了圆形出风口。这就是特斯拉从 Model S 开始努力在做的事情:将一小群绝顶聪明的工程师召集在一起,让他们想出打破常规的办法,解决看似不可能解决的问题。

可削减成本,并不是特斯拉唯一要解决的问题。2016 年春天,弗里蒙特工厂经历了一场梦魇。这次事件凸显出,需要改善的不仅是经济方面,还有特斯拉车辆的可制造性。菲尔德在格雷格·雷乔尚未离职的时候,就与他在这件事上达成了共识。Model X 迟迟无法投产的主要问题在于,直到开工前的最后一刻,人们还在对这款 SUV 进行设计和工程方面的改动。而工厂需要时间,和零件供应商一起设置工具,并对它们进行测试和调整,才能开始生产。

为了让汽车开发人员和工厂工程师达成共识,菲尔德把他们召集到了一个远离帕洛阿尔托总部和弗里蒙特工厂的地方开会。那是一个周五,趁着马斯克去了洛杉矶,他们悄悄带着大约 50 名经理和主管,去普雷西迪奥举行了为期一天的活动。那个地方是旧金山以前的一个军事堡垒,可以看到海湾风景。当天的第一个环节,是由霍尔茨豪森的设计团队和技术项目经理展示 Model 3 的设计,以及构想中的用户体验。他们将 Model 3 与 Model S 进行了对比,也和德国与日本的竞争车型进行了对比,把从尺寸到性能的各种参数都过了一遍。他们的竞争目标是宝马 3 系、奥迪 A4 和奔驰 C 级。在了解了这款车会是什么样子之后,他们于当天下午转向了生产计划方面的探讨,由主要产品设计工程师进行流程介绍。他们打算利用一家新近收购的模具工厂,来缩短冲压工具和模具的生产时间。

菲尔德打了一个简单的比方:他希望工程师把自己想象成农

民。他认为，只要团队现在肯花时间做好工程工作，为田地播下种子，确保到了收获的时节 Model 3 可以准备就绪，那么就可以避免许多问题。特斯拉从一开始就很难做到一心多用：执行 Roadster 及 Model S 的方案是这样，现在弗里蒙特工厂生产 Model X 还是这样。菲尔德警告工程师：小心不要在推出 Model 3 时，又让自己陷入同样的境地。他告诉他们，在任何产品开发的过程中，工程师影响力最大的时刻，就是项目刚刚开始的时候；而且那时，CEO 的关注通常也最少。到了产品快完工的时候，CEO 的关注也会达到顶点，工程师就很难再做出改进或是方向性的修正了。Model X 目前的情况就是这样。马斯克会在工厂的生产线上巡视，对多年前就做出的工程和设计决定心生不满，下令进行改动，叫人苦不堪言。

马斯克虽然没有和团队一起开这次会，了解这些信息，但他对于生产制造的复杂性，也表现出了一种新的认知。冯·霍尔茨豪森在霍桑召开 Model 3 设计介绍会时，经理们注意到，马斯克的语气发生了变化，和几年前开发 Model X 时不同了。他还是凡事都要过问，但不会再提天马行空的要求了，而是改为对采购和制造经理百般叮嘱，让他们牢记自己的决策可能带来的影响。有些经理工作年头久了，见过以前的马斯克是什么样子，所以会觉得，他对 Model 3 的投入程度似乎不及 Model X 那么深。但其实，他待在工厂的时间更多了，只不过家庭等问题给他带来的伤痛，还是让他无法释怀。而且，他也不需要再像之前那样亲力亲为了：他有一支配合默契的高管团队，可以应付许多问题。菲尔德似乎成了 Model 3 开发的领军人物。与此同时，弗里蒙特的制造团队正在为造这款车制订一项雄心勃勃的计划。他们打算建设一条 Model 3 专属的全新装配线，并初步构想要增加更多的自动化部分来改进质量。他们计划于 2017 年底开始生产，在 2018 年夏天实现周产 5000 台 Model 3 的目标。以这样的速度，即使算上每年例行的检修停工期，他们也可以年产 26 万台紧凑型轿车，成就一个重要的里程碑。到了第二阶段，他们会增加更多的机器人，并将装配线上更多的零部件自动化，在 2020 年达到年产 50 万台车的目标。

所有人都承认，这个想法很激进。但两步走的方法，可以让他们在进行生产的同时，处理复杂且耗时的增加自动化问题。而且下线的 Model 3 也可以为特斯拉带来收入，提供自动化所需的资金。

然而这一切的关键，就在于要避免 Model S 和 Model X 所犯的错误：不要等到工厂准备开始生产，才去造生产线。特斯拉已经在对数千辆 Model X 进行返工了——都是装配线尚未就绪便匆忙投产的结果。如果工厂每周的产量提高了三倍多，却还要面临同样繁重的返工任务，将会给公司带来灾难性的后果。

菲尔德在努力让全公司团结起来，但有些成员却想走自己的道路。斯特劳贝尔的超级工厂团队一直在探讨，该如何将电池组从斯帕克斯运到弗里蒙特工厂。他们起初想开发电池组驱动的火车，后来变成了电动半挂式卡车，因为后者的开发成本比较合理。团队开始兴奋起来。斯特劳贝尔私下授权，让他们造一辆原型样车，看一看可行性。他们想组建一支小型电动卡车车队，往返于两家工厂之间。斯特劳贝尔按照自己惯常的做法，让团队收购了一辆汽油驱动的福莱纳（Freightliner）卡车，改装成电动车。他指派年轻的工程师丹·普利斯特里（Dan Priestley）把整辆车拆开，用半打 Model S 的电池组造出了原型样车。团队开始开着这台车出去试驾，在超级充电站为它充电，对它的加速能力惊叹不已。但他们很快就意识到，自己有麻烦了：他们已经开发出了一个全新的产品，却没有告诉任何人。负责车辆开发的是菲尔德的团队，斯特劳贝尔应该去建电池工厂。而且，马斯克不喜欢惊喜——除非这东西真的能让他惊喜。但斯特劳贝尔认定，有了这款出色的新车，他们所做的一切都会被原谅。于是有一天，他邀请马斯克来到弗里蒙特工厂后面，说要给他看一个东西，并展示了这部加速时快如闪电的卡车——更像是跑车，而不是笨重的半挂拖车。

　　果不其然，马斯克被打动了。但他决定，这个项目不让斯特劳贝尔负责。毕竟，还有个巨大的工厂等着他去打理。马斯克另有打算：他想用这个新车项目作为诱饵，请杰罗姆·吉兰回来。吉兰曾成功推出 Model S，获得了马斯克的信任，但最终在管理销售部门时疲惫离开。

　　2015 年 8 月离职之后，吉兰一直在放飞自我。他进行了一场史诗级别的野营之旅，走遍了美国。偶尔，他会给特斯拉的朋友们发几张自己在偏远地区的照片。在他们的印象里，从未见过他如此开心。因此，当马斯克提出请他回来时，他显得不太确定。他已经不知道公司还有没有自己的位置了。菲尔德在负责 Model 3 的开发，乔恩·麦克尼尔在管理销售及服务。他们还需要他来做什么呢？

　　但马斯克最新的这番劝说，却对他有些吸引力。在入职特斯拉之前，吉兰曾经在职业生涯早期从事过半挂式卡车相关的工作。有了这款新车，特斯拉会不会有一个全新的市场？他被说服了，于 2016 年 1 月回到公司，负责卡车项目，像是躲进了特斯拉一个宁静的角落。但这也意味着，在那个努力让 Model X 投产的冬天，他们要开发的新车不是一款，而是两款。开发任务相当艰巨,但特斯拉如果想在未来走出小众市场,这种灵活性也正是它所需要的。

2016年3月的一个夜晚,清风拂面。埃隆·马斯克、道格·菲尔德、乔恩·麦克尼尔及其他高管齐聚一堂,站在特斯拉设计工作室的后台。数百名顾客和支持者正在台前,等待着亲眼看见马斯克承诺已久的车型——Model 3。马斯克几天前已经在推特上宣布了这场发布会的消息,并且已经开始为这款尚未面世的车子接受预订了。

舞台两侧的高管们查看着社交媒体上的视频,发现人们在全国各地的特斯拉门店外排起了长龙。他们还关注着一块屏幕,上面显示着有多少笔1000美元的订金入账。屏幕上的数字,让他们不敢相信自己的眼睛。他们之前私下里打过一个赌,看特斯拉能收到多少订金。发布Roadster的时候,他们希望能有100名买家愿意付10万美元的订金。几周后,目标达成。Model S在发布后的几个月内,收到了3000份订单。而这一次,事情完全出乎他们的意料——几万人都在为一款压根没见过的车子付着订金。接着,又变成了十几万人。团队目瞪口呆,说不出话来。这太令人震惊了:只要算一下Model 3的预期生产速度就知道,单是满足当晚的预订,就要耗尽头几年全部的计划产量。虽然过往的经验让他们明白,这些订单中有许多并不会转化为实际销售,但这依然显示出了人们巨大的兴趣。菲尔德感谢马斯克给了他这个机会,让他在现场见证了这一切。

在一片欢呼声中,马斯克走上舞台。"你做到了!"人群中有人叫道。砺山带河,其心不变。马斯克终于等来了推出Model 3的这一天。台下的观众中有Roadster车主邦妮·诺曼,她后来又买了一辆 Model X，甘当特斯拉的志愿品牌大使。也有松下高管山田佳彦，正是在他的力促之下，松下才参与了内华达工厂的建设。此刻，两人都沉浸在欢庆的气氛中。

首次亮相的 Model 3，外观并不是最大的亮点。它很像 Model S，只不过小一些，比例没有那么优美（车的前脸尤为明显，前端较短，看起来有点像海龟）。许多人几乎看不出 Model 3 和 Model S 的区别，但这也正是这款车最令人称奇的地方：一辆承诺起步价 3.5 万美元的车子，却很容易被误认为是它 10 万美元的前身。这一仗，特斯拉打得漂亮。

特斯拉的许多高管，都有"逆向管理" CEO 的经历。换句话说，他们都要管理自己的管理者。马斯克继续每周与高管团队召开会议，在这个惊心动魄的时刻，但凡稍有差池，就会引来他的怒目而视。对付马斯克的一个方法，就是先和他的 CEO 办公室主任萨姆·特勒（Sam Teller）通个气，了解一下他的情绪。特勒会陪马斯克出差，任何跟马斯克相关的事情，都要先从他这里过一下。特斯拉、SpaceX 及太阳城各自为营，只有马斯克在内的少数人能看清全局，而特勒就是其中一个。如果这个商业帝国的某一部分让马斯克头疼，他会向其他两家公司发出警报。每逢公司招了新的高管，他都会给他们一个简单的建议：问题实际上不成问题。有问题很正常，马斯克愿意把所有的时间都花在收拾烂摊子上。"惊喜"才是问题。马斯克不喜欢"惊喜"。

J. B. 斯特劳贝尔发现，有一种方法，可以避免让他们在这些会议上自相残杀。他们会先从特勒那里了解好信息，召集主要副手开一个会前会议，私下化解分歧，再以统一战线的形象，出现在老板面前。这个方法似乎很管用——直到被马斯克发现了玄机。

果然，他很不开心，命令大家不许再这么做。副手们不能背着他密谋策划，他想看着他们在自己面前撕逼。这其中自有深意：马斯克要把决策权留在自己手中，而不是等别人做好决策再来跟他汇报。

尽管有这些小插曲，但 Model 3 发布之后的下一周，当马斯克出现在特斯拉总部时，还是满脸喜气。高管团队坐在他办公室旁边的玻璃会议室里，对仍在不断涌入的订单惊叹不已，这已经远远超过了他们最大胆的预期。但兴奋之情很快就被紧张的情绪所取代。不出所料，马斯克做出了一个大家早有预感的可怕决定：他决定加快 Model 3 的生产。

根据他们在过去几个月内精心制订的计划，原本 2017 年底才会开始生产。而生产之前，要花好几个月来进行新装配线的安装和调试，确保每个工作站都能连续作业，每隔几秒就完成一项工作。

根据这一计划，特斯拉新 CFO 杰森·惠勒（Jason Wheeler）预测，2018 年的收入将比 2016 年增加一倍以上。惠勒是从 2015 年秋末起接任迪帕克·阿胡贾 CFO 一职的。据他估计，特斯拉将在 2017 年实现首个年度盈利，产生 2.589 亿美元的利润，而 2018 年的利润将会达到接近 9 亿美元。他预计，到 2020 年，也就是马斯克承诺一年内交付 50 万辆车的时候，公司收入将会达到 357 亿美元，利润为 21.9 亿美元。特斯拉正在走上一条高速发展的道路，而这一切，都要归功于 Model 3。

但突然之间，这一切又都无法满足马斯克了。根据现在的计划，头几年的产量只能满足预售订单的供货。等公司处理完积压订单之后，现售车型就过时了。这些订单也让全世界都看到了电动汽车巨大的潜在市场，这肯定会促使竞争对手认真起来，考虑执行自己尚在雏形阶段的电动车计划。

还有一点马斯克没有明说,但许多人都相信,这才是促使他行动的主要推动力。那就是:公司在烧钱。 Model X 的延期,正在吞噬资金。公司 3 月底还有 15 亿美元的库存现金,如果没有使用循环信贷额度(本质上就是一种公司信用卡),这个数字会小得多。和特斯拉几年前所拥有的资金量相比,这个数字不算少。但即便如此,照现在的速度,公司的资金依然会在年底消耗殆尽。特斯拉需要提高 Model X 的产量,否则就得从投资者那里再筹集更多的资金。

提升 Model 3 产能的成本,难免会让财务压力增加。如果特斯拉能早日实现周产 5000 辆汽车的目标,就可以早一点获得维持业务运转所需的资金。但团队成员在是否应该为计划提速这一点上却产生了分歧。 Model X 装配线的灾难,就是一个很好的反例。菲尔德尤其不愿隐瞒自己对这个想法的反对。斯特劳贝尔也很担心,表示自己并不确定是否可以让超级工厂及时提升速度,满足加快生产的需求。

马斯克没有让步。这不是一场讨论。他心意已决。

菲尔德默默咽下了自己的意见。他召集手下,给他们打气,让大家做好准备,迎接即将到来的挑战。"你们就当自己是在为一个新的公司工作吧,"他说,"一切都变了。"

雷乔和乔什·恩赛因离开之后,制造部门直接向马斯克汇报,而销售部门向乔恩·麦克尼尔汇报。一群经理要直面一会儿一个主意的 CEO,再也没有中间人给他们提供缓冲。制造工程师沈·杰克逊(Shen Jackson)提出了一个三阶段计划,可以将产能从每周 5000 台提升到 1 万台,再到 2 万台。但马斯克告诉他,这还不够快。他希望在次年夏天就开始组装 Model 3,比原定计划早了大约六个月。不仅如此,马斯克还希望大幅提高生产速度,比以往所有的计划都快得多。

制造团队提出了一个想法,可以解决各个工作站之间的生产协调问题。他们可以设置一些缓冲区,这样在同时生产几辆汽车的过程中,如果一个关键性的工作站出了故障,他们还可以让下游工人继续工作,不用关闭整条生产线。这是个合理的想法,但马斯克反对。他认为,如果工程设计是完美的,就不需要这些改变。

有些经理开始反抗。一名油漆车间经理告诉马斯克,他的建议是不可能实现的。马斯克让他另谋高就——他被解雇了。就像许多人一样,他终于明白,只有把疑问深埋心底,才能保住饭碗。

供应商也开始表示担忧。松下高管被提速计划惊呆了。内华达的新工厂还没有弄好,新问题层出不穷——电力总是中断,新的劳动力还需要培养,因为这个地区之前没什么制造业。但马斯克依然不为所动。

5月4日,他撤掉了安全网,开始直面挑战。他给股东写了一封信,跟分析师进行了一次电话会议,以此向投资者宣布,特斯拉正在加速实施计划,把年产50万台的目标从2020年提前到2018年。而到了2020年,特斯拉的年产量将达到100万台。这个规划,令人瞠目结舌。当媒体有机会提问时,来自CNBC的汽车业资深记者菲尔·勒博请他做出澄清:"这是一个生产指标?生产目标?还是一个假设?"

马斯克表示,特斯拉2018年的产量将会超过50万台,次年还会增长大约50%,直到2020年实现年产百万台。("我是说,"他稍事补充道,"这是我的最佳猜测。")

马斯克告诉投资者,供应商已经接到指示,要做好准备,在2017年7月1日投入量产。他承认,因为公司要处理任何可能出现的问题，所以也许在开工日期到来的几个月之后，才能满负荷生产。"为了在2017年底实现Model 3的量产，我们必须把开工日期定在2017年年中。同时，我们还要内外配合，全力以赴，才能在2017年底真正实现量产，"马斯克表示，"所以，我的大致估计是，我们有望在（2017年）下半年产出10万至20万台Model 3。"

对于顾客，他有一条建议：现在可以下订单了。"你们不用担心（……）现在下单之后，5年之内拿不到车。如果你们现在预订，很有可能2018年就可以拿到车子。"

如今，他已经把话放出去了。短短一年内，Model 3就要走出工厂、开上街头了。事已至此，没有退路可言。

第二十三章

改写进程

2016年5月初的一个周六，下午4点半多一点的时候，40岁的俄亥俄州人约书亚·布朗（Joshua Brown）驾驶着自己的Model S，行驶在佛罗里达州盖恩斯维尔南部一条中间有隔离带的双向公路上。突然，他的车子径直撞向了一辆正在横穿公路的半挂式卡车，车顶被掀开。接着，车辆继续行驶，开进一个排水涵洞，穿过两道铁丝网，撞上一根电线杆，发生逆时针旋转，最终在一幢房子的前院里停了下来。布朗死于撞击。卡车司机没有受伤。尽管官方机构认为，是卡车司机没有让出路权，但人们马上就会想到一个问题：布朗是直行，前方也没有障碍物，为什么在大卡车横穿马路的时候，他却没有任何明显的制动甚至减速行为呢？车辆继续行驶的事实表明，在一项刚刚推出、备受瞩目的新功能中，可能存在某种致命的缺陷。

官方用了数月对这起车祸进行深入调查。但特斯拉迅速检索到了数据，并很快得知，当时车上的驾驶员辅助软件Autopilot实际上是处于使用状态的。从佛罗里达州西海岸出发后，在41分钟的行驶过程中，布朗大部分时间都开着这个系统，7次对方向盘施加了足够的扭矩，总计25秒，让系统确信他在控制车辆。系统多次发出让他触碰方向盘的警报，警报总时长接近两分钟，而两次警报之间的最长间隔不到 6 分钟。系统最后一次感知到他在方向盘上的动作，是在撞击发生前的两分钟。系统没有试图停车。

这次车祸对马斯克来说，发生得太不凑巧。几周前 Model 3 带来的兴奋过去之后，他正在加紧为该车的生产筹款。而且，他还在和太阳城公司 CEO、自己的表兄弟林登·里夫私下商量，准备想办法让特斯拉买下这家举步维艰的太阳能公司，因为长期以来，该公司一直在被质疑其业务的做空者攻击。这三件事撞到一起，只怕会影响特斯拉生产 Model 3。马斯克多年以来的梦想，恐难如愿。

这些年来，马斯克一直在平衡着管理特斯拉和 SpaceX 的需求，还要担任太阳城的董事长。这并非易事，尤其是在特斯拉和 SpaceX 双双挣扎的 2008 年。冬去春来，时间到了 2016 年，他苦心经营的金融大厦，似乎再次陷入了人们屡见不鲜的危机状态。Model 3 的发布给特斯拉的前景带来了无穷的希望，但数月来为造出 Model X 所做的努力，让这家公司在财务方面受到了重创。与此同时，太阳城公司的生意也江河日下。

2016 年初的一个周六，特斯拉新任 CFO 杰森·惠勒一早就意外接到了马斯克的电话。电话那头很吵，好像马斯克正在飞机上，但他的指示却一点儿也不含糊：他要召开特斯拉 7 人董事会紧急会议，希望惠勒做好准备，为特斯拉收购太阳城的前景做一个商业推介，他会给惠勒 48 小时的准备时间。这个要求让惠勒大为惊讶，但他并不知道，马斯克这个周末在塔霍湖，和赖夫在一起。太阳城公司有麻烦了，而且如果这家公司有了麻烦，马斯克的商业帝国也在劫难逃。在给惠勒打这个电话之前，马斯克已经和他的表兄弟密谋策划了一个月，想着该如何帮太阳城节约现金。太阳城在 2015 年结束时，手头还有 3.83 亿美元。但它有一笔借以维持业务的循环贷款,其中有一项不显眼的细则要求:公司每月平均现金余额要保持在 1.16 亿美元。如果少于这个数字,公司将会立刻被视为违约,而这可能会引发公司所有其他债务的违约,因此必须公开宣布。

这样一来,太阳城公司的偿债能力就有可能受到威胁。而且,由于该公司和特斯拉在财务方面的关系错综复杂,一旦违约,也会使特斯拉更难获得新的贷款。但由于 Model X 的延期和 Model 3 生产成本的不断增加,特斯拉恰恰需要这些贷款。

这让惠勒倍感压力。因为他担心,这会为 Model 3 的投产准备增加不必要的风险。惠勒之前在谷歌担任财务副总裁,几个月前才刚刚入职特斯拉。他的前任迪帕克·阿胡贾在艰难辅佐马斯克 7 年之后,选择了退休。惠勒和他的团队忙了一整个周末,整理出一份关于特斯拉收购太阳城后果的报告。

分析结果并不理想:太阳城很难不被看作是一笔赔钱买卖。公司合并将会使特斯拉的债务负担近乎翻番,而且有让公司偏离主业的风险。惠勒把这些数据整理成报告,提交给了董事会。他给这份报告取的名字是:"伊卡洛斯[①]项目"(Project Icarus)。简言之:这笔交易将损害特斯拉的股票价值。董事会一致认为,现在谈这笔收购并不合适,尤其是弗里蒙特工厂在提升 Model X 产量方面还步履艰难。这个想法被搁置了。

到了 5 月,在 Model 3 发布后的兴奋之中,特斯拉准备动身前往华尔街,为自己筹款。支付定金的顾客越来越多,这就给了马斯克获取进一步投资的理由:特斯拉需要为这款车型不断增长的

[①] 伊卡洛斯是希腊神话中代达罗斯的儿子,与代达罗斯使用蜡制双翼逃离克里特岛时,因飞得太高,双翼遭太阳融化,跌落水中丧生。

289

生产需求提供资金。高管们一致要求马斯克，把他设想的筹款金额翻倍——这样他们才有信心按照他现在所要求的加速时间表生产汽车。但马斯克不想筹这么多款（也不想因此稀释他自己的股权）。因此，特斯拉在5月18日申请增发新股进行融资时，目标金额仅设定在14亿美元。

之后不到两周，在特斯拉董事会的非公开季度会议上，马斯克再度提出了收购太阳城的想法。这次董事会中好几位成员都与太阳城有利益瓜葛，因此愿意考虑这个想法，授权特斯拉对潜在的收购可能性进行评估，并聘请顾问予以协助。

包括早期投资者安东尼奥·格拉西亚斯在内的一部分董事会成员，多年来一直在跟马斯克探讨，要将这两家公司合二为一。而特斯拉与太阳城的合作关系，也的确日趋紧密。2015年，首席技术官J. B. 斯特劳贝尔为特斯拉开发了一条新的业务线，销售家用和商用大型电池组。这个业务吸引了一批太阳能客户，因为他们很喜欢把日间产生的能源积蓄起来，放到夜间使用。为特斯拉增加太阳能业务的想法，可以追溯到遥远的2006年，太阳城公司尚未成立的时候。当时就有人向特斯拉董事会提出过这方面的建议，但遭到了拒绝。马斯克的弟弟金巴尔·马斯克也在董事会里，他为此指责了别的董事会成员，说他们目光过于短浅。但这个想法在2015年初又重新焕发出了生机，展现出更为深远的意义，因为特斯拉董事会在那个时候参观了斯帕克斯超级工厂的建筑工地。马斯克和斯特劳贝尔计划与松下合作，在这里生产数百万块电池芯和电池组。董事们看着眼前这个巨大的场地，深深意识到了问题的严重性。如果特斯拉要生产电池组，还要把它们作为太阳能电池板系统的一部分出售，那么他们应该把整体的用户体验都把控住。此情此景，让格拉西亚斯这样的董事会成员清楚地意识到,特斯拉正在迈入一个新的时代:电力存储业务时代。

6月20日,在获得调查交易许可不到一个月之后,马斯克召开了一次董事会特别会议。这一次的会议地点是弗里蒙特工厂。中午刚过,会议就开始了。

在他们讨论这笔可能的收购时,CFO惠勒再次表示了担忧。他担心,合并将导致特斯拉未来不得不在借贷时支付更高的利率。根据顾问们的记录,他们考虑的问题中有一个是做空者——尤其是吉姆·查诺斯——可能对这只股票产生的影响。

董事会决定,必须由他们中间的一员出面,为投资者阐明这两家公司合并的合理之处。他们选派的成员是罗宾·德霍姆(Robyn Denholm),当时刚刚出任澳大利亚电信巨头Telstra的首席运营官,之后又成为了这家企业的CFO。人们认为,她是少数几个和太阳城没有任何关系的董事会成员之一(格拉西亚斯也被算作是太阳城的投资者和董事会成员)。接着,话题转向了特斯拉该出多少钱买下太阳城。马斯克表示,放到台面上的价格要在公众看来说得过去。至于谈判策略,他告诉大家:"我不谈判。"

出于回避利益冲突的考虑,他和格拉西亚斯离开了会议室。董事会最终将股价范围定在26.5至28.5美元之间——相当于对太阳城的估值达到了28亿美元。公司很快向太阳城的赖夫发出了一封正式的信函,并在第二天纽约股市收盘后于特斯拉网站发布了一篇博客文章,宣告了这项提议。

"特斯拉的使命始终和可持续发展紧密相连,"文章开篇说道,"现在是时候让这幅画卷变得圆满了。特斯拉的顾客可以开上清洁能源车辆,并借助我们的电池组,让能源使用变得更加高效。但他们依然需要有办法来获取目前最具可持续性的能源:太阳能。"

股市立刻做出了在人们意料之中的反应。太阳城的股价飙升了15个百分点，对于一家过去十二个月内股价累计下跌逾60%的公司来说，这是一个充满希望的好兆头。特斯拉的股价则一落千丈，导致这家车企的市值下跌了33.8亿美元。

有了太阳城交易和特斯拉遇挫的新闻，CNBC就知道该找谁来发表高见了。商业频道下午就插播了一条报道，标题赫然写着"爆炸性新闻"。报道中，吉姆·查诺斯对这项收购提议进行了猛烈的抨击："特斯拉为太阳城纾困，真可谓厚颜无耻。这是一个可耻的例子，印证了最为差劲的公司治理。"查诺斯之所以这么说，是因为他是利益相关者。如果特斯拉股价下挫，太阳城股价飙升，对查诺斯这样押注太阳城崩盘的人来说，是一个坏消息。

但负面评论并不只来自于空头。特斯拉的咨询公司永核伙伴（Evercore）收集到了一系列负面的行业分析师报告，而这些报告恰恰是投资者用来评估市场的依据。"由于（目前）缺乏详细的解释，我们暂时还无法看到品牌、客户、渠道、产品或技术的协同效应。"一名摩根大通的分析师写道。"我们相信这种整合是可能的，但或许会充满挑战和财务风险。"一名奥本海默控股公司（Oppenheimer）的分析员总结道。而其中最刺痛人的评价，则来自摩根士丹利的分析师亚当·乔纳斯。这位分析师曾因为对特斯拉的热爱而选择从伦敦回美国就业。他表示："我们相信，特斯拉最有价值的资产，或许就是它与资本提供者之间建立起来的信任。即使这次收购被拒绝，也可能让投资者对公司治理存疑，从而改变他们对特斯拉股权的估值。"

除去股市的猛攻，美国国家公路交通安全管理局也宣布，自己正在对佛罗里达州的致命车祸展开调查，并首次公开了它对特斯拉自动驾驶功能的担忧，引发了媒体对该系统的批判性报道。作为监管汽车的联邦机构，该局有权对汽车实施痛苦且代价高昂的强制召回。《财富》杂志的记者卡罗尔·卢米斯（Carol Loomis）质问，为什么特斯拉在事故发生的 11 天后进行筹款时，没有透露这起车祸。① 而这个问题，也引起了 SEC 的关注。作为强有力的上市股票监管机构，该委员会将特斯拉置于自己的显微镜下，展开了细致调查。

就在马斯克对自动驾驶招来的批评进行回击时，市场对收购太阳城想法的排斥之强烈，却大大出乎他和董事会的意料。特斯拉几位最大的股东对德霍姆直抒了诸多不满。这些股东都是机构投资者，手上有几十亿美元的股权，对收购提议的批准有着举足轻重的影响。最大的机构股东之一普信集团（T. Rowe Price）也很不高兴，因为特斯拉几周前刚刚进行了一轮公开募股，却没有披露这场潜在的收购。特斯拉负责投资者关系的副总裁杰夫·埃文森（Jeff Evanson）也受到了很多批评。

"我们真的很讨厌上市。"金巴尔·马斯克给朋友发短信，抱怨宣布收购太阳城让特斯拉股价狂跌。这个话题，他和哥哥之前就讨论过。两人哀叹，管理私人持有的 SpaceX 要容易得多。但这样的哀叹，还远远没有结束。

收购太阳城的提议不仅搅乱了市场，在公司内部也反响不佳。特斯拉以前也冒过险，但总是为了追求更为远大的目标。尽

---

① 报道称，马斯克在为特斯拉的行为进行辩解时，表示这个问题"对特斯拉的价值并不重要"。他告诉《财富》杂志："实际上，如果有人愿意花点时间计算一下（很显然，你不愿意），他们就会意识到，一旦特斯拉的自动驾驶系统得到普遍应用，全球每年超过 100 万的汽车事故死亡者中，将会有一半幸免于难。所以，在你写出一篇误导公众的报道前，请花上 5 分钟，做一做该死的计算。"——原注

管在外人看来有些自作多情,但许多长期任职于此的经理,都是赞同公司的环境使命的。他们觉得,自己正在为推出有助于减少污染、改善地球环境的电动汽车而努力。到2016年,有些人认为,自己的股票应该很难再升值了。但对他们来说,有一种共同的纽带始终存在,可以让加班、自我牺牲和CEO阴晴难定的行为得到合理的解释。

不过,这次的感觉不同了。现在看来,马斯克的行为似乎纯属是为了一己私利。"埃隆喜欢冒险,但他通常都会做出很好的商业决策,"一位长期任职的经理表示,"但这次他的决定叫人很不理解:为什么要收购那家公司、那个产业、那个品牌?原因只有一个:你实际上是在为它纾困。"

投资者关系部的埃文森向特斯拉的一名董事会成员透露,特斯拉领导层并不喜欢这笔交易。"公司内外哀声一片,"他在一封邮件中写道,"我们需要让高管们闭嘴,一起把这件事做成。"

尽管马斯克同时担任特斯拉和太阳城的董事长,也是这两家公司最大的单一投资者,但两家企业的文化却大相径庭。比如,在基本的产品销售方法上,两者就差之千里。马斯克鄙视强行推销,因此特斯拉的门店更像是教育中心。但太阳城却全靠强行推销,派销售人员挨家挨户地上门,并使用呼叫中心向潜在客户施加压力。他们的销售人员也会因为这种做法而受到高额奖励。特斯拉不喜欢让销售人员相互竞争,回避太阳城热爱的佣金制度。这方面的差异,也会在公司账簿中得到体现。根据惠勒团队的计算,太阳城在之前的一两个月中支付的佣金有1.75亿美元,而特斯拉仅有4000万美元。

而且,在看似很小的事情上,两家公司的做法也不一致。在特斯拉,马斯克拒绝给员工花里胡哨的头衔。如果求职者在他看来追求的是头衔，而不是有趣的工作，就不会被录用。但太阳城公司里，坐拥各种头衔的人比比皆是，或许是为了补偿普遍较低的薪水。两家公司在美国的员工人数都在1.2万左右。其中，太阳城有68位"副总裁"，他们的平均年薪为21.4547万美元。而特斯拉只有29名员工有这种头衔，他们的平均年薪为27.4517万美元。

特斯拉工程负责人对可能要从太阳城接收的劳动力并不满意。能源部工程经理迈克尔·斯奈德（Michael Snyder）认为，太阳城工程人员的水平达不到特斯拉的标准。他对马斯克说，如果满分是10分，这些人只能打2至3分。他甚至说，这里面只有一个人他会考虑留用。马斯克向他保证："我们一定会送走许多太阳城的员工。"

正如2008年濒临破产后的蜕变一样，此时的特斯拉，无疑也在发生改变。和许多人在Model S和Model X时代加入的那个公司相比，现在的特斯拉已经不同了。

为了应对这种转变，马斯克做了一件和10年前极其相似的事情。2006年，他曾为公司的前途做出构想，规划了从Roadster到Model 3的愿景。而2016年的夏天，他又发布了另一篇博客文章，详细描绘了公司前景——显然是想做出努力，改变华尔街对这桩困难交易的看法。

文章的题目叫作《特斯拉总体计划之第二篇章》。他在文中更加清晰地阐明了他自己、他弟弟和格拉西亚斯这些年来一直在探讨的生态系统。他写道，他想"打造一款将太阳能顶板与电池完美结合的集成产品，让人人都拥有自己的供电站，并推广到全球。所有的一切，只需一次订购、一次安装、一个客服、一个手机APP即可完成"。

马斯克不仅解释了收购太阳城的好处，也描绘了汽车产业未来的画卷。他表示，在 Model 3 之后，他会把关注点放在紧凑型 SUV（比 Model X 小，底盘和 Model 3 相同，起名叫 Model Y）和新型皮卡上，并为商业客户设想了一款半挂式卡车。特斯拉可能不需要再开发比 Model 3 更便宜的车型了，因为根据马斯克文中的预想，对车辆的拥有可以被自动出租车所取代。他想象着有朝一日，特斯拉车主可以把自己的座驾加入到自动出租车队里来："无论你在工作还是度假，只需轻按特斯拉手机程序的一个按钮，就可以让自己的车辆产生收入，大大减轻月供或租赁费用的负担，甚至偶有盈余。"

这就是典型的马斯克。他为汽车描绘的前景，是硅谷几代人梦寐以求的。而且这些话由他说来，显得特别可信。（为了追赶特斯拉，通用汽车于当年 3 月宣布，将收购旧金山一家鲜有人知的初创企业 Cruise，加速启动通用自己的自动驾驶汽车项目。新闻标题中的交易价格非常吸睛：超过 10 亿。）马斯克没有说明他将如何为自己提出的未来买单，也没有详述时间安排。他不需要。特斯拉的发展史本身，就已经足够有说服力了：10 年前，当他谈起要推出全电动豪华轿车及紧凑型轿车时，听起来多少有些不靠谱。但看看现在的特斯拉吧。

为了强调这一点，马斯克还借用了一个特斯拉以前很少使用的杠杆——利润。特斯拉之前努力的重点都是快速增长，而不是利润。但现在，它开始努力盈利了。11 月，公司宣布，7 至 9 月的季度利润为 2200 万美元，特斯拉有史以来第二次实现了季度盈利。高价款 Model X 交付量的增加起到了一定作用，但和 2013 年一样，特斯拉很大程度上依然得益于向竞争对手出售监管积分——这些竞争对手未能达到加州等地的碳排放目标，如果不买积分，就会面临罚款。

随后,马斯克就要以自己最擅长的方式开始工作了。他要投其所好,给投资者看一些很炫的东西,说服他们同意特斯拉与太阳城合并。他说,太阳城准备发明一种全新的太阳能板,不是架在屋顶上,而是当作屋顶本身。和满心疑虑的投资者见面之后,马斯克火速给自己在太阳城的表兄弟彼得·赖夫及 J. B. 斯特劳贝尔写了一封信:"主要投资者对太阳城的最新反馈十分负面。我们得让他们看到这款集成产品是什么样子的,因为他们怎么都不明白。我们得赶在投票之前把东西做出来。" 10 月下旬,马斯克在洛杉矶环球影城展示了他的设想。他借用了电视剧《绝望主妇》拍摄基地的几栋房子,给它们装上了太阳能屋顶。这些太阳能板中,没有一块是真正能用的,但这不是重点。马斯克做出了承诺,要让屋顶变得迷人。几周之后,股东批准了这笔交易。

马斯克也在稳步改变人们对 Autopilot 的看法。该系统在 2014 年公布及 2015 年初问世时,受到了大量的关注,进一步提升了特斯拉作为"未来汽车公司"的信誉。马斯克曾以它为例,说明特斯拉正走在开发全自动驾驶汽车的道路上。当时这种技术正因为谷歌等先驱者,在硅谷受到越来越多的关注。

特斯拉这方面的基本技术,来自一家叫作"移动眼"(Mobileye)的零部件供应商。该公司开发了一种摄像头系统,可以识别道路上的物体。特斯拉团队通过巧妙的软件设计,将这一系统的作用发挥到了极致。用户可以启动一系列系统,比如车道保持系统和自适应巡航控制系统,保持车辆处于车道中间行驶,并与前车保持一定距离。但佛罗里达的那起车祸表明,该系统并非万无一失。它有时会识别不出道路上的危险,因此驾驶员会被要求始终保持警惕。不过它的确很好用，所以用户会变得麻痹大意。

领导自动驾驶软件团队的，是参与了 Model X 最终开发的斯特林·安德森。团队提出了不同的想法，用来确保驾驶员的参与。他们一直在监测施加在方向盘上的扭矩（用一种并不十分可靠的测量方法），并在探索是否可以内置一个感应器，检测驾驶员的手在不在方向盘上。马斯克起初反对这个想法，觉得这样会有损于系统的流畅感，让人觉得车子在打扰你。但佛罗里达州车祸事件过后，他同意做出一些改动，包括如果用户继续无视让他们手握方向盘的警告，自动驾驶系统就会关闭。他还希望推出新一代系统，增加更多的功能。

据熟悉团队工作的人士称，尽管他们就要在秋季公布开发进展了，但安德森却越来越担心，害怕马斯克又要一如既往地过度承诺。他们生怕马斯克出去告诉全世界，下一个版本的 Autopilot 将会是全自动驾驶系统。

安德森向包括销售市场主管乔恩·麦克尼尔在内的一些人表达了这种担忧。说这个系统可以操控车辆，那是不准确的。必须有人坐在方向盘后面，盯着路面，作为后援。据知情者透露，特斯拉的法务与公关部门已经就信息传达问题与马斯克进行过艰苦的斗争，但最终却功亏一篑。在过去一年里，这些部门一直在强调驾驶员将双手放在方向盘上的重要性，并努力确保所有的特斯拉官方宣传都按照这种方式进行演示。但马斯克带着电视记者们出去兜风的时候，立刻演示了 Autopilot 的神奇之处——用双手离开方向盘的方式。

10月，马斯克公布这款新硬件的时刻终于到来了。他说，所有新车都可以安装这种硬件，买家可以进行升级，享受增强版功能。他也证明了安德森的担心是完全有道理的——他宣布，该系统硬件能够支持全自动驾驶，声称到 2017 年底，他就可以向大家展示从洛杉矶自主驾驶到纽约的车子。客户可以为自己的新车购买这项功能，一旦到货，即可安装。只不过，有一个小小的友情提醒：可能仍然需要监管部门的批准。

他的言论惹恼了一些工程师。他们认为，他的提议是不可能实现的。另一些工程师则觉得没什么大不了——既然马斯克这么说，那么也许有可能。毕竟他们也没有想到，可以从之前的系统里挤出这么多功能。这就是和马斯克共事的振奋人心之处。他会把他们的潜力开发到极致，也会为他们扫清其他汽车制造商避之唯恐不及的障碍。

但那些和马斯克关系更为紧密的人，却无法将他的声明等闲视之。他们知道，不仅他的时间安排站不住脚，而且他很快就会去找替罪羊替他背锅。他的这种承诺，再次刷新了一些人的认知。他们以前也被他的大胆言论震惊过，但这一次，他真的是在挑战不可能。

随着 2017 年的到来，安德森和惠勒都将离开特斯拉。在与分析师的最后一次电话会议上，惠勒对老 CFO 迪帕克·阿胡贾的回归表示了欢迎，但言语中也隐隐透露出对特斯拉未来的担忧。"迪帕克在这里工作了这么多年，见过公司濒临破产，也经历过其他种种困难。让他回来，再合适不过了。"话音未落，惠勒就被马斯克打断了。

尽管惠勒如此担心，但随着新一年的到来，马斯克的一腔孤勇似乎得到了回报。首先，美国国家公路交通安全管理局于 2017 年 1 月结束了对特斯拉 Autopilot 系统为期六个月的调查，宣布他们没有发现"设计或性能上的缺陷"。该机构在长篇调查报告中表示，它查看了特斯拉该系统的相关数据，发现在安装了"自动辅助转向"系统后，特斯拉的车祸率下降了近40％。马斯克欣喜若狂，马上发推，高调宣布了40％这一调查结果。团队中一些成员惊呆了：40％这个数字是从哪里来的？

对 Autopilot 的种种关注，还有马斯克关于全自动驾驶汽车的梦想，在华尔街激起了新的兴奋。就在美国国家公路交通安全管理局公布调查结果的当天，摩根士丹利的亚当·乔纳斯发布了一份研究报告，预测特斯拉的股价将会上涨 25 个百分点，达到每股305 美元。这是一个惊人的高点，一旦实现，将标志着一个令人难以置信的里程碑：特斯拉的市值，将会超过福特汽车和通用汽车。在马斯克眼中，特斯拉未来应该不再仅仅是一家车企。为了强调这一点，他把"汽车"两字从特斯拉的官方名称中去掉了，正如多年前苹果去掉"电脑"两字一样。

那年 2 月，马斯克的一枚火箭在佛罗里达州肯尼迪航天中心发射成功。曾几何时，美国宇航局也正是在这里，将首批宇航员送上了月球。这次发射，标志着该中心首次实现了对商业火箭的发射。在与 SpaceX 共同奋斗多年之后，马斯克对于这家火箭公司的愿景开始曙光初现，吸引了新的关注。2015 年，他的一枚火箭成功着陆，实现了陆上回收，迈出了他开发可回收太空火箭的关键一步。2016 年，他又进一步在驳船上实现了火箭的海上回收。他谈论着火星生活，抓住了人们的想象力，为 SpaceX 筹措到了越来越多的资金。因此该公司依然可以保持私有，为公众所知的狗血剧情也远远少于特斯拉。他成了"钢铁侠"托尼·斯塔克的化身。

投资者也对围绕着特斯拉的乐观情绪十分买账。股价开始大幅上涨。2017年春天，特斯拉做到了让人一度不敢想象的事情：它的市值超过了福特汽车，成为美国市值第二高的汽车制造商，仅次于通用汽车。而几周之后，它又超过了通用汽车。售车量屈指可数、从未实现过年度盈利的特斯拉，如今在人们看来，却比美国汽车工业的百年标杆、正处于史上最赚钱阶段的行业巨头更有价值。而投资者们赌的就是，和通用或福特相比，特斯拉更有可能实现自己对于新世纪的愿景。

此时的马斯克，每逢露面，总是一脸喜气。在推特上，他乐滋滋地攻击着空头。在Instagram上，女演员安珀·赫德也晒出了自己和马斯克的合影，公开了这段之前只会被小报偷偷八卦的恋情。人们会看到马斯克在澳洲出现，满面笑容地吃着晚餐，脸上带着一个大大的唇印。

在Model 3和明星女友的双重推动下，马斯克的个人公众形象上升到了一个新的水平。特斯拉将他带入了名人CEO的行列。2017年初，他首次被列入了用来衡量名人吸引力的Q分值榜单。

关注度的直线上升，改变了他的生活。从好的方面讲，他的约会对象和他名气相当。他似乎很乐意带她去办公室，秀给自己的高管团队看。有时，赫德会出现在马斯克主持的会议上，还会带蛋糕来给他庆祝生日。新当选的美国总统唐纳德·特朗普也会就某些事情征求马斯克的意见，请他加入备受瞩目的总统顾问委员会。（据知情人士透露，特朗普曾在一次通话中请马斯克对美国宇航局提提意见："我想让它再度伟大起来。"）但和特朗普关系好的CEO们，那个冬天都不太受客户待见。赫德也对马斯克很不高兴，她不喜欢马斯克跟这位共和党总统走得太近。特斯拉员工看出苗头来了：这段最新的恋情，又会让他们CEO的私生活上演新的狗血剧情。

但马斯克新增的知名度，也有不好的一面。他走的每一步都会被仔细审查，去公开场合也难免会被陌生人纠缠。在当了多年的硅谷沙发客之后，他在旧金山半岛的希尔斯堡购买了一处占地47英亩的房产，其中坐落着一幢百年宅邸，名为"德吉涅庭院"。这笔2300万美元的交易，让他可以尽享旧金山湾区盛景，也为他提供了举办派对和私人晚宴的场所。

尽管投资者表现出了新的热情，但特斯拉内部还是有理由担心。弗里蒙特工厂和超级工厂的进度都落后了。在马斯克寻找原因的时候，有些人把责任归咎于——无论公平与否——松下。特斯拉团队几乎从第一天起，就在竭力提升速度。但生产计划提速，却并不会让事情变得更容易。就像Model S到了投产时才完成设计一样，超级工厂也是到了特斯拉Model 3即将投产时，还在进行设计。

丹·迪斯（Dan Dees）来自长期与马斯克合作的高盛银行。他担心延期会导致不良后果，便敦促马斯克开始筹款，以备不测。2008年和2013年的教训再明白不过了：任何形式的延期，都有可能摧毁特斯拉脆弱的金融体系，吞噬其有限的现金。

就在这时，有一个日本科技集团，成立了一只全新的大型风险投资基金。该集团名叫软银（SoftBank），在阿里巴巴、斯普林特等公司均有股份。软银CEO孙正义（Masayoshi Son）即将掌管的这只基金规模巨大，近1000亿美元，意在改写硅谷的投资规则，挑选改变世界的赢家，为他们注入那种在上一代人看来不可能从私募市场获得的资金。

高盛认为，如果让马斯克和孙正义见一面，也许会取得一些成果。于是，他们找来了一个牵线人：甲骨文公司联合创始人拉里·埃里森。他住的地方离孙正义在硅谷的家很近，而且和这两个人关系都不错。他早年就兴奋地购买了 Roadster，还悄悄积累了一大笔特斯拉的股票。

那年 3 月，弗里蒙特工厂二楼一间可以俯瞰装配线的会议室被改造成了宴会厅。宾客不多，只有几位。主菜是牛排。在座的有马斯克、埃里森、孙正义和亚斯尔·阿尔卢马延（Yasir Al-Rumayyan）。阿尔卢马延在实力雄厚的沙特主权财富基金担任总经理，不久便将加入软银董事会。

这四个人加起来，掌控着高达数千亿美元的资产（但和其他几位在座者不同，马斯克的资产基本上没有流动性）。他们都满怀壮志，要投下盖世赌注。一旦成功，他们将改写人类进程；一旦失败，则会烧光金山银山。众人于桌边落座，酒菜上桌。他们讨论了一系列可能的事情，包括将特斯拉私有化。

正如马斯克和他的弟弟金巴尔曾经指出的那样，作为私有企业的 SpaceX，运作起来就容易得多。但要将特斯拉这种规模的公司私有化，着实是一件令人望而生畏的事情。

马斯克悄悄盘算此事已经有一年了。他在反复思考的同时，也向迈克尔·戴尔（Michael Dell）及其律师寻求了建议。戴尔在律师的帮助下，曾于 2013 年将以自己名字命名的电脑公司私有化。他对特斯拉不断上升的市值表示了担心。按照当时每股 250 美元左右的价格来算，他们必须筹措到 600 亿美元。计算依据是以公司目前的估值为基础，再加上 20% 的溢价。这是收购的标准做法，目的是让交易更有吸引力，避免竞购竞争。

酒过三巡之后，日常毛衣打扮的孙正义开始问马斯克，为什么要让这么多公司分散自己的注意力。为什么不能只专注于做汽车，而非要跟太阳能掺和到一起？更不用说去挖地下高速交通隧道，或是开发可以用人脑控制的计算机了。话里暗含的批评，让马斯克很不开心。孙正义还坚持认为，应该让特斯拉去印度发展。马斯克觉得，时机到了的话，这一点倒是可以考虑。但现在，特斯拉还有一大堆别的破事要解决。马斯克怀疑，孙正义的动机是否跟软银在印度的业务有关。

很显然，让马斯克和孙正义联手，只怕很难。两人对彼此都心怀敬意，但也都是"头狼"，不愿让别人替自己构想未来，而且一心想证明对方是错的。软银出的每一分钱，可能都会附带条件。孙正义很喜欢插手投资项目的公司事务，而马斯克自然不会允许这种影响力的存在。

晚宴结束时，两人承诺还会有进一步的讨论。① 但在当时看来，特斯拉还会继续保持上市公司的身份。既然股市一片欢腾，马斯克大可以再次回到市场上，筹措更多的资金（他那年春天的确这么做了）。这些资金附带的要求比孙正义的少，马斯克的控制也不会受到挑战。

在他们宴会厅楼下，工人们正忙着为装配 Model 3 做准备。对于特斯拉的未来来说，这条渐渐成型的装配线，才是真正的当务之急。距离 7 月 1 日这个正式投产日期，只有短短几个月了。

---

① 两人之后又见了几次面，其中一次孙正义似乎在打瞌睡，显然时差还没倒过来。——原注

第二十四章

埃隆的炼狱

"不知你现在感觉如何？你貌似对前方的挑战有些悲观。"一名记者从弗里蒙特工厂会议室后排向马斯克提问。马斯克已经在凳子上坐了25分钟，面前是满满一屋子被请来讨论 Model 3 投产事宜的记者。几周前，他已经在推特上宣布了正式投产的消息，并指出，第一台可以用于销售的车辆将于2017年7月6日出厂。他在推文中写道，预计接下来的一个月将产出100台 Model 3，而到了9月，产量将增加到1500台以上。他声称，到12月，特斯拉将达到月产2万台 Model 3。

但这些都是后话。今天是7月的第一个周五，是员工和忠实客户欢庆的日子。当晚，特斯拉将举办一场活动，向顾客交付首批30台 Model 3。在马斯克10年前刚刚提出构想时，这个目标就像登月般遥不可及。为了这个里程碑似的时刻，人们付出了巨大的牺牲，还要借助无数勇气和幸运。

尽管成就卓然，但在当天下午面对记者的提问时，马斯克却并没有显得特别乐观。他对在座的记者发出警告，称特斯拉将进入为期至少六个月的"生产地狱"状态。公司正在解决生产线上的各种问题，以期在年底达到每周产出5000台车辆。他表示很难准确预测这样的产量何时才能实现，并用呆板的声调说，相信特斯拉会在来年年底达到周产 1 万台。

他指出,"地球上任何地方发生的"洪水、飓风、火灾或船只沉没,都有可能打乱这些计划。

在座许多人无需提醒也知道,特斯拉每出一款新车都十分努力,备受煎熬。从年产 600 台 Roadster,到年产 2 万台 Model S,再到年产 5 万台 Model X——特斯拉的产能实现了巨大的飞跃。而现在,它的目标是年产 50 万台 Model 3。"会是很大的挑战。"马斯克尽量轻描淡写地说道。

在被问及心情时,马斯克顿了顿。"我今晚会振作些的,"他说,"抱歉,我脑子里事情太多了。"

员工们看向了他,满面狐疑。他们之前已经试图安慰过他,想把他从内心的恐惧中拖出来。但现在,面对着全世界的媒体,他看起来却一脸挫败。他明白自己情绪出了问题,有些阴郁,但却没有办法打起精神,让语气做出改变。因此,他只能继续用低沉的声调表示,这对特斯拉来说是多么伟大的一天:"从公司成立伊始,我们就一直在为这一天的到来而努力。"

几小时之后,马斯克恢复了常态,出现在台上,和数百名员工一起,庆祝着钥匙的交接。为了配合此次活动,特斯拉与上一年对雪佛兰 Bolt(这是一款全新的纯电动汽车,不要与雪佛兰混合动力车沃蓝达混淆)大加褒奖的《汽车趋势》合作,为其评论员提供了首次试驾 Model 3 的机会。试驾后呈现的评论文章传递了该杂志对 Model 3 的第一印象,字里行间饱含着溢美之情。在这篇名为《特斯拉 Model 3 问世,堪称本世纪最重要车型》的文章中,评论员表示,自己在试驾时感到,Model 3 的性能和体验在很多方面都优于 Model S——正如道格·菲尔德及其团队两年前开始自己的工作时期望的那样。

文章最后说："我最近一直在开《汽车趋势》的长期测试车型雪佛兰 Bolt EV，越开越觉得，也许这就是'汽车 2.0'。它有实惠的价格、让人放心的续航里程和令人愉悦的驾驶特性，或许可以带领我们进入汽车新纪元。但现在，我不再这么想了。特斯拉 Model 3 的性能、时尚、创意及最重要的超级充电安全网络都让我觉得，它才是真正的新纪元开启者。"

这次活动在推特世界又掀起了一轮热议。特斯拉近 1/4 的股票都在空头手中，他们认定这家公司估值过高。为怪咖富豪斯图尔特·拉尔管理曼哈顿家族办公室的拉里·福西也参与进来，以"蒙大拿怀疑者"的笔名发表了一篇尖锐的博客文章。他质疑，为什么特斯拉没有在投产庆祝活动上展示新的装配线。他预测，该公司将会需要在年底之前筹措更多的资金。

"我相信， Model 3 最起码遗传了和 Model S、 Model X 一样的基因缺陷：注定长期赔钱。"

福西对装配线的怀疑是正确的。就在道格·菲尔德的团队抓紧完成 Model 3 装配线的工作时，工人们也在加紧为成立工会而努力。在新联合汽车制造公司工作了 21 年、后又回到弗里蒙特工厂上班的小时工理查德·奥尔蒂兹，正悄悄摸着工人们的底细，看谁可能会站出来公开支持 UAW。这家总部位于底特律的工会派来了组织者，协助他的工作。他们住在附近一家旅馆里，在工厂周边一处小型建筑里开设了办公室。办公室里有一块白板，上面记录着已经在一张卡片上签过名、表示愿意帮忙组织工会的工人名单。名单很短：只有奥尔蒂兹和另一位曾经也在新联合汽车制造公司工作过的工人——约瑟·莫兰（Jose Moran）。莫兰话很少，住在加州曼特卡市。他每天凌晨 3∶25 就要从家中出发，驱车 60

英里来到工厂，这样才能找到停车位，于5：25准时到岗上班。2016年夏天，他曾和UAW取得过联系，表示愿意帮助他们组织工会。他们认为，莫兰会是这项运动完美的代言人。

2月，UAW以莫兰的名义，在Medium网站上发表了一篇文章。该网站颇受初创企业的青睐，他们喜欢在上面发布披着新闻外皮的公司公告。这篇题为《特斯拉，你听着》的文章，在科技媒体中掀起了轩然大波。全文共750字，描述了工人们在工厂中遭受的种种艰辛，包括过多的强制加班，以及本可预防的工伤。"我们团队有8个人，其中6个因为各种工伤，同时在休病假，"莫兰写道，"我会听到同事们私下说起自己忍受的疼痛，但他们却不敢汇报，因为害怕被管理层贴上'牢骚精'或是'坏员工'的标签。"他在文中表示，希望自己可以让特斯拉变得更好，而且他相信，可以通过组建工会来达成这个目标。"我们许多人一直在谈论组建工会这件事，也向UAW寻求了支持。"

马斯克很快就做出了回应。他试图诋毁莫兰，因此告诉Gizmodo网站："我们觉得是UAW把这人收买了，让他加入特斯拉，煽动工人成立工会。他并不是真的为我们工作，而是在为UAW工作。"他又补充道："说实话，我觉得这种攻击从道德上来说是不可容忍的。特斯拉是加州仅存的汽车公司，因为这里成本太高。UAW于2010年绞杀了新联合汽车制造公司，弃弗里蒙特工厂的工人于不顾。他们的说法根本站不住脚。"私下里，马斯克给工人们发了一封邮件，对UAW表示了蔑视，并承诺要给大家发福利，包括举办Model 3庆祝派对、为工人提供冻酸奶，甚至会在弗里蒙特工厂安一个电动过山车。"一定会棒呆了。"他写道，还附上了一个笑脸符号。

但莫兰的确是在为特斯拉工作，而且他和工会都否认了他被

UAW 收买这一说法。他和奥尔蒂兹依然忙着在工作间隙向工人们发放传单。

关于 7 月份人们为之庆祝的那 30 辆 Model 3，有一个不幸的事实：它们并不是弗里蒙特工厂光鲜亮丽的新装配线生产出来的，而是特斯拉工人手工做出来的。车身是在原型样车车间里焊接的，就在油漆车间旁边。（空间狭小到就连一辆车的零件也放不下，只能用小车把各种零件推进推出。）然后，车身再被运到别的地方，进行总装。整个过程要耗费数日，也会让工人疲惫不堪。这种情况在未来数周内还将持续，因为车身车间的准备工作还没有完成。车身车间是装配工作开始的地方，车架会在这里由大型机器人焊接成型，再送往油漆车间，最后进行总装。

工程负责人道格·菲尔德在 2016 年春天对马斯克的警告一语成谶。不管庆不庆祝，公司都还要再过上好几个月的时间，才能让所有设备就位，开始常规生产。

见此情景，内华达州斯帕克斯的人们松了一口气，因为电池团队也还没有准备就绪。为此，库尔特·凯尔蒂受到了马斯克的指责。凯尔蒂在特斯拉担任管理者已经很久了，多年前曾帮助特斯拉建立了与松下的关系，并一直干着跟松下沟通的苦差事，告诉他们特斯拉的截止日期有多紧迫，而超级工厂又有多少麻烦。总是听到这些消息的松下，自然也对凯尔蒂十分不满。总是夹在中间左右为难的凯尔蒂觉得，他已经走到了特斯拉职业生涯的尽头。7 月的那场活动上，他看着人们为了 Model 3 庆祝——而那天，就是他在特斯拉工作的最后一天。和马丁·艾伯哈德、彼得·罗林森、乔治·布兰肯希普等许多人一样，他为这家公司倾尽了全力，是时候抽身而退了。

309

尽管马斯克把延期的责任推到了松下身上，但其实，特斯拉才是过失方。首次建造工厂和启用一种新生产系统所带来的挑战是压倒性的。凯文·卡塞克特（Kevin Kassekert）是斯特劳贝尔的关键副手，当时正在负责特斯拉的建设项目。他要在工厂进行新建设的同时，努力维持生产线的电力供应。为此，他真是伤透了脑筋。10月，马斯克和外部人士都清楚地认识到了特斯拉生产的艰难。公司在第三季度仅生产了260辆Model 3，其中还包括7月底活动上交付的那30辆。特斯拉把这个成绩归结于原因不明的"生产瓶颈"。

"尽管我司加州汽车工厂及内华达超级工厂的绝大多数制造子系统均可高速运行，但有个别子系统的激活时间比预期的要长。"特斯拉在一份声明中表示。

几天后，《华尔街日报》揭露了真相：特斯拉工厂的车身车间尚未运行，车辆均为手工制造。特斯拉对此予以猛烈的回击："十多年来，《华尔街日报》一直在用误导性报道，不遗余力地对特斯拉进行攻击。这些报道，几乎无一例外地触及或打破了新闻操守的边界。这篇报道也恐难例外。"但《华尔街日报》坚称，自己的报道真实可信。很快，其他媒体也开始撰写类似的文章。不久，特斯拉又遭遇了股东提起的诉讼，称其欺诈。[1] 而特斯拉的生产声明，还吸引了美国司法部的注意。

从很多方面来看，这就是典型的特斯拉：马斯克发表雄心勃勃的声明，激励团队完成不可能完成的任务，进而刺激投资者。

---

[1] 一名法官最终驳回了诉讼，理由是特斯拉的前瞻性声明是受保护的，因为马斯克在宣布目标时，已经做出了避险警告。"联邦证券法不因公司未能实现目标而对其做出惩罚。"这位名为查尔斯·布雷耶（Charles Breyer）的美国地区法官于2018年8月写道。——原注

只不过这一次，马斯克虽然表示工厂将在当年下半年产出多达 20 万辆汽车，但三个月过去了，产量却连这个数字的 1% 还不到。这个目标从一开始就显得不切实际，而且就算实现了周产 5000 辆，也不代表全年都可以保持这个水平，但马斯克却总是把两者混为一谈。更何况，以那年 10 月的情况来看，周产 5000 辆根本实现不了，因为团队还在急着让车身车间运行起来。马斯克在 2016 年也对 Model X 的产量说过类似的豪言壮语，虽然未能实现，但目标和结果之间的缺口还没有那么大。不像这次，缺口大到能开过一排电动卡车。

问题的一部分，来自于马斯克大举推行自动化生产。车间里塞满了机器人，它们需要设置和编程，才能完成特定的任务，比如对车架上某个指定的点进行焊接。弗里蒙特工厂地方不够，而马斯克又坚信机器人挨得近一些可以加快工作速度，于是强迫团队把"密度"作为重要的设计元素来考虑。结果，他们在 Model 3 的车身车间里安装了大约 1000 个机器人，其中好几百个是从天花板上倒吊下来的，就是为了多装一些。

超级工厂也是一样。但和正在艰难取得进展的车身车间不同，斯特劳贝尔的团队已经彻底陷入了混乱。在有些地方，工程师们想维修机器人，却很难钻到那个空间里去，因为机器人排得太密了。工厂有时依然需要手工制作电池组，还借来了松下的工人帮忙。

随着瓶颈的增长，松下供应的电池芯开始堆积。特斯拉一位高管站在一个个大木箱中间，估算出这里面大约有 1 亿个电池芯，在等着被组装成电池组。数亿美元的库存在闲置，吞噬着现金。

超级工厂的问题，让马斯克火冒三丈。他开始更加频繁地飞往超级工厂，亲自解决这些问题。他炒人鱿鱼向来很干脆，但历来都是通过经理，不会亲自动手。现在，不管谁在车间里惹了他，都有可能被当面开除。跟他已经没有道理可讲了。他见谁骂谁，就是不从自己身上找原因——即使别人试图解释，机器人之所以出故障，就是拜他的要求所赐。

特斯拉准备宣布第三季度可怕业绩的那一天，他觉得不舒服，在会议室暗处的地板上躺了几个小时。一名高管被派过去，把他拖到一张椅子上，和华尔街通话。电话接通了，他听起来糟透了。长期宣传特斯拉潜力的摩根士丹利分析师亚当·乔纳斯问马斯克："现在地狱之火有多烫？"

"就当9级是最烫吧，"马斯克说，"我们上一次是9级。现在是8级。"

作为销售主管和马斯克高层副手之一的乔恩·麦克尼尔，一度试图安抚他的情绪："我想我们能搞定。"接着，他又重复了一遍那条谚语：被老虎追赶的人是想不出好主意的。

马斯克或许是想让团队振作一下，于是下令，找一个晚上，在超级工厂的屋顶上为部分经理举办一个派对。他想点起一堆篝火，做巧克力棉花糖夹心饼。基建主管卡塞克特（Kassekert）被这个指示惊呆了：**马斯克想在生产高度易燃电池的工厂屋顶上点火？**但尽职的他还是想出了一个主意：在屋顶上铺一层防火布。

那天晚上，马斯克喝着威士忌，唱起了歌。凌晨两点后，他在Instagram上发布了一段短视频。这段视频，加上《滚石》杂志11月关于他和女演员安珀·赫德分手的封面报道，让一些观察者胆战心惊，纷纷猜测他的精神是否还稳定。他仍在表达对于特斯拉成为上市公司的不满，而且还有这么多做空者打赌它一定会消亡。"真希望我们可以将特斯拉私有化，"他说，"上市其实降低了我们的效率。"

到了夏末,梦想成为地方工会主席的奥尔蒂兹与工会组织运动代表人物莫兰的努力取得了成效,他们获得了加州议会立法者的支持。8月底,奥尔蒂兹和其他3名特斯拉小时工一起,与UAW组织者一同前往位于萨克拉门托的州议会大厦,与立法者会面。他们对立法者进行了游说,希望在电动车退税的法规中加入相关措辞,明确规定特斯拉需要"公平与负责",并确保其工作场所的安全。作为回应,特斯拉组织了自己的部分工人,于次月前往州议会大厦作证,其中包括特拉维斯·普拉特(Travis Pratt),一名主要的设备维护技术员。在听证会上,普拉特赞扬了公司,告诉立法者,他从特斯拉获得的年收入是13万美元。

这段视频传到了奥尔蒂兹那里。他把视频转发给莫兰,请他指认这些工人。"让我知道他们是谁……我要走到他们面前,对他们说,萨克拉门托见,混账玩意。"他在给莫兰的短信中写道。

莫兰登录到公司的员工名录上,查看这些人的姓名。他找到了普拉特,将他的照片和职位名称截屏发给了奥尔蒂兹。奥尔蒂兹把这些照片发布到了一个非公开的脸书页面上,这个页面是试图组织工会的工人们建立的。"这些家伙去了萨克拉门托,说我们在特斯拉的事情上撒谎。他们一直在受管理层的指使……其中有一个说他去年挣了13万美元……这恰恰证明了,在特斯拉溜须拍马、背后告密可以得到多少好处,而真正苦干实干的人却只会被忽略。"

发帖后,他又改变了主意,在普拉特对他私下表示了不满之后,删除了这则消息。"如果对我有什么意见,咱俩可以关起门来说……我去年所有的收入,几乎都是通过二级维修技术员的工作得来的。你们生产部门的不少同事，现在如果升到了这个级别，拿的也是这么多钱。祝你好运，但我知道，我们会有很多人站在你的对立面上。一开始就指名道姓地骂人，可能不是什么好方法。"

普拉特将原始帖子的截屏作为礼物，发给了特斯拉人力资源部。"看起来，我们让一些人不太高兴。"他在消息里这样写道，还附上了一个脸红微笑的表情。特斯拉正需要这样一个由头，来启动对奥尔蒂兹的调查，并趁机粉碎工会组织运动。公司已经开始了这方面的努力。几个月前，人力资源主管加布里埃尔·托勒达诺（Gabrielle Toledano）就通过邮件和马斯克密谋，要为莫兰和奥尔蒂兹在安全团队中安排职位，把他们变成固定收入员工，让他们没有资格再加入工会。如今，他们掌握了莫兰获取公司信息的电子书面记录，就大可以说，他违反了公司政策。

9月底，他们把奥尔蒂兹叫了过来，和人力资源部安排的一名调查员开会。奥尔蒂兹穿着工会T恤，戴着工会胸章，来到了会议地点。摆在他面前的，是他脸书帖子的一份复印件。

他承认帖子是自己发的，并表示，在普拉特提出不满之后，他就撤掉了这个帖子。他对此表示了歉意。

是谁给了你员工名录上的照片？奥尔蒂兹不愿透露。调查员要求查看他的个人手机，但找不到任何线索。手机是全新的，那天早些时候刚买的。

奥尔蒂兹的忠诚，还是没能保住莫兰。公司很快便查到，是他使用了电子记录。10月初，特斯拉对这两名员工提起了诉讼：莫兰受到了轻微的处罚，但奥尔蒂兹被开除了。①

---

① 2021年，美国国家劳资关系委员会裁定，特斯拉在处理工会组织活动时违反了劳动法，对奥尔蒂兹实施的是不当解雇。特斯拉否认了自己有不当行为，并已对此裁定提起上诉。——原注

这对特斯拉工会组织活动造成了巨大的影响。在 UAW 办公室的白板上，支持组织工会的工人名单立刻变成了一片空白。奥尔蒂兹成为工会主席的梦想破灭了。他说，UAW 有一名官员提出，可以帮他在底特律找个工作，但他不愿意去。东湾才是他的家。

但随着 2018 年的到来，特斯拉生产上的混乱，很快就被旁观者忽视了，因为马斯克又故技重施，玩起了转移注意力的市场营销老把戏。斯特劳贝尔的电动半挂式卡车项目被杰罗姆·吉兰接管之后，已于上一年 11 月向客户做了完美的亮相。据称，这款卡车的单次充电续航里程可以达到 500 英里。这场位于霍桑机场跑道边的展示活动到了最后时刻，还发生了一件更为激动人心的事情。卡车的拖车打开，一对蛇形的头灯从黑暗中闪现出来。随后，一辆新款 Roadster 出现在人们的视线中，比最初的版本更具肌肉感，车身更长、更宽，也更迷人。这辆真正的超跑伴随着喇叭中野兽男孩《蓄意破坏》的歌声，从机库中飞驰而出，观众对它报以了前所未见的欢呼声。

特斯拉努力多年方才开发出来的 Model 3，已经陷入了公司以北 400 英里的那个生产地狱中。但今晚，马斯克只想尽情释放新款 Roadster 的全部力量，让全世界为之侧目。这辆超跑的参数足以让车迷躁动，据说 0 到 60 英里/时加速仅需 1.9 秒。如果当真如此，那么它就是有史以来速度最快的量产车。它明明白白地提醒着人们，特斯拉如果能从目前的风暴中逃出生天，马斯克将奖赏自己的信徒。马斯克不失时机地宣布，这款售价 20 万美元的 Roadster 预计将于 2020 年上市，目前已经开始接受预订，订金为 5 万美元。另有名为"创始人版本"（Founder Edition）的限定款，售价为25万美元,预订时需要全款付清。

这种营销模式才是马斯克钟情的。他强烈反对付费广告的概念。当Model S的销售在过去一年中出现疲软时,销售总监麦克尼尔曾经在边缘做过试探,通过在脸书上发起广告活动来促进销售。但该想法很快就夭折了,一部分是因为马斯克的厌恶,还有一部分是因为,公司将推出一项为期两年的租赁协议,引起不想(或无法)购买车辆的顾客的兴趣。2017年,他们又通过软件升级,进一步激发了人们对这款车型的兴趣。这次升级推出的新模式,可以让一部分Model S的提速变得更快(0到60英里/时加速仅需2.4秒),因此被命名为"荒诞模式"。

特斯拉还有一种可以供马斯克调遣的营销手段。2018年初,SpaceX准备试飞一枚名为"猎鹰重型"的火箭。美国近50年前将宇航员送上月球的火箭已经退役,因此"猎鹰重型"是世界上现役推力最大的火箭。它的设计目的,是将重型货物送入环绕地球的轨道中。为了展示这种能力,马斯克将一辆樱桃红色的Roadster放入了火箭货仓。坐在方向盘后面的,是一件名为"星人"(Starman)的太空服。团队在汽车上安装了摄影机,用来捕捉这辆车在太空中的镜头。这个令人目眩神迷的镜头,将特斯拉汽车和星际旅行放入了同一个语境。它暗示着,特斯拉何止是一家电动车企业,马斯克是在带你遇见未来。在特斯拉公布了第四季度惨痛的亏损之后(也是该公司有史以来亏损最严重的季度之一),他向分析师明确指出了这种联系。"我希望人们认为,如果我们可以把一辆Roadster送入小行星带,那么解决Model 3的生产问题,应该也不在话下。"他说。

投资者们似乎也认可他的观点,基本上都保持着耐心,相信马斯克可以实现另一个不可能实现的壮举。这种耐心在特斯拉的股价上体现得很明显： 2017年结束时，全年涨幅达46%，使公司市值达到了520亿美元。

看着这样的股价，马斯克告诉董事会，他相信，即使把长期目标的眼光放得再远大一些，股东们也是会支持的。多年来，马斯克一直不愿领薪水。他的实际薪酬就是股票期权，价值数百万美元，和某些特定的里程碑式事件紧密相关，比如推出Model S和Model 3。而现在，他们要进行商讨，为马斯克制定一个新的薪酬方案。马斯克要求董事会拿出一个计划，让他成为有史以来薪酬最高的CEO。并且就理论上来说，如果他将所得期权激励全部行权，将成为世界上最富有的人之一。他想要的这个十年薪酬计划，价值将会超过500亿美元，但前提是特斯拉要实现一系列财务目标，包括市值达到6500亿美元——比当时的市值高了近6000亿美元。他的雄心预示着，他要重构特斯拉，让这家车企的年销量达到数百万台，市值比其他任何车企都要高出许多倍。

要实现这样的目标谈何容易，何况当时特斯拉连造几十万辆汽车都困难。据知情人士透露，考虑到潜在的行权获益规模，董事会在期权激励方面产生了分歧。但董事会有这么多马斯克的亲信，包括他自己的弟弟金巴尔，这项方案最终还是顺利通过了，并于2018年初对外公布。

这项提议引起了马斯克高管团队中一部分人的不满。他们觉得，公司一旦成功，也应该给自己更大的回报。

据一名前高管称，被马斯克的行为伤害到的人中，也包括J. B. 斯特劳贝尔。他是公司元老，被认为是联合创始人之一。"这是让这段关系崩溃的时刻之一，"该高管表示，"坏了他们的交情。"

但斯特劳贝尔对此予以否认，称它带来的影响并没有这么戏剧化。他指出，自己明白马斯克的薪酬方案"风险极高"，因此"回报也高"。他表示："任何一段关系都有失望和起伏的时候，但埃隆和我经受了那么多比这更为严酷的考验，关系也没有被破坏。"

该薪酬方案设计极为复杂，分为 12 批股票期权。比如说，要获得第一批 169 万股的股票期权，马斯克需要使特斯拉的年收入从 2017 年的 118 亿美元提升至 200 亿美元，或者取得 15 亿美元的调整后利润。此外，他还需要使公司市值上升到 1000 亿美元，并分别在六个月和 30 天内保持在这一平均水平。要行使这批期权，他需要支付每股 350.02 美元的价格。但这些要求中却并没有提到净利润——公司当时仍然未能实现全年盈利，就连连续两个季度勉强维持盈利也无法做到。和同时代的其他科技公司一样，特斯拉的衡量标准更看重增长和股价，而非传统的赚钱。

交易细节中要求他持有股份 5 年。最重要的是，马斯克需要继续留任特斯拉的 CEO 或董事长。尽管最近几年他或许提到过要辞去 CEO 一职，但新的薪酬方案向他的高管团队和投资者释放了一个强有力的信息——他短期内还不会放权。一些特斯拉的内部人士认为，特斯拉未来的 CEO 可能会是麦克尼尔，或是从负责 Model 3 项目成长为负责总体生产的工程师菲尔德。但麦克尼尔在次月就离开了特斯拉，出任打车初创企业"来福车"（Lyft）的首席运营官。

新的一年开始了，马斯克并没有表现出想放弃控制权的意思。显然，最大的障碍在弗里蒙特，而不是斯帕克斯。马斯克的注意力再次转移。新 Roadster 的亮相，连同半挂式卡车一起，改善了特斯拉的现金状况，但资金依然短缺。并且，出于几个原因，马斯克并不愿意再去筹措更多的款项。首先是因为，在一片马斯克是否误导了投资者的质疑声中,美国司法部已经开始调查特斯拉的生产声明。据知情人士透露,特斯拉当时尚未公布这起调查,但如果想要进行新的融资,就必须公布,而这只会让特斯拉看起来更加绝望。其次是因为,正如马斯克公开表示过的那样,应该在人们认为不需要筹款的时候进行筹款。如果等到需要的时候才做这件事,条款会更加苛刻——成本也会更高。

因此,马斯克把所有的赌注都押在了工厂生产上。关于周产5000辆实现日期的牛皮,他已经吹破两次了。现在他的新目标是:6月的最后一周。

就在他们为自动化装配线伤透脑筋的时候,几个月前从奥迪跳槽过来负责产品质量的工程师安托万·阿布-海达尔(Antoin Abou-Haydar)向菲尔德等高管提出了一个看法。工程团队的Model 3装配设计已经做得很出色了,因此去年七八月间,工人可以相对轻松地手工装配这款车子。与其跟复杂的自动化装配线较劲,干吗不索性抛开机器人,再度启用手工装配呢?

这个建议并没有被采纳。马斯克穷尽心力,就是想让他称之为"外星无畏战舰"的自动化装配线发挥作用。他告诉投资者,最终工厂只需要区区几个工人,就像蒂姆·沃特金斯给机器编程,让它们自行在夜间进行生产一样。马斯克设计了一组三层式装配线,将汽车零件分别从顶层和底层自动运往中层,再由工人们组装在一起。这个系统看似可以节约空间和人力,但在实际运用中却乱作一团。工程师无法把时间调整得恰到好处。而工厂空间的缺乏导致了环境的拥挤,走在里面的确就像穿过一艘战舰。

到了春天,工厂显然需要打破这种僵局。公司在烧钱,因此急需考虑阿布-海达尔的建议。为了实现这一想法,工厂里架设了第二条自动化程度较低的总装线,产量立刻有了提升。马斯克在推特上承认了自己的过失:"特斯拉过度自动化是个错误。确切地说,是我的错误。我低估了人类。"

但为了实现周产 5000 辆的目标,他们还有很多事情要做。他们需要为 Model 3 增设第三条装配线。但这时工厂已经被塞满了,质检工作已经不得已移到了室外的大帐篷下面。团队开始思考,能不能把装配线也移出来。

增加额外的装配线,尤其是非自动化装配线,需要的工人会比原计划多得多。马斯克自己也记不清人数。开会时,他一直在说员工大约有 3 万名,但实际上,加上外部合同工,员工人数已经超过了 4 万名。(据说马斯克在预算报告会上有时会走神。)重新回来担任 CFO 的迪帕克·阿胡贾最后不得不礼貌地纠正马斯克,实际上公司员工人数已经大大增加了。

马斯克一听,就不乐意了。他就是喜欢抓这种细节,仿佛它可以昭示更大的问题,也就是特斯拉的成本结构问题。特斯拉本以为,只要实现周产 2500 台 Model 3,就可以达到收支平衡。但手工劳动量增加之后,成本也在上升。阿胡贾那年春天又算了一笔账,发现公司即使每周生产 5000 辆车,也无法实现收支平衡。马斯克开始冻结开支,叫停大量增设北美服务和配送中心的计划,并希望尽快裁员。

弗里蒙特工厂遭遇的挫折,让马斯克陷入了一种可以预想的状态。他开始对菲尔德不满。尽管菲尔德已经完成了最初交办给他的任务,将 Model S 的精彩之处通过 Model 3 带给了主流市场,但工厂却乱成了一锅粥。当然,你可以说,无视警告、匆忙投产是马斯克自己的错。但他还是采取了老办法:剥夺菲尔德的制造负责权,由他自己接手。

这便是菲尔德黯然离场的开始。他提升了特斯拉的产品开发运作，争取到了硅谷一部分最优秀的工程人才，也打造了一款从许多方面来说比 Model S 更好的车型。公司内部对他也不是没有批评的声音。有些老员工觉得，他在管理时偏重于带入大局观，把公司变得更加政治化了。尽管如此，他或许依然是特斯拉下一任 CEO 的最佳人选——只要马斯克能信守承诺，退出日常管理，专注于产品开发。

那年春天，马斯克实际上亲自接管了工厂。但菲尔德告诉一名亲信，尽管他被降职夺权，马斯克有天傍晚还是从工厂给他打来电话，要求菲尔德报告他人在哪里。

另一个傍晚，马斯克召集 Model 3 装配线的工程师开会。他气冲冲地走进会议室，告诉这些工程师，他们做的所有工作"完全是一坨屎"。他命令他们依次过来告诉他，"你他妈是谁，是怎么修该死的装配线的"。就在他怒斥这个团队时，一名年轻的工程师实在受不了，当着他的面辞职了，在他的叫嚷中走出了会议室。另一次会议上，马斯克进来发现，一名让他越来越不满的经理也在。于是他说："我还以为我昨天就把你炒了。"

也就是在这段时间，有一次巡视工厂的时候，马斯克看见装配线停了下来。人们告诉他，一旦有人挡住装配线，自动安全传感器就会让装配线停下来。这让马斯克很愤怒。他气急败坏地表示，速度这么慢的装配线根本没有危险，并开始用头撞装配线上一辆汽车的前端。"这怎么可能受伤呢，"他说，"装配线完全不用停下来。"一名高级工程经理试图插话，说这个设计是为了保障安全，却招来了马斯克的怒吼："滚出去！"在和马斯克相识多年的人们看来，跟早年他们目睹过的那些事情相比，现在这些事件，已经发生了某种痛苦的变异。人人都知道，马斯克脾气不好，容忍不了傻瓜。但早年间，有些人会觉得，那些被裁掉的人也许是活该。特斯拉是最好的，也是最严酷的。经理们会彼此分享挨马斯克骂的故事，比如一次他对一名经理大发雷霆，说要把他的脑袋劈开，在他的脑子上烙一个"F"，代表"废物"（failure）。

但现在，老员工们会觉得，他只是在发无名火。而且也不再关起门讲，而是当面发火，不管对方级别如何。给人的感觉仿佛是，公司已经变得太大了，他也不知道究竟该怪谁，只能乱发火。

不管怎样，菲尔德都已经到了自己的极限。他的位置本来就很尴尬：原本是被招进来负责 Model 3（及即将推出的跨界车 Model Y）开发的，却不得不在格雷格·雷乔离职后接手了制造业务。在实际上被降职以后，如今他只能看着马斯克一个人一个人地肢解他的团队，并且是以一种羞辱性的方式。他当然不愿意离开，因为他觉得，这样就是抛弃了团队中剩下的人。但的确也到时候了。他的母亲已经去世，父亲也疾病缠身。此外，他的孩子也即将大学毕业——这些人生大事，只要他还待在这座工厂里，就一定都会错过。

菲尔德团队得到的消息是，他去休假了。但许多人都明白，他再也不会回来了。等到特斯拉正式宣布他离开时，这场离职造成的负面影响已经非常明显了。在过去 24 个月中，连他在内，一共有至少 50 名副总裁级别或以上的高管离职（一部分原因是，在太阳城被收购之后，该公司有大量顶着高级头衔的经理离职）。他离开的消息，在媒体头条引起了一阵骚动。毕竟是一家知名车企的工程主管离职，有这么多报道，也在意料之中。但马斯克却对此很不高兴。

特斯拉公关团队强迫媒体淡化这件事的重要性。汽车网站

Jalopnik 半开玩笑似的改口道:"特斯拉一名发言人联系我们,做出了澄清,表示菲尔德**不是**特斯拉的首席工程师,而是首席汽车工程师。就跟只能有一个上帝一样,特斯拉也只能有一位首席工程师,那就是埃隆·马斯克。二号工程师是 J. B. 斯特劳贝尔。"

斯帕克斯团队也迎来了一些进展,但也为此付出了代价。他们每周已经可以生产出 3000 个电池组,甚至一度达到过周产 5000 个电池组所需的每小时产能。但达到这个峰值是一回事,日复一日地保持下去则是另外一回事。他们在赶工的过程中浪费了许多原材料。一部分自动化操作会损坏电池芯,得赶紧想办法解决。质量运营主管布莱恩·纳特(Brian Nutter)编写了一份问题分类报告,强调了特斯拉最近要打的一些"地鼠":电池翻面工作站故障导致电池芯出现凹痕;电池芯之间黏合剂使用过量,使部分零件报废;一条生产线因为冷却管不足而停工;某个自动化作业出现错误,使一个固化架未能正确地往前移动,导致电池模块连环相撞。

那年春天,在一次和分析师的公开电话会议上,马斯克试图为第一季度的糟糕业绩做出辩解。在会议进行到大约 30 分钟的时候,一名华尔街分析师问道,特斯拉什么时候才能实现 Model 3 的毛利率目标,并指出,特斯拉似乎已经把这个目标往后推了六到九个月。CFO 刚想解释,马斯克就打断了他,说几个月之内一定会解决这个问题。"别再上联邦告我就成。"马斯克不无讥讽地说道。分析师又问起特斯拉的现金需求,不等他展开,就又被马斯克打断了。"这种问题又蠢又无聊,一点也不酷,"他说,"下一个。"一名加拿大皇家银行资本市场的分析师想知道,向更多客户开放预订的举措，对于他们实际配置自己购买的 Model 3 有什么影响。马斯克对此不屑一顾，给的答案是："不好意思，我们得去油管了。"意思是让在 YouTube 上做节目的一位散户投资者打进来提问。"这些问题都太枯燥了。救命。"马斯克说。

　　一个耍大牌的马斯克，投资者们可不会买账。20 分钟内，特斯拉股价就下跌了 5 个百分点以上。电话旁人们的窃窃私语，就像某种不祥之兆。有人说，马斯克的爆发，让他们想起了安然公司最后的日子。

第二十五章
蓄意破坏

2018年5月27日，周日，凌晨1:24，特斯拉技术员马丁·特里普（Martin Tripp）给美国有线电视新闻网、路透社、福克斯新闻和商业内幕（Business Insider）发送了一封电子邮件。"我是特斯拉的在职员工，因此要求匿名，"他在邮件开头写道，"我可以看到这家公司各个部门和等级的每日产量、产品编号、故障/报废成本等信息，因此我知道，埃隆在许多场合都对公众/投资者撒了谎。我加入特斯拉，是为了追随它的使命宣言，但现在却沮丧地发现，我们已经完全走向了另一面。"特里普随后又暗示道，特斯拉依然无法做到每周生产5000台Model 3，所以马斯克正在冒险走捷径，想加速生产。

这则发往商业内幕新闻爆料收件箱的邮件，很快便被送到高级财经记者兰尼特·洛佩兹（Linette Lopez）手中。作为商业内幕的明星记者，洛佩兹在过去一年中写过几篇关于特斯拉的报告，但没有一篇能穿透这家公司的高墙。几个月前，她对空头吉姆·查诺斯做了一次采访，问起了对方对特斯拉的押注。查诺斯称，马斯克最伟大的才能，是他的销售能力。"他总是在推销下一个好点子，"查诺斯对她表示，"但对当前想法的执行，却总是不尽如人意。我认为，这就是症结之所在。除此之外，我越来越觉得，他正在许下他自己也知道无法兑现的诺言。我想，这是一个更加不祥的转变。"

当天上午晚些时候，洛佩兹回复了特里普："我对你的邮件非常感兴趣。"她开始调查特里普所说的超级工厂系列问题。而在距离她250英里外的弗里蒙特工厂，工人们正在厂外支起巨大的帐篷。特斯拉的许多领导认为，只要取得周产5000辆的里程碑，就能缓解压力，抽走空头的一些氧气，稳定公司的财务根基。他们只要在最后的生产冲刺之前稍事休整，准备好所有零件，扫除所有的障碍，就有望在本季度最后一天（6月30日，周六）实现这个目标。无论是经历过特斯拉初始阶段的人，还是经受过Model S、Model X增产阶段磨炼的人，都很熟悉这种全员出动、背水一战的方式。而Model 3的生产也不例外。马斯克会刻意设定一个截止日期，让大家挣扎着去完成，接着在人们的注意力被转移之后，再重新部署方针，找出改进流程、削减成本的方法。

但洛佩兹却从特里普那里听到了特斯拉为这种方式付出的可怕代价。6月4日，在两人联系上大约一周之后，洛佩兹发表了一篇报道，题为《内部文件透露：特斯拉Model 3原材料及资金耗费惊人，但生产仍是一场噩梦》。文章援引了特里普（她未透露其姓名）提供的特斯拉内部文件，称该公司超级工厂产生了巨大的浪费：有多达40%的电池组原材料及驱动装置原材料报废，或需要返工。文章称，特斯拉已经为此付出了1.5亿美元的成本，却拒不承认浪费已经到了这种程度。

特斯拉发表了一份声明，试图淡化此事："我们在Model 3产能提升初期，的确有着高报废率。但任何新的制造工艺都是如此。这是在我们意料之中的，也是产能提升过程中正常的一部分。"

实际上，公司一直在密切关注这个问题。特斯拉正走在电池生产的前沿，经历着汽车产业的新事物。这个市场里其他的新成员，也会面临类似的报废率问题。斯特劳贝尔对这个问题尤为关心，甚至开始相信，他应该资助一家旨在探索改进电动汽车电池回收方法的初创企业。

几天之后，洛佩兹又根据特里普的爆料，发表了另一篇报道。报道称，马斯克超级工厂的新机器人尚未完全投入使用。而马斯克几周前刚刚在推特上宣布，这些机器是将周产量提升至5000台以上的关键。

和2008年周鹏对特斯拉缺钱的爆料不同，洛佩兹的这些爆料，为特斯拉制造工作依然存在缺陷的叙事增加了可信度，加剧了人们对于周产5000台的目标无法实现的担忧。这个隐姓埋名的公司内鬼还会透露什么消息？马斯克的团队不能坐以待毙。他们立刻对泄密者展开了调查。

特里普在特斯拉工作的时间并不长，去年9月才被录用，是超级工厂的新员工之一，入职时薪为28美元。有了这批新生力量，超级工厂的员工人数增加到了6000以上。公司记录显示，2018年早些时候，他曾经因为和同事关系不和而受到批评。他显得有些不谙世事，但正是这种很傻很天真，最终让他吃到了苦头。

特斯拉安全部门已经开始在员工中搜寻泄密者了，但特里普还在给马斯克和斯特劳贝尔发邮件，表达他对工厂的担忧。"我想声明一点：有**大量**的特斯拉员工都很担心，"他告诉他们，"今年剩下的时间里，报废成本估计将超过2亿美元。"他又补充道："只怕工厂里都放不下那么多报废品。"

6月10日，周日，凌晨3∶22，马斯克回复说，他会把报废率降到1%以下,这是一个"硬性目标"。但这样的回复,却并没有打动特里普。他觉得这又是一个空洞的承诺,和他之前听到过的那些如出一辙。几天之内,特斯拉调查员就将目标锁定到了他身上,因为他们找出了谁可以接触到报道中援引的那些数据,并在近期内查看过它们。他被解雇了。

对于这种事情,马斯克是很难接受的。6月17日,一个周日的深夜,他向全公司发送了一封邮件,警告所有人,要留心更多叛徒的出现。"这个周末,我失望地发现,有一名特斯拉员工对公司实施了蓄意破坏,对我们造成了巨大的伤害。"

他没有对特里普指名道姓,只说泄密者的动机是未能得到升职,他所做的一切仍在被调查。"我们需要弄清楚,这是他的个人行为,还是伙同特斯拉其他人或勾连任何外部组织的行为,"马斯克又写道,"你们都知道,想置特斯拉于死地的组织名单有一长串。华尔街那些空头也在其列,他们已经损失了数十亿美元,而且注定会损失更多。"

马斯克和特里普暗地里展开了较量。特里普勇气可嘉,但缺乏与愤怒的亿万富翁作战的财力。周三,特斯拉起诉特里普,指控他窃取了十亿字节的数据,并对特斯拉业务做出虚假陈述。双方通过电子邮件互相攻击。"等着瞧,"特里普对马斯克说,"你对公众和投资者撒了谎,会遭报应的。"

"威胁我只会让你的情况变得更糟。"马斯克回复道。

"我这绝不是威胁,"特里普写道,"只是告诉你,你会遭报应的。"

"你应该(为)陷害别人感到羞愧。你这个人渣。"

"我从未'陷害'过其他人。我在整理关于你的材料时,也没有牵扯到其他任何人。正如材料里显示出来的那样,是你造成了**数百万美元的浪费**，导致了安全问题，还对投资者/**全世界**撒谎。让有安全问题的车子上路的人，才是人渣！"

所有这些负面报道，都有可能为马斯克和特斯拉盼望已久的里程碑蒙上阴影。为了让人们更好地了解弗里蒙特工厂的情况，特斯拉开始邀请记者到厂内参观。马斯克站在工厂中央，讲述着自己有多么自信（尽管他已经被逼得睡在了工厂地板上）。"我很乐观，"他说，"我觉得这里氛围很好，活力十足。你们去福特看看，那里就跟停尸房一样。"

记者们问他，为什么团队成员已经警告过他可能有隐患，他却还要让 Model 3 的生产计划提前。马斯克回答道："这有什么奇怪？这种话我已经听了半辈子了。"他又说："他们还说过，我们不可能让火箭着陆呢。"

陪同马斯克进行这次参观的，是特斯拉的公关部主管莎拉·奥布赖恩（Sarah O'Brien）。这位时年 37 岁的高管曾经在苹果担任公关经理，如今管理着特斯拉超过 40 人的公关团队。她已经和马斯克共事了将近两年，也体会到了这份工作给自己带来的影响。因为身心俱疲，她有过两次在工作之外昏厥的经历。她一天的工作开始于早上 5 点，一般都在晚上 9 点结束，周末也不例外。她还为自己的苹果手表做了一个特别的设置，只要马斯克一发推文，她就会收到提醒。

2014 年起，马斯克使用推特的频率开始加快。2018 年的夏天才过了一半，他当年的推文发布量就已经超过了 1250 条，平均每天约 6 条，涉及的话题十分广泛：处理客户投诉、批评媒体、与空头交锋。他在 5 月和 6 月的发布量甚至更高，是 1 月的 7 倍。有时，他在推特上也会显得有些忧郁。每次被问及自己的生活，他就会这样。"实际情况是，既有美妙的高潮，也有可怕的低谷和无情的压力。但不要以为人们愿意听后面两个。"他写道。他睡眠向来不多，现在入睡更是十分困难，只能借助安眠药来缓解。"一杯红酒、一张老唱片、一点安必恩……魔法组合！"

但一片灰暗中，总还是有希望的微芒。一次，他想在推特上发一个关于 AI 的烧脑梗，上网做研究的时候却偶然发现，已经有人发过类似的笑话了。和他有同样笑点的，是一位时年 30 岁的流行音乐新星，名叫克莱尔·伊莉丝·鲍彻（Claire Elise Boucher）。她有一个更为人熟知的艺名，叫"格莱姆斯"（Grimes）。马斯克开始跟她攀谈，两人很快便开始约会。

与此同时，他为周产 5000 台的目标所做出的努力，也快要看到成果了。7 月 1 日清晨，工作了一夜的工人们，在厂里庆祝起来。增设的生产线和人工，做到了自动化无法完成的事情。他们来到当周产出的第 5000 台 Model 3 旁边，在引擎盖上签名留念。但马斯克却不见了踪影——他已经动身前往里斯本，去参加弟弟的婚礼了。他给全公司发送了一封邮件，对这一结果做出了褒奖。他写道："我们终于成为了一家真正的汽车公司。"

然而，在这个本该庆祝的时刻，却发生了马斯克和特斯拉历史上最大的公众丑闻。

第二十六章
推特飓风

就在疲惫的工人们庆祝着弗里蒙特工厂的生产里程碑时,马斯克的飞机降落在了葡萄牙。他刚好赶上弟弟金巴尔的婚礼,也可以得到一阵子必要的休息。

几个月来,他越来越让朋友们感到担心。他们邀请他去放松,他却拒绝了,说工厂需要他。他对前女友安珀·赫德的公开评论似乎有些精神错乱。而最近让他燃起爱火的克莱尔·鲍彻,却又并不完全符合他的理想类型。

他取得的成就不容小觑,但也无暇沉浸其中。工厂的瓶颈已经冲破,他需要转而去关注另一个同等紧迫的挑战:向顾客交付车辆。五年前,解决了工厂的生产问题之后,特斯拉却无法把 Model S 卖出去,几乎让这家公司毁于一旦。这一次,特斯拉需要交付的车子可远不止 4750 辆,目标也绝不仅仅是收支平衡。他们要做的不再是证明立场,而是要赚得真金白银,来支付越堆越高的供应商账单。除了交付车辆,特斯拉还需要向外扩张,不能仅仅依靠旧金山城外唯一的一家装配工厂。它必须做好准备,走向全球,这样才能获得和通用汽车之类的企业竞争所需的销量与规模。

马斯克既需要休息,又需要关注销售。在这些相互冲突的需求之下，他的心思却飘到了别处，一步步走向了公众形象崩塌的边缘。这件让他分心的事情，可能会让他名誉扫地，使特斯拉无法完成进入主流电动车市场的目标，也可能会让他多年来竭力避免的事情发生：失去对公司的控制。

马斯克喜欢玩推特，这似乎是个无伤大雅的习惯。尽管他整日沉迷于这个社交媒体平台，但那个时候，谁又不是如此呢？他之前在推特上犯过一些错误。比如几个月前，他在推特上开了个愚人节玩笑，暗示公司破产了，让旁观者一通焦虑。而一年多以前，当特斯拉的市值超过福特时，他也曾在这个平台上幸灾乐祸，猛戳那些因此亏了钱的空头。他在推特上的死对头可不会轻易忘记这些事情。最近，他们正忙着在特斯拉的喜讯中寻找漏洞。马丁·特里普泄密事件发生之后，马斯克总觉得处处都有人偷偷跟他对着干。尽管没有证据，但他暗自揣测，幕后黑手可能是空头吉姆·查诺斯。

而这一次，推特上吸引他眼球的剧情，却发生在地球的另一端：一支少年男子足球队，被困在了泰国一个被水淹掉的山洞里。全世界都在关注着救援者对他们展开的营救，有人在推特上呼吁马斯克也施以援手。他起初没有答应，但几天之后便宣布，他的工程师们会设计一艘迷你潜水艇，去营救这些孩子——尽管尚不清楚这是不是泰国救援者想要的帮助。他把自己为之做出的努力，都记录在了推特上。

特斯拉团队正准备让马斯克与中国政府领导人会面，庆祝这家车企达成了在中国开设工厂的协议。这项协议意义重大，将重新定义这家公司，帮助它跳出小众市场。但马斯克并没有太过关注这项伟大的胜利，因为他还有别的计划。在前往中国的途中，马斯克让飞机在泰国稍作停留，匆忙赶往了那个洞穴，并在推特上发布了照片。"刚从 3 号洞穴回来。迷你潜艇已经就绪，如有需要，随时可以投入使用。潜艇是用火箭零件制造的，并以少年足球队'野猪'的名字命名。我把它留在这儿，以备将来之需。泰国真美。"他在 7 月 9 日写道。与此同时，一场大胆（并最终成功）的营救行动正在进行中。

马斯克为这场声势浩大的救援行动贡献出了自己的力量。随着孩子们 7 月 10 日被最终救出，这次事件也变成了一个最为暖心的生存故事。

"好消息！他们终于安全地出来了，"马斯克发推说，"祝贺这支杰出的救援队伍！"

马斯克的潜艇从未投入使用，而且救援行动协调负责人那荣萨（Narongsak Osottanakorn）告诉记者，这艘潜艇对于本次任务并不实用。马斯克当时人在中国，他收到鲍彻的信息，提醒他注意这一言论，并警告说，对他的舆论已经开始转向负面了。他联系了自己的手下："我在上海，刚刚起床。出什么事了？"就在团队试图搞清楚那荣萨的身份时，马斯克的办公室主任萨姆·特勒发来了邮件："就是那个不接我们电话的死府尹①。"

对于这种公然的冒犯，马斯克绝不肯善罢甘休。他回信道："我们要不惜一切代价，让那个家伙收回自己的言论。"

但人们的看法，却越来越负面。几天后，一位名叫弗农·昂斯沃思（Vernon Unsworth）的英国男子接受了美国有线电视新闻网的采访。他是一名洞穴探险家，利用自己的洞穴知识，协助了

---

① 府尹：泰国一级行政区"府"的最高行政长官。

本次救援。记者随口问起他对马斯克潜艇的看法,他表示,这只是个公关噱头,"绝对不管用"。他还说,马斯克"对洞穴通道的情况一无所知",这种潜艇只配给马斯克"爆菊"。

这段视频很快在推特上流传开来。7月15日,怒不可遏的马斯克连发了一串推文,对昂斯沃思展开攻击。其中包括这样一条:"不好意思,萝莉控。这都是你自找的。"一名推特用户指出,这是马斯克在骂昂斯沃思是恋童癖。马斯克回应道:"我出自己签名的一块钱跟你打赌,这是真的。"

这些言论在推特上掀起了轩然大波,堪比五级飓风。公司股价骤跌3.5%,市值蒸发20亿美元。来自特斯拉最大投资方之一柏基(Baillie Gifford)的詹姆斯·安德森(James Anderson)在一次采访中表示,这次事件是"一个令人遗憾的例子",并表示,特斯拉需要"太太平平把事做好"。各大媒体开始联系特斯拉公关部门,询问马斯克是否真的在用"恋童癖"称呼昂斯沃思。公关团队紧盯新闻报道,追踪着从英国广播公司到Gizmodo网站的20余家媒体头条。一名助手写了一条备忘录,记录了当时的情况:"媒体持续报道马的推文。有些报道提到,这次'爆发'距离'他对彭博新闻表示,自己将努力在推特上变得不那么好斗,仅过去了一周'。"备忘录中还写道,许多投资者和分析师相信,"他的言论加剧了他们对于他已经偏离特斯拉主业的担忧。"

路透社的一篇评论文章,总结了特斯拉董事会目前所面临的两难局面:"如果因为'恋童癖'的推文解雇他,可能会引发投资者的信心危机。这和特拉维斯·卡兰尼克(Travis Kalanick)被罢免(CEO的)职务不一样,因为当时优步(Uber)还没有上市。而特斯拉是一家非常需要资金的上市公司,这么做可能是致命的。董事会应该考虑剥夺他董事长或CEO的头衔。"

第二天（7月17日）一大早，时年32岁的办公室主任特勒就对马斯克晓之以理动之以情，说是时候道歉了。他说自己已经和董事会成员安东尼奥·格拉西亚斯、CFO迪帕克·阿胡贾、法律总顾问托德·马龙（马斯克之前的离婚律师）等人谈过了，因为马斯克向来最重视他们的意见。而这些人都认为，只要马斯克道歉，并且暂时停用推特，就可以"让你从内在和外在都回到正确的道路上来"。特勒甚至已经自作主张，拟好了道歉信。他告诉老板："只要你公开承认错误，显示出你是多么关心你的员工和公司使命，每个人都会更加爱你、尊敬你的。"

一小时之后，马斯克回复了："我想过了，我不喜欢这个建议。"马斯克担心，在特斯拉股价下跌之后立刻道歉，人们会鄙视他，觉得他虚伪、懦弱。"我们需要停止恐慌。"马斯克说。

但那天夜里，马斯克还是服软了。他又发了一条推文，这么写道："我是在愤怒中说出那些话的，因为之前昂斯沃思先生发表了一些不实的言论，并建议我和那艘迷你潜艇发生性关系。我造那艘潜艇是出于好心，而且也是根据潜水队长提供的参数制作的。"

大约在同一时间，"蒙大拿怀疑者"的真实身份（即投资经理拉里·福西）开始在推特上特斯拉的支持者之间流传，因为他们把他的个人信息放到了网上。邦妮·诺曼把这些信息收集起来，传递给了马斯克和马龙。诺曼是早期的Roadster车主，后来又变成了特斯拉的投资者和传道者。她在邮件中提到，是一帮匿名的特斯拉投资者成功破解了这个案子：福西发布了一张蒙大拿自己家的照片，这帮人搜索出了照片的元数据，锁定了照片的位置，确认了福西的身份。"听到这个消息，我忍不住笑出了声。"她在这封题为"狐狸尾巴藏不住"的邮件中写道。据透露，福西的老板是远近闻名的老花花公子，亿万富翁斯图尔特·拉尔。

"哇喔，这就有趣了，"马斯克在7月6日凌晨1:22给诺曼回了信，表示自己认识拉尔，"他买过几辆早期的Model S，不知从哪里拿到了我的电话号码，开始骚扰我。喝醉酒以后，就给我发很长的语音信箱留言。我不想跟他玩，他还生（气）。"

他联系了拉尔。据福西说，马斯克告诉他的老板：如果福西继续写关于特斯拉的事情，他就起诉他，还要把拉尔也牵扯进去。第二天，福西宣布退博："埃隆·马斯克赢了这一轮，让一个批评者禁声。"

推特一波未平一波又起，特斯拉的高管们只能尽量保持低调。他们在6月底已经达成了周产5000台Model 3的目标，但要像马斯克承诺的那样，再现甚至提高这个产量，却是一场异常艰苦的战斗。这些延期意味着，特斯拉还没有实现它希望借以维持周转的那种销量。公司库存现金在6月底已经降至22.4亿美元。现在特斯拉不仅需要增加销量，还需要尽快削减成本。

特斯拉开始要求一些供应商退还一部分自己已经支付给他们的款项。这是一个不同寻常的举动，表明了公司形势的严峻程度。特斯拉提出这个要求的时候，正值马斯克和昂斯沃思打嘴仗那一周。而公司之所以要这么做，是为了力保在2018年实现盈利。一名受命向供应商提出这个要求的经理表示，如果能直接打折，或是给回扣，就再好不过了。"这一要求对维持特斯拉的运营至关重要。"他在备忘录中写道。

这立刻引起了一部分供应商的警觉。他们对特斯拉越来越警惕了。这并不是他们头一次看到车企使用这种策略。在通用汽车破产前的黑暗期，这种做法可谓司空见惯。

特斯拉财务危机的严重性,变成了压在马斯克心头的一块巨石。于是,他又提起了苹果公司,和它坐拥的 2440 亿美元。毕竟,大家都说,这位 iPhone 制造商的汽车开发之旅并不顺利。但几年前,当特斯拉上一次陷入困境时,马斯克非要在苹果 CEO 蒂姆·库克面前逞能,一场潜在的收购也化为了泡影。

这一次,轮到马斯克低头了。他联系库克,问能否见面商讨一下交易的可能。不知苹果会不会感兴趣,用大约 600 亿美元的价格(是库克最初询价的两倍多)收购特斯拉?据知情人士透露,双方一开始说了几次想找个时间碰面,但很快人们就发现,库克一方在存心拖延时间,似乎并没有兴趣真的找时间开这个会。他们反倒更愿意把刚刚结束 Model 3 工作的道格·菲尔德请回来,帮助指导苹果自己的汽车项目。

8 月 7 日,马斯克从他洛杉矶五处豪宅中的一处醒来。迎接他的,是《金融时报》的一篇报道,透露了特斯拉一直在悄悄酝酿的事情。沙特主权财富基金买下了该公司 20 亿美元的股份,一举成为特斯拉最大的股东之一。几分钟后,就在马斯克前往机场,准备飞往内华达州超级工厂时,他在推特上发布了一条注定会掀起惊天巨浪的消息:"我正在考虑以每股 420 美元的价格将特斯拉私有化。资金已到位。"

正是这种半真半假、未经审查的消息,让马斯克名满天下。他的推文也因此变成了数百万人的必读内容,无论这些人对他是爱是恨。但马斯克丝毫也没有料到,这两句话,将带来怎么样的冲击。

华尔街瞬间做出了反应。本就已经在上涨的特斯拉股价,这下更是一路飙升。马斯克抵达超级工厂的时候,几乎高兴得忘乎所以，问经理们知不知道 420 代表着什么？代表着，嗨得就像大麻日（4 月 20 日）！说完，他哈哈大笑起来。

通常，一家公司在做出马斯克现在这种随口报价的举动之前，都需要事先通知纳斯达克，并停止股票交易。这并不是出于礼貌，而是交易所的规则。公司应该在任何可能引起股价剧烈波动的消息（比如有意将公司私有化）发布之前，提前至少 10 分钟通知交易所，以便停止交易，让投资者消化新的信息。马斯克的声明让他们措手不及，因为特斯拉之前没有任何风声。纳斯达克官员们开始手忙脚乱地联系特斯拉的联络人。

但联系了也没有用，因为特斯拉投资者关系部主管也对此毫不知情。他给马斯克的办公室主任萨姆·特勒发消息："这条推文合法吗？"记者们也开始联系他们。"牛逼推文！（是开玩笑吗？）"一名记者写道。另一名则直接给马斯克发邮件问道："你是在逗我们吗？"

在这条推文发布的 35 分钟后，CFO 迪帕克·阿胡贾给马斯克发短信："埃隆，我相信你已经考虑过，会就此事的原因与安排，和员工与潜在投资者进行更为广泛的沟通。如果莎拉（公关部主管莎拉·奥布赖恩）、托德（法律总顾问托德·马龙）和我帮你起草一篇博客文章或是一封员工邮件，会不会有帮助？"马斯克表示，那样就太好了。

他这一天过得和往日似乎并没有什么不同。亮点是按照计划，和硅谷的高管们共进晚餐。在片刻空闲中，他又发了几条推文。在第一条推文发出约 1 小时之后，他写道："我现在没有绝对控制权，如果我们私有化，也不希望任何股东有这样的权利。无论是哪种情况，我都不会抛售我的股票。" 20 分钟后，他补充道："我希望，即使我们私有化了，目前 * 所有 * 投资者也都能继续持有特斯拉股票。可以创建一个专用基金，让大家继续和特斯拉在一起。富达对 SpaceX 的投资就是这样操作的。"在第一条推文发出两个多小时后，他又进一步阐述了自己的理由："希望所有的股东都能留下来。变成私人企业之后，运作会更加顺畅，引发的混乱也会减少。可以终结空头的负面宣传。"

SEC 于次日展开了调查。

2017 年 3 月，在朋友与投资人拉里·埃里森的撮合下，马斯克曾与软银的孙正义及沙特主权财富基金的阿尔卢马延在弗里蒙特工厂共进了一次令人兴奋的晚餐。他和孙正义也许话不投机，但之后一直与沙特方面保持着联系。2018 年，他与空头的战争一直延续到了 7 月。就在这时，沙特主权财富基金要求与他会面。7 月 31 日晚，双方进行了会面。和马斯克一同参加这次短会的，还有特勒和阿胡贾。次日，特斯拉宣布了自己第二季度的业绩。马斯克承诺，此后将持续盈利。而一周后，他那条关于特斯拉私有化的推文便传遍了互联网。

事后看来，这次短暂的会晤，其实可以有各种不同的解读。沙特方面告知马斯克，他们已经在公开市场上购买了约占特斯拉 5% 股份的股票，距离必须公开宣布自己的大股东身份仅有一步之遥。特斯拉私有化的可能性因此加强，正如马斯克和该基金总经理亚斯尔·阿尔卢马延在一年前那次晚餐上探讨的那样。马斯克没有探讨交易的细节。沙特方面希望，特斯拉可以去他们的国家建一个汽车工厂，这是好几个中东国家多年来一直在争夺的奖项。据马斯克表示，大约半小时后，阿尔卢马延便将决定权交到了马斯克手中：告诉我们你想怎样进行私有化交易，只要条件"合理"，就可以实现。

马斯克对此进行了认真的考虑。周四,也就是第二季度业绩公布的第二天,他看着特斯拉股价飙升了 16 个百分点,公司市值达到了 596 亿美元。他担心,如果特斯拉市值持续增长,他可能会失去将其私有化的机会。收盘后,他给公司董事会发了一则备忘录。他说,自己已经厌倦了做空者将特斯拉作为目标,对其"谣言中伤"。这种持续不断的密集进攻,正在损害特斯拉的品牌。他希望尽快将公司私有化的提案交由股东表决,并表示该要约将于 30 天后失效。按照该股当日收盘价 20% 的溢价计算,他提出将价格定在每股 420 美元,这样一来特斯拉的估值将达到 720 亿美元。(实际上按照溢价 20% 计算,每股价格应该在 419 美元,但他觉得如果定在 420 美元,可以博他的女朋友一笑。)①

让事情更为复杂的是,他在第二天晚上召开的特别会议上告诉董事会,他希望大门继续为现有投资者敞开。如果投资者愿意,他们可以继续持有私有化后的特斯拉股票。如果不愿意,公司就出钱把这些股票买下来。像邦妮·诺曼这样的散户投资者,多年来一直是他最大的拥趸之一,他想把这些人留在自己的圈子里。

董事会中有人对此表示了怀疑,但还是批准他就交易事宜与一些较大的投资者进行联系,事后再回来汇报情况。

周一,在紧急董事会议之后,马斯克致电私募投资公司银湖(Silver Lake)的埃贡·德班(Egon Durban),商讨这笔交易。银湖(拉里·埃里森也是其投资者)在硅谷享有盛誉。正是在他们的帮助下,迈克尔·戴尔于 2013 年通过 250 亿美元的杠杆收购,

---

① 马斯克事后对 SEC 承认,选这样一个价格作为献给女友的大麻玩笑,"不甚明智"。——原注

将自己创立的戴尔公司私有化。德班提醒马斯克，他希望留住目前所有投资者的想法并没有先例可循，而且留下的股东数量必须少于 300 人。但特斯拉光是机构投资者就超过了 800 家。至于兴奋地出现在特斯拉年会上的那种散户投资者，更是不计其数。

第二天，尽管这些警告音犹在耳，马斯克还是发出了那条爆炸性推文。

这种做法，和他在多数情况下对特斯拉的管理方法别无二致：先放出话来，再想办法实现。但问题是，作为一家上市公司的 CEO 和董事长，他关于特斯拉的公开声明分量是很重的。有些业务相关的东西你明知是假的，却还要说出来，其实是一种犯罪，可以被起诉。这则推特声明看起来是如此地缺乏准备，透露出的细节少得可怜，而且似乎也未经周全的考虑。因此，人们的疑虑立刻被激发了。公司通常只有在经过大量审查之后才会公开此类交易，还要请律师仔细推敲相关声明。但特斯拉只能亡羊补牢，在声明发出之后加紧组建团队，来评估这一交易。推文发出一周之后，董事会表示将成立一个委员会，来考虑本次交易。布拉德·巴斯（Brad Bass）（于 2009 年加入董事会，曾短暂担任过太阳城的 CFO）及罗宾·德霍姆（曾协助特斯拉完成太阳城收购事宜）将担任委员会负责人。和他们一同加入该委员会的，还有董事会新成员琳达·约翰逊·莱斯（Linda Johnson Rice）。她是一名芝加哥媒体业高管，于上一年加入了特斯拉董事会，以纾解人们对于多数董事都是马斯克自己人的抱怨。委员会开始着手聘请律师和顾问。

马斯克也想扑灭自己点起来的火，结果却变成了火上浇油。他写了一篇博客文章，表示交易的细节远远没有敲定，一切都会在适当的时候公布。"现在公布为时过早，"马斯克写道，"我还在与沙特的基金进行商讨，也在与其他一些投资者进行讨论——这是我一直计划要做的事情，因为我希望特斯拉可以继续拥有广泛的投资者基础。"他也试图解释，为什么自己要宣传一个尚不成熟的想法。"如果我想和我们最大的投资者进行具有意义的讨论，唯一的方法就是毫无保留地告诉他们，我有多想把公司私有化，"他写道，"然而，如果只和我们最大的投资者分享关于私有化的信息，而不把同样的信息在同一时刻分享给所有投资者，那是不对的。"对于他推文中提到的"资金已到位"，他解释说，他已经在7月底和沙特的基金代表进行了会面，当时他"对于出资让特斯拉私有化表达了支持"。

他最后表示，"如果最终议案提交"，公司董事会将对其进行考虑。如果该议案被批准，股东将有机会进行投票。

而这篇博文却徒增了华尔街的困惑，导致股价跳水。一时间流言四起，人们都说马斯克这一步走错，可能再难自救。《纽约时报》颇具影响力的商业专栏作家詹姆斯·斯图尔特（James Stewart）听说，声名狼藉的金融家杰弗里·爱泼斯坦（他承认自己涉嫌参与了一项涉及一名未成年少女的性犯罪）正在应马斯克的请求，为特斯拉物色几位新的董事长人选。这个说法可太刺激了，又恰好处于一个令人难以置信的时期。于是，斯图尔特联系了爱泼斯坦，并于8月16日来到这位金融家在曼哈顿的住所，对其进行了采访。对方提出的条件是本次采访"仅做背景参考"，意思是可以报道，但不能直接表示援引自爱泼斯坦。斯图尔特发觉，爱泼斯坦在闪烁其词。

这家媒体就此事联系了马斯克，马斯克一听，便勃然大怒。"爱泼斯坦，地球上最坏的人之一，竟然告诉《纽约时报》，他在就特斯拉私有化一事，与公司和我个人进行合作。"为此，马斯克对朱莉安娜·格洛弗（Juleanna Glover）大为光火。格洛弗是华盛顿特区的一位资深公关顾问，被请来帮助马斯克引导舆情。"他还以这个为幌子，对他们表达了他对我的'担忧'。这真是太恐怖、太恶毒了。"为了否认爱泼斯坦的说法，他和《纽约时报》通了电话。但电话一接通，马斯克自己却崩溃了，足足说了一个小时他有多不容易，这几个月为推出 Model 3 吃了多少苦——差点错过弟弟的婚礼，自己的生日也是在工厂车间里过的。

结果，这篇报道的标题变成了《埃隆·马斯克痛陈为特斯拉之乱付出的个人代价》。根据文中的描述，马斯克十分情绪化，在采访过程中"多次哽咽"，并谈到自己要服用安必恩来对抗睡眠问题。有些董事会成员据说对此十分担忧，声称就是因为这个原因，马斯克才会在深夜发那么多推文。

在一片喧哗之中，马斯克的名人身份，和他与鲍彻刚刚发展起来的恋情，也为这些本就不和谐的曲调增加了杂音。这段时间，一向喜欢公开吐槽的说唱歌手阿泽莉亚·班克斯（Azealia Banks）在 Instagram 上抱怨，说她和鲍彻在音乐合作方面产生了一些不愉快。她先是声称自己在马斯克洛杉矶的一处寓所内待了几天，为的是等鲍彻。随后，她似乎暗示道，马斯克是在嗑了药的情况下发出的那条私有化推文。① 当被记者问起详情时，班克斯说，马斯克发了那条麻烦推文之后的那个周末，她一直在他家里，目睹了他试图挽回损失的样子。"我看见他在厨房里夹着尾巴，乞求投资者给他擦屁股，"她说，"他很紧张，满脸通红。"

马斯克只想结束这一切。"他们就没有别的东西好写吗？"他

---

① 这些年来，员工们有时也会怀疑马斯克嗑药了。——原注

问自己的公关顾问,"我看我自己上新闻都看烦了!"

马斯克在过去一年中的迷惑行为,让身边的人们饱受困扰。但最近的失误,却让他和他的困境猛地暴露在了大众的视线中。投资者们吓坏了。《纽约时报》采访刊发后的第二天,股价暴跌约9个百分点。华尔街分析师开始降低他们对特斯拉的预期,告诉投资者,他们觉得这只股票估值过高。特斯拉董事会中,马斯克的亲密盟友们处境艰难。如果他们对他最近的事件视而不见,可能会被追究法律责任。

接下来的那个周六,他们举行了一次电话会议。马斯克和弟弟金巴尔(他一直在进行幕后工作,试图缓解这些公关影响)从洛杉矶拨了进来。马斯克的银湖顾问团队,还有高盛的一些人,都在为如何凑钱绞尽脑汁。马斯克有一个主要的假设,那就是大股东都会对特斯拉不离不弃,即使它成为了私人企业也一样。但这种信念着实天真。他了解到,由于监管要求,共同基金将被迫减持股份。他原本假定会有 2/3 的股东继续跟随他,但如果富达、普信等公司无法继续跟随(这两家公司共持有 2000 万股),它们的股份就必须以 420 美元每股的价格被收购。换句话说,马斯克需要再筹集 80 亿美金,才能实现自己的计划。

而且筹款并不是唯一的问题,马斯克还受到了来自特斯拉内部的阻力。有人质疑,作为一家誓让油老虎汽车绝迹的电动车企,却要从一家大型外国石油供应商那里拿钱,究竟意义何在。与此同时,沙特也对提议如何实施表示了不满,因为他们并未做出任何正式提议。(基金负责人阿尔卢马延后来告诉政府律师,他并没有答应和马斯克达成协议。)私有化的想法也让特斯拉高管团队产生了分裂,尤其是,马斯克的行为已经引发了人们对于他精神稳定性和公司核心地位的双重质疑。

顾问们必须另找实力雄厚的资金来源来取代沙特的位置，于是将大众汽车集团也列入了考虑范围。他们为马斯克制订了一项计划，可以筹到 300 亿美元。但这种规模的新投资者，难免会希望在公司运作方面有发言权。这让马斯克产生了担忧。毕竟，私有化不就是为了限制外部影响吗？他也对团队提出的某些潜在投资者不太满意，包括大众。

周四，在马斯克发出私有化推文的 16 天后，特斯拉董事会飞赴弗里蒙特工厂，同几位顾问与律师骨干探讨了所有可能的选择。顾问与律师讲完自己的部分，便离开了房间。屋里只剩下董事会成员，大家把焦点转向了马斯克：他怎么想？

他表示，根据收集到的信息，他准备撤销私有化提案，让特斯拉保持上市公司的身份。"在我看来，特斯拉的市值将在未来数月及数年间大幅上涨，可能任何投资者都无力再将其私有化，"在做出这个决定之后，马斯克在一封邮件里写道，"如果现在不私有化，可能就再也做不到了。"

特斯拉史上最为动荡的两周就此结束。尽管马斯克很想将推文一撤了之，让这件事就此过去，但其实，他已经把自己逼到了墙角。现在，他必须让 SEC 相信，在他发推宣布私有化交易的时候，资金真的已经到位，他没有误导投资者。马斯克和其他董事会成员要在未来几天内向调查人员宣誓作证。在旧金山办公室的牵头下，SEC 此次调查进展十分迅速。

如果是比较矜持的高管，也许会就此收敛。但马斯克却选择在这个时候回归了推特。他当月早些时候对《纽约时报》的情绪爆发引发了一场辩论，人们开始热议，女性创始人因为工作而哭泣时，是否可以免受指摘。"我郑重声明，在《纽约时报》采访期间，我的声音只哽咽过一次。仅此而已。没有眼泪。"他在 8 月 28 日早上 8:11 的这则推文，引起了一些人的嘲讽。"老马啊，如果你在喊别人'恋童癖'的时候，也能对事实和真相这么较真就好了。"一名推特用户写道。马斯克回应道："可他没有起诉我啊，你不觉得奇怪吗？明明有人给他提供免费的法律服务。"

这时，昂斯沃思的律师出现了：看看你的邮件。

这些推文引起了媒体新的关注，也激起了 BuzzFeed 网站记者瑞安·麦克（Ryan Mac）的兴趣。8 月 29 日，麦克给马斯克发了邮件，两人有了几次邮件往来。一天后，马斯克给他发了一封开头写着"请勿报道"的邮件，并建议麦克给泰国方面打电话，"停止为儿童强奸犯辩护，你这个混蛋。"马斯克给自己挖了个更深的坑。"（昂斯沃思是）一个英国单身白种老男人，在泰国旅行或生活了三四十年，多数时候在芭堤雅海滩，后来因为一名 12 岁左右的童养媳搬到了清莱。① 人们只会因为一个原因去芭堤雅海滩，不是为了洞穴，而是为了别的东西。而清莱更是臭名昭著的儿童色情交易地点。他号称自己知道如何进行洞穴潜水，却并不是洞穴潜水救援队的成员，而且那些真正的潜水救援队员多数也拒绝和他来往。我在想，这是为什么呢……"

他后来又补充道："我他妈倒是盼着他来起诉我呢。"

麦克从未应允对这些邮件不予报道。根据新闻界由来已久的传统，记者与受访者只有在交流开始之前，才能约定对此次采访不予报道。他们并没有做过类似的承诺。 BuzzFeed 于 9 月 4 日刊发了麦克的报道。

---

① 昂斯沃思实际上并没有童养媳，只有一个相处了很久的泰国女友，当时已经 40 岁了。——原注

马斯克立刻意识到,他惹麻烦了。已经打入华盛顿政治圈的公关顾问格洛弗给他转发了一封邮件,发信人是杰夫·奈斯比特(Jeff Nesbit),一位颇具政治眼光的环保主义者。他表示可以提供帮助,并对马斯克在推特上大放厥词可能对公司造成的影响表达了担忧:"再有一两次这样的事件,我敢说,董事会就要发起不信任投票了。"

马斯克回信表示,他知道这"糟透了"。他的本意,其实只是让BuzzFeed去调查一下这个人。"我他妈就是个白痴。"他最后写道。

格洛弗建议他去做一次采访:"打消对你精神状态的胡乱猜测。"但一定要公开,和"请勿报道"恰恰相反。她想把他再次推到公众面前,让他展现出一种果断、风趣、有自知之明的姿态。马斯克建议,自己可以去上喜剧演员乔·罗根的播客节目:《乔·罗根体验》(The Joe Rogan Experience)。罗根是一名脱口秀演员,也是一名终极冠军格斗赛(UFC)解说员,之前担任过电视节目《谁敢来挑战》(Fear Factor)的主持人。他在媒体领域独树一帜,开辟了广受欢迎的一隅,采访对象有领袖、学者、名人,也有一些多数媒体避之不及、持有极端立场的尖锐声音。

两天后,采访就安排好了。格洛弗提醒马斯克,罗根的采访可能会持续好几个小时:"乔不太会打断你,他都是让你自由发挥(乔很风趣,也会在做节目时开骂,因为播客不需要遵从美国联邦通信委员会的规定)。"她让马斯克先跟律师商定,如果被罗根问起正在进行的SEC调查,该怎么回答。而且,万一被问到昂斯沃思的事情,千万不要回答。"拜托,拜托,一万个拜托:如果他问起泰国潜水员的事情,就说你在这方面的麻烦已经够多了,不会再多说了。"她写道。

这场在 YouTube 上直播的采访，于西海岸晚间开始。马斯克身着印着"占领火星"字样的黑 T 恤，看起来兴致勃勃。从很多方面来讲，让罗根去采访马斯克，真是再合适不过了。他会允许马斯克滔滔不绝地讲述自己的兴趣爱好，从太空旅行到挖掘隧道。夜色渐浓，罗根和马斯克喝起了威士忌。将近 3 小时的采访接近尾声时，罗根点起了一支"雪茄"，并说这其实是大麻，还问马斯克抽没抽过大麻。"我想我试过一次。"马斯克笑着说。"这不合适吧，你是有股东的人，对吧？"罗根问。

"反正这东西是合法的，不是吗？"马斯克在加州演播室问道。"完全合法。"罗根回答，顺手把大麻烟递给了马斯克。马斯克接过来抽了一口，谈话开始变得有些上头。罗根问起了发明家在推动社会进步方面的作用：如果有一百万个尼古拉·特斯拉会怎样？马斯克表示，那样社会就会进步得飞快。的确，罗根又说，可惜没有一百万个埃隆·马斯克。"只有你这么一个混球，"罗根说，"对吧？"

马斯克看了看自己的手机。

"小妞儿给你发短信啦？"罗根问。

没有，马斯克说，"只是朋友们在发短信问我：'你个傻逼干吗要抽大麻？'"

第二天，《华尔街日报》周六版出炉，封面上赫然印着马斯克手持大麻雪茄吞云吐雾的照片。旁观者实在看不清楚，马斯克和他的公司，还能否走出这团迷雾。

第二十七章
交付狂潮

在接下来的日子里，媒体上一直充斥着这个令人震惊的画面。但马斯克却无暇顾及他最新的公关灾难。还有三周，2018年的第三季度就要结束了，时间紧迫。他必须在23天之内拯救特斯拉。

三个月前，马斯克奋起直追，实现了周产5000台Model 3的目标。这是一个惊人的成就，但如果公司无法保持这个生产速度，它便失去了意义。而且更重要的是，他们得把这些车子卖出去。马斯克在承诺盈利却又反复食言之后，索性一门心思扑在了车辆交付上。

8月，特斯拉的额外现金已降至16.9亿美元的最低水平，眼看连维持业务的钱都不够了。马斯克向公司团队施压，要求他们在第三季度交付10万辆车——几乎相当于公司2017年全年的销售量。但弗里蒙特工厂能否造出这么多车尚且是一个问号，更何况这家工厂连造出无缺陷车辆都困难。油漆车间也成了他们近来的一个心病，那年早些时候发生过好几次起火事件。董事会成员安东尼奥·格拉西亚斯正在试图找出解决方法，而销售团队调高了各车型红色款的价格——这是生产起来最麻烦的一种颜色。

马斯克希望公司可以在9月最后几周交付大约60%的车辆。车辆送抵客户手中的时间要精心计算,一旦送抵它们就可以被标注为"已售"了。运往东海岸的车辆会在该季度早些时候生产,因为它们所需的运货时间较长。在运往远方市场的车辆生产完毕之后,才会生产供给西海岸的车辆。但这两个市场的交付都要在季度末之前完成,这样就可以计入当季收益了。这一过程被公司内部一些人称为"浪潮",因为他们需要在很短的时间内将大批车辆交付给客户。但这一次,它的规模变得如此之大,而速度又如此之快,仿佛变成了一股狂潮,随时可能把公司打垮。

公司成败在此一举。但能否达到他们的季度目标,只有到9月的最后几天才能真正揭晓。

还有一件事,更加剧了马斯克的压力:SEC(当时正在调查他关于特斯拉私有化资金已经到位的声明)也出于自己的目的,对这个季度末倍加关注。因为SEC的财年,就在那个时候结束。在马斯克上了罗根节目几小时之后,他的律师就去见了政府律师,询问有没有可能达成一项协议,避免被起诉。如果协议可以达成,政府倾向于在当月月底将其敲定,并将可能对特斯拉征收的罚款算入自己的年终总收入。

但做完罗根节目之后的那个周六,马斯克的关注点在于交付。他把自己的流动办公桌从弗里蒙特工厂搬了出来,放进距离工厂大约两英里的特斯拉交付中心,每晚都在那里和美国各地的经理们通话。弗里蒙特交付中心的正门看起来依然让人宾至如归,和乔治·布兰肯希普7年前打造的所有门店如出一辙。但前端背后还有一个庞大的后端,里面本质上就是一条装配线,将一边的顾客与另一边的车辆匹配起来。全美类似这样的交付中心,目前都处于特斯拉交付困境的风口浪尖。与2013年努力实现1美元利润时一样，车辆生产只是问题的一半。他们还需要以一种自己前所未见的规模来进行车辆交付。2013年特斯拉的几近崩溃，源自人们对订金未能转化为销售额估计不足。这一次，团队已经提前进入了战斗模式，防止出现"交付地狱" 2.0。

但他们这一次需要面对的，是马斯克自己一手造成的噩梦，其根源在于一系列不可能实现的选择。在乔恩·麦克尼尔于2月辞去销售与服务总裁一职之前，他的团队一直在制订计划，以应对预计将于年底到来的交付量激增。这是一项十分兴师动众的计划，成本不菲，需要耗费数亿美元，在全球开设25—30个大型区域配送中心，将车辆的配送集中到这些中心里来。2018年上半年，在道格·菲尔德和J. B. 斯特劳贝尔忙于提升产量之际，马斯克看了账本，得出一条结论：特斯拉根本无力负担销售与配送团队的计划。他让他们另想办法。麦克尼尔之前聘请了一位名叫丹·金（Dan Kim）的创业者，让他负责全球销售。这一次，金开始着手改进公司的在线销售流程，希望可以促进网络和智能手机APP端的销售，逐步减少他们对门店的依赖。

特斯拉已经不再是2013年的那个品牌了。当年，买家对于这么一家新兴车企不太有信心，特斯拉提供的技术也未经考验，所以Model S的销售才会有挑战性。但Model S成功之后，这些担忧在Model 3身上就不那么突出了。不过买家还是需要一些指导的，尤其是在分期付款和用手头的车子以旧换新方面。金致力于加强呼叫中心业务，让公司内部的销售团队主动出击，完成交易。特斯拉不能再重蹈Roadster与Model S的覆辙，假设订单都会自动转化为销量。

2018年1月，公司聘请了凯利·亨特（Cayle Hunter），来领导全新的内部销售与车辆交付团队。团队驻扎在拉斯维加斯太阳城公司的一处旧址中,离赌城大道不远。① 另有几支小的团队,位于弗里蒙特及纽约。他们的任务很明确:完成交易。他们开始逐个联系名单上的50万人,这些人都为Model 3支付了1000美元的可退押金。

在亨特上任的头八个月里,他成功地将团队从35人发展到了225人。起先,他们可以毫不费力地为弗里蒙特工厂缓慢生产出来的车子找到买家。之前购买过特斯拉汽车的客户,只要这次也付了订金,就可以排在队伍的前面。亨特的团队发现,劝这些人买车几乎不费吹灰之力。他们提出的问题不是为什么要买,而是何时能买到:他们什么时候才能拿到自己的Model 3?这简直算不上是销售,亨特在头几个月里心想。他原本为2018年头两个季度设定了令人胆寒的销售目标,但现在这个目标缩小了——人们越来越明白,工厂不可能生产出足够的车子来满足这些指标——对应的数字也就没有那么吓人了。

到了夏天,情况发生了变化。马斯克让弗里蒙特工厂走出了生产困境,产量稳步上升。亨特的团队也无法再将车子轻松分配给翘首以待的客户,而是转变为了真正的硬性推销。而致电客户的时候,他们也感到电话另一头传来的阻力越来越多。

2016年Model 3一经亮相便大获成功,一部分原因在于,马斯克承诺该车起步价为3.5万美元。但2018年8月的实际售价却绝非如此。最便宜的版本起步价在4.9万美元,而顶配的高性能版本要卖到6.4万美元左右。团队处理积压订单时清楚地意识到,许多人付订金就是为了买一辆3.5万美元的车,甚至有些人

---

① 尽管马斯克公开宣称自己将推动太阳城公司的业务,但在2016年收购该公司之后,他却并没有时间或资源去兑现自己的诺言,反而将该公司剩下的资源都用在了帮助生产或交付Model 3上。——原注

连付这个价钱也吃力。

当然，也有些人是可以接受追加销售的。亨特的团队会劝他们现在就拥有这辆车，而不是为了 3.5 万美元的版本再等上一年。如果现在买车，还可以享受到从次年 1 月起就要逐步取消的 7500 美元联邦税收抵免。团队还会重点指出，特斯拉汽车的拥有成本比传统汽车要低，因为车主不需要去加油站。这么说通常会奏效，但推销也不会再像之前那么容易了。马斯克告诉团队，应该在这段时期好好利用愿意花 6.5 万美元买车的客户。这些人本来就不多，而明年年初就更少了，因为到时候，最想买车的客户应该都已经拿到车了。马斯克表示，特斯拉目前靠 3.5 万美元的 Model 3 是赚不到钱的，每交付一辆这个价钱的车，公司就会损失超过 1000 美元。因此，特斯拉在第三季度的盈利方针应该是：大举行销这款"消费型"汽车的高配版，因为它们的利润率更高。

产量虽然已经上去了，但工厂能否在这段时间内按既定目标生产出 10 万台汽车，还是一个问号。即使可以，特斯拉也没有足够的空间来放置这么大的库存。为了应对即将到来的交付狂潮，团队整理了一份 4000 人的员工清单，这些人均自愿被派往全国各个超负荷运转的交付中心。但他们目前仍处于待命状态，因为还需要上头下达行动指令。

那个季度早些时候，就在马斯克忙着关注泰国足球队和特斯拉私有化时，有些高级经理觉得，CFO 迪帕克·阿胡贾似乎对车辆交付所需资源扣着不放，因此在心中产生了疑问：特斯拉这个季度真的会再度盈利吗？还是高管们在故意设计，准备让销量到第四季度再行增加？但马斯克 9 月在弗里蒙特交付中心一出现，他们就明白了：交付才是公司现在的首要任务。

不过，即使有了额外的人手，每个交付中心的现场停车位也是有限的。每辆车的预订停放时间为1小时，如果把这三个月内所有的工作日和工作小时都算进去，特斯拉第三季度在全美总共有10万个车辆停放小时。问题是，车辆只会在该季度后半段送达——成千上万的车辆需要在该报表周期最后一天到来之前交付出去。人们只能把Model 3停放在任何他们能找到空位的地方：室内停车场、火车站停车场、购物中心停车场。空头们开始注意到这一点，在社交媒体上发布了照片，猜测这是特斯拉在藏匿有缺陷的库存。

这话倒也不无道理：很多车子的确需要在交付给客户之前进行维修。作为特斯拉最重要的交付中心之一，南加州玛丽安德尔湾团队在马斯克的夜间来电中感受到了压力。那里的顾客开始在社交媒体上抱怨自己的汽车，这让马斯克很不高兴。他威胁说，如果他再听到任何关于车辆缺陷的投诉，就要开始解雇该中心的员工。亨特的领导金命令该中心停止交付车辆，先把油漆缺陷问题解决（尽管杰罗姆·吉兰问他，是否知道这样会给公司造成多少经济损失）。金派人前往玛丽安德尔湾，重做车身面板，解决油漆问题，还外聘了承包商帮忙。

和工厂团队相比，销售与交付团队那年原本没怎么受到马斯克的影响。但现在不同了。马斯克（几乎）每晚都要和全国的销售负责人召开电话会议。这些会议都是围绕着他的时间表安排的，东海岸的经理们通常都要在深夜参加。开这种会压力非常大，马斯克下达的命令往往暗含着威胁，有时甚至就是明说，完不成任务就要被炒鱿鱼。那年夏天，就在马斯克继续加快交付速度时，亨特就遭遇了这样一个电话。

拉斯维加斯团队在不在电话上？马斯克将问题抛给了亨特。你那边今天有多少人登记提车？亨特一听就觉得，这正是自己出风头的机会：就在那天，他的团队为1700人做了预约，安排他们在接下来的几天中提走自己的Model 3。这是一个创纪录的数字，他骄傲地宣布了这个成绩。

但马斯克并不满意。他命令亨特第二天将数字翻倍，否则他就亲自接管。此外，马斯克还说，他听说亨特的团队都是依靠直接致电客户来预约提车的。他命令他们立刻停止——没人喜欢接电话，太费时间，发短信会快得多。如果他明天再听到有人打电话，就让亨特走人。

亨特慌了。妻儿好不容易才来到拉斯维加斯与他团聚，搬来的东西才刚刚收拾好。现在马斯克却威胁说，如果他无法在24小时内完成不可能完成的任务，就要把他开掉？销售部门并没有几百部公司手机可以给他的团队发短信用，而且他们也不想让员工用自己的私人手机。但公司有一个系统，可以用来追踪与客户的互动，避免沟通时出错，并确保潜在销售得到跟进。他得从这个系统想想办法。

亨特和其他经理连夜拼凑出了一个解决方案。他们使用了一种软件，让团队成员可以从自己的电脑上发送短信。他们也不再协助顾客处理需要填写并签名的销售文件。如果马斯克的目标是让人们排着队来提车，那么他们就照办。从现在起，他们只给顾客分配提车时间，问顾客：您是否可以于周日下午4点来提取您的Model 3新车？通常，亨特甚至不等对方回复，就把这名顾客放进了提车名单中。如果顾客无法前来，他们也许会被告知，自己将失去在本季度排队提车的机会。当Model 3摆在眼前时，顾客会更有动力提交完成销售所需的个人信息。亨特的团队开始告诉顾客，请在提车前48小时将所有文件准备就绪。

团队飞快地处理起了客户名单，为顾客在全美各地的提车中心随机分配时间。第二天傍晚6点，5000个预约安排完成。亨特把团队召集在一起，含泪对他们表示了感谢。团队并不知道，亨特的工作几乎不保。他们只知道，将这一大堆交付时间安排好，是一件超级重要的事情。那天晚上，亨特在电话里向马斯克汇报了这个成绩。

"哇哦。"这是马斯克的反应。

这是一个重大突破。回首再看时，有些高级经理会将其视作那个季度的决定性时刻。但人们无暇庆祝，便直奔下一个火场。交付中心人满为患，于是马斯克希望，可以将Model 3直接运到客户家中。公司已经开发了一个系统，可以远程完成销售。他们就是利用这个系统在得州等地规避相关法规的，因为这些州的汽车特许经销商一直成功地阻止着特斯拉开店。前往这几个州"展示中心"的顾客会被引导至电脑前，就购车事宜与公司联系，接着再由拉斯维加斯等地的销售人员跟进完成这笔交易。公司会准备一套需要客户亲笔签名的文件，连同"次日达"信封一起寄送到客户家中，要求客户两天内附上支票一并寄回。然后，车子就会从南加州运到得州，进行交付。随着交付越来越疯狂，亨特开始将尚未售出的车子运往得州。他认定，等卡车越过得州边界的时候，那些车子的买家就已经把支票寄到他的手上了。但如果时间算得不对，亨特就必须承担这些车子被运回来等待再次交付的费用。到目前为止，只有一小部分销售采取的是这种直接交付的方式。但马斯克现在希望，可以在第三季度对2万辆车子进行直接交付。理论上，这可以把增设交付中心的钱省下来。但实际操作时需要大批人手，亲自将车子送到客户家中。他们现在根本无法做到将2万辆车子送货上门。

成功改善了在线购车流程的金，开始向自己销售团队中曾经在亚马逊和优步工作过的成员求助,因为这些人是追踪包裹和雇用临时工方面的专家。马斯克想用有盖卡车运送汽车,金和首席设计师弗朗茨·冯·霍尔茨豪森便把卡车的外观设计图赶了出来,却发现这样做成本太高,也太费时间。于是,金向马斯克建议,干脆让员工把车子开到客户家中,再把钥匙一交,就完事了。然后,这些特斯拉的司机可以叫优步或来福车回办公室。但送货上门在汽车行业并不常见,也不是所有买家都喜欢。

还有一些做法,可以加快交付速度。金想了一个办法,可以把交车时向每位新车主介绍新车功能的时间从 1 小时缩短到 5 分钟。替代方案就是:让客户去看培训视频。有些急着回办公室的司机,甚至会在到客户家之前,就先把优步或来福车叫好。这是一个节约时间的好点子,除非叫来的车子比他们先到,敲了盼着 Model 3 到来的车主家门。

就在他们朝着季度末全速进发的时候,团队却发现,自己之前对于运货卡车的数量估计不足。没想到需要这么多的卡车,才能将越来越多的车子从工厂运送到交付中心。第三方车辆运输公司也无法提供足够的承运量。而经理们本以为,只要能把车子造出来,就可以不断增加出货量。

在一次夜间电话会议上,新入职的客户体验与运营负责人凯特·皮尔森(Kate Pearson)说出了自己的看法。她曾在美国陆军国民警卫队工作了 13 年,负责监督供应链。入职特斯拉之前,她在沃尔玛担任电子商务副总裁。她根据自己丰富的运营经验,并结合对数据的观察,为马斯克带来了一个坏消息:公司无法完成他本季度交付 10 万辆车的目标。预计交付数量最后会在 8 万左右。

马斯克对此并不接受。他表示,这个目标必须完成。几天后，皮尔森就被辞退了。马斯克在夜间电话会议中告诉各位销售负责人，这并不是因为她不会拍马屁，而是因为她"缺乏基本的执行能力"。事实上，她给了马斯克一个他不愿意听到的答案。他想听到的是：我们会尽力。经理们都知道，不能将真相不加掩饰地告诉他。

还有一次，一位在特斯拉工作了将近两年的高级销售经理受够了，提出辞职。他决定辞职的消息传到了CFO阿胡贾耳中。阿胡贾不想失去这名销售负责人，于是开始试图挽留他。但马斯克却给出了截然不同的反应：愤怒。在弗里蒙特交付中心，他走到这名经理身边，居高临下地厉声咒骂，让他离开。"现在这种关键时刻，任何想做逃兵的人，都不许留在这里！"目击者表示，马斯克这样吼道，并追着这名经理，一直走到停车场。这一幕实在太过难看，又太过显眼，最终董事会觉得有必要展开调查，因为有人控告马斯克动手推搡了这名经理。

于是，对马斯克的一连串指控又增加了"推搡雇员"这一项，而他的律师正忙着和SEC就达成和解协议展开磋商。双方于9月26日晚些时候认定协议已经达成，SEC也做好了于次日宣布这一消息的准备。没想到此时的马斯克，却又开始帮倒忙。第二天一早，他的律师就给SEC打去了电话：马斯克改主意了，协议取消了。因为他担心，和解可能会影响SpaceX从债券市场融资。

震惊之下，SEC火速赶往了法院。当天收市之后，他们提起了诉讼，正式指控马斯克在宣布已经为特斯拉私有化备好资金时误导了投资者。SEC的律师要求法官终身禁止马斯克再经营任何一家上市公司——将他永远地逐出特斯拉的领导层。这一起诉标志着一个戏剧性的转变，让投资者大跌眼镜，也理所当然地让金融界的批评者高兴了一把。诉讼宣布后，特斯拉的股价下跌了12个百分点，让空头获得了14亿美元的账面利润。

华尔街分析师开始设想一个没有马斯克的特斯拉，猜测着"马斯克溢价"是否是交易价格的一部分。而其他人则想知道，如果没有了马斯克的愿景作为支撑，贷款机构是否还会欢喜雀跃地借钱给特斯拉。

然而，在与SEC的争执中，有一种相互间的作用是对马斯克有利的。他知道，特斯拉一旦消亡，SEC也会像他一样受伤。如果SEC对一家公司实施惩罚，可能会对股东造成损害，最终伤害到SEC自己。因此，该委员会往往不愿把自己的权力行使到极限。许多密切观望者也怀疑SEC是否会贯彻禁令。也许，他们只不过是想把马斯克控制起来，对他加以新的安全防范，防止他以后再出幺蛾子。

当晚，律师一直在劝说马斯克改变拒绝和解的想法，还拜托知名投资人马克·库班（Mark Cuban）一起来劝他，催他签署协议。亿万富翁库班是NBA达拉斯小牛队的老板，在被控内幕交易之后，与SEC公开缠斗了5年之久。此情此景，就像是娱乐时间电视网（Showtimes）《亿万风云》（*Billions*）剧集中的一幕。库班奉劝这位四面楚歌的CEO，提醒他注意：如果执迷不悟，将会面临长达数年的殊死搏斗。和解毕竟不像打官司那么伤人。

马斯克很矛盾。他相信，他已经和沙特方面达成了口头协议。如果SEC认定宣布交易时必须有书面协议和书面固定价格，那么这种想法是有问题的，因为中东国家的人做生意时，原则上一般都实行口头协议。此外，马斯克认为，他可以利用自己在SpaceX的股份达成这次私有化交易，因为这些股份现在已经价值数十亿美元了。

但最后，马斯克还是变得实际起来，尤其是在别无选择的情况下。他的律师在周五早上联系了 SEC，询问他们是否可以重新考虑之前的协议。

现在主动权握在了 SEC 手里。他们准备好好利用自己的优势。

钟摆指向了第三季度末期，可特斯拉惊人的销售目标似乎还是那么遥不可及。于是马斯克在推特上发出了一种不同寻常的呼吁，请求他的忠实客户：帮特斯拉交付车子。

已经当了很久特斯拉车主的邦妮·诺曼接受了这个挑战。她现已退休，居住在俄勒冈。想看到特斯拉成功的她，出现在了波特兰交付中心。其他类似的车主，也出现在了别的中心。他们的主要任务是向顾客展示如何操作他们的新车，介绍作为电动车主的生活，让特斯拉员工腾出时间处理积压的文件。马斯克和他的新女友克莱尔·鲍彻也来到弗里蒙特交付中心帮忙，一同前来的还有董事会成员安东尼奥·格拉西亚斯。金巴尔·马斯克则出现在科罗拉多州的博尔德门店。这真的是一个全员齐上阵的时刻。被亲朋好友围绕着的马斯克，似乎开心到了极点，一位经理回忆道。"就像是一次大型家庭活动……他喜欢这样——喜欢别人对他表忠心。"

他的确需要这种支持。在摆了 SEC 一道之后，律师们不得不重新回头，寻找签署最终协议的机会。他们最终同意了 SEC 的新条款：马斯克可以继续担任 CEO，但必须放弃自己董事长的头衔——这次是三年，而不是最初提议的两年。马斯克个人必须支付 2000 万美元的罚款，比之前的协议金额高了 1000 万。特斯拉也必须支付 2000 万美元的罚款，并同意任命两名新的董事会成员。公司还必须制订一项计划，来监控马斯克的公开言论。未经事先许可，马斯克不得再在推特上发布重要信息。在没有律师事先查看的情况下，不准再出现"资金已到位"这样的消息。

双方达成了协议。他们于9月29日（周六）宣布了这个消息，投资者们松了一口气。整个华尔街都在协议宣布之后的那个交易日放松下来。股价当天暴涨了17个百分点，创下了该公司在这个动荡年份的单日最大涨幅。（让马斯克高兴的是，当时空头们的账面损失达到了大约15亿美元。）

而公司该季度的最终交付量也已经尘埃落定，可以制成表格了——他们共计交付了8.35万辆汽车。（和皮尔森的估计惊人地接近。这位客户体验与运营负责人似乎就是因为提出这个数字而遭到解雇。）该纪录超出了华尔街的预期，但还是比10万辆的内定目标少了15%。有大约1.2万辆汽车还在运送给客户的途中，因此错过了第三季度的截止期限。

虽然与马斯克的目标失之交臂，但人们依然取得了伟大的成就。况且这些车子中许多都是亨特团队奉命追加销售的高价车型，因此足以让公司实现盈利。CFO阿胡贾也功不可没，因为他想办法推迟了向供应商付款。公司的应付账款——也就是欠供应商和其他人的钱——比第二季度增长了20%，比前一年同期增长了50%。

实际上，特斯拉是靠压榨供应商才有了这样的成绩。这是大型汽车制造商多年来的惯用伎俩，也彰显了特斯拉的新实力。这么做不太光彩，但到了10月份公布最终数据时，却会表现为一场投资者的胜利：特斯拉实现了3.12亿美元的利润。这是该公司迄今为止最大的利润，让预测特斯拉亏损的华尔街分析师大跌眼镜。这种势头一直持续到第四季度，让公司在次年1月首次报告了连续盈利周期。在一次和投资者与分析师召开的电话会议上，马斯克谈论来年的语气十分自信。他表示，预计 2019 年头三个月可以实现小幅度盈利，而"接下来的所有季度"都将实现盈利。在特斯拉上市超过 8 年之后，投资者们终于可以享受这家企业早就向他们承诺过的蓝天——至少特斯拉现在是这么告诉他们的。

几个月来，马斯克一直着迷于研究 Model 3 的定价选项，不断在网上进行微调，仿佛在精心调制完美的鸡尾酒。紧凑车型的买家和 Model S 不同。首先，价格不同：根据你的选项，价格可以比豪华轿车低数万美元。其次，实际生活场景也不同：Model 3 车主通常会把这辆车当作日常用车。他们往往需要分期付款，也需要拿自己以前的车子以旧换新。为了避免雇用更多的销售人员，马斯克给丹·金下了命令，要让他们的在线配置器（定制各项购买的工具）变得更加易于使用，尽可能让购车体验接近一站式购物。

马斯克还要求金组建一支送货上门的团队，目标是让送货上门的比例占到交付量的 20%。据知情人士透露，尽管这支团队在第三季度未能完成这个目标，但他们在第四季度就做到了。所有这些做法，都是为了减少开支。对于让特斯拉盈利，马斯克已经到了走火入魔的程度。他开始公开表示，不知能不能把公司所有的门店都关掉。

在公司内部，马斯克警告经理们要当心"寒冬"，要求他们大幅削减成本，专注于尽可能提高产量。特斯拉需要更大的规模，他告诉他们。而他之所以又会对开支如此关注，是因为销售团队发现，2019 年第一季度的 Model 3 预订开始减少。拜特斯拉成功所赐，购买纯电动车的美国联邦税收抵免将于 1 月 1 日起逐步取消。原本的 7500 美元将在年头降到 3750 美元，年中降到 1875 美元，年底全部取消。也就是说，本就价格不菲的 Model 3，在特斯拉需要它降价的时候，却偏偏每过六个月就要涨一次价。

在 2018 年的最后三个月里，亨特的团队继续将剩下的订金持有者转化为买家，创下了另一个季度交付纪录。随着时间的推移，销售变得日益困难，因为愿意买高价车型的买家越来越少，而坚持要买 3.5 万美元车型的顾客越来越多。团队盼望着这一年结束后可以得到一些休息。有些人干脆就准备辞职不干了。他们已经完成了自己的目标，但也耗尽了自己的心力。其中许多人，包括亨特自己，都会被裁掉，因为马斯克一心想削减开支，并把 Model 3 推往欧洲和中国。那些地区的用户尚处于早期尝鲜阶段，可能会愿意购买高价版本的 Model 3。

对特斯拉来说，这是一段充满变动的日子。从马斯克首次离婚起便担任其律师的托德·马龙，已经准备去另一家初创企业开始自己的冒险了。CFO 阿胡贾也将再度作别。J. B. 斯特劳贝尔还没有放弃战斗，但他也精疲力竭，需要好好度一个假。

为了履行与 SEC 的协议，董事会新增了两名成员，其中包括拉里·埃里森，特斯拉的长期投资者，甲骨文联合创始人。罗宾·德霍姆将接替马斯克担任董事长。德霍姆曾帮助特斯拉进行了太阳城公司的收购，并对中途夭折的特斯拉私有化进行了协助工作。但旁观者都很清楚，无论马斯克有没有头衔，这家公司都还是他说了算。马斯克无法控制自己的情绪，特意在推特上指出，他已经从公司网站上删掉了自己的头衔。"我现在是特斯拉无名氏了。到目前为止感觉还可以。"在哥伦比亚广播公司新闻节目《60 分钟》（*60 Minutes*）的一次采访中，他对 SEC 表现出了彻头彻尾的轻蔑，说他并没有请人定期查看自己的社交媒体信息。"老实讲，"他说，"我并不尊重 SEC。"他还在推特上将其嘲讽为

"空头致富委员会"("Shortseller Enrichment Commission")。人们起初还在想,德霍姆是否会对马斯克起到牵制作用,但很快就打消了这种好奇。董事会对马斯克在交付中心推搡员工的指控调查不了了之。当马斯克在2018年底于设计中心发布紧凑型SUV Model Y时(他认为这款车的最终销量会超过Model 3),人们发现德霍姆站在前排,和粉丝、客户们挤在一起,为马斯克喝彩。后来被问到马斯克对推特的使用问题时,她告诉记者:"在我看来,他的用法十分明智。"

为了抵消联邦税收抵免取消带来的价格上涨,特斯拉决定下调所有车型的价格。 Model 3的起步价将从4.6万美元变为4.4万美元(但和3.5万美元还有很大差距)。特斯拉本以为这种做法可以安抚投资者,但他们猜错了。投资者把这个举动理解为需求正在减少,认为这家依靠无止境增长来叙写故事的公司出现了不祥之兆,而且它似乎尚未找到削减开支的方法。在宣布降价的当天,特斯拉股价下挫了将近7个百分点。

1月,马斯克用一种安抚人心的语气告诉投资者,人们对这款车型的兴趣依然很高。"主要的抑制作用来自于负担能力。人们只是没钱买车而已。并不是不想买,只不过银行账户上没有足够的钱。如果车子可以造得更加物美价廉,需求将会是惊人的。"为了进一步消除担忧,马斯克在推特上对Model 3正在被首次装船运往欧洲表示了庆祝。他指出,特斯拉"将在2019年生产大约50万台(汽车)"。发出这条声明几个小时之后,他又发了一条推文,表示他的意思是年化生产速度达到50万台的水平,但预计全年交付量依然在40万台左右。

这种不谨慎、吹牛逼的消息,正是他在和SEC的协议中指明要防范的。监管者已经开始怀疑，他并没有认真对待这个协议，尤其是看了他在《60分钟》节目中的表现之后。在他发布最新推文后的第二天，他们询问特斯拉，是否有人对此进行了批准。不出所料，答案是没有。特斯拉团队表示，推文发出之后，才有律师帮忙推敲了马斯克的澄清推文。马斯克辩称，他认为自己不需要预先批准，因为他只不过是在重复过去的声明。 SEC对此并不买账。2月底，他们要求法官对马斯克进行控制，因为他违反协议，蔑视法庭。

这种感觉就像是2018年的夏天再度上演。而且，这出好戏还没有演完。几天之后，马斯克宣布，特斯拉将关闭大部分门店来削减开支，这样公司才能推出承诺已久的3.5万美元Model 3。转向（几乎）纯在线销售，是他长久以来的梦想，但团队对此却表示反对，因为这一定会为向首次购买电动车的顾客进行推销带来挑战。

从理论上来说，这也许是一种可以大幅削减开支的简单方法。但特斯拉在全世界有着数百家门店的租约，租赁负债达16亿美元，其中大部分都要在未来几年之内偿还。它不能就这么关灯走人，想着这样就可以省钱。特斯拉"从资产负债表上来看是一家可以存活下去的企业，但它会欠许多房东一大笔钱"。塔博曼购物中心公司（Taubman Centers Inc.） CEO罗伯特·塔博曼（Robert Taubman）在几天后的一次会议上表示。他的地盘上有8家特斯拉门店，包括丹佛门店。

这些年来，投资者多数时候都容忍了马斯克种种让人头大的荒唐行为，主要是因为特斯拉一直保持着令人钦佩的增长（尽管在这个过程中吞金无数）。但到了4月，他们的忍耐似乎也到了极限。特斯拉之梦，突然开始幻灭。

特斯拉公布了销量的暴跌。当年前三个月的交付量与前一个季度相比，下降了31%。特斯拉想在苦苦寻找美国买家的同时，尽快将 Model 3 打入欧洲和中国，来弥补损失。4月中旬，特斯拉悄然收回了起步价暂定为 3.5 万美元的承诺，将最低价调整为 3.95 万美元，并声称可以提供不在列表上的 3.5 万美元的价格，但顾客必须拜访或者致电门店，不过那些门店也未必开着。到了这个月结束的时候，公司将公布有史以来最大的季度亏损之一，并警告第二季度也将出现赤字。蓝天白云的日子结束了。

马斯克需要公司再坚持一段时间。 Model 3 进入欧洲之后，将以一种大家熟悉的方式提升特斯拉的业绩。2013 年，特斯拉通过在加州向未能实现汽车排放目标的竞争对手出售监管信贷，首次获得了季度盈利。而这次，他们也将如法炮制。特斯拉在欧洲的经理们正在悄悄进行一项新协议的谈判，准备与菲亚特克莱斯勒汽车（Fiat Chrysler Automobiles）进行联合销售，使这家竞争对手免受因违反欧盟碳排放严厉新规而招致的罚款。这项将于 2019 年春天公布的协议价值超过 20 亿美元，分数年执行，将纯利润如甘霖般洒入特斯拉的账簿，恰好可解其燃眉之急。更何况还有中国，马斯克安慰大家，今年晚些时候，公司就要在那里投产了。

尽管如此，他还是在一次与分析师进行的电话会议上，承认了一个许多人都看在眼里的事实：特斯拉需要筹集更多的资金。

特斯拉开始失控，在短短几周内，发生了惊天逆转。一家已经开始赚钱，并声称会一直盈利的车企，突然深陷不必要的、自找的麻烦，现金储量再度逼近红线。最终，华尔街失去了耐心。股价开始自由落体式下跌，6 月跌至每股 178.97 美元的低点，和年初相比，几乎遭遇了腰斩。空头们的押注终于有了回报，当年上半年的账面利润估计超过 50 亿美元（几乎相当于 2016 至 2018

年间他们全部的账面估计损失）。

摩根士丹利分析师亚当·乔纳斯是最早发现特斯拉潜力的人之一，长期以来，一直看好这家公司。但此刻的他，似乎也受够了马斯克。在与投资者召开的一次私人电话会议中，乔纳斯提醒大家，特斯拉演绎的已经不再是一个增长故事了，而变成了一个"不良信贷故事与重组故事"。换言之，一场可能的破产正在形成。公司债务已经膨胀到了大约 100 亿美元，部分源自几年前对太阳城的收购。如果特斯拉可以继续增长、产生现金，并保持对投资者的吸引力，这种债务金额也还是可以让人接受的。但眼下，这一点已经受到了质疑。特斯拉需要筹集大量的资金，他警告说，否则，它就要"寻求战略替代方案"——这是银行家的说法，指的是被收购或被并购。那一周，该公司有 3/4 的股票落入了空头手中。它的债券 1 美元市场交易价已经降至 85.75 美分——说明债券持有者担心，自己会收不回对这家四面楚歌的车企的投资。

最糟糕的是，马斯克将特斯拉的救赎寄希望于中国的计划，似乎来得太晚了。中国新车销量自 1990 年以来首次遭遇下滑，中美两国关系也变得愈发冷淡。特斯拉在这场艰辛的马拉松中击退了无数竞争者和批评者，难道要功亏一篑，倒在终点线跟前？

或者，就像乔纳斯说的那样："现在寄希望于中国，时机会不会太糟？"

第二十八章
滚滚红潮

2019年1月一个寒冷的日子，马斯克身着西装和大衣，站在上海郊外一片泥泞的土地上。他来这里，是为了庆祝特斯拉第二个装配厂奠基。公司将首次尝试在弗里蒙特之外的地方制造汽车。和他一起出席本次开工仪式的，还有上海市市长应勇，及马斯克大学时代的好友任宇翔。三人微笑的合影将传遍整个世界。这个时刻，标志着中国与特斯拉的双赢。

但这种胜利也可能是暂时的，因为特斯拉正站在悬崖边上。Model 3 业已问世，行驶在马路上，不再只是几个硅谷梦想家的幻想。尽管马斯克在这个夏天过得并不顺心，挫折不断（许多是他自己造成的），但公司的长期盈利已经初见眉目了。不过，他的使命尚未完成，Model 3 还没有取得真正的成功。他需要借助规模化来降低成本，而规模化需要资金，大量的资金。这一切都将他指向了一个地方：中国。

马斯克在推特上承诺，中国工厂的初步建设将于夏天完成，Model 3 将于年底投产。这照例会引发旁观者的白眼：又是一个看似不可能的目标，又是一个完全不现实的时间表。特斯拉最近发表了一系列的豪言壮语，这只不过是其中最新的一条。公司在经历了2018年的困境之后，正在试图重新站稳脚跟。

但那年春天逃离这家企业的投资者们,并没有完全理解(或拒绝相信)特斯拉这一酝酿已久的动作。

这一切,从构建领导层开始。马斯克明白,自己需要合适的帮手,才能实现走向全球的野心。这个人必须是他可以信任的,对他的想法心知肚明,可以担当他在地球另一边的代表——因为他并不方便突然冲到地球另一边,卷起袖子搞一晚上工程设计,或是在车间地板上睡几天,解决装配线问题。为了找到合适的人选,马斯克开始回忆往昔——他久远的大学时代。

马斯克就读于宾夕法尼亚大学时,曾因为自己物理课成绩不够拔尖而沮丧(他对高管们讲述的故事大致如此)。他去找教授抱怨:难道还有人比我更好?答案是:任宇翔,一名来自上海的学生。棋逢对手的马斯克很快便意识到,任宇翔不仅是他们班上成绩最好的学生,也是全中国最好的物理专业学生之一,因此赢得了在当时非常珍贵的赴美学习机会。这两个从国外来的学生很快便成了挚友,关系好到毕业后一起去了加州。马斯克本想去斯坦福大学深造,却最终开启了创业生涯,走上了自己的道路。但任宇翔还是留在斯坦福大学读完了电子工程硕士,随后就职于雅虎及戴尔,并最终升任戴尔闪存驱动器子公司 XtremeIO 首席技术官。他值得信赖,也有着合适的经验。如果说马斯克是外放的,那任宇翔则是内敛的。在特斯拉遭遇了 2015 年灾难性的转折点之后,马斯克需要有人帮助他,重新开展在中国的尝试。于是,任宇翔接过了这个重任。

任宇翔和乔恩·麦克尼尔(销售部门主管,2018 年离职)秘密展开行动,从特斯拉最为紧迫的任务之一着手:获取在中国办厂的批准。上海对他们表示了热烈的欢迎,对又有一家汽车制造企业将投入自己的怀抱深感兴奋。但中国法律要求,特斯拉必须要有一个本土合作伙伴。这一点,马斯克自然不会答应。

　　幸运的是,任宇翔的前任为他留下了两位在建筑施工和政府关系方面经验丰富的经理。其中一位是负责特斯拉中国充电网络建设的朱晓彤(Tom Zhu)。他拥有杜克大学的 MBA 学位,曾在非洲负责大型建筑项目,此次被任命为中国新厂生产负责人。另一位是处理政府关系的陶琳(Grace Tao)。她做过央视记者,可以帮助特斯拉理顺与各级政府的关系。"马斯克不断提升的公众形象,也起到了帮助作用。

　　在 2016 年的一次北京之行中,马斯克和同事遭遇了堵车,只能干坐着。于是,他开始谈论起解决城市交通拥堵的必要性,并提出一个想法:在城市地下挖隧道。他又进入了那种为人们所熟知的思考状态:仰起脑袋,仿佛在用眼睛从云端下载什么东西。"如果我们……"他会用这句话开场。① 而接下来他要说的,可能只是一个疯狂的想法,转眼就会被忘记,但也可能会成就一项伟业,让经理们为之奋斗数年。正是这种不设限的思考让他来到了中国,并认真展开对话,打算不找合作伙伴,独资建厂——哪怕律师们这些年一直在告诉他,这种想法不可能实现。

　　到了 2017 年,这场冒险的前景看起来更加光明了。特斯拉于夏末与中方达成了协议,可以在华建厂。据熟悉对话及安排的人士透露,中方询问这则消息能否尽快公布,最好能在秋天,因为预计唐纳德·特朗普总统届时将访华,以缓解中美贸易局势的紧

---

① 年底,他在推特上公布了一个类似的想法,预示着自己又将开始另一次冒险:成立"无聊公司"(The Boring Co.,"Boring"既有无聊也有钻孔的意思)。"交通问题快把我逼疯了。我要造一台隧道掘进机,直接开挖……"他写道,接着又发了另一条消息,"我真的要这么干了。"——原注

张。但马斯克表示协议还不能通过，Model 3 的生产陷入了困境，特斯拉没有钱来建厂。一名知情人士表示，马斯克希望可以推迟宣布这个消息。

事情就这么拖到了 2018 年，特斯拉开始引起人们的质疑，不知这家企业能否实现自己的野心，在没有本土合作伙伴的情况下在华建厂。这些担忧发酵的同时，中美两国也在加紧开展贸易谈判。等到协议最终宣布的时候，中国与美国企业合作的态度也更加开放了一些——至少在对他们有利的情况下是这样。

最终协议的条款在其他方面对特斯拉还是很慷慨的。从某种程度来说，甚至比该公司在内华达州拿到的协议更慷慨。上海方面会出让 214 英亩的土地，供特斯拉建设中国超级工厂。而特斯拉则会根据双方协议，对该项目进行约 20 亿美元的投资。此外，它还从有政治背景的中资银行获得了 12.6 亿美元的优惠贷款，用于建设超级工厂，并另外获得 3.15 亿美元的贷款，用于支付劳工成本和零部件费用。换句话说，特斯拉得到了一个用中国自己的钱在中国办厂的机会。

这种欢迎是慷慨的，因为就像特斯拉需要中国一样，中国也非常需要特斯拉。中国迫切希望打造一个电动汽车市场，而激励竞争对手的最佳方式，就是引入特斯拉。中国汽车市场一直在蓬勃发展，已经成为通用汽车最大的市场，贡献了该企业 2018 年几乎 40% 的销量。大众汽车也同样对中国买家十分依赖。这样的事实，加上中国日趋严格的排放规定，正在迫使全球汽车巨头加紧为即将到来的电动车时代做好准备。

和特斯拉相比，这些公司过去推出的产品不尽如人意，但这股浪潮还是汹涌而来。通用宣布，将停产雪佛兰沃蓝达插电式混合动力车。这款车的销量始终上不去，2018 年在美国只卖出了不足 1.9 万辆。而他们的纯电动 Bolt 甚至卖得更差——虽然这款车有所进步，但和 Model 3 比起来，还是相形见绌。

但这些车企已经从错误中吸取了教训，开始加倍努力。通用和大众都计划将投资重点放在纯电动车上，而不再是混合动力车。这等于默认了特斯拉的策略一直都是对的。大众计划到 2030 年让电动车占到销量的 2/5。通用则打算在 2023 年之前推出至少 20 款电动车。两家公司也正在加紧确保锂离子电池的供应。通用将与 LG 化学合作，投资共计 23 亿美元，在俄亥俄州建设类似于特斯拉超级工厂的巨型电池厂。大众则承诺，要为一家欧洲初创企业投资 10 亿美元。这家企业正在瑞典建设自己的工厂，创始人是打造了斯帕克斯工厂的特斯拉高管们。

汽车行业未来的集体愿景，越来越像马斯克描绘的样子。即使在德国记者的怂恿下，大众汽车 CEO 赫伯特·迪斯（Herbert Diess）也并不愿意对自己的竞争对手加以贬低。"特斯拉并不是小众公司，"这位 CEO 说道，"我们十分尊敬特斯拉。对这样一位竞争对手，我们非常重视。"

马斯克对于"公平"一直很有执念。尽管他的所作所为在别人眼中算不上公平，但只要他觉得自己受到了不公平的待遇，就会进入战斗模式。在他看来，让他受委屈的对象不胜枚举，包括马丁·艾伯哈德、设计师亨里克·菲斯克、媒体及最近的 SEC。为了避免漫长的法庭争斗，他于 2018 年 9 月和 SEC 达成了协议，但心里却始终忿忿不平。双方最近又发生了一次口角，SEC 威胁要以蔑视法庭罪控制他，这也对他造成了严重的干扰。

据那些和他有法务往来的人说，因为马斯克在南非长大，所以在心中为美国法院系统留有不同寻常的位置，坚信法官会用他的方式来看问题。他在最近的争论中辩称，根据与 SEC 协议的措辞，他是可以在推特上发布生产数量相关内容的，更何况他公开发言的权力也是受到美国宪法保护的。他说 SEC 企图限制他的言论自由——而这种说法似乎忽视了一点，那就是：他已经和对方签署了一份协议，其作用正是为了防止他再发送脑抽推文，把自己逼到眼下这种境地。马斯克已经把自己的话术运用到了炉火纯青的地步，既能让一部分投资者相信，他就是在陈述计划，又能留足余地以备日后改口，说自己当时仅是略表野心。

那年春天，马斯克对法院系统的信任，在曼哈顿的一间审判室里得到了回报。美国地区法官艾莉森·内森（Alison Nathan）谴责了政府律师急于以藐视法庭罪控制马斯克的做法，并指出协议的措辞不够严密。她告诉双方，要"穿上理性的裤子"。当马斯克走出法院，面对蜂拥而至的记者时，他无法抑制自己的喜悦，告诉他们，自己"对结果非常满意"。[①] 月底，双方制定了一份更为详细的清单，写明了马斯克需要得到批准才能发推的事件，从而解决了分歧。更重要的是，笼罩在马斯克头上的阴云被拨开了。现在，他终于可以专注于真正的战斗了。

特斯拉越来越像是未来的主宰，但说到眼下，却并没有多少底气。2019 年头几个月过得十分艰辛，因此人们也就不难理解，为什么马斯克会在 6 月的公司年度股东大会上心生胆怯。当时，

---

① 马斯克在法庭上的好运，在 2019 年晚些时候又得到了延续。陪审团裁定，对于他的一项诽谤指控不成立。这起指控源于他在 2018 年推特事件中暗示弗农·昂斯沃思为恋童癖。由 L. 林·伍德率领的昂斯沃思辩护团队对这起案件的描述是"亿万富翁施展权势，对他们的客户加以中伤"。而马斯克的律师则把他的言论描绘成"带有玩笑性质的嘲讽"。——原注

他正和首席技术官 J.B. 斯特劳贝尔一起站在后台，准备和翘首以盼的投资者们见面。这场在山景城计算机历史博物馆举办的活动通常都很热闹，简直就像是某种家族聚会。和召开线上年会、希望尽可能低调的福特汽车不同，特斯拉的股东大会就像是小型投资者和长期车主的一次狂欢，这些人从早年起就对特斯拉的未来寄以厚望。而马斯克也喜欢借这个场合，透露公司即将推出新产品。

　　但这次他要告诉大家的是另外一件事情，和身边的斯特劳贝尔有关。作为特斯拉诸次胜利的有功之臣，斯特劳贝尔几乎在这家公司度过了整个青春，如今也成了家，有了妻子和一对双胞胎幼子。而他即将离开特斯拉的消息，就是马斯克今晚要宣布的主题。

　　两人共事了15年之久，关系日渐紧张，尤其是在特斯拉建设及运营超级工厂屡遭不顺的时候。① 马斯克还是一如既往地苛刻，力求完美。2018年底，斯特劳贝尔选择离开工作岗位，进行一些必要的休息，从而引发了对未来的重新思考。借着在特斯拉的工作，他已经圆了自己的锂离子电动车之梦，让它从一种危险的新奇事物变成了全球汽车产业的未来。而他为内华达工厂削减电池成本的计划，尽管一开始困难重重，如今也已初见成效。分析师估计， Model 3 的电池成本已经降至每千瓦时 100 美元以

---

① 两人都强调，他们的关系还是很好。"如果时光可以倒流，我应该按照最初设想的那样，和 J.B. 一起创办特斯拉，而不是跟艾伯哈德、塔彭宁、赖特合作。虽然最后还是只剩下 J.B. 和我，但之前令人痛苦的狗血剧情太多，几乎毁掉了这家公司，"马斯克说，"我的错误在于，总想着鱼与熊掌可以兼得。我喜欢创造产品，但我不喜欢当 CEO，所以我试图在自己开发汽车的时候请别人来管理公司。不幸的是，这样做行不通。"——原注

下,这是一个汽车行业追寻已久的神奇数字,因为这样一来,电动车的制造成本就可以被视为与汽油车相当了。他的心愿已经达成。展望未来,他相信特斯拉需要的是制造方面的专业知识和大型机构的运营经验。而这些东西,已经不是他所能给予的了。公司不再是初创企业,但他明白,只有初创企业,才是他的激情所在。对于斯特劳贝尔来说,是时候离开了。

就在他们准备登台宣布这个消息时,马斯克却临时改变了主意。今天这样的日子,不适合说这个话题。他决定,斯特劳贝尔得多留片刻。

马斯克在欢呼声中登上了舞台。"这是地狱般的一年,但也发生了很多好事,"他说,"我觉得这些事情还是值得回顾的。"他谈到 Model 3 在美国大卖,销量碾压了一切与之竞争的汽油豪华车。[①] 随后,他请斯特劳贝尔上台,和他一起谈谈超级工厂的成功。他们站在台上,回答了将近一个小时的提问。随着时间的流逝,马斯克陷入了沉思。斯特劳贝尔即将离去的秘密,似乎浮上了他的心头。于是,他说起多年前和斯特劳贝尔初次见面的情景。和哈罗德·罗森共进的那次午餐,决定了他们的命运。"那次聊得……还挺好。"马斯克不太自然地说道。

"嗯,我们当时还不太知道,事情会怎样发展,"斯特劳贝尔对他说,"但之后,我们的确取得了相当惊人的进展。"

"我还以为,我们肯定会失败——"

"但我们必须这么做,"斯特劳贝尔打断了他的话,"因为值得。哪怕走到我们今天这一步的几率很小,甚至连做到如今的

[①] 据 Edmunds 数据显示,雷克萨斯 RX 在 2018 年售出了 11.1 万台,而特斯拉 Model 3 售出了约 11.7 万台,成为年度最畅销豪华车。——原注

10%或1%也很难,但依然值得。能看到电动汽车满街跑,感觉还是很棒的。真是太不可思议了。"

马斯克情绪一来,就会无比纠结,事无巨细,都要过问。他对特斯拉的大事小事都不愿放权,这或许已经成了他领导风格最典型的一个特征,甚至可以追溯到公司成立早期。他没办法睡在中国工厂的地板上,这毕竟不像在弗里蒙特工厂那么简单,但在管理上,他还是想尽可能地接地气。在中国工厂项目负责人朱晓彤的带领下,工厂建设每天都有进展。有了朱晓彤这样一位铁腕高管,马斯克似乎找到了自己中国版的杰罗姆·吉兰。朱晓彤激进的管理方式甚至引来了当地媒体的报道:他经常会在午夜之后给员工打电话、发短信,有时为了发泄愤怒,还会第二天一大早就跑到办公室,拍下员工空座位的照片,发到公司聊天页面上,质问这些人在哪里。他似乎深知与马斯克保持密切关系的重要性,每天都会给他发送工厂建设进展的照片。到了施工高峰期,他每隔几周就会去加州一趟,亲自汇报最新情况。他学会了与马斯克打交道的"终极大法",也避免了让马斯克插手自己的日常工作,那就是:交出成绩。当然,他也得益于这样一个事实:马斯克毕竟远隔重洋,不太容易对他进行干涉。

迄今为止,特斯拉的新工厂都是一派令人鼓舞的景象。它从公司之前的经验中获益,避免了弗里蒙特和斯帕克斯的主要过失。这很大程度上要感谢道格·菲尔德的工作,让Model 3比之前的车型生产起来容易得多。公司依然承受着复杂得不可思议的Model X带来的创伤。但Model 3的组装相对容易,特斯拉对这样的生产线还是应付得来的。

新工厂也不会再陷入自动化的泥潭。部分原因是,中国劳动力成本远远低于美国。从本质上来说，特斯拉就是在复制弗里蒙特工厂帐篷下的生产线，只不过搬到了 6000 英里以外（并且有了一个真正的屋顶）。他们已经学会了在地球上成本最高的地方之一生产汽车，现在来到以廉价劳动力闻名的国家，转变不会十分困难。分析师预计，大幅节约成本将使 Model 3 的利润提升 10%～15%。

在政府支持下，中国各级机构对特斯拉的推动力远远大于内华达。工厂所在的上海自由贸易区所属国企与特斯拉紧密协作，加快施工进程。企业通常需要提交整个设计图，才能获得建筑许可，但特斯拉只需提交一部分即可。当地电网也只花了通常时间的一半，便把电力输送到了施工现场。

团队在设计和建造新工厂时，也运用了从第一个超级工厂学到的经验。内华达工厂即将完工时，斯特劳贝尔的副手凯文·卡塞克特开始组建一支建筑专家团队。这支团队可以被派往世界各地开设工厂，将他们学到的经验教训应用到全球。正如 Model 3 在很多方面都来自于对 Model S 的改进一样，他们也试图把工厂看作是一种产品，可以通过每次迭代来增强。据一位了解施工进展情况的工程经理表示，中国团队说服马斯克不要照搬以前的工厂，而是采用更为典型的中式工业建筑，成本更低，建造速度更快。这些工厂本身，也正在成为一种可扩展的产品。要实现马斯克的增长目标，特斯拉每年需要生产数百万辆汽车，仅靠两家组装工厂是不够的。他们开始在德国物色地点，准备建设欧洲工厂。

然而，在中国进行装配，需要的却不只是一家工厂。特斯拉需要供应商提供零件，其中最重要的就是电池。这些电池最终需要取自本地工厂，才能使汽车符合税收减免条件。但特斯拉的长期合作伙伴松下，却在进入中国这件事上踟蹰不前。

因为超级工厂的问题，这两家公司的关系变得有些恶化。马斯克在2018年的古怪行径也加剧了这种不和，尤其是在访谈现场抽大麻事件发生之后。一位松下高管在去上班的路上看到了这个访谈，惊恐地问道："我们的投资者会怎么想？"松下日本公司的一些人已经开始游说，建议今后要限制与特斯拉的业务往来，因为其股价下跌了近50%。

特斯拉在宣布内华达工厂计划时曾表示，该厂占地面积将超过100个足球场，但2019年还是没有达到这个规模。松下与特斯拉关系的缔造者库尔特·凯尔蒂已经离开，而斯特劳贝尔也将离去，特斯拉与这家合作伙伴的纽带也因此开始削弱。松下高管山田佳彦已经到了法定退休年龄。当年正是他把这两家企业撮合到一起，联手打造了超级工厂。马斯克立刻把他招至麾下，希望他可以帮助维持这段关系。但最后，反倒是马斯克自己给松下总裁津贺一宏打电话的次数日渐增多，不仅要请对方降低内华达工厂出产的电池价格，还要请对方帮忙，在中国另造一家工厂。说白了，就是眼看要失败，却还要加倍下注。

鉴于这一切，特斯拉准备抛开松下，在中国建厂。接替斯特劳贝尔执掌电池团队的德鲁·巴格里诺（Drew Baglino）开始物色另一位合作伙伴。最初的首选是LG电子，也就是通用汽车电动汽车项目背后的韩国供应商。但一些人担心，这样会导致特斯拉再次受制于单一供应商。还有人提名了一家中国电池制造商：宁德时代新能源科技股份有限公司。这家简称为CATL的企业之前是苹果的零件供应商，后来发展为全球最大的电动汽车电池制造商。马斯克一开始对这个想法有些反感。宁德为这么多特斯拉的竞争对手供应电池，马斯克难免会对跟这样一家企业合作有所顾虑。

就像 2010 年和 2013 年那样，马斯克故技重施，在一个周六把高管们召集起来，要求特斯拉开始自行研发电池芯。于是，巴格里诺成立了一个实验室，并为该项目起了一个代号，叫作"跑路者"（Roadrunner）。

但马斯克依然需要为中国工厂寻找一个供应商，因为该厂计划于年底投产。他的团队匆忙与 LG 达成了一项协议，同时也把 CATL 作为一个签约备选对象。8 月，马斯克前往中国参加世界人工智能大会，与阿里巴巴创始人马云（Jack Ma）展开对话。会议间隙，他与 CATL 创始人曾毓群（Robin Zeng）见了一面。结果两人一拍即合，十分投缘。特斯拉 CEO 发现，对方也有着工程师的灵魂。"罗宾是个狠角色。"马斯克告诉团队。这次会面为最终的协议扫清了道路。特斯拉的命运，不再只由松下一手掌握。

那年夏天的中国之行，让马斯克有了充分的理由，为 Model 3 中国制造、中国销售的潜力感到兴奋。尽管有着高额的关税，但 Model 3 在中国的销量已经帮助特斯拉提升了利润。2019 年第三季度，公司收入增长了 64%。而这些数字的增加，也有特斯拉欧洲伙伴的功劳。Model 3 一在挪威上市，便受到了热烈欢迎。这一年头九个月，来自挪威的收入上升了 56%。随着车辆的稳步交付，Model 3 成为了 2019 年挪威最畅销的车型。而好上加好的是，正如前一年在美国一样，最开始卖出去的 Model 3 都是价格更高的车型。特斯拉的国际之路起步略显混乱，但随着夏去秋来，它的整体发展规划显然发挥出了作用。

公司在 2019 年 11 月报告了强劲的第三季度盈利，而第四季度盈利也指日可待。更重要的是，公司实现了马斯克在 1 月份的承诺：特斯拉已经准备好在中国投产了。这简直令人难以置信，其速度足以让内华达工厂汗颜。社交媒体捕捉到了这一进展，公布了 1 月份还满是泥泞的工地视频,起重机出没在集装箱和钢材中间。8 月,马斯克去中国的时候,一个巨型工厂的结构已经出现。而 10 月,政府已经批准了车辆投产。

首先进行的是试生产。特斯拉公布了新工厂的照片:工人们头戴蓝色的特斯拉帽子,身着漂亮的新制服,看起来正在装配线末端的一台蓝色 Model 3 上卖力工作。但 2017 年特斯拉对 Model 3 的投产造势太过,导致人们很容易对这些照片产生鄙视,觉得只不过是在炒作。但它们还是会让投资者感到安心,同时让空头感到痛苦。6 月以来,空头在特斯拉上的损失估计已经超过了 30 亿美元。但这种痛苦,还远远没有结束。

12 月最后几天,特斯拉开始交付中国制造的 Model 3,首先是给员工。一名工人甚至借此机会,在工厂车间里向爱人求婚。但最盛大的庆祝活动还在后面:股价持续攀升,巩固了特斯拉作为全球市值第三的汽车制造商的地位,仅次于大众和丰田——这是一种令人震惊的跃升。

在这一里程碑到来的几天之后,中国进入了一个即将对全世界造成震动的时期。马斯克选在此时飞赴上海工厂,庆祝正式投产及向非员工客户交车。在工厂的舞台上,在成百上千名顾客与员工面前,站着一个欢欣雀跃的马斯克。特斯拉终于越过了终点线。它不仅拥有了一款顾客为之向往、对手为之艳羡的车型,还能以之前无法想象的规模来生产这款车。与此同时,公司依然可以盈利。一年前听起来像是幻想,乃至妄想的事情,现在马斯克正在为之庆祝。

但自从 2004 年马丁·艾伯哈德在马斯克门前出现的那一刻起,特斯拉的发展听起来就始终像是一个妄想。十一年前的这个时候,马斯克险些第一次失去特斯拉。他把自己的全副身家,都押在了对 Roadster 和 Model S 的构想上。每一次小小的成功都给了他信心，让他又往前迈进了一步。当然，特斯拉今后的成功还远未得到保证。但又有哪个汽车制造商可以保证？这个产业变幻莫测，存在了一个多世纪的老牌车企尚且要面对强劲的逆风，而失败的对手更是数不胜数，骸骨铺满了通往汽车制造未来的道路。特斯拉的成功能否持续，将永远是一个问号。

但今天的马斯克是胜利者。他站上了舞台，作为一家真正的全球电动车制造企业 CEO，赢得了万众欢呼。他造出了一款主流电动汽车，让他力图颠覆的产业都为之羡慕。而他的竞争者只能抖落身上的尘土，奋起直追。

音乐节拍响起，马斯克甩开西装外套，粲然一笑，笨拙地迈开大步，跳起了胜利的舞蹈。

"我们做到了，"片刻之后，他气喘吁吁地说道，"下面，干点儿什么好呢？"

后记

"对于冠状病毒的恐慌是愚蠢的。"3月6日,埃隆·马斯克在推特上说。而就在同一天,作为努力减缓这种新型病毒传播的众多科技巨头之一,苹果开始鼓励员工居家办公。

2020年初的全球疫情,正在对特斯拉的辉煌时刻产生毁灭性威胁。短短几周前,马斯克还在上海登台庆祝Model 3于中国投产,给了那些怀疑论者当头一击,证明自己完全可以在一年不到的时间内完成此次壮举。而距离他的表演仅仅过去了两天,世界卫生组织便宣布,在上海以西500多英里处的中国大型城市武汉发现了一种神秘的疾病,类似肺炎。这种后来被全世界称为"新冠肺炎"的疾病,当时尚处于早期阶段。因此全球许多人都会对这种潜在的威胁掉以轻心,觉得反正离自己还远,甚至根本不会加以留意。

如果你是和马斯克一同欢庆的特斯拉股东,那就更不会留意这些细节了,因为公司股价持续超越了历史高点。他在中国的意外胜利,再加上2019年底特斯拉连续两个季度实现盈利,让他重新获得了人们的信任。而让1月下旬的市场更为兴奋的是,马斯克宣布紧凑型SUV Model Y将提早开始生产,时间就在未来几周,比原定的2020年秋天大大提前。特斯拉表示,既然有两家装配厂在同时开工,还有第三家德国工厂在建,那么2020年交付50

万辆以上的汽车,应该是小菜一碟。这一数字如果实现,将会比 2019 年提升 36%。特斯拉的增长神话,又将再度上演。

特斯拉的股价在随后的日子里继续飙升,使公司市值超过了 1000 亿美元,取代大众汽车,成为全球市值第二高的汽车制造企业,仅次于丰田汽车。这也让马斯克又往前迈了一步,离获得自己薪酬方案中 12 批期权的第一批更近了一些。这个薪酬计划野心十足,要求最终将公司的市值提高到 6500 亿美元。许多人都觉得这种市值短期内不可能实现,因为特斯拉自 2003 年成立后从未实现过全年盈利,只零星有过几次季度盈利。不过 2020 年,新的希望出现了。

"如果特斯拉证明自己可以盈利……就会扫除让(汽车制造界)遗老遗少们不愿全力投入电动车事业的最大障碍。"亚当·乔纳斯指出。特斯拉一年前的颓势,让这位华尔街分析师险些没有经受住考验,失去对这家企业长久以来的乐观。在一次与福特 CEO 吉姆·哈克特(Jim Hackett, 2017 年福特市值被特斯拉超越后的第二任 CEO)的电话会议中,乔纳斯步步紧逼,请这位高管谈谈对特斯拉一路攀升的感想。"这真是历史性的一天,特斯拉目前的市值达到了福特的 5 倍还多,"他说,"是不是很难理解?市场在向福特传递什么信息?"哈克特的回答其实意义不大,因为再过几周,他就会宣布退休。但在押注汽车行业未来的投资者看来,福特、通用等车企和特斯拉相比,差距甚至不止 5 倍。马斯克已经完成了他的初衷:让世界相信汽车应该是电动的——即使人们还没有真正地群起而买之,但变革的力量似乎站在他这一方。

每一条好消息都像是在为特斯拉添柴加薪。星星之火,终成燎原之势。在公布第三季度意外盈利之后的三个月内,特斯拉的股价翻了一番。马斯克在上海登台起舞之后的一个月内,股价又翻了一番。而在公布第四季度盈利之后的几天内，股价继续上涨。投资者们不仅在赌汽车的未来是电动的，也在赌特斯拉会成为新世界的主导玩家。

当然，这种信心也可能有些过了。巴克莱（Barclays）分析师布莱恩·约翰逊（Brian Johnson）警告说，这种定价释放出一个信号：市场相信特斯拉会是"唯一的赢家"。他还表示，这让人想起了 20 世纪 90 年代的科技繁荣——正是它的破灭，压垮了马丁·艾伯哈德、马克·塔彭宁等许多人。

尽管两个季度表现强劲，但特斯拉还是难以摆脱从一开始就存在的根本性弱点：它需要现金来支持马斯克的野心。尽管马斯克一次次展现了自己的能力，的确可以在必要时激发出投资者的热情，但这个问题却始终萦绕不去：音乐停止时，会发生什么？汽车产业的兴衰无常，多年来曾让许多车企陷入困境。"大衰退"时期现金的突然枯竭，几乎将特斯拉扼杀在摇篮里。马斯克想尽一切办法，才勉强保住了这家公司。而接下来的几周，他又将面临另一个考验。特斯拉是真正的车企还是纸牌屋，也即将从中见分晓。

特斯拉之所以能在 2020 年初将 Model Y 的生产提前，很大程度上要归功于道格·菲尔德。这名高管之前负责新车开发，于 2018 年因弗里蒙特工厂问题离职。正如特斯拉计划以同一种车型为基础生产 Model S 及 Model X 一样，Model Y 也将与 Model 3 共享工程技术。但为了避免走上 Model X 的老路，出现灾难性的反复修改及巨额开销，菲尔德尽量不让马斯克参与这款紧凑型 SUV 的开发，反正马斯克也已经被地狱般的生产搞得心力交瘁了。但马斯克偶尔也还是会展现一下自己研发烦人精的一面，比如建议把

Model Y 的方向盘去掉，因为它将会是一款全自动驾驶车型。

不过，等到马斯克有空关注 Model Y 时，菲尔德的团队（或其残部）已经大功告成，可以让这款车精彩亮相了。它真的就像是 Model 3 的加成版，承载了后者大约 70% 的零部件。对于纯粹主义者来说，这款车更像是溜背版的 Model 3，而非真正的 SUV。它可能比 Model 3 大了 10%，驾驶员座椅会高几英寸，外观看起来和 Model 3 略有不同，后端故意做得更加浑圆，营造出掀背车的空间。但它的核心还是特斯拉式的，有着线条优美的内饰、超大中央屏幕和敏捷的加速。

Model Y 对于特斯拉的主流化也非常重要，它的目标客户是所谓的跨界车买家。跨界车是一种轿厢底的 SUV，用的不是卡车底盘。这种变化可以带来更为流畅的驾乘体验，同时保持传统 SUV 驾驶坐姿较高及内部空间宽敞的优势。这是增长最快的汽车细分市场之一，尤其是在中国，大约每卖出五辆汽车，就有一辆是紧凑型 SUV。马斯克相信， Mode Y 的表现可以超越 Model 3。

但 2 月刚一开始，特斯拉的光辉前程似乎瞬间就变得十分黯淡。2 月 5 日，股价暴跌了 17 个百分点，成为公司有史以来最糟糕的日子之一，原因是中国传出消息，特斯拉本土制造的 Model 3 因为新冠肺炎将进一步延期。特斯拉在中国的增长潜力带来的兴奋，曾经推动其股价出现火箭式上涨。但现在人们越来越担心，这种被科学家警告为致命且极易传播的新型病毒，将使这个国家的经济陷入停滞。

随着投资者开始消化这一信息，有一点也变得越来越清楚，那就是：和近 20 年前非典爆发时的大致情况不同，新冠并不只会对中国或亚洲造成威胁。在特斯拉大本营所在的加州，当地政府官员的担忧与日俱增。圣克拉拉县已经出现了一些确诊病例，而特斯拉总部就在那里。

2月13日,特斯拉意外宣布,将发售20亿新股,以改善其资产负债情况。难道马斯克已经从2007及2008年的痛苦中吸取了教训,觉得应该准备好"雨天基金"?

大约一个月之后,就在特朗普总统宣布欧洲旅行禁令、NBA停赛以阻止病毒传播的几天之后,旧金山湾区当地政府颁布了"居家令",指示居民待在家中,并关停在它看来"非必要"(这一措辞将引发辩论)的商业活动。最让特斯拉惶恐的事情发生了:那天刚好是开始交付弗里蒙特工厂出产的首批Model Y的日子。

无论当地官员怎么说,马斯克都执意继续。那天夜里,他给特斯拉员工发了一封公然违抗政府命令的邮件。"我自己会去上班,但你们随意,"他说,"如果你们想因为任何原因待在家里,完全没问题。"弗里蒙特工厂依然是一片热火朝天的景象,尽管县警长办公室第二天公开表示,特斯拉应该停产。到了周末,美国各地的工厂都在关停,马斯克的态度也有所缓和,宣布暂时停产,并向公众保证,公司手头有足够的现金来抵御这场风暴。加州州长加文·纽森(Gavin Newsom)当时警告称,如果不采取积极行动,这个美国人口最多的州可能会有56%的人在8周内被感染。但综合来说,特斯拉的运气,其实还不算太差。

中国工厂只停工了很短的一段时间。弗里蒙特工厂在该季度接近尾声的时候关停。在此之前,他们照例经历了一阵子季度末赶工,大部分库存都已经生产完毕,可以准备交付了。

更好的是,马斯克在2018年黑暗时期所做的一些疯狂决定,现在突然显得很有先见之明,尽管这里面带有偶然性。在他的推动下建立起来的送货上门销售团队,在这样一个展厅纷纷关闭的时期，带来了意想不到的回报。特斯拉的全球交付量在该季度增长了40%，虽然未能达到分析师们的预期，但还是远胜行业内其他公司。在中国，2020年第一季度的汽车总体销量暴跌了42%，但特斯拉却上涨了63%。如果它可以让中国工厂继续保持生产，那么这一势头还将持续。中国政府也一心确保特斯拉工厂的正常运转，为数百名工人安排了住宿和交通，并落实了一万只口罩，以及体温计和成箱的消毒剂。有了这些帮助，等到2020年延长的春节假期结束，特斯拉便于首个工作日恢复了生产。政府的努力受到了当地媒体的赞扬；镜头中，本土制造的Model 3正在组装。

事实证明，马斯克加快推进上海工厂建设的决定也是英明的。这就意味着，即使美国唯一的工厂在随后几个月内无法生产，特斯拉还保有一条生命线。习惯快速行动的马斯克立刻大幅削减了固定员工的工资，并暂时解雇了无法居家办公的非固定员工。特斯拉还开始要求门店房东降低租金。

哪怕采取了这些措施，长期关停工厂也不是一件好事。经过最近一次融资，特斯拉在3月结束的时候，手头共有81亿美元的现金。华尔街分析师乔纳斯估计，如果工厂多数时间关停，特斯拉每月将损失8亿美元。马斯克希望生产可以于5月4日恢复，因为当地关停令原定于5月3日取消。但就在这个日子快要到来的时候，当地政府却还是对病毒的威胁十分担心，从而延长了关停时间。

因此，即使销售业绩乐观，马斯克也无法控制对政府官员的愤怒，尽管他们不让弗里蒙特开工是出于好心。"如果有人想待在家里，没有问题。他们应该被允许待在家里，也不应该被迫离开，"马斯克在4月下旬与分析师召开的一次公开电话会议上表示,"但如果人们不能离开自己的房子,离开就要被捕,那这不是民主,也不是自由,而是法西斯。把该死的自由还给人民!"

他暗中催促大家,无论当地政府是否允许,都要为重新开工做好准备。大约一周后,尽管政府还在敦促延迟开工,但他却告诉工人们,应该回到工厂里来了。这可能是因为,当时密歇根州已经允许汽车工厂恢复生产了。特斯拉也许会觉得,是加州政府的谨慎,让自己在和美国竞争对手相比时落了下风。"我局在过去一周中收到了几起投诉,称特斯拉命令员工回去上班,重新开放生产线,这实际上是在违反阿拉米达县卫生令。"当地警察局在5月8日致特斯拉的一封电子邮件中写道。

第二天是个周六,马斯克一大早就通过推特和法庭发起了双头战争。他宣布自己正在起诉当地政府,并在推特上称县卫生官员"未经选举、愚昧无知"。"老实讲,这是最后一根稻草,"他继续写道,"特斯拉现在将立刻把总部和今后的项目转移到得州/内华达州。我们是否保留弗里蒙特的制造活动,将完全取决于特斯拉今后会受到什么样的对待。特斯拉是加州硕果仅存的汽车制造企业。"

看着这一切,工人们心中五味杂陈。他们为这家公司的生存做出了这么多牺牲,也很想再回到工厂里。他们有谋生的需要,但也切实担忧自身的安全,尤其是在一家似乎向来不会优先考虑员工身心健康的工厂里。"我担心特斯拉是否真的能保证我们的安全。"一名20来岁的生产助理表示。其他人则担心,为了实现马斯克雄心勃勃的生产目标,他们需要弥补一个多月来的生产损失,压力实在太大了。

一部分人决定,是时候退出了。他们无法忘记过去几年中令人发指的工作节奏,对提升 Model 3 产量时的艰辛依然记忆犹新。

这一次又会有什么新的生产地狱？他们不想留下来，等待谜底揭晓了。

很多人注意到，特斯拉在这一年早些时候的迅速崛起，让马斯克离拿到自己 500 多亿期权大红包的第一部分又近了一步。他需要特斯拉在一段时期内市值平均保持在 1000 亿美元，才能解锁 169 万股的股票期权。如果他立刻将这些股票抛售，可以在名义上净赚超过 7 亿美元（但他并不打算这么做）。等到特斯拉市值达到 6500 亿美元时，这个十年薪酬计划才会完全兑现。鉴于这种天价市值要求，当时有人觉得，马斯克有望实现的期权奖励目标应该不多，能实现第一个就已经很不错了。

然而，投资者似乎对他反抗"法西斯"的言论十分赞赏，股价从 2 月份的低点开始反弹。接着，马斯克又进一步贬低了新冠的危险性，介入了一场愈演愈烈、搅动全国的政治纷争。人们的辩论集中在应该优先考虑控制疫情还是经济增长，而分歧的根源主要在于政党路线不同。特朗普也加入了这场论战，支持马斯克重新开放工厂。

马斯克提高了赌注，公开挑战地方官员，看他们会不会来阻止他。他在推特上宣布，生产正在恢复，而他也亲临工厂助阵。"我会和所有人一起上生产线，"他在 5 月 11 日的推文中写道，"如果要抓人，就抓我一个好了。"

面对巨大的压力，地方政府做出了让步。几天后，他们宣布双方已经达成协议，工厂可以恢复生产，并引用了由特斯拉起草的安全条约。

一场竞赛开始了。特斯拉要尽量多地生产汽车，以弥补时间上的损失。这是特斯拉熟悉的赛场——又一个决定成败的季度末，要拼尽全力，直到最后一天。"我们要全力以赴，直到 6 月 30 号结束，确保取得良好的成果，这非常重要，"马斯克告诉自己的员工，"如果不重要，我也不会提了。"①

大家的努力起了作用。华尔街此前预计特斯拉销量将下跌25％左右，没想到与去年同季度相比，这个数字仅下降了4.9％。在新冠时期颠倒错乱的世界里，这个成绩几乎等同于某种疯狂的增长。特斯拉的对手在全球遭遇的下滑就严重得多了。在这种强劲的业绩下，马斯克公布了1.04亿美元的季度利润——公司连续四个季度盈利，迎来了有史以来最长的一段连续盈利期（4.28亿美元的排放信用额度销售在本次胜利中再立战功）。

除此之外，马斯克还宣布，他已经选取了得州奥斯汀郊外的一处地点，作为特斯拉下一个装配工厂所在地。公司的重心正在逐步转移。

那年夏天，在上市10年之后，特斯拉的股票开启了"荒唐模式"。如果说马斯克六个月前兑现了在中国开厂的承诺，重新获得了人们的信任，那么此刻，他已经变成了汽车江湖中的传说。别的车企当时依然遭受着工厂关闭和销量下滑带来的影响，在这一事实的烘托下，他的成就愈发显得令人钦佩。疫情期间困在家中的年轻股票买家们，也对特斯拉的股价起到了推波助澜的作用。每股价格涨至1000美元以上，公司市值超过了丰田。

小小的特斯拉，如今成了全球市值最高的汽车制造企业。

股价的上涨依然没有停歇。仅仅几周之内，公司市值就达到了丰田和大众的总和。马斯克实现了他1000亿美元市值的期权奖

---

① 马斯克曾预测，到2020年4月底，美国的新增新冠病例可能会降至零。事实证明，他的预测是错误的。几个月后，他在推特上宣布自己新冠检测为阳性。——原注

励目标，随后又跨过了接下来三次奖励的门槛（2021年春，又为再之后的两次奖励扫清了障碍）。特斯拉股票突破了市值7000亿美元的大关，马斯克多年前立下的里程碑终于实现，就像巴比·鲁斯（Babe Ruth）印证了自己的本垒打预言。公司市值在244天内从1000亿美元飙升到了8000亿美元以上，而苹果达到这个市值，花了将近10年。彭博亿万富豪指数显示，马斯克凭借着自己已经拥有的股票，个人财富从2020年初的大约300亿美元激增到2021年初的2000亿美元左右，取代亚马逊创始人杰夫·贝索斯（Jeff Bezos），登顶全球首富。

这种兴奋——有人会说是狂热——也蔓延到了其他相关公司。在随后的几个月中，有若干家初创企业上市。Lucid Motors也是其中之一，它的CEO是彼得·罗林森。他于2012年离开了特斯拉的首席工程师岗位，随后一直在研究下一代豪华轿车。而该公司创始人谢家鹏与特斯拉也颇有渊源。他曾是特斯拉董事会成员，但在马斯克否定了他对创立电池部门的努力之后离开。

电动汽车的繁荣也为苹果的汽车项目增添了新的兴奋。特斯拉前任首席工程师道格·菲尔德在2018年离职之后回到了苹果，帮助指导iPhone制造商的秘密汽车项目。

电池奇才J.B.斯特劳贝尔也得到了许多关注，他新成立的公司获得了亚马逊的投资。这家名为"红木材料"（Redwood Materials）的企业旨在做好电动汽车的废旧电池回收工作，以备今后的汽车使用。2018年在超级工厂努力控制浪费的经历，让他萌生了这个创业的念头。从特斯拉获得的财富，也让他有能力去追寻自己的许多梦想。他离职时持有的特斯拉股份，如果全部保留，其价值将在2021年初超过10亿美元。

就连马丁·艾伯哈德也会带着某种主人翁意识看待特斯拉的

成功。尽管他有一次告诉《纽约时报》，在与马斯克的争斗平息之后，他准备售出全部股份，但他后来承认，自己其实还是保留了少量股份。

"我是世界上持有特斯拉股票时间最长的股东。"他带着一丝骄傲说道。他也还是留着自己最初版本的 Roadster，和他的"特斯拉先生"车牌。

马斯克曾多次表示，他的资金多数都套在特斯拉和 SpaceX 里。尽管这些投资价值飙升，但法庭笔录再次透露了他 2019 年底的个人财务状况，显示出他当时并没有什么现金。他还是在靠抵押股票获得的贷款为生。马斯克说过，他最终的打算是卖出特斯拉股票，资助火星殖民活动，以及地球上的各种慈善活动。他认为，这一过程可能会在他接近退休年龄时真正开始，也就是快 70 岁的时候。不过人们实在难以想象他会真的愿意放弃对特斯拉的控制。

随着 2020 年接近尾声，马斯克对美国司法体制的信心又进一步增强了。2018 年声称自己是"吹哨人"的超级工厂前雇员马丁·特里普，同意解决与特斯拉的法律纠纷。作为协议的一部分，特里普将不对特斯拉关于他泄露公司隐私数据的指控提出反驳，并将做出 40 万美元的赔偿。但更让马斯克满意的，是诉讼期间披露出来的一件事情：一名空头一直在为特里普支付一部分打官司的费用，而特斯拉的许多负面报道，正是这场官司引发的。不过，此人并不是大名鼎鼎的空头吉姆·查诺斯，虽然马斯克一直觉得，他才是特斯拉困境背后的始作俑者。但这个发现的确从某种程度上证实了马斯克长期以来的怀疑：追杀他的黑暗势力已经出动。

有人批评他是强迫工人在疫情期间冒着危险回来上班的亿万富翁，因此他宣布，要卖掉自己所有的房产。"这完全是个人选择，我并不是提倡大家都来这么做。如果有人想拥有或建造一栋很棒的房子，并从中获得快乐，我觉得完全没问题，"马斯克说，"我现在只不过想让自己的生活尽可能地简单，因此只会留下有情感价值的物品。"此后，他大部分时间都住在得州南部博卡奇卡的SpaceX发射中心附近，乘飞机往返于柏林与奥斯汀之间，视察他计划于那年晚些时候开业的德国工厂进展情况。

他对特斯拉的计划一如既往地充满野心。他的下一个车型被称为赛博皮卡（Cybertruck），拥有许多马斯克自主开发车型的特征——这些特征对他具有赤裸裸的吸引力（包括反乌托邦外观、据说可以防弹的超硬不锈钢车身及防撞玻璃车窗），而且看上去很难进行工业化生产。

电池成本依然是他最大的挑战。他承认，自己的电池制造计划可能会造成延误。但他依然在2020年向投资者承诺，特斯拉"跑路者"项目将改善电池制造方法和电池化学技术，使成本降低一半。

他的下一个疯狂目标是：成为世界上交付量最大的汽车制造商。他希望年销量在2030年达到2000万台，大约是销量领跑者大众汽车2019年销量的两倍。"有一件事情让我深受其扰：我们还没有造出一辆真正让每个人都负担得起的汽车，所以未来一定要造出来，"他说，"因此，我们必须把电池成本降下来。"造出一辆真正惠及大众的电动汽车，依然是他不变的目标，而且目标价格也从3.5万美元降到了2.5万美元，希望有朝一日可以达到。

对特斯拉来说，股价高涨带来的欢欣雀跃有一个实际效用，那就是公司很容易再从投资者那里获得资金。特斯拉进行了1比5

的股票分拆，让小股东可以更加轻松地购买股票，并且发行了高达 19.4 亿美元的新股，大约是过去 16 年间公司在推出 Roadster、Model S 和 Model 3 时亏损资金的 3 倍。有了这笔"战争基金"，马斯克就可以在未来数年间继续追寻自己花费不菲的理想。而所有这些都创造了一种良性循环：投资者们相信特斯拉的增长潜力，因此特斯拉可以用低廉的成本来筹集资金，推动这种增长，反过来进一步激发人们的热情，获得更多的增长。

这种逻辑依然困扰着马斯克的批评者。他们指出，特斯拉的业务还是存在着许多缺陷——公司借助碳排放信用额销售才能获得利润，车辆质量不稳定，人们对该品牌汽车的终极需求尚不明朗，公司也有不少目标未能实现，Autopilot 系统的过度承诺也是一个问题，他们还要应对不断增长的客户群体的挑战。作为世界上市值最高的汽车制造商，特斯拉要面对无穷无尽的审查。而它所追寻的销量桂冠，近年来已经难倒了许多车企。一次严重的政府召回事件，就可能带来毁灭性打击。推出的产品中只要有一种不够好，就可能会被老对手超越。更何况，它总是处于失去强大领导者的边缘。批评者认为，泡沫迟早会破裂。

像查诺斯这样的空头会承认，他们做空特斯拉的押注是很痛苦的，尤其是在 2020 年。这一年，他们的账面损失共计超过 380 亿美元。但他们还是不愿放手，觉得自己也许有一天真的会成功。特斯拉的股票依然是股市中被做空最多的股票之一。"我没有见过埃隆·马斯克，也没有和他说过话。"查诺斯在 2020 年底表示。当时，特斯拉的全年股价涨幅达到了 800%。但如果他们真的见面了，查诺斯认为："我会对他说：'迄今为止，你干得不错。'"

2021 年开始之后，人们会觉得，特斯拉的股票似乎有些估值过高——尽管该公司实现了连续六个季度盈利（也是首次实现全年盈利），并定下了来年销量增长50％以上的目标。就连马斯克本人也在几个月前承认特斯拉估值过高。分析师们手忙脚乱地为特斯拉股价找着理由，长期分析师乔纳斯认为，这种高涨有一部分原因是"希望的力量"。

　　Roadster曾经是马斯克希望的灯塔，即使他认为，这个想法只有10％的机会可以实现。随后的Model S就像是一场赌博，赌的是他可以造出一款出色的电动汽车，不仅不逊色于路上的任何车辆，甚至还要更好。而Model 3则是他信念的产物，他相信只要有机会，人人都会希望拥有这么一辆车，烧的不是汽油，而是其他更可持续的东西。

　　马斯克推销的，是关于未来的愿景。他孤注一掷地相信，只要给别人机会，他们就会认同他的愿景。如今，人们在用自己的资金、话语和信心告诉他：也算上我们一份。

作者的话

有一个广为流传的神话：特斯拉是埃隆·马斯克睡在工厂地板上用意念造出来的。他的决心和固执，无疑在这家公司的崛起中起到了重要的作用。没有他，就没有特斯拉。然而，特斯拉之所以能从 2003 年夏天一个几乎不可能的想法变成 2020 年全球市值最高的车企，依靠的却远远不止是某一个人的魄力。这本书想说的，就是特斯拉如何一步步走到今天的故事。在本书创作过程中，有多位特斯拉内部人士接受了采访。这些人有的已经离开，有的还在这家公司任职。这上百次采访许多都是匿名进行，因为有些人签了保密协议，还有一些人表示，他们害怕马斯克报复。这些人接受采访的动机也各不相同。有些人觉得自己被马斯克轻视了，不吐不快，但还有许多人是为自己取得的成就而自豪，希望这家公司的故事最终能被完整地讲述出来。本书内容的基础是上千份公司记录、法庭文件及视频记录，但它也同样有赖于人们的记忆。而这些记忆的主人，就是存在了将近 20 年的特斯拉故事亲历者。既然是记忆，那就有可能出错。书中的对话和场景由现场目击者进行了还原，并尽力通过额外的消息来源加以确认。书中一部分人物接受了采访，相当于亲自参与了本书创作。而其他人的"参与"，只能依靠引用对他们的深入报道来完成。

至于马斯克，他有许多机会对书中的情节、事实和人物刻画发表评论，但他并未指出任何具体的不准确之处，只简单地说了这么一句："虽不是全部，但书中大部分内容，都是胡扯。"

致谢

我之所以能写出这本书,是因为有许多人对我表示了信任,愿意和我分享自己的故事。谢谢你们。而许多先行者的工作,也成为了这本书的基础——多年来一直在顽强报道特斯拉的记者们,为我开辟了一条可以追随的道路。其中有为埃隆·马斯克书写了权威传记的阿什利·万斯(Ashlee Vance),也有报道了该公司重磅新闻的一批记者,包括达纳·赫尔(Dana Hull)、罗拉·克罗德尼(Lora Kolodny)、克斯汀·科洛舍茨(Kirsten Korosec)、爱德华·尼德迈耶(Edward Niedermeyer)、苏珊·普利亚姆(Susan Pulliam)、迈克·拉姆齐(Mike Ramsey)及欧文·托马斯(Owen Thomas)等。尤其是拉姆齐的建议,令我感激不尽。

这些年来,我得到了许多人的关照。他们的帮助,令我获益匪浅。能为《华尔街日报》进行报道和撰稿,是我莫大的荣幸。如果没有马特·默里(Matt Murray)、杰米·海勒(Jamie Heller)、杰森·迪恩(Jason Dean)、斯科特·奥斯汀(Scott Austin)、克里斯蒂娜·罗杰斯(Christina Rogers)、约翰·斯托尔(John Stoll)等日报同仁的支持,我不可能完成这本书。

在我职业生涯的早期,保罗·安杰(Paul Anger)和兰迪·埃塞克斯(Randy Essex)两位编辑说服了我,让我放弃了艾奥瓦州的政治报道,转而为《底特律自由报》进行汽车相关报道。编辑杰米·巴特斯（Jamie Butters）教会了我所有关于汽车行业的知识——先是在《底特律自由报》，后来到了彭博新闻社。随后，彭博社的汤姆·贾尔斯（Tom Giles）、谭裴荣（Pui-WingTam，音译）和里德·史蒂文森（Reed Stevenson）将我带入了硅谷的科技报道世界。底特律与旧金山经历的结合，让我为深入挖掘特斯拉的故事做好了充分的准备。

我要感谢经纪人埃里克·卢普伐（Eric Lupfer）的指导和支持，感谢双日出版社编辑雅尼夫·梭哈（Yaniv Soha）的耐心和细致，还要感谢事实核查员肖恩·莱弗里（Sean Lavery）敏锐的目光。我也要对我长期以来的写作指导/编辑约翰·布雷彻表示感谢，谢谢他的睿智与鼓励。在本书写作期间，我还和莎拉·弗莱尔（Sarah Frier）、亚历克斯·戴维斯（Alex Davies）、特里普·米克尔（Tripp Mickle）这几位作家朋友组成了一个独特的联盟，因为我们都在尝试着写自己的第一本书。最后我想说的是，这样一个项目，离不开家人长久以来爱的支持。谢谢你，卡琳。

说 明

序 言

6 汽车也成为了美国最大的产业之一：Scott Corwin, Eamonn Kelly, and Joe Vitale, "The Future of Mobility," Deloitte, September 24, 2015, https：//www2. deloitte. com/us/en/insights/focus/future-of-mobility/transportation-technology. html. Kim Hill et al. , "Contribution of the Automotive Industry to the Economies of All Fifty States and the United States," Center for Automotive Research (January 2015).

6 一辆汽车的营业利润一般只有2800美元左右：Average North America operating profit for U. S. automakers in 2018, according to research from Brian Johnson of Barclays.

8 "它要么成为保时捷或玛莎拉蒂那样的小众制造商"：Stephen Lacey, "Tesla Motors Raises More Than $1 Billion from Debt Equity," Reuters, May 17, 2013.

8 世界上几家最大的车企都争先恐后地用自己的电动汽车追赶特斯拉：William Boston, "Start Your Engines: The Second Wave of Luxury Electric Cars," *Wall Street Journal*, June 22, 2018, https：//www. wsj. com/articles/start-your-engines-the-second-wave-of-luxury-electric-cars-1529675976.

9 如果投资者按照他们对通用汽车的估值方式来对特斯拉估值：Philip van Doorn, "Tesla's Success Underscores the Tremendous Bargain of GM's shares," Market Watch (Oct. 28, 2018), https：// www. marketwatch. com/story/teslas-success-underscores-the-tremendous-bargain-of-gms-shares-2018-10-25.

第一章

4 锂离子电池的重量更轻：Sam Jaffe, "The Lithium Ion Inflection Point," Battery Power Online (2013), http：//www. batterypoweronline. com. /articles/the-lithium-ion-inflection-point/.

7 罗森公司烧掉了将近2500万美元：Larry Armstrong, "An Electric Car That Hardly Needs Batteries," *Bloomberg News*, Sept. 23, 1996, https：//www. bloomberg. com/articles/1996-09-

22/an-electric-car-that-hardly-needs-batteries.

7 "你并不会有多少机会去改变它"：Karen Kaplan, "Rosen Motors Folds After Engine's '50%' Success," *Los Angeles Times*, Nov. 19, 1997.

8 结果：Chris Dixon, "Lots of Zoom, with Batteries," *New York Times*, Sept. 19, 2003.

9 "如果你喜欢太空"：Video posted by Stanford University from Entrepreneurial Thought Leader series (Oct. 8, 2003), https：// ecorner. stanford. edu/videos/career-development/.

11 这与其他技术的发展水平并不匹配：YouTube video posted by shazmosushi on July 12, 2013：https：//youtu. be/afZTrfvB2AQ.

第二章

14 2000 年，在互联网泡沫破灭之前：Michael Kozlowski, "The Tale of Rocketbook — the Very First E-Reader," Good E-Reader (Dec. 2, 2018), https：//goodereader. com/blog/electronic-readers/the-tale-of-rocketbook-the-very-first-e-reader.

14 "这种想法是愚蠢的"：Author interview with Martin Eberhard.

15 EV1 的电池组重达半吨：Data for average sedan weight pulled from U. S. Environmental Protection Agency's Automotive Trends Data. https：//www. epa. gov/automotive-trends/explore-automotive-trends-data.

17 他答应出价 10 万美元买这辆车：Details included in California court records reviewed by author.

18 亨利·福特的妻子早在 20 世纪初就拥有了一辆电动汽车：Douglas Brinkley, *Wheels for the World* (New York：Viking Adult, 2003).

18 一辆电动汽车的成本也许是普通轿车的三倍还多：Michael Shnayerson, *The Car That Could* (New York：Random House, 1996).

21 "感觉就像挂一挡的赛车"：Ian Wright, "Useable Performance：A Driver's Reflections on Driving an Electric Sports car," business document created by Tesla Motors (Feb. 11, 2004).

22 "埃隆有钱"：Author interview.

24 把英国车企来宝（Noble）的跑车改装一下怎么样：Emails reviewed by author.

24 他们已经算过了：Review of Tesla Motor Inc. 's "Confidential Business Plan," dated Feb. 19, 2004.

25 "你们得让我相信"：Author interviews with people familiar with

the talks.

26　他是被对他管理风格不满的董事会踢下台的：Jeffrey M. O'Brien, "The PayPal Mafia," *Fortune*（Nov. 13, 2007）, https：//fortune.com/2007/11/13/paypal-mafia/.

第三章

31　堆在他门洛帕克屋后的那些EV1马达：Author interviews with early Tesla employees.

33　他后来了解到：Author interviews with multiple former Tesla employees familiar with the matter.

36　苹果公司于2004及2005年召回了15万台以上的笔记本电脑：Damon Darlin, "Apple Recalls 1.8 Million Laptop Batteries," *New York Times*（Aug. 24, 2006）, https：//www.nytimes.com/2006/08/24/technology/23cnd-apple.html.

36　当LG化学意识到：Author interviews with multiple former Tesla employees familiar with the matter.

37　"伙计们，大概每150到1500辆之间就会有一辆"：Author interviews with multiple former Tesla employees.

第四章

41　"他是那种不愿意被拒绝的男人"：Justine Musk, "I Was a Starter Wife," *Marie Claire*（Sept. 10, 2010）, https：//www.marieclaire.com/sex-love/a5380/millionaire-starter-wife/.

41　他谈到了自己的梦想：Video of CNN interview posted on YouTube by misc. video on Nov. 17, 2017, https：//youtu.be/x3tlVE_QXm4.

42　"我才是主宰者"：Justine Musk, "I Was a Starter Wife."

44　艾伯哈德找到了这位资深的硅谷汽车经销商：Author interviews.

46　二战后：Stewart Macaulay, *Law and the Balance of Power：The Automobile Manufacturers and Their Dealers*（Russell Sage Foundation, Dec. 1966）.

47　马斯克力主只进行在线销售：Author interviews with people involved in the discussions.

49　"马丁出现了敌对情绪"：Author interview with a person involved in the due diligence.

49　马斯克告诉他们：Details of negotiations from author interviews and Musk's interview with Pando Daily posted on YouTube on July 16, 2012, https：//youtu.be/NIsYT1rqW5w.

第五章

51 "埃隆是完美的投资者": Author interview and color about relationship taken from emails between the men reviewed by the author.

52 "干吗？有病啊！": Michael V. Copeland, "Tesla's Wild Ride," *Fortune* (July 21, 2008), https://fortune.com/2008/07/21/tesla-elon-musk-electric-car-motors/.

54 他建议说得模糊一点: Details taken from emails between the men reviewed by the author.

56 马斯克刚一听说，就把这家公关公司炒了: Michael V. Copeland, "Tesla's Wild Ride."

56 来宾中包括: Sebastian Blanco, "Tesla Roadster Unveiling in Santa Monica," Autoblog (July 20, 2006), https://www.autoblog.com/2006/07/20/tesla-roadster-unveiling-in-santa-monica/.

57 人们列队看着他开着 Roadster: Description of event taken from video posted on YouTube by AP Archives, https://youtu.be/40pZm-DdKqt0.

58 "狂野女孩"（Girls Gone Wild）网站创始人乔·弗朗西斯（Joe Francis）派出一辆运钞车: Author interviews with early Tesla employees.

60 优点资本和特斯拉之间的摩擦初见端倪: Anecdote comes from interviews and records, including emails between the parties reviewed by the author.

61 "我想从你那里得到的回复是": Quotes and details taken from emails between the men, reviewed by the author.

61 马斯克想要特殊的车头灯: Michael V. Copeland, "Tesla's Wild Ride."

63 "你肯定可以想象": Emails reviewed by author include the conversation and details of the presentation.

64 "Roadster 现在有很多火烧眉毛的问题": Email reviewed by the author.

64 "很多人认为": Email reviewed by the author.

第六章

66 他出生于底特律: Lynne Marek, "Valor Equity Takes SpaceX Approach to Investing," *Crain's Chicago Business* (May 14, 2016),

66   https：//www. chicago business. com/article/20160514/ISSUE01/305149992/valor-equity-takes-spacex-approach-to-visionary-investments.

66   他们筹集到了27万美元，加上格拉西亚斯自己的13万美元，作为公司的启动资金： Antonio Gracias, Hispanic Scholarship Fund bio, https：//www. hsf. net/stories-detail? storyId=101721718.

68   "我在世界上的任何地方，都没有见过这种方法"： Author interview.

68   在沃特金斯的协助下，格拉西亚斯和他的商业伙伴以9倍的回报售出了MG资本的投资组合公司： Antonio Gracias, Hispanic Scholarship Fund bio.

69   马斯克第一次去这个办公室的时候： Author interviews with Tesla executives at the time.

71   "罗恩已经暗示我好几次了"： Email exchange reviewed by author.

76   "如果这是真的"： Michael V. Copeland, "Tesla's Wild Ride," *Fortune*, July 21, 2008, https：//fortune. com/2008/07/21/tesla-elon-musk-electric-car-motors.

76   据他计算，在造出了100辆车以后，每部车的成本将会是12万美元： Tim Watkins's declaration filed with California court on June 29, 2009.

77   "和解决那些关键问题相比，马丁似乎更在意自己的公众形象和他在特斯拉的位置"： Email reviewed by the author.

77   "如你所知，公司问题很多"： Email reviewed by the author.

第七章

78   "我注意到了公司的几件事情"： Interviews with Tesla employees at the time.

80   "我们在过去80年中，一直有变速箱方面的问题"： Author interviews with people at the table that day.

81   "我的计划全都泡汤了"： Keith Naughton, "Bob Lutz: The Man Who Revived the Electric Car," *Newsweek* (Dec. 22, 2007), https：//www. newsweek. com/bob-lutz-man-who-revived-electric-car-94987.

84   一些特斯拉的经理开始叫它"白鲸"： Author interviews with people working on the project.

95   据匿名人士透露： Josée Valcourt and Neal E. Boudette, "Star Engineer Quits Chrysler Job," *Wall Street Journal* (March 26, 2008), https：//www. wsj. com/articles/SB120647538463363161.

95   他还被授予了这家私营企业50万股的股票期权，每股估价90美分：Donoughe Offer Letter（June 4，2008），filed with the SEC.

95　他请斯特劳贝尔把车子拆开：Author interviews with multiple Tesla employees at the time.

97　从伊莉丝那里保留下来的零件基本上只有挡风玻璃、仪表板、前叉臂、可拆卸软顶和两侧后视镜：Details of differences between the Elise and the Roadster come from a blog posting made by Darryl Siry, "Mythbusters Part 2：The Tesla Roadster Is Not a Converted Lotus Elise," Tesla.com（March 3, 2008），https：//www.tesla.com/blog/mythbusters-part-2-tesla-roadster-not-converted-lotus-elise.

97　凯利给特斯拉网站上的邮箱发了封信：Author interview with Kelley; Poorinma Gupta and Keven Krolicki, "Special Report：Is Tesla the Future or the New Government Motors?" *Reuters*（June 28, 2010），https：//www.reuters.com/article/us-tesla-special-reports-idINTRE65R5EI20100628.

98　亲手把工艺装备抢救出来：Author interviews with people involved in the effort.

99　在奔驰CLS四门轿跑的基础上进行改造：Author interviews with people who worked on the project.

第八章

101　"他父亲有《大英百科全书》"：Sissi Cao, "At 71, Elon Musk's Model Mom, Maye Musk, Is at Her Peak as a Style Icon," *Observer*（Jan. 7, 2020），https：//observer.com/2020/01/elon-musk-mother-maye-model-dietician-interview-book-women-self-help/.

102　多年之后，特斯拉高管们会在私下里打趣说：Author interviews with Tesla workers at the time.

102　"我可以明确地告诉你们：我会全力支持这家公司"：Kim Reynolds, "2008 Tesla Roadster First Drive," *Motor Trend*（Jan. 23, 2008），https：//www.motortrend.com/cars/tesla/roadster/2008/2008-tesla-roadster/.

102　"我真的很想要这辆车"：Author interview.

103　"我只想说一句话"：Jennifer Kho, "First Tesla Production Roadster Arrives," Green Tech Media（Feb. 1, 2008），https：//www.greentechmedia.com/articles/read/first-tesla-production-roadster-arrives-546.

103　《汽车趋势》(*Motor Trend*)杂志的一名编辑在试驾之后表示：Kim Reynolds, "2008 Tesla Roadster First Drive."

103　"呛辣红椒"（Red Hot Chili Peppers）乐队贝斯手、人称"跳蚤"

的迈克尔·巴尔扎里（Michael "Flea" Balzary）也在博客中记录了自己驾驶原型样车的感受：Michael Balzary, "Handing Over the Keys IV," Tesla blog (Nov. 6, 2007), https：//www.tesla.com/blog/handing-over-keys-iv-michael-flea-balzary.

103 雷诺惊叹道：Description taken from video posted April 19, 2020, by Jay Leno's Garage on YouTube. https：//youtu.be/jjZf9sgdDKc.

103 道路坎坷，但终点就在眼前：Author interviews with people involved in the funding plan.

104 马斯克向同事抱怨：Author interviews with people involved with the funding plan.

105 "我们要么这么干，要么就得去死"：Author interviews with Tesla workers at the time.

105 为了对这一说法做出解释：Elon Musk, "Extraordinary times require focus," company blog (Oct. 15, 2008).

106 "实际上，我还劝好友花6万美元订了一辆Roadster"：Owen Thomas, "Tesla Motors Has MYM9Million in the Bank, May Not Deliver Cars," Valleywag (Oct. 30, 2008), https：//gawker.com/5071621/tesla-motors-has-9-million-in-the-bank-may-not-deliver-cars.

106 "过去的一个月，我简直度日如年"：Owen Thomas, "The Martyr of Tesla Motors," Valleywag (Nov. 4, 2008), https：//gawker.com/5075487/the-martyr-of-tesla-motors.

107 员工曾无意中听见：Author interviews with Tesla workers at the time.

108 特斯拉"要做好的是车，而不是企业"：Author interviews with Tesla workers at the time.

108 "嗯，我知道车子还没卖出去"：Author interviews with Tesla workers who witnessed Musk's efforts.

108 回到洛杉矶后：Anecdote told by Jason Calacanis during a podcast conducted by *Business Insider*'s Alyson Shontell (Aug. 3, 2017), https：//play.acast.com/s/howididit/investorjasoncalacanis-howiwasbroke-thenrich-thenbroke-andnowhave-100million.

109 还有些别的好心人，也拿出了一些钱：同上。

109 "埃隆，车子看起来真棒……我买两辆"：同上。

110 但据马斯克称，萨尔兹曼拒绝了这个建议：Ashlee Vance, *Elon Musk：Tesla, SpaceX, and the Quest for a Fantastic Future* (New York：HarperCollins, 2015), 157.

110 马斯克怀疑，这种拖延是某种策略的一部分：同上。

110　为了激起这些人的好胜心：同上。

111　没有被取消预订的车子只剩下 400 辆，而现在，马斯克竟然还想提高它们的价格：Chuck Squatriglia, "Tesla Raises Prices to 'Guarantee Viability,' " Wired （Jan. 20, 2009）.

111　甲骨文公司联合创始人、亿万富翁拉里·埃里森（Larry Ellison）告诉特斯拉，他的车子怎么配置都行：Author interview with Tesla workers at the time.

112　"花一个礼拜去抱怨和争吵似乎并不值得"：Tom Saxton's Blog （Jan. 15, 2009）, https：//saxton. org/tom_ saxton/2009/01/.

112　"实不相瞒，为了让大家尽快拿到这款车，我自己不知经受了多少痛苦"：transcript of filming from Revenge of the Electric Car, 2011.

113　"就是这部车子，希望你们喜欢"：Description of event from video posted by Sival Teokalon June 30, 2015, https：//youtu. be/ZV8wOQsKV8Y.

第九章

118　经过数月的谈判：Kate Linebaugh, "Tesla Motors to Supply Batteries for Daimler's Electric Mini Car, " Wall Street Journal （Jan. 13, 2009）, https：//www. wsj. com/articles/SB123187253507878007.

122　"我可没有这方面的预算"：This anecdote comes from author interviews with Peter Rawlinson with certain details corroborated by other interviews with Tesla workers at the time.

125　他们给出的理由是：Author interviews with two people who were part of the discussions.

第十章

129　"如果你是我的员工"：Justine Musk, "I Was a Starter Wife, " Marie Claire （Sept. 10, 2010）, https：//www. marieclai-re. com/sex-love/a5380/millionaire-starter-wife.

129　马斯克担心，一旦贾丝廷取得成功，她就可以要求参与、批准公司的每一个重大决策：Elon Musk, "Correcting the Record About My Divorce, " Business Insider （July 8, 2010）, https：//www. businessinsider. com/correcting-the-record-about-my-divorce-2010-7.

129　为了寻求出路：Jeffrey McCracken, JohnD. Stoll, and Neil King Jr. , " U. S. Threatens Bankruptcy for GM, Chrysler, " Wall

Street Journal（March 31, 2009），https://www.wsj.com/articles/SB123845591244871499.

131　"那个时候，我们并不清楚特斯拉能不能成功"：Author interview with Yanev Suissa.

131　戴姆勒公司高级工程团队的负责人叫作赫伯特·科勒（Herbert Kohler）：Author interview with people familiar with the interactions.

132　但任何一方都不愿意单独行动：Author interviews with people involved in the negotiations.

133　"其实是新闻发布的需要"：Author interview with Suissa.

134　直到最后他才知道，自己永远也不会得到那辆 Roadster 二号了：*Martin Eberhard v. Elon Musk*, California superior court, filed May 2009.

135　他还给公司想了一个备选名：法拉第（Faraday）：Elon Musk said on Twitter（Dec. 8, 2018），https://twitter.com/elonmusk/status/1071613648085311488?s=20.

135　"可能其中最不合适的，就是说（艾伯哈德）对董事会撒谎"：Emails reviewed by the author.

第十一章

137　他向别人求助，却得到了对方嘲弄的眼神：Leanne Star, "Alumni Profile: Deepak Ahuja," *McCormick Magazine*（Fall 2011），42.

138　但直到 2009 年年中，对特斯拉团队的许多人来说，IPO 充其量也还只是一种令人半信半疑的东西：Author interviews with Tesla workers at the time.

141　他的团队为一辆高尔夫（Golf）装上电力传动系统，运往德国：Author interviews with people involved with the demonstration.

141　说完，他就冲出了 SpaceX 的玻璃会议室：Details of the IPO process come from author interviews with several people involved in the effort.

146　"这不就等于古腾堡在请你帮他造印刷机吗"：Jay Yarow, "Revealed: Tesla's IPO Road show," *Business Insider*（June22, 2010），https://www.businessinsider.com/teslas-ipo-roadshow-2010-6.

149　"时至今日，人们应该对特斯拉的未来乐观一点了"：Description of scene taken from video posted by CNBC on June 29, 2010, https://www.cnbc.com/video/2010/06/29/tesla-goes-public.html.

149　"去死吧，石油"：Author interviews with Tesla workers at the event.

第十二章

150 "销售也太烂了吧"：Author interviews with Tesla workers in attendance.

152 格拉西亚斯和沃特金斯认为：Steven N. Kaplan, Jonathan Gol, et al., "Valor and Tesla Motors," University of Chicago case study (2017), https://faculty.chicagobooth.edu/-/media/faculty/steven-kaplan/research/valortesla.pdf.

155 "埃隆·马斯克对您之前在苹果的工作很感兴趣，愿闻其详"：Nikki Gordon-Bloomfield, "From Gap to the Electric Car: Tesla's George Blankenship," *Green Car Reports* (Nov. 24, 2010), https://www.greencarreports.com/news/1051880_from-gap-to-the-electric-car-teslas-george-blankenship.

156 汽车客户往往都很忠诚："R. L. Polk: Automakers Improve Brand Loyalty in 2010," *Automotive News* (April 4, 2011), https://www.autonews.com/article/20110404/RETAIL/110409960/r-l-polk-automakers-improve-brand-loyalty-in-2010.

158 "这样设计对吧？看起来没问题吧？"：Author interview with Blankenship.

159 "不！不必"：Author interview with Tesla worker at the time.

第十三章

163 "从文化上来说，我们与传统的汽车制造商截然不同"：Ariel Schwartz, "The Road Ahead: A Tesla Car for the Masses?" *Fast Company* (Jan. 11, 2011), https://www.fastcompany.com/1716066/road-ahead-tesla-car-masses.

164 两年间，罗林森亲自面试了几百名应聘者：John Voelcker, "Five Questions: Peter Rawlinson, Tesla Motors Chief Engineer," *Green Car Reports* (Jan. 14, 2011), https://www.greencarreports.com/news/1053555_five-questions-peter-rawlinson-tesla-motors-chief-engineer.

164 "可能会涨到每股50美元"：Author interview with Avalos.

165 有一位工程师让马斯克很不高兴：Author interview with Tesla workers at the time.

165 他们还计划要自行进行铝板冲压：John Voelcker, "Five Questions: Peter Rawlinson, Tesla Motors Chief Engineer."

165 他认同"第一性原理"（first principles thinking）：Author interviews with multiple Tesla workers who worked at the company

165 "迅速决策也许看起来很不靠谱，但其实不然"：Musk to author in an email conversation.

166 工程师要给他发邮件申请费用：Author interviews with Tesla workers at the time.

166 "我他妈要的是大卖"：Author interview with a passenger aboard the airplane that day.

167 "这是我听过最愚蠢的想法"：Author interview with Tesla workers familiar with the episode.

169 这家日企同意投资 3000 万美元：Tesla press release (Nov. 3, 2010)，https：//ir. teslamotors. com/news-releases/news-release-details/pana-sonic-invests-30-million-tesla-companies-strengthen.

170 而特斯拉的一名工程师则带来了一只口琴，在会议间隙吹着玩：Author interview with people in those meetings.

170 花几个小时就解决了这个问题：Mark Rechtin，"From an Odd Couple to a Dream Team，" *Automotive News*（Aug. 13, 2012），https：//www. autonews. com/article/20120813/OEM03/308139960/from-an-odd-couple-to-a-dream-team.

170 "这他妈是什么玩意儿？"：Author interview with person involved in the matter.

172 他的个人经历严重左右着关于新车型的讨论：Author interviews with Tesla employees who worked on the project.

175 在难得的空闲时间里：Hannah Elliott，"At Home with Elon Musk：The (Soon-to-Be) Bachelor，" *Forbes*（May 26, 2012）.

178 "我还爱她，但我们不在一起了"：Hannah Elliott，"Elon Musk to Divorce from Wife Talulah Riley，" *Forbes*（Jan. 18, 2012）.

第十四章

182 "我们很快就明白过来"：Author interview with a Tesla manager.

182 帕辛本打算为工厂招募 500 名工人：Pui-Wing Tam，"Idle Fremont Plant Gears Up for Tesla，" *Wall Street Journal*（Oct. 21, 2010），https：//www. wsj. com/articles/SB10001424052748704300604575554662948527140.

182 但依照现在的情况，他们无法通过那次测试：Philippe Chain and Frederic Filloux，"How Tesla Cracked the Code of Automobile Innovation，" Monday Note（July 12, 2020），https：//monday-note. com/how-the-tesla-way-keeps-it-ahead-of-the-pack-358db5d52add.

183 "搞定它，伙计们"：同上。

184　他不顾工程师的反对，要求为车辆安装更大的轮胎：Mike Ramsey, "Electric-Car Pioneer Elon Musk Charges Head-On at Detroit," *Wall Street Journal*（Jan. 11, 2015），https：//www. wsj. com/articles/electric-car-pioneer-elon-musk-charges-head-on-at-detroit-1421033527.

185　"在接下来的六个月中，我们需要在不损害质量的前提下，全力提升 Model S 的产量"：Email reviewed by the author.

185　他和团队想出了一个聪明的替代方案：Author interviews with Tesla workers who developed the effort.

186　团队几乎不间断地工作了一个月：Author interviews with Tesla workers.

186　公司组建了一个团队对这批车子进行试驾：Author interviews with Tesla workers.

186　斯特劳贝尔的一部分电池组存在冷却液泄漏等问题：Linette Lopez, "Leaked Tesla Emails Tell the Story of a Design Flaw..." *Business Insider*（June25, 2020），https：//www. businessin-sider. com/tesla-leaked-emails-show-company-knew-model-s-battery-issues-2020-6.

187　还有人偷偷叫他"刽子手"：Author interview with Tesla manager.

187　"有些事情，在任何汽车制造商看来，都是无法接受的"：Philippe Chain and Frederic Filloux, "How Tesla Cracked the Code of Automobile Innovation."

190　"他们在最后几个月有点太粉饰太平了"：Elon Musk's appearance recorded by C-Span（Sept. 29, 2011），https：//www. c-span. org/video/? 301817-1/future-human-space-flight.

第十五章

192　如果特斯拉在 2013 年头三个月可以交付 4750 辆 Model S：Author interview with Tesla workers at the time.

193　"我知道我对你们要求太多"：Author interviews with Tesla workers at the meeting.

194　"单单是特斯拉 Model S 的存在本身，就是对创新能力和创业精神的有力证明"：Angus MacKenzie, "2013 Motor Trend Car of the Year：Tesla Model S," *Motor Trend*（Dec. 10, 2012），https：//www. motortrend. com/news/2013-motor-trend-car-of-the-year-tesla-model-s/.

194　"我们之所以这么做，并不是为了一年两年"：Description of events taken from Tesla video recording of the event posted by the company on YouTube on Nov. 17, 2012, https：//youtu. be/

qfxXmIFfV7I.

195　公司销售面临负增长：Author interviews with Tesla workers at the time.

196　他让助手把这些车子从白板上抹掉：Author interview.

196　"看起来有希望"：Author interview with Blankenship.

197　马斯克向员工抱怨：Author interviews with Tesla workers at the time.

198　尽管Valor为自己的行为进行了辩护：Susan Pulliam, Rob Barry, and Scott Patterson, "Insider-Trading Probe Trains Lens on Boards," *Wall Street Journal*（April 30, 2013）, https://www.wsj.com/articles/SB10001424127887323798104578453260765642292.

199　评论文章流露出超乎寻常的狂喜之情："Tesla Model S review," *Consumer Reports*（July 2013）, https://www.consumerre-ports.org/cro/magazine/2013/07/tesla-model-s-review/index.htm.

200　他们的关系，在几近崩溃的第一季度之后变得紧张起来：Ashlee Vance, *Elon Musk: Tesla, SpaceX, and the Quest for a Fantastic Future*（New York: HarperCollins, 2015）, 216.

200　"要想让特斯拉成功"：Author interview with Blankenship.

202　他秘密联系了自己的朋友：Ashlee Vance, *Elon Musk*, 217.

第十六章

205　但他们的创新却没有用在通用生产的汽车上：Author interviews with people familiar with Akerson's thinking.

205　第一起事件发生在十月份的西雅图附近：Tom Krisher and Mike Baker, "Tesla Says Car Fire Began in Battery After Crash," *Seattle Times*（Oct. 3, 2013）, https://www.seattletimes.com/business/tesla-says-car-fire-began-in-battery-after-crash/.

205　第二辆起火的Model S在墨西哥：Ben Klayman and Bernie Woodall, "Tesla Reports Third Fire Involving Model S Electric Car," *Reuters*（Nov. 7, 2013）, https://www.reuters.com/article/us-autos-tesla-fire/tesla-reports-third-fire-involving-model-s-electric-car-idUSBRE9A60U220131107.

206　"我有一辆特斯拉"：Tom Junod, "George Clooney's Rules for Living," *Esquire*（Nov. 11, 2013）, https://www.esquire.com/news-politics/a25952/george-clooney-interview-1213/.

206　他们研究了起火原因：Author interviews with engineers involved in the matter.

207 "新一届领导班子看到了一个变化的世界"： Author interview with member of the taskforce.

208 2012 款的奔驰 S 级堪称这家德国车企的顶级大型轿车，但起步价也只有 9.185 万美元： Historical pricing data was provided to author from Edmunds, an automotive industry researcher.

208 公司称： Don Reisinger, "Tesla Kills 40 kWh Battery for Model S over 'Lack of Demand,'" CNET (April1, 2013), https：//www.cnet.com/roadshow/news/tesla-kills-40-kwh-battery-for-model-s-over-lack-of-demand/.

209 和竞争者相比： Research first released on July 7, 2014, by Pied Piper Management Company LLC. Evaluations were conducted between July 2013 and June 2014, firm founder Fran O'Hagan told author in a December 2019 email.

210 "我刚坐下来写这篇报道的时候，真是怒火万丈"： Ronald Montoya, "Is the Third Drive Unit the Charm?," Edmunds.com (Feb. 20, 2014), https：//www.edmunds.com/tesla/model-s/2013/long-term-road-test/2013-tesla-model-s-is-the-third-drive-unit-the-charm.html.

211 "达不到 200 英里就不要声张，否则只会让自己难堪"： Author interview with person familiar with the matter.

第十七章

213 "如果安珀会去参加什么派对或者活动，记得叫上我"： Tatiana Siegel, "Elon Musk Requested to Meet Amber Heard via Email Years Ago," *Hollywood Reporter* (Aug. 24, 2016), https：//www.hollywoodreporter.com/rambling-reporter/elon-musk-requested-meet-amber-922240.

213 有人说，他们会通过追踪马斯克个人生活的新闻来预测他的情绪： Tim Higgins, Tripp Mickle, and Rolfe Winkler, "Elon Musk Faces His Own Worst Enemy," *Wall Street Journal* (Aug. 31, 2018), https：//www.wsj.com/articles/elon-musk-faces-his-own-worst-enemy-1535727284.

214 马萨诸塞州和纽约州的经销商已经提起诉讼： Mike Ramsey and Valerie Bauerlein, "Tesla Clashes with Car Dealers," *Wall Street Journal* (June 18, 2013), https：//www.wsj.com/articles/SB10001424127887324049504578541902814606098.

214 在沃尔特斯看来，像特斯拉这样的公司，其实完全无须自行负担铺设门店网络的成本： Author interview with Wolters.

413

214 "对于贵司为创造这款新产品所做的努力,我深表钦佩": Author interview with Wolters.

216 "我要花上10亿美元,推翻美国的特许经销商经营法": Author interview with Wolters.

217 得州汽车经销商协会雇用的说客数量几乎是特斯拉的三倍: Texans for Public Justice, "Car-Dealer Cartel Stalled Musk's Tesla," Lobby Watch (Sept. 10, 2013), http://info.tpj.org/Lobby_Watch/pdf/AutoDealersvTesla.pdf.

217 "你让 SpaceX 那么干没问题": Author interview with a person familiar with the moment.

第十八章

222 电池芯的成本大约在每千瓦时 250 美元: Research provided by Simon Moores of Benchmark Mineral Intelligence.

222 这就意味着: Csaba Csere, "Tested: 2012 Tesla Model S Takes Electric Cars to a Higher Level," *Car and Driver* (Dec. 21, 2012), https://www.caranddriver.com/reviews/a15117388/2013-tesla-model-s-test-review/.

222 斯特劳贝尔把自己的计算结果在飞机上和马斯克一说: Author interview with Straubel.

224 多年前,马斯克还愿意听从 CFO 阿胡贾的建议,在和丰田汽车集团 CEO 初次见面时打上领带: Author interviews with several Tesla workers from that period to detail the evolving relationship with Panasonic.

227 为了应对特斯拉对 Model 3 的需求: Author interviews with people who worked on the effort.

230 但山田却在这个项目上受到了日本方面的阻挠: Author interviews with people familiar with the deliberations at Panasonic.

231 他必须让他们相信,特斯拉正在大步向前: Author interviews with people who worked on the effort.

第十九章

233 "车上有那么多新鲜玩意儿,我见都没见过": Author interview with Varadharajan.

234 据吉兰的同事反映,他这个人有两面性: Author interviews with Tesla managers who worked with him.

235 2014 年开年,马斯克便告诉彭博新闻,特斯拉在中国的销量将在一年之内赶上美国：Alan Ohnsman, "Musk Says China Potential Top Market for Tesla," *Bloomberg News*（Jan. 24, 2014），https：//www. bloomberg. com/news/articles/2014-01-23/tesla-to-sell-model-s-sedan-in-china-from-121-000.

237　吉兰是不会考虑这个建议的：Author interview with Tesla workers who worked in this area.

238　和第三季度相比，第四季度的销量下跌了33%：China registration figures provided to author by research firm JL Warren Capital.

238　他们的数据显示：Author interview with Tesla workers from this period.

239　美国的特斯拉购买者平均每人拥有两辆车。而在挪威，很多人就只有这么一辆车：Survey data of U. S. customers provided to author by Alexander Edwards of research firm Strategic Vision.

241　马斯克向自己在太阳城公司的表兄弟求助：Author interviews with people who worked on the matter.

第二十章

244　《福布斯》2013年的一篇报道用到了这样的副标题：Caleb Melby, "Guns, Girls and Sex Tapes：The Unhinged, Hedonistic Saga of Billionaire Stewart Rahr, 'Number One King of All Fun,'" *Forbes*（Sept. 17, 2013），https：//www. forbes. com/sites/calebmelby/2013/09/17/guns-girls-and-sex-tapes-the-saga-of-billionaire-stewart-rahr-number-one-king-of-all-fun/#3ca48b2d3f86.

247　"我突然意识到，这就像一种宗教"：Author interview with Fossi.

249　从特斯拉首次公开募股到2015年，空头头寸的累计账面损失估计接近60亿美元：Research provided to author by research firm S3 Partners.

249　需要的资金越来越多，表现却平平：Cassell Bryan-Lowand Suzanne McGee, "Enron Short Seller Detected Red Flags in Regulatory Filings," *Wall Street Journal*（Nov. 5, 2001），https：//www. wsj. com/articles/SB1004916006978550640.

250　查诺斯却称这家公司是"纸牌屋"：Jonathan R. Laing, "The Bear That Roared," *Barron's*（Jan. 28, 2002），https：//www. barrons. com/articles/SB1011910694160632402？tesla＝y.

251　解读美国在线公司（America Online）的资产负债表时，他也马失前蹄：同上。

253　他做个人贷款的时候，也用了25%的特斯拉股份和29%的太阳城股份作为抵押：Tesla filings with the SEC.

415

253　他一直很不愿意出售任何特斯拉的股票：Susan Pulliam, Mike Ramsey, and Brody Mullins, "Elon Musk Supports His Business Empire with Unusual Financial Moves, " *Wall Street Journal* （April 27, 2016）, https：//www.wsj.com/articles/elon-musk-supports-his-business-empire-with-unusual-financial-moves-1461781962.

254　"我今天一直在紧张地盯着太阳城的股价"：Emails reviewed by the author.

254　"其实我也没有现金"：Detailed in a deposition Kimbal Musk gave on April 23, 2019.

第二十一章

258　到工厂关闭时，通用的系统中仍积压着6000多起工作投诉：Wellford W. Wilms, Alan J. Hardcastle, and Deone M. Zell, "Cultural Transformation at NUMMI, " *Sloan Management Review* 36：1 （Oct. 15, 1994）：99.

259　1991年，当经理们感觉到生产稳定性有所下滑时：同上。

259　"他成天拿你炫耀来着"：Author interview with Ortiz.

259　在丰田长期以来终身工作制的承诺下，该厂近5000名工人的平均工作年限为13.5年，平均年龄为45岁：Harley Shaiken, "Commitment Is a Two-Way Street, " white paper prepared for the Toyota NUMMI Blue Ribbon Commission （March 3, 2010）, http：//dig.abclocal.go.com/kgo/PDF/NUMMI-Blue-Ribbon-Commission-Report.pdf.

260　他记得离开通用-丰田工厂的时候，自己的时薪是27美元，但现在只有21美元：GM pay data from the Center of Automotive Research.

261　但不切实际的要求越来越多：Author interviews with Tesla workers involved in the projects.

262　液压系统无法通过测试：Author interviews with people who worked on the vehicle.

263　马斯克在这种压力之下倒显得很冷静：Author interviews with people who worked on the vehicle.

265　根据特斯拉的记录，2015年每100名工人中就有8.8人受伤：TimHiggins, "Tesla Faces Labor Discord as It Ramps Up Model3 Production, " *Wall Street Journal* （Oct.31, 2017）, https：//www.wsj.com/articles/tesla-faces-labor-discord-as-it-ramps-up-model-3-production-1509442202.

265　第二排座位花哨的设计也许可以使顾客免受束缚于汽车座椅之苦：同上。

266 那年春天，德普不在国内的时候，马斯克去过这对夫妇位于洛杉矶市中心的公寓：“Elon Musk Regularly Visited Amber Heard . . . ,” *Deadline*（July 17, 2020），https：//deadline.com/2020/07/elon-musk-amber-heard-johnny-depps-los-angeles-penthouse-1202988261/.

266 马斯克似乎在为了她，进一步挤压自己原本就足够麻烦的日程：Author interviews with Tesla executives.

266 小报记者还在伦敦和迈阿密的夜总会里发现过两人的身影：Lindsay Kimble, "Amber Heard and Elon Musk Party at the Same London Club Just Weeks After Hanging Out in Miami," *People*（Aug. 3, 2016），https：//people.com/movies/amber-heard-and-elon-musk-party-at-same-london-club-weeks-after-miami-sighting/.

266 "缺乏睡眠对他来说算不了什么"：Author interview with former Tesla executive.

267 当库克团队开始挖特斯拉高管的墙脚时，人们就意识到，苹果在自行研发汽车：Tim Higgins and Dana Hull, "Want Elon Musk to Hire You at Tesla? Work for Apple," *Bloomberg Businessweek*（Feb. 2, 2015）.

268 许多人都知道，马斯克对气味和声音很敏感：Interviews with Tesla employees at the time, and Will Evans and Alyssa Jeong Perry, "Tesla Says Its Factory Is Safer. But It Left Injuries Off the Books," Revealnews.org（April 16, 2018），https：//www.revealnews.org/article/tesla-says-its-factory-is-safer-but-it-left-injuries-off-the-books/.

270 就在即将推出 Model 3 的当口，马斯克失去了自己的制造部门负责人：Author interviews with people familiar with the matter.

271 分析结果显示，特斯拉的新车质量，是所有豪华品牌中最差的：Author reviewed J. D. Power presentation of "Tesla: Beyond the Hype"（March, 2017）.

第二十二章

274 "两者的团队文化没有任何一点能让你觉得有一致性可言"：Author interview with a Tesla executive from that period.

284 "你们就当自己是在为一个新的公司工作吧"：Charles Duhigg, "Dr. Elon & Mr. Musk: Life Inside Tesla's Production Hell," *Wired*（Dec. 13, 2018），https：//www.wired.com/story/elon-musk-tesla-life-inside-gigafactory/.

285 如果一个关键性的工作站出了故障：Author interviews.

285 马斯克让他另谋高就：Claim laid out in a federal lawsuit against Tesla filed in 2017.

285　内华达的新工厂还没有弄好：Author interview with Tesla managers from that period.

第二十三章

287　布朗死于撞击：Details taken from National HighwayTraffic Safety Administrationreport (Jan. 19, 2017), https：//static. nhtsa. gov/odi/inv/2016/INCLA-PE16007-7876. PDF.

288　系统没有试图停车：同上。

288　他会给惠勒48小时的准备时间：Jason Wheeler deposition taken on June 4, 2019.

290　高管们一致要求马斯克，把他设想的筹款金额翻倍：Author interviews with multiple people familiar with the discussions.

290　董事们看着眼前这个巨大的场地：Antonio Gracias deposition taken April 18, 2019.

291　"我不谈判"：Courtney McBean deposition taken June 5, 2019.

291　"特斯拉的使命始终和可持续发展紧密相连"：Tesla blog posting on June 21, 2016, https：//www. tesla. com/blog/tesla-makes-offer-to-acquire-solarcity.

293　《财富》杂志的记者卡罗尔·卢米斯（Carol Loomis）质问：Carol J. Loomis, "Elon Musk Says Auto-pilot Death 'Not Material' to Tesla Shareholders," *Fortune* (July 5, 2016), https：//fortune. com/2016/07/05/elon-musk-tesla-autopilot-stock-sale/.

293　而这个问题，也引起了SEC的关注：Jean Eaglesham, Mike Spector, and Susan Pulliam, "SEC Investigating Tesla for Possible Securities-Law Breach," *Wall Street Journal* (July 11, 2016), https：//www. wsj. com/articles/sec-investigating-tesla-for-possible-securities-law-breach-1468268385.

293　特斯拉几位最大的股东对德霍姆直抒了诸多不满：Denholm deposition page in stockholder litigation against Tesla, taken on June 6, 2019, 154.

293　"我们真的很讨厌上市"：Kimbal Musk deposition taken on April 23, 2019.

294　"埃隆喜欢冒险，但他通常都会做出很好的商业决策"：Author interview with Tesla manager.

294　"公司内外哀声一片"：Brad Buss deposition taken on June 4, 2019.

294　根据惠勒团队的计算：Presentation presented to the Tesla board of

directors, dated July 24, 2016.

295 "我们一定会送走许多太阳城的员工"：Elon Musk deposition taken on Aug. 24, 2019.

297 "主要投资者对太阳城的最新反馈十分负面"：Emails reviewed by the author.

297 但佛罗里达的那起车祸表明，该系统并非万无一失：Author interviews with Tesla engineers.

298 他们一直在监测施加在方向盘上的扭矩：Author interviews with people familiar with Anderson's efforts.

298 特斯拉的法务与公关部门已经就信息传达问题与马斯克进行过艰苦的斗争：Author interviews with several people involved with Autopilot.

301 但和特朗普关系好的 CEO 们，那个冬天都不太受客户待见：Author interviews with people around Musk.

303 那年 3 月，弗里蒙特工厂二楼一间可以俯瞰装配线的会议室被改成了宴会厅：Author interviews with several people involved with the meeting.

第二十四章

307 名单很短：Author interviews and Tim Higgins, "Elon Musk has an Awkward Problem at Tesla: Employee Parking," *Wall Street Journal* (April 11, 2017), https://www.wsj.com/articles/elon-musk-has-an-awkward-problem-at-tesla-employee-parking-1491926275.

308 "我们团队有 8 个人，其中 6 个因为各种工伤，同时在休病假"：Jose Moran, "Time for Tesla to Listen," Medium.com (Feb. 9, 2017), https://medium.com/@moran2017j/time-for-tesla-to-listen-ab5c6259fc88.

309 而是特斯拉工人手工做出来的：Tim Higgins, "Behind Tesla's Production Delays: Parts of Model 3 Were Being Made by Hand," *Wall Street Journal* (Oct. 6, 2017), https://www.wsj.com/articles/behind-teslas-production-delays-parts-of-model-3-were-being-made-by-hand-1507321057.

309 空间狭小到就连一辆车的零件也放不下：Author interview withworkers.

309 总是听到这些消息的松下，自然也对凯尔蒂十分不满：Author interviews with Panasonic and Tesla workers at thetime.

310 而特斯拉的生产声明，还吸引了美国司法部的注意：Dana

Cimilluca, Susan Pulliam, and Aruna Viswanatha, "Tesla Faces Deepening Criminal Probe over Whether It Misstated Production Figures," *Wall Street Journal* (Oct. 26, 2018), https://www.wsj.com/articles/tesla-faces-deepening-criminal-probe-over-whether-it-misstated-production-figures-1540576636.

311 结果，他们在 Model 3 的车身车间里安装了大约 1000 个机器人：Author interviews with Tesla workers.

311 工厂有时依然需要手工制作电池组：Lora Kolodny, "Tesla Employees Say to Expect More Model 3 Delays, Citing Inexperienced Workers, Manual Assembly of Batteries," CNBC.com (Jan. 25, 2018), https://www.cnbc.com/2018/01/25/tesla-employees-say-gigafactory-problems-worse-than-known.html.

311 特斯拉一位高管站在一个个大木箱中间，估算出这里面大约有 1 亿个电池芯，在等着被组装成电池组：Author interview with Tesla workers.

312 作为销售主管和马斯克高层副手之一的乔恩·麦克尼尔，一度试图安抚他的情绪：Charles Duhigg, "Dr. Elon & Mr. Musk: Life Inside Tesla's Production Hell," *Wired* (Dec. 13, 2018).

312 但尽职的他还是想出了一个主意：Author interviews with Tesla workers.

312 "真希望我们可以将特斯拉私有化"：Neil Strauss, "Elon Musk: The Architect of Tomorrow," *Rolling Stone* (Nov. 15, 2017), https://www.rollingstone.com/culture/culture-features/elon-musk-the-architect-of-tomorrow-120850/.

313 "让我知道他们是谁"：Details taken from the findings of an administrative judge's findings on Sept. 27, 2019, in a National Labor Relations Board case against Tesla.

315 在 UAW 办公室的白板上：Author interview with organizer.

316 当 Model S 的销售在过去一年中出现疲软时：Details about advertising plans came from author interviews with former Teslaexecutives.

319 特斯拉当时尚未公布这起调查：Author interviews with Tesla executives at the time.

319 就在他们为自动化装配线伤透脑筋的时候：Author interview with Tesla managers at the time.

320 他一直在说员工大约有 3 万名：Author interviews with Tesla executives at the time.

321 但菲尔德告诉一名亲信：Author interviews with people familiar with the matter.

420

321 "你他妈是谁"：Author interview with former Tesla engineer.
321 "这怎么可能受伤呢"：Tim Higgins, Tripp Mickle, and Rolfe Winkler, "Elon Musk Faces His Own Worst Enemy," *Wall Street Journal*（Aug. 31, 2018）, https：//www.wsj.com/articles/elon-musk-faces-his-own-worst-enemy-1535727324.
322 但的确也到时候了：Author interview with people familiar with Field's thinking.
323 某个自动化作业出现错误：Email reviewed by the author.
324 一个耍大牌的马斯克，投资者们可不会买账：Tim Higgins, "Tesla's Elon Musk Turns Conference Call into Sparring Session," *Wall Street Journal*（May 3, 2018）, https：//www.wsj.com/articles/teslas-elon-musk-turns-conference-call-into-sparring-session-1525339803.

第二十五章

325 "我是特斯拉的在职员工"：Emails reviewed by the author after Marty Tripp released them on Twitter.
325 "他总是在推销下一个好点子"：Video of interview posted on *Business Insider*'s website on Feb. 21, 2018；https：//www.businessinsider.com/jim-chanos-tesla-elon-musk-truck-video-2018-2.
328 他觉得这又是一个空洞的承诺：Details from Martin Tripp deposition taken as part of litigation between him and Musk.
329 她一天的工作开始于早上5点：Sarah O'Brien deposition taken on June 5, 2019.
329 2014年起，马斯克使用推特的频率开始加快：Susan Pulliam and Samarth Bansal, "For Tesla's Elon Musk, Twitter Is Sword Against Short Sellers," *Wall Street Journal*（Aug. 2, 2018）, https：//www.wsj.com/articles/for-teslas-elon-musk-twitter-is-sword-against-short-sellers-1533216249.
330 马斯克开始跟她攀谈：Emily Smith and Mara Siegler, "Elon Musk Quietly Dating Musician Grimes," *New York Post*（May 7, 2018）, https：// pagesix.com/2018/05/07/elon-musk-quietly-dating-musician-grimes/.

第二十六章

333 "我在上海，刚刚起床"：Emails reviewed by the author.
334 "太太平平把事做好"：Sarah Gardner and Ed Hammond, "Tesla

Needs Period of 'Peace and Execution,' Major Shareholder Says," *Bloomberg News* (July 11, 2018), https://www.bloomberg.com/news/articles/2018-07-11/tesla-ought-to-pipe-down-and-execute-major-shareholder-says.

335　"我们需要停止恐慌"： Email exchanges reviewed by the author.

335　"听到这个消息，我忍不住笑出了声"： Emails reviewed by the author.

336　特斯拉开始要求一些供应商退还一部分自己已经支付给他们的款项： Tim Higgins, "Tesla Asks Suppliers for Cash Back to Help Turn a Profit," *Wall Street Journal* (July 22, 2018), https://www.wsj.com/articles/tesla-asks-suppliers-for-cash-back-to-help-turn-a-profit-1532301091.

337　不知苹果会不会感兴趣： Tim Higgins, "Elon Musk Says He Once Approached Apple CEO About Buying Tesla," *Wall Street Journal* (Dec. 22, 2020), https://www.wsj.com/articles/elon-musk-says-he-once-approached-apple-ceo-about-buying-tesla-11608671609.

337　双方一开始说了几次想找个时间碰面： Author interview with a person familiar with the effort.

338　"这条推文合法吗？" Emails detailed in court filings by the SEC.

340　正是在他们的帮助下，迈克尔·戴尔于2013年通过250亿美元的杠杆收购，将自己创立的戴尔公司私有化： Miriam Gottfried, "Dell Returns to Public Equity Markets," *Wall Street Journal* (Dec. 28, 2018), https://www.wsj.com/articles/dell-returns-to-public-equity-markets-1546011748.

342　斯图尔特联系了爱泼斯坦： James B. Stewart, "The Day Jeffrey Epstein Told Me He Had Dirt on Powerful People," *New York Times* (Aug. 12, 2019), https://www.nytimes.com/2019/08/12/business/jeffrey-epstein-interview.html.

342　"爱泼斯坦，地球上最坏的人之一"： Email exchange reviewed by the author.

343　但电话一接通，马斯克自己却崩溃了，足足说了一个小时他有多不容易： David Gelles, James B. Stewart, Jessica Silver-Greenberg, and Kate Kelly, "Elon Musk Details 'Excruciating' Personal Toll of Tesla Turmoil," *New York Times* (Aug. 16, 2018), https://www.nytimes.com/2018/08/16/business/elon-musk-interview-tesla.html.

343　"我看见他在厨房里夹着尾巴，乞求投资者给他擦屁股"： Kate Taylor, "Rapper Azealia Banks Claims She Was at Elon Musk's House over the Weekend as He Was 'Scrounging for Investors,'"

343　"他们就没有别的东西好写吗？"：Email exchange reviewed by the author.

344　马斯克和弟弟金巴尔（他一直在进行幕后工作，试图缓解这些公关影响）从洛杉矶拨了进来：Liz Hoffman and Tim Higgins, "Public Bravado, Private Doubts: Inside the Unraveling of Elon Musk's Tesla Buyout," *Wall Street Journal* (Aug. 27, 2018), https://www.wsj.com/articles/public-bravado-private-doubts-how-elon-musks-tesla-plan-unraveled-1535326249.

344　基金负责人阿尔卢马延后来告诉政府律师，他并没有答应和马斯克达成协议：Bradley Hope and Justin Scheck, *Blood and Oil: Mohammed Bin Salman's Ruthless Quest for Global Power* (New York: Hachette, 2020), 251.

345　顾问们必须另找实力雄厚的资金来源：Kimbal Musk deposition taken on April 23, 2019.

345　他也对团队提出的某些潜在投资者不太满意，包括大众：Liz Hoffman and Tim Higgins, "Public Bravado, Private Doubts: Inside the Unraveling of Elon Musk's Tesla Buyout," *Wall Street Journal* (Aug. 27, 2018), https://www.wsj.com/articles/public-bravado-private-doubts-how-elon-musks-tesla-plan-unraveled-1535326249.

345　"在我看来"：Elon Musk told the author in an email on Aug. 25, 2018.

347　"再有一两次这样的事件"：Email exchange reviewed by the author.

第二十七章

349　8月，特斯拉的额外现金已降至16.9亿美元的最低水平：Tim Higgins, Marc Vartabedian, and Christina Rogers, "Some Tesla Suppliers Fret About Getting Paid," *Wall Street Journal* (Aug. 20, 2018), https://www.wsj.com/articles/some-tesla-suppliers-fret-about-getting-paid-1534793592.

349　马斯克向公司团队施压：Author interviews with Tesla managers at the time.

350　在马斯克上了罗根节目几小时之后，他的律师就去见了政府律师：Susan Pulliam, Dave Michaels, and Tim Higgins, "Mark Cuban

Prodded Tesla's Elon Musk to Settle SEC Charges," *Wall Street Journal*（Oct. 4, 2018），https：//www.wsj.com/articles/mark-cuban-prodded-teslas-elon-musk-to-settle-sec-charges-1538678655.

351　在乔恩·麦克尼尔于2月辞去销售与服务总裁一职之前： Author interviews with Tesla executives who worked on the plan.

352　而致电客户的时候： Author interviews with Tesla sales managers.

354　金派人前往玛丽安德尔湾： Author interviews with Tesla managers familiar with thesituation.

357　就在他们朝着季度末全速进发的时候： Author interviews with Tesla managers involved in the effort.

357　预计交付数量最后会在8万左右： Author interviews with people on the call.

358　"任何想做逃兵的人，都不许留在这里"： Author interview with Tesla worker who witnessed theepisode.

358　这一幕实在太过难看： Dana Hull and Eric Newcome, "Tesla Board Probed Allegation That Elon Musk Pushed Employee," *Bloomberg News*（April 5, 2019），https：//www.bloomberg.com/news/articles/2019-04-05/tesla-board-probed-allegation-that-elon-musk-pushed-employee.

358　诉讼宣布后： Research provided to author by research firm S3Partners.

359　当晚，律师一直在劝说马斯克改变拒绝和解的想法： Susan Pulliam, Dave Michaels, and Tim Higgins, "Mark Cuban Prodded Tesla's Elon Musk to Settle SEC Charges," *Wall Street Journal*（Oct. 4, 2018），https：//www.wsj.com/articles/mark-cuban-prodded-teslas-elon-musk-to-settle-sec-charges-1538678655.

359　他相信，他已经和沙特方面达成了口头协议： Author interviews with people familiar with Musk's thinking.

360　"就像是一次大型家庭活动"： Author interview with a Tesla manager.

361　让马斯克高兴的是： Research provided to author by research firm S3 Partners.

364　董事会对马斯克在交付中心推搡员工的指控调查不了了之： Dana Hull and Eric Newcomer, "Tesla Board Probed Allegation That Elon Musk Pushed Employee."

364　当马斯克在2018年底于设计中心发布紧凑型SUV Model Y时： Author observations of Denholm and event.

364　"在我看来，他的用法十分明智"： Angus Whitley, "Tesla's

New Chairman Says Elon Musk Uses Twitter 'Wisely,'" *Bloomberg News* (March 27, 2019), https：//www. bloomberg. com/news/articles/2019-03-27/tesla-chair-defends-musk-tweets-even-as-habit-lands-him-in-court.

364　特斯拉股价下挫了将近 7 个百分点：Tim Higgins, "Tesla Shares Sink on Model 3 Delivery Miss, Price Cut," *Wall Street Journal* (Jan. 2, 2019), https：//www. wsj. com/articles/tesla-plans-to-trim-prices-as-fourth-quarter-deliveries-rise-11546437526.

365　二月底，他们要求法官对马斯克进行控制：Dave Michaels and Tim Higgins, "SEC Asks Man- hattan Federal Court to Hold Elon Musk in Contempt," *Wall Street Journal* (Feb. 25, 2019), https：//www. wsj. com/articles/sec-asks-manhattan-federal-court-to-hold-elon-musk-in-contempt-11551137500.

365　转向（几乎）纯在线销售，是他长久以来的梦想：Tim Higgins and Adrienne Roberts, "Tesla Shifts to Online Sales Model," *Wall Street Journal* (Feb. 28, 2019), https：//www. wsj. com/articles/tesla-says-it-has-started-taking-orders-for-35-000-version-of-model-3-11551392059.

365　特斯拉"从资产负债表上来看是一家可以存活下去的企业，但它会欠许多房东一大笔钱"：Esther Fung, "Landlords to Tesla：You're Still on the Hook for Your Store Leases," *Wall Street Journal* (March 8, 2019), https：//www. wsj. com/articles/landlords-to-tesla-youre-still-on-the-hook-for-your-store-leases-11552059041.

366　这项将于 2019 年春天公布的协议价值超过 20 亿美元：PeterCampbell, "FiatChryslertoSpend1. 8bnonCO2Credits," *Financial Times* (May 3, 2019), https：//www. ft. com/content/fd8d205e-6d6b-11e9-80c7-60ee53e6681d.

366　空头们的押注终于有了回报：Research provided to author by research firm S3Partners.

367　它的债券 1 美元市场交易价已经降至 85.75 美分：Sam Goldfarb, "Tesla Faces Steeper Costs to Raise Cash," *Wall Street Journal* (April 29, 2019), https：//www. wsj. com/articles/tesla-faces-steeper-costs-to-raise-cash-11556535600.

367　最糟糕的是，Trefor Moss, "Global Auto Makers Dented as China Car Sales Fall for First Time in Decades," *Wall Street Journal* (Jan. 14, 2019), https：//www. wsj. com/articles/chinese-annual-car-sales-slip-for-first-time-in-decades-11547465112.

第二十八章

369 马斯克就读于宾夕法尼亚大学时：Author interviews with former Tesla executives.

369 上海对他们表示了热烈的欢迎：Author interviews with Tesla managers from that period.

370 并提出一个想法：在城市地下挖隧道：Author interview with a Tesla manager familiar with the trip.

370 "交通问题快把我逼疯了"：Elon Musk said on Twitter (Dec. 17, 2016), https://twitter.com/elonmusk/status/810108760010043392?s=20.

371 事情就这么拖到了2018年：Bruce Einhorn, et al., "Tesla's China Dream Threatened by Standoff Over Shanghai Factory," *Bloomberg News* (Feb. 13, 2018), https://www.bloomberg.com/news/articles/2018-02-14/tesla-s-china-dream-threatened-by-standoff-over-shanghai-factory?sref=PRBlrg7S.

372 通用将与LG化学合作：Mike Colias, "GM, LG to Spend $2.3 Billion on Venture to Make Electric-Car Batteries," *Wall Street Journal* (Dec. 5, 2019), https://www.wsj.com/articles/gm-lg-to-spend-2-3-billion-on-venture-to-make-electric-car-batteries-11575554432.

372 大众则承诺：Stephen Wilmot, "Volkswagen Follows Tesla into Battery Business," *Wall Street Journal* (June 13, 2019), https://www.wsj.com/articles/volkswagen-follows-tesla-into-battery-business-11560442193.

372 "特斯拉并不是小众公司"：Christoph Rauwald, "Tesla Is No Niche Automaker Anymore, Volkswagen's CEO Says," *Bloomberg News* (Oct. 24, 2019), https://www.bloomberg.com/news/articles/2019-10-24/volkswagen-s-ceo-says-tesla-is-no-niche-automaker-anymore.

372 尽管他的所作所为在别人眼中算不上公平：Author interviews with Tesla managers over the years.

373 "对结果非常满意"：Dave Michaels and Tim Higgins, "Judge Gives Elon Musk, SEC Two Weeks to Strike Deal on Contempt Claims," *Wall Street Journal* (April 4, 2019), https://www.wsj.com/articles/judge-asks-elon-musk-and-sec-to-hold-talks-over-contempt-claims-11554408620.

377 企业通常需要提交整个设计图，才能获得建筑许可，但特斯拉只需提交一部分即可：Wang Zhiyan, Du Chenwei, and Hu Xingyang, "Behind 'Amazing Shanghai Speed'" (translated into English), *Jiefang Ribao* (Jan. 1, 2020), https://www.jfdaily.com/journal/2020-01-08/getArticle.htm? id=285863.

377 当地电网也只花了通常时间的一半，便把电力输送到了施工现场：Luan Xiaona, "The Power Supply Project of Tesla Shanghai Super Factory Will Enter the Sprint Stage Before Production" (translated into English), *The Paper* (Oct. 17, 2019), https://www.thepaper.cn/newsDetail_forward_4700380.

378 "我们的投资者会怎么想？"：Tim Higgins and Takashi Mochizuki, "Tesla Needs Its Battery Maker: A Culture Clash Threatens Their Relationship," *Wall Street Journal* (Oct. 8, 2019), https://www.wsj.com/articles/tesla-needs-its-battery-maker-a-culture-clash-threatens-their-relationship-11570550526.

378 反倒是马斯克自己给松下总裁津贺一宏打电话的次数日渐增多：同上。

380 8月，马斯克去中国的时候，一个巨型工厂的结构已经出现：Description comes from video posted by Jason Yang on YouTube on Oct. 20, 2019; https://youtu.be/bI-My94Ig5k.

380 6月以来，空头在特斯拉上的损失估计已经超过了30亿美元：Research provided to author by research firm S3 Partners.

后记

387 中国政府也一心确保特斯拉工厂的正常运转：Chunying Zhang and Ying Tian, "How China Bent Over Backward to Help Tesla," *Bloomberg Businessweek* (March 18, 2020), https://www.bloomberg.com/news/articles/2020-03-17/how-china-bent-over-backward-to-help-tesla-when-the-virus-hit? sref=PRBlrg7S.

387 习惯快速行动的马斯克立刻大幅削减了固定员工的工资：Tim Higgins, "Tesla Cuts Salaries, Furloughs Workers Under Coronavirus Shutdown," *Wall Street Journal* (April 8, 2020), https://www.wsj.com/articles/tesla-cuts-salaries-furloughs-workers-under-coronavirus-shutdown-11586364779.

387 特斯拉还开始要求门店房东降低租金：Tim Higgins and Esther Fung, "Tesla Seeks Rent Savings Amid Coronavirus Crunch," *Wall Street Journal* (April 13, 2020), https://www.wsj.com/articles/tesla-seeks-rent-savings-amid-coronavirus-crunch-11586823630.

388 "我局在过去一周中收到了几起投诉"：Jeremy C. Owens, Claudia Assis, and Max A. Cherney, "Elon Musk vs. Bay Area Officials: These Emails Show What Happened Behind the Scenes in the Tesla Factory Fight," *Market Watch* (May 29, 2020), https://www.marketwatch.com/story/elon-musk-vs-bay-area-officials-these-emails-show-what-happened-behind-the-scenes-in-the-tesla-factory-fight-2020-05-29.

388 "老实讲，这是最后一根稻草"：Tim Higgins, "Tesla Files Lawsuit in Bid to Reopen Fremont Factory," *Wall Street Journal* (May 10, 2020), https://www.wsj.com/articles/elon-musk-threatens-authorities-over-mandated-tesla-factory-shutdown-11589046681.

389 "我会和所有人一起上生产线"：Rebecca Ballhaus and Tim Higgins, "Trump Calls for California to Let Tesla Factory Open," *Wall Street Journal* (May 13, 2020), https://www.wsj.com/articles/trump-calls-for-california-to-let-tesla-factory-open-11589376502.

390 "这非常重要"：Fred Lambert, "Elon Musk Sends Cryptic Email to Tesla Employees About Going 'All Out,'" *Electrek* (June 23, 2020), https://electrek.co/2020/06/23/elon-musk-cryptic-email-tesla-employees-all-out/.

390 马斯克实现了他1000亿美元市值的期权奖励目标：Sebastian Pellejero and Rebecca Elliott, "How Tesla Made It to the Winner's Circle," *Wall Street Journal*, (Feb. 19, 2021), https://www.wsj.com/articles/how-tesla-made-it-to-the-winners-circle-11613739634.

393 "这完全是个人选择"：Elon Musk told author in an email on May 7, 2020.

394 "我没有见过埃隆·马斯克"：Scarlet Fu, "Chanos Reduces 'Painful' Tesla Short, Tells Musk 'Job Well Done,'" *Bloomberg News* (Dec. 3, 2020), https://www.bloomberg.com/news/articles/2020-12-03/tesla-bear-jim-chanos-says-he-d-tell-elon-musk-job-well-done?sref=PRBlrg7S.

Tim Higgins
Power Play: Tesla, Elon Musk, and the Bet of the Century
Copyright © 2021 by Tim Higgins
This translation published by agreement with Doubleday, an imprint of The Knopf Doubleday Group, a division of Penguin Random House, LLC.
Simplified Chinese edition copyright:
2023 SHANGHAI TRANSLATION PUBLISHING HOUSE (STPH)
All rights reserved.

图字：09-2021-777号

图书在版编目（CIP）数据

极限高压：特斯拉，埃隆·马斯克与世纪之赌/（美）提姆·希金斯（Tim Higgins）著；孙灿译. —上海：上海译文出版社，2022.5
书名原文：Power Play: Tesla, Elon Musk, and the Bet of the Century
ISBN 978-7-5327-9018-0

Ⅰ.①极… Ⅱ.①提…②孙… Ⅲ.①纪实文学—美国—现代 Ⅳ.①I712.55

中国国家版本馆CIP数据核字（2023）第108683号

极限高压：特斯拉，埃隆·马斯克与世纪之赌
[美]提姆·希金斯 著 孙灿 译
责任编辑/宋　金　装帧设计/张志全工作室

上海译文出版社有限公司出版、发行
网址：www.yiwen.com.cn
201101　上海市闵行区号景路159弄B座
苏州市越洋印刷有限公司印刷

开本 890×1240　1/32　印张 14　插页 5　字数 260,000
2023年8月第1版　2023年8月第1次印刷
印数：00,001—20,000册

ISBN 978-7-5327-9018-0/I·5605
定价：78.00元

本书中文简体字专有出版权归本社独家所有，非经本社同意不得转载、摘编或复制
如有严重质量问题，请与承印厂质量科联系。T: 0512-68180628